Na sua pele

Na sua pele

série HOMENS MARCADOS
Rule

JAY CROWNOVER

Edição: Paolla Oliver
Assistente editorial: Natália Chagas Máximo
Tradução: Cassandra Gutiérrez
Preparação: Lígia Azevedo
Revisão: Luciana Araujo
Capa e design: Pamella Destefi
Imagem de capa: Fuse/Getty Images

Título original: *Rule*

© 2012 Jennifer M. Voorhees.
© 2015 Vergara & Riba Editoras S/A
vreditoras.com.br

Todos os direitos reservados. Proibidos, dentro dos limites estabelecidos pela lei, a reprodução total ou parcial desta obra, o armazenamento ou a transmissão por meios eletrônicos ou mecânicos, fotocópias ou qualquer outra forma de cessão da mesma, sem prévia autorização escrita das editoras.

Rua Cel. Lisboa, 989 – Vila Mariana
CEP 04020-041 – São Paulo – SP
Tel./ Fax: (+5511) 4612-2866
editoras@vreditoras.com.br

ISBN 978-85-7683-812-8

2ª edição, 2015

Impressão e acabamento: Intergraf
Impresso no Brasil • Printed in Brazil

Dados Internacionais de Catalogação na Publicação (CIP)
(Câmara Brasileira do Livro, SP, Brasil)

Crownover, Jay
  Na sua pele / Jay Crownover; [tradução Cassandra Gutiérrez]. — 2. ed. — São Paulo: Vergara & Riba Editoras, 2015. — (Série homens marcados; v. 1)

  Título original: Rule.
  ISBN 978-85-7683-812-8

  1. Ficção erótica 2. Ficção norte-americana I. Título. II. Série.

15-00768   CDD-813

Índices para catálogo sistemático:
1. Ficção: Literatura norte-americana 813

Dedico este livro a todo mundo que passou o ano inteiro me ouvindo reclamar que eu precisava mudar de vida. E àqueles que me encorajaram a me dedicar ao que sei fazer de melhor. Tento escrever sobre as coisas que conheço. É por isso que este livro fala também de todos os meninos tatuados que passaram pela minha vida ao longo dos anos e me inspiraram a criar meus personagens.

CAPÍTULO 1

Rule

No começo, achei que tinha um bumbo tocando na minha cabeça. Meu cérebro batia no crânio, tentando sair depois daquelas dez doses ou mais de uísque que entornei ontem à noite. Mas aí me dei conta de que alguém, correndo pelo meu apartamento, é que estava fazendo aquele barulho todo. Ela estava lá. Lembrei, horrorizado, que era domingo. Eu podia dizer mil vezes pra essa menina não aparecer mais, ser grosso, estar numa situação completamente nojenta e pervertida quando ela entrasse aqui. E, mesmo assim, ela ainda apareceria todo domingo de manhã pra me arrastar até a casa dos meus pais para o *brunch*.

Ouvi um gemido baixinho vindo do outro lado da cama e lembrei que não tinha voltado do bar sozinho. Não que minha memória tivesse registrado o nome da garota, que cara ela tinha ou se curtiu acabar a noite comigo. Passei a mão no rosto e sacudi as cobertas com as pernas quando a porta do quarto abriu de supetão. Nunca devia ter dado a chave pra essa pirralha. Nem me dei ao trabalho de me cobrir: ela estava acostumada a dar de cara comigo pelado e de ressaca. Por que hoje ia ser diferente? A outra menina, que estava na minha cama, rolou para o lado, apertou os olhos quando viu que tinha mais alguém ali e disse:

– Você falou que era solteiro...

Os pelos da minha nuca arrepiaram com aquele tom de acusação. Uma mulher que vai pra casa de um total estranho ter uma noite de sexo

7

sem compromisso não tem o direito de julgar os outros, ainda mais se está pelada na minha cama, com a cara toda amassada.

— Me dá vinte minutos — eu disse, passando a mão no meu cabelo bagunçado e olhando pra loira encostada na porta do quarto.

Ela levantou a sobrancelha e falou:

— Te dou dez.

Eu também teria levantado a sobrancelha, porque não gostei do tom nem da atitude, mas minha cabeça estava me matando. Além do mais, teria sido um desperdício de movimento, porque ela era muito mais do que imune a qualquer merda que eu fizesse.

— Vou fazer café. Já convidei o Nash, mas ele disse que precisa ir para o estúdio atender um cliente. Te espero no carro.

Aí ela girou nos calcanhares e, simplesmente, desapareceu. Eu estava quase morrendo só pra ficar de pé e procurar as calças que atirei no chão ontem à noite.

— O que tá acontecendo?

Por alguns minutos, esqueci que tinha uma garota na minha cama. Soltei um palavrão bem baixinho, coloquei uma camiseta preta que estava mais ou menos limpa e avisei:

— Preciso ir nessa.

— Quê?

Fiz uma careta, ela sentou na cama e cobriu o peito com o lençol. Até que era bem bonita. Pelo que dava pra ver, tinha um corpo legal. Fiquei imaginando que cantada eu tinha mandado pra ela topar vir pra casa comigo. Era daquelas que até dava pra encarar na manhã seguinte.

— Tenho compromisso. Você tem que levantar e ir nessa também. Se o outro cara que mora aqui estivesse, daria pra você ficar mais um tempinho, mas ele está no trabalho. Então o jeito é levantar essa bela bunda e cair fora.

Ela deu uma gaguejada e falou:

— Você tá de brincadeira...

Olhei pra trás e tentei resgatar minhas botas, que estavam soterradas numa pilha de roupa suja, pra enfiar logo os pés nelas.

– Não – respondi.

– Você é um idiota mesmo. Não vai nem dizer "obrigado, a noite passada foi ótima. Quer almoçar?". Vai ficar só no "cai fora daqui, porra"?

A garota jogou o lençol para o lado, e percebi que ela tinha uma tatuagem bem legal que cobria as costelas, subia pelos ombros e terminava na clavícula. Vai ver foi por isso que, na minha leseira alcoólica, fiquei a fim dela.

– Você é um cuzão, sabia?

Sou um cuzão e mais um monte de coisas, mas essa mulher, que era só mais uma entre – ah! – muitas, não precisava saber disso. Dentro da minha cabeça, xinguei o Nash, que divide o apartamento comigo e é *o cara*. A gente é amigo desde os primeiros anos de escola, e eu sempre podia contar com ele para dar uma mãozinha nesses domingos de manhã quando tinha que vazar. Mas esqueci que ele tinha cliente hoje. Ou seja: eu estava sozinho nessa, ia ter que obrigar a menina de ontem a cair fora antes que a pirralha fosse embora sem mim. O que seria uma dor de cabeça totalmente desnecessária, considerando meu estado.

– Ô, como é seu nome mesmo?

Ela já estava puta da vida e, depois dessa, ficou furiosa. Enfiou uma saia preta supercurta e uma blusinha que deixava quase tudo à mostra. Deu uma afofada no cabelo loiro tingido e ficou me encarando com aqueles olhos cheios de maquiagem velha.

– Lucy. Você não lembra?

Passei uma gosma qualquer no cabelo para deixar espetado pra todo lado e um perfume pra dar uma disfarçada no cheiro de sexo e bebida que – com certeza – ainda estava impregnado na minha pele. Encolhi os ombros e esperei a garota passar por mim pulando num pé só, colocando uns saltos altos com a maior cara de *sexo selvagem*.

– O meu é Rule.

Eu teria dado a mão para ela apertar, mas isso me pareceu besta.

Então só apontei pra porta da frente e entrei no banheiro para escovar os dentes e ver se aquele gosto de uísque saía da minha boca.

— Tem café na cozinha. Anote seu telefone num papel e talvez eu ligue uma hora dessas. Domingo não é um bom dia pra mim.

Ela nunca ia saber que isso era a mais pura verdade.

A garota ficou me olhando e batendo a ponta do pé no chão, com aqueles sapatos incríveis.

— Você não faz mesmo ideia de quem eu sou, né?

Minha sobrancelha levantou, contra a vontade da minha cabeça, que latejava, e olhei pra ela com a boca cheia de pasta de dente. Fiquei só olhando, até que ela apontou para o lado do corpo e falou, meio gritando:

— Pelo menos disso aqui você tem que lembrar!

Não era pra menos que eu tinha gostado tanto da *tattoo* dela: era obra minha. Cuspi a pasta de dente na pia e dei uma última conferida no espelho. Minha cara estava péssima. Meus olhos estavam vermelhos e lacrimejantes, minha pele, meio cinza, e tinha um chupão gigante no pescoço. Minha mãe ia adorar. E ia dar pulos de alegria quando visse o atual estado do meu cabelo. Normalmente, ele é grosso e preto, mas eu tinha raspado dos lados e pintado a frente com um roxo bem berrante. Ou seja: ela ia achar que aquilo era coisa de drogado. Meu pai e minha mãe já não gostavam da *tattoo* que cobria meus dois braços e os lados do pescoço. O cabelo ia ser só a cereja do bolo. Mas já que não tinha como dar um jeito naquele festival de merda refletido no meu espelho, saí de fininho do banheiro e, sem fazer cerimônia, peguei a menina pelo braço e arrastei até a porta. Preciso lembrar de ir pra casa delas em vez de trazer mulher pra minha. É bem mais fácil.

— Olha, tenho que ir prum lugar e, pra falar a verdade, não tô muito a fim de ir. Se você surtar e der piti, só vai me deixar puto. Espero que tenha se divertido ontem à noite e pode me dar seu telefone, mas a gente sabe que as chances de eu te ligar são quase nulas. Se não quer ser tratada que nem lixo, pare de ir pra casa de bêbados que nem conhece.

RULE

Pode acreditar: nós, homens, só queremos fazer aquilo. E que, na manhã seguinte, vocês deem o fora sem fazer drama. Estou com dor de cabeça e quase vomitando. E ainda vou ter que passar uma hora dentro de um carro com alguém que vai ficar me odiando em silêncio e planejando minha morte com o maior prazer. Sério: dá pra pular a parte do escândalo e se mandar?

Eu já tinha levado a Lucy até a entrada do prédio quando vi meu tormento loiro sentado dentro do carrão que estava estacionado do lado da minha picape. Ela estava impaciente e ia descontar em mim se eu demorasse mais. Dei um sorrisinho pra Lucy e encolhi os ombros. Afinal de contas, não era culpa dela eu ser tão cuzão. A garota merecia um tratamento melhor, não aquela dispensada cruel. Até eu reconhecia.

– Olha, não se sinta mal. Eu até consigo ser um idiota legal quando quero. Você não é a primeira nem vai ser a última a ver esse showzinho. Que bom que sua *tattoo* ficou irada, e prefiro que se lembre de mim por causa dela, não por ontem à noite.

Desci a escada correndo sem olhar pra trás e abri a porta do carro esporte preto. Eu odiava aquele carro e o fato de ele combinar perfeitamente com a motorista. "Classuda", "elegante" e "cara" são as palavras pra descrever minha companheira de viagem. Enquanto a gente saía do estacionamento, a Lucy gritou e fez um gesto me mandando tomar no cu. Minha motorista revirou os olhos e disse bem baixinho: "Quanta classe". Ela estava acostumada com as ceninhas que as mulheres faziam quando eu as despachava na manhã seguinte. Já até tive que trocar o para-brisa dela uma vez, quando uma atirou uma pedra em mim quando eu estava indo embora, mas errou o alvo.

Ajustei o banco para ter mais espaço pras minhas pernas compridas e fiquei à vontade, com a cabeça encostada na janela. Mais uma viagem longa e dolorosamente silenciosa, como sempre. Algumas vezes, tipo hoje, eu dava graças a Deus pelo silêncio. Outras, aquilo me dava nos nervos. A gente se conhecia desde o Fundamental, e aquela menina sabia de cor todas as minhas qualidades e as minhas fraquezas. Meus pais gostavam dela como uma filha e nem disfarçavam que, na maioria das vezes, preferiam sua companhia à minha. Depois de tudo o que passamos juntos, os bons e os maus momentos, devia ser fácil jogar conversa fora por horas e horas.

— Você vai sujar todo o meu vidro com essa porcaria que tá no seu cabelo — ela disse.

Aquela voz — de cigarro e uísque — não combinava com ela, que estava mais pra seda e champanhe. Sempre gostei da voz dela. Num bom dia, eu poderia ouvi-la por horas e horas.

— Pode deixar que eu mando lavar e encerar — respondi.

Ela bufou. Fechei os olhos e cruzei os braços. Estava tudo na boa pra ser uma viagem silenciosa. Mas, pelo jeito, hoje a menina tava a fim de conversar. Quando a gente pegou a estrada, ela baixou o volume do rádio e me chamou.

— Rule.

Virei de leve a cabeça e meio que abri um olho.

— Shaw.

Aquele nome era sofisticado como a dona, que tinha pele clarinha, cabelo loiro quase branco e uns olhos verdes que pareciam maçãs de tão grandes. Ela era baixinha, tinha fácil uns trinta centímetros a menos do que eu, que tenho 1,92. Mas tinha umas curvas... É o tipo de mulher que não dá pra parar de olhar. Mas, quando ela olha de volta com aqueles frios olhos verdes, o homem vê na hora que não tem a menor chance. A Shaw tem um ar de inatingível, do mesmo jeito que algumas mulheres têm cara de "me pega".

Ela deu um suspiro e eu fiquei olhando uma mecha de cabelo enrolar na testa. Shaw me olhou de canto de olho, e eu fiquei passado quando vi que ela estava apertando o volante pra caramba.

— Que foi, Shaw? — perguntei.

Quando ela mordeu o lábio, vi que estava mesmo nervosa.

— Imagino que não tenha ligado de volta pra sua mãe nenhuma vez esta semana... — ela respondeu.

Não posso dizer que me dou bem com meus pais. Falando a verdade, a gente se tolera, não muito mais que isso. E esse é o motivo da minha mãe obrigar a Shaw a me arrastar até a casa dela todo fim de semana. A gente nasceu numa cidadezinha chamada Brookside, numa parte rica do Colorado. Mudei pra Denver assim que terminei a escola, e a Shaw veio uns anos depois. Ela é um pouco mais nova do que eu e sempre quis estudar na Universidade de Denver, a UD. Já não bastava parecer uma princesa dos contos de fada, ela ainda tinha que estudar Medicina! Minha mãe sabia que, de jeito nenhum, eu iria dirigir duas horas todo fim de semana só pra fazer uma visita. Mas, se a Shaw fosse me buscar, teria que ir. Não só porque me sentiria culpado porque a garota arranjou um tempo naquela agenda louca dela. Mas também porque ela pagava a gasolina, esperava eu rastejar da cama e arrastar minha bunda todo domingo, há dois anos, sem exceção, sem reclamar nem uma vez.

— Não, passei a semana inteira na correria.

A semana tinha sido *mesmo* uma correria, mas não gosto de falar com minha mãe. Simplesmente ignorei as três vezes que ela me ligou.

A Shaw suspirou de novo e apertou ainda mais o volante.

— Ela te ligou pra contar que o Rome foi ferido, e o Exército mandou que ele ficasse seis semanas em casa, de licença médica. Ontem seu pai foi até a base, lá em Springs, buscar seu irmão.

Eu pulei no banco tão rápido que bati a cabeça no teto do carro. Xinguei e esfreguei o lugar da batida. Minha cabeça latejou ainda mais.

— O quê? Como assim, foi ferido?

O Rome é meu irmão mais velho. Tem três anos a mais do que eu e passou os últimos seis quase inteiros no Iraque. Nos damos bem e, mesmo que ele não ache legal eu ter me afastado tanto dos meus pais, teria me ligado pra contar uma coisa dessas, com certeza.

— Não sei direito. A Margot disse que alguma coisa aconteceu no comboio que ele estava, durante uma patrulha. Foi um acidente bem feio. Sua mãe disse que o Rome quebrou o braço e luxou algumas costelas. Ela estava bem chateada, foi difícil entender o que estava falando.

— O Rome teria me ligado.

— Ele tava dopado e passou os dois últimos dias prestando depoimento.

Pediu pra sua mãe te ligar porque os meninos da família Archer são muito persistentes. A Margot disse que você não ia atender, mas o Rome pediu para ela continuar tentando.

Meu irmão tinha se acidentado e estava na casa dos meus pais, mas não fiquei sabendo de nada. Fechei os olhos de novo e soltei a cabeça no apoio do banco.

– Bom, porra, acho que então as notícias são boas. Você vai dar uma passada na casa da sua mãe? – perguntei.

Nem precisei olhar pra saber que a Shaw ficou ainda mais tensa. Ela, tipo, soltava umas ondas geladas de tensão.

– Não.

A Shaw não disse mais nada, e eu nem me surpreendi. A família Archer pode não ser das mais próximas e afetuosas, mas não chegava nem perto da família Landon. Os pais da Shaw cagavam ouro e dinheiro. Os dois tiveram seus casos, se divorciaram e casaram com outras pessoas. Não têm muito interesse pela filha, e pelo jeito, fizeram mais pela dedução no imposto de renda do que pra se divertir na cama. Sei que a Shaw adora minha casa e meus pais, porque é o mais próximo do normal que já viu. Não me incomodo com isso. Pelo contrário, sempre gostei, porque alivia o meu lado. Se a Shaw for bem na faculdade, namorar um universitário rico, levar a vida que meus pais sempre desejaram para os filhos, mas não conseguiram dar, eles saem do meu pé. Como agora o Rome estava quase sempre em outro continente, sobrava pra mim, e não tenho vergonha de usar a Shaw de escudo.

– Nossa, faz três meses que não falo com o Rome. Vai ser demais. Será que consigo convencer ele a passar uns dias lá em D-City comigo e com o Nash? Ele deve estar a finzão de se divertir um pouco.

A Shaw suspirou de novo e aumentou um pouquinho o volume do rádio.

– Você tem 22 anos, Rule. Quando é que vai parar de se comportar como um adolescente que só quer se divertir? Você pelo menos perguntou o nome dela? Se quer saber, você tá cheirando a alambique e boate de *strip*.

Eu bufei e fechei os olhos de novo.

– Você tem dezenove anos, Shaw. Quando é que vai parar de viver sua vida pelos padrões dos outros? Minha avó de 82 anos tem uma vida social mais agitada do que a sua, e acho que é bem menos tensa também.

Não comentei o cheiro dela, porque era doce e delicioso, e eu não estava a fim de ser legal.

Senti que a Shaw ficou me olhando, e disfarcei um sorrisinho.

– Eu gosto da Ethel – ela disse, meio seca.

– Todo mundo gosta da Ethel: minha avó é briguenta e não leva desaforo pra casa. Você bem que podia aprender umas coisinhas com ela.

– Ah, talvez eu devesse pintar meu cabelo de cor-de-rosa, tatuar cada centímetro visível do meu corpo, enfiar um monte de pregos na cara e dormir com qualquer coisa que se mexa. Não é esse seu conceito de vida plena e satisfatória?

Depois dessa, tive que abrir os olhos. A fanfarra do Exército que tocava na minha cabeça resolveu dar um bis.

– Pelo menos tô fazendo o que quero. Sei quem e o que eu sou, Shaw, e não tenho vergonha disso. Essa sua boquinha linda tá falando que nem a Margot Archer.

A Shaw retorceu a boca, fazendo uma careta pra mim.

– Tanto faz. Vamos voltar a nos ignorar, pode ser? Só achei que você precisava saber o que aconteceu com o Rome. Os meninos da família Archer nunca lidaram bem com surpresas.

Nisso ela tinha razão. Nunca tive uma surpresa boa. Quase sempre esse tipo de coisa acaba com alguém ficando puto e eu partindo pra briga. Amo meu irmão, mas tenho que admitir que fiquei meio irritado de ele não ter se dado ao trabalho de me contar que tinha se machucado e continuar tentando me obrigar a ser legal com meus pais. O plano da Shaw, da gente se ignorar o resto da viagem, era perfeito. Me espichei o máximo que deu naquele carrinho e tirei um cochilo. Não deu vinte minutos, acordei assustado, ouvindo aquele sonzinho *folk* do Civil Wars. Era o celular dela. Meus olhos remelentos piscaram e passei a mão na barba por fazer. Se minha mãe não ficar puta com o cabelo e o chupão, com certeza vai surtar porque não me dei ao trabalho de fazer a barba para o precioso *brunch* dela.

– Não, eu te disse que ia pra Brookside e que voltaria tarde – disse a Shaw.

Quando virei para o outro lado, a Shaw deve ter sentido que eu estava observando, porque me olhou rapidinho, e aquelas bochechas altas que ela tem começaram a ficar rosadas.

– Não, Gabe, eu disse que não ia dar tempo e que tenho aula no laboratório.

Não conseguia ouvir direito o que o sujeito do outro lado da linha estava dizendo, mas parecia bravo por tomar uma dispensada dela. A Shaw apertou os dedos no telefone e respondeu:

– Não te interessa. Preciso desligar, a gente se fala depois.

Aí passou o dedo na tela e jogou aquele celular caríssimo no porta-copos, que fica na altura do meu joelho.

– Tudo bem aí no paraíso?

Eu não ligo pra Shaw e para o namorado mais-rico-que-Deus e futuro-líder-do-universo dela, mas era óbvio que ela estava chateada, então perguntei, mais por educação. Nunca vi esse Gabe, mas, pelo que me dei ao trabalho de ouvir quando minha mãe falou, o rapaz era feito sob medida pra esse futuro de doutora que a Shaw inventou. A família dele é tão endinheirada quanto a dela. O pai é juiz, advogado ou uma dessas bobagens políticas. Certeza que o *playboy* usava calça de prega e camisa polo cor-de-rosa com mocassim branco. Por um bom tempo, fiquei achando que ela não ia me responder, mas aí limpou a garganta e começou a batucar no volante com aquelas unhas pintadas.

– Na verdade, não. A gente terminou, mas acho que o Gabe não tá entendendo.

– Sério?

– É, já faz umas duas semanas. Há tempos que eu queria fazer isso. Estou ocupada demais com a faculdade e o trabalho pra namorar.

— Se ele fosse o homem certo, você não ia pensar assim. Ia dar um jeito de encontrar tempo porque ia ter vontade de ficar com ele.

A menina me olhou com a maior cara de espanto e falou:

— Você, o maior putanheiro do século, tá querendo me dar conselhos sentimentais. Sério mesmo?

Revirei os olhos, e minha cabeça protestou de dor.

— Só porque nunca encontrei uma mulher que me fizesse ficar a fim de entrar numas de exclusividade não significa que não sei a diferença entre qualidade e quantidade.

— Quem não te conhece que te compre. O Gabe simplesmente queria mais do que posso oferecer. Vai ser um saco, porque meu pai e minha mãe adoram ele.

— Pode crer. Até onde eu sei, ele é feito sob medida pra agradar seus pais. Como assim ele queria mais do que você está disposta a oferecer? O garoto quis ficar noivo depois de namorar só seis meses com você?

Ela me olhou feio e deu uma risadinha de desdém.

— Longe disso. O Gabe só queria que as coisas fossem mais sérias do que eu estou a fim.

Aí quem deu uma risadinha fui eu. Esfreguei a testa: minha cabeça agora latejava direto, mas a dor estava começando a ficar administrável. Precisava pedir pra Shaw parar pra eu tomar um café, ou não ia conseguir sobreviver àquela tarde.

— Está querendo me dizer, desse seu jeitinho acanhado, que ele estava a fim de te comer e você não deixou?

Ela me olhou, apertando os olhos, e pegou a saída pra Brookside.

— Preciso que você pare em algum lugar pra eu tomar um café. E acho que você não se deu conta de que não respondeu minha pergunta.

— A gente vai se atrasar. E nem todo homem só pensa com a cabeça de baixo.

— O mundo não vai acabar se a gente chegar cinco minutos depois do horário determinado pela Margot. E você só pode estar de brincadeira. Segurou o otário seis meses sem dar umazinha? Que piada.

Depois dessa, tive que rir da cara dela. Gargalhei tanto que precisei segurar minha cabeça com as duas mãos, porque meu cérebro encharcado de uísque começou a protestar de novo. Tentei recuperar o fôlego, olhei pra Shaw, com os olhos lacrimejando, e disse:

– Se você realmente acredita que ele não estava interessado em te comer, não é tão inteligente como eu pensava. Não existe um cara nesse mundo com menos de noventa anos que não queira te comer, Shaw. Ainda mais se acha que é seu namorado. Sou homem, sei do que eu tô falando.

Ela mordeu o lábio de novo, admitindo que, provavelmente, meu argumento era válido, e foi entrando no estacionamento de um café. Eu praticamente me ejetei do carro. Estava morrendo de vontade de espichar as pernas e dar um tempo daquele jeito arrogante dela.

Quando entrei, estava a maior fila, e dei uma olhada pra ver se tinha alguém conhecido. Brookside é uma cidade bem pequena e, quando vou lá no fim de semana, sempre acabo topando com alguém que estudou comigo. Nem me dei ao trabalho de perguntar se a Shaw queria alguma coisa, porque ela tinha ficado enchendo o saco pra não parar. Estava quase na minha vez quando o punk rock do Social Distortion começou a tocar bem alto no meu celular. Peguei o aparelho, depois de pedir um café preto grande pra caralho, e sentei no balcão do lado de uma morena bem bonitinha, que estava me olhando, jurando que eu não estava vendo.

– E aí?

Dava pra ouvir que o som ambiente do estúdio estava bombando quando o Nash me perguntou:

– Como é que foi sua manhã?

Ele conhece meus defeitos e vícios melhor do que ninguém, e se a gente é amigo há tanto tempo é porque ele nunca me julgou.

– Uma bosta. Estou de ressaca, mal-humorado e prestes a participar à força de mais uma reunião de família. Pra completar, a Shaw tá meio esquisita hoje.

– E como é que foi com a garota de ontem à noite?

– Sei lá. Não lembro nem de ter saído do bar com ela. Pelo jeito, fiz um trabalho grande na lateral do corpo dela, e a garota ficou meio puta de eu não lembrar. Foda!

O Nash deu uma risadinha e continuou falando:

– Ela te disse isso uma seis vezes ontem à noite. Até tentou levantar a blusa pra mostrar. E eu levei você pra casa ontem, ô seu lesado. Tentei fazer você ir embora à meia-noite, mas, como sempre, você não quis nem saber. Tive que dirigir sua picape e depois pegar um táxi pra ir buscar meu carro.

Bufei e estendi a mão pra pegar meu café quando o cara atrás do balcão me chamou. Percebi que a morena ficou seguindo minha mão com os olhos. Peguei o copo de papelão com a mão que tem uma cobra-real de cabeça levantada, com a língua bipartida de fora, formando o L do meu nome, tatuado nos nós dos meus dedos. O resto do bicho fica enrolado no meu antebraço, até a altura do cotovelo. A garota fez um "Ah" de surpresa, dei uma piscadinha pra ela e voltei para o carro.

– Desculpa. Como foi o trabalho?

O Phil, tio do Nash, abriu o estúdio de tatuagem na área de Capitol Hill, anos atrás. Naquela época, ele quase só atendia uns caras de gangue e motoqueiros. Mas agora que os urbanoides e *hipsters* estavam invadindo o bairro, o Homens Marcados era um dos estúdios mais concorridos da cidade. Conheci o Nash na aula de artes do quinto ano e, desde então, a gente não se largou mais. Pra falar a verdade, desde os doze nosso plano era morar em Denver e trabalhar com o Phil. Com nosso talento e carisma, a gente podia fazer o estúdio bombar. E o Phil nem se importou de deixar eu e o Nash virar assistente dele e começar a tatuar antes de completar vinte anos. É demais ter um amigo que trabalha na mesma área. Tenho uma porção de *tattoos* que registram a evolução do Nash, das bem mais ou menos às mais sensacionais. E ele pode dizer a mesma coisa de mim.

– Terminei aquele trabalho que comecei a fazer em julho. Ficou melhor do que eu imaginava, e o cara ficou falando que agora quer fechar o peito. Vou pegar, porque ele dá umas gorjetas da hora.

– Legal.

Eu estava equilibrando o telefone e o café, tentando abrir a porta do carro, quando uma voz feminina me fez parar tudo.

– Ei!

Olhei pra trás e vi a morena parada num carro mais pra frente e sorrindo.

– Curti muito suas *tattoos*.

Sorri pra ela e dei um pulo, quase derrubando o café escaldante na minha virilha, quando a Shaw escancarou a porta pra mim.

– Valeu – respondi.

Se eu estivesse mais perto de casa, e a Shaw não estivesse dando ré no carro, com certeza ia parar um segundinho pra pegar o telefone da menina. Mas minha motorista me deu uma olhada de desprezo – que ignorei – e continuei conversando com o Nash.

– O Rome tá lá em casa. Ele sofreu um acidente, e a Shaw disse que ele vai ter umas semanas de licença médica. Acho que é por isso que minha mãe ficou me ligando tanto essa semana.

– Do caralho! Pergunta se ele não quer passar uns dias com a gente. Estou com saudade daquele cuzão tosco.

Dei uns goles no café, e minha cabeça finalmente começou a se acalmar.

– Esse é o plano. Dou um toque quando estiver voltando e te conto qual é.

Passei o dedão na tela pra desligar e me acomodei no banco. A Shaw fez uma careta brava, e juro que os olhos dela brilharam. Sério. Nunca vi nada tão verde, nem na própria natureza, e quando ela tá brava fica uma coisa do outro mundo.

– Sua mãe ligou enquanto você estava lá dando em cima das meninas. Ela tá louca da vida com nosso atraso.

Tomei mais um pouco daquele néctar negro dos deuses e comecei a batucar no joelho com minha mão livre. Nunca fui muito de parar quieto, e costuma piorar quando a gente vai se aproximando da casa dos meus pais. Esses *brunches* sempre foram uma coisa artificial e forçada. Não consigo entender por que insistem em fazer isso todo fim de semana, nem por que a Shaw é cúmplice dessa mentira. Mas continuo indo, mesmo sabendo que nunca nada vai mudar.

— Ela tá puta porque *você* tá atrasada. Você sabe muito bem que minha mãe nem liga se eu vou ou deixo de ir.

Fiquei mexendo os dedos ainda mais rápido quando a Shaw entrou no condomínio fechado nas montanhas cheio de pequenas mansões pré--fabricadas.

— Você sabe que isso não é verdade, Rule. Eu não me presto a fazer essas viagens todo fim de semana nem me sujeito a dar de cara com suas maravilhosas safadezas nas manhãs de domingo porque seus pais querem que *eu* coma ovos mexidos e panquecas. Faço isso porque eles querem *te* ver, querem se aproximar, mesmo você os magoando tanto e tentando se afastar cada vez mais. Devo isso aos seus pais. E, principalmente, devo ao Remy tentar te transformar numa pessoa decente, mas só Deus sabe o quanto essa tarefa é complicada.

Eu prendi a respiração quando senti aquela dor no peito excruciante que sempre tenho quando alguém fala do Remy. Meus dedos se abriram e fecharam involuntariamente em volta do copo de papel e virei a cabeça pra encarar a Shaw.

— O Remy não ia ficar enchendo meu saco pra eu ser outra pessoa só por causa deles. Para os meus pais, nunca prestei nem vou prestar. Ele entendia isso melhor do que ninguém e se matava pra corresponder às expectativas deles, coisa que nunca vou fazer.

Ela suspirou e parou o carro na entrada, atrás da SUV do meu pai.

— A única diferença entre você e o Remy é que ele se permitia ser amado, e você... — ela abriu a porta do carro com força e ficou me olhando — ...sempre fez questão de obrigar quem gosta de você a provar isso com todas as letras. Você nunca quis ser fácil de ser amado, Rule, e faz de tudo pra deixar isso bem claro.

A Shaw bateu a porta do carro com tanta força que meus dentes de trás bateram também, e minha cabeça começou a latejar de novo.

Faz três anos. Três solitários anos, vazios e dolorosos desde que os irmãos Archer deixariam de ser um trio para virar uma dupla. Eu me dou bem com o Rome. Ele é demais, meu modelo de homem durão. Mas o Remy era minha alma gêmea, em todos os sentidos. Era meu gêmeo idêntico, e a gente se completava: ele era a luz, eu era as trevas; o fácil contra o difícil; a alegria e a angústia; perfeição perto do zoado. Sem ele, vou ser sempre incompleto. Faz três anos que liguei para o Remy de madrugada, pedindo pra ir me buscar numa festinha ridícula porque eu tava bêbado demais pra dirigir. Três anos desde que meu irmão saiu do apê que dividia comigo pra me buscar, sem fazer nenhuma pergunta, porque era isso que ele fazia.

Faz três anos que ele perdeu o controle do carro na estrada, que estava molhada e escorregadia, e bateu na traseira de um caminhão pequeno a mais de 130 por hora. Três anos desde que a gente enterrou meu irmão gêmeo, e minha mãe me olhou, com os olhos cheios de lágrimas, e disse "devia ter sido você", sem fazer rodeios, enquanto baixavam o caixão dele na cova.

Faz três anos que só de ouvir o nome do meu irmão minhas pernas tremem, ainda mais quando a única pessoa no mundo que o Remy amava tanto quanto eu é quem tá falando.

Ele era tudo o que eu nunca fui. Arrumadinho, bem vestido, tinha planos de fazer faculdade e construir um futuro seguro. A única pessoa no mundo boa e classuda o suficiente para bater a magnificência que ele tinha é a Shaw Landon. Os dois viraram unha e carne desde a primeira vez que meu irmão a levou na casa dos meus pais. Ela tinha catorze anos e estava tentando escapar da fortaleza da dinastia Landon. O Remy ficava dizendo que os dois eram apenas bons amigos, que amava a Shaw como irmã, que só queria protegê-la daquela família horrível e insensível dela, mas tratava a garota com muita reverência e cuidado. Eu sabia que ele amava aquela menina e, já que meu irmão gêmeo nunca podia estar errado, a Shaw logo se tornou um membro honorário da minha família. Por mais que isso me amargurasse, ela era a única que entendia mesmo, de verdade, o quanto minha dor era profunda.

RULE

Eu precisava de mais uns minutos pra conseguir coordenar meus pés, então engoli o resto do café e abri a porta com um empurrão. Não fiquei surpreso quando vi uma figura alta dando a volta na SUV enquanto eu penava pra sair daquele carro esporte. Meu irmão era uns três centímetros mais alto do que eu e tinha o corpo mais atlético. Usava o cabelo castanho raspado, típico de militar. Tinha olhos azul-claros, do mesmo tom gelado dos meus, mas os dele pareciam cansados, e ele deu um sorriso forçado pra mim. Dei um assovio porque meu irmão estava com o braço esquerdo engessado, numa tipoia, usava uma daquelas botas ortopédicas e tinha uma linha feia de pontos pretos que ia da sobrancelha até a testa. O marginal que atacou meu cabelo também tinha pegado meu irmão.

– Está com a cara boa, hein, soldado?

O Rome me puxou e deu um abraço, com um braço só. Me encolhi quando senti um curativo enorme nele, sinal de que ele tinha algum outro ferimento além das costelas zoadas.

– Minha cara tá tão boa quanto minha disposição. E você tava com cara de palhaço descendo daquele carro.

– Sempre fico com cara de palhaço quando tô perto dela.

Ele deu risada e passou a mão pesada no meu cabelo espetado.

– Você e a Shaw ainda são inimigos mortais?

– Está mais para conhecidos que não se curtem. Ela continua sendo a mesma enjoada de sempre e fica me julgando. Por que você não me ligou ou me mandou um e-mail contando que tinha se machucado? Tive que ficar sabendo pela Shaw, que me contou no caminho pra cá.

A gente foi indo devagarinho até a porta da casa, e ele ficou soltando um monte de palavrão.

Fiquei chateado de ver que meu irmão estava calculando cada movimento, e imaginei se o estrago tinha sido maior do que dava pra ver.

– Fiquei inconsciente depois que o jipe capotou. A gente passou por cima de uma bomba caseira, e a coisa foi feia. Fiquei no hospital uma semana com a cabeça toda zoada e, quando acordei, tiveram que fazer uma cirurgia no meu ombro, aí fui dopado. Liguei pra mamãe e imaginei que ela ia dar um jeito de te contar o que estava rolando, mas fiquei sabendo que, como sempre, você não atendeu.

Encolhi os ombros e espichei a mão pra ajudar meu irmão a se equilibrar, porque ele vacilava um pouquinho pra subir os degraus da frente de casa.

– Eu tava na correria.

– Você é cabeça-dura.

– Nem tanto. Estou aqui, não tô? E só fiquei sabendo que você tava aqui hoje de manhã.

– Você só tá aqui porque aquela mennininha ali está determinada a manter essa família, que não é a dela, unida. Agora vai entrar e bancar o bom filho. Senão, encho você de porrada, de braço quebrado e tudo.

Resmunguei umas frases bem feias e entrei em casa atrás do meu irmão todo machucado. Domingo é definitivamente o pior dia de todos.

CAPÍTULO 2

E U FECHEI A PORTA DO BANHEIRO, que fez um clique baixinho, e virei a tranca. Me joguei contra a pia e passei minhas mãos trêmulas pelo rosto. Estava ficando cada vez mais difícil dar uma de babá e levar o Rule a esses encontros de família que acontecem todo domingo. Sinto que estou criando uma úlcera e, se eu tiver que dar de cara com ele pegando outra daquelas periguetes nojentas, não posso garantir que não vou matar alguém da próxima vez que for ao apartamento dele.

Me virei pra jogar uma água fria no rosto e afastei aquela cascata de cabelo loiro da nuca. Precisava me recompor, porque a última coisa que eu queria era que a Margot ou o Dale – ou, pior ainda, o Rule – percebessem que tinha alguma coisa errada comigo. O Rome é uma das pessoas mais observadoras que já conheci. Tenho a impressão de que, mesmo dopado e com dor, não ia deixar escapar nem uma coisinha mínima que acontecesse com o irmão ou a irmã dele, já que, por tabela, fui tecnicamente agregada na categoria de irmã mais nova.

Estava ficando cada vez pior estar na companhia do Rule. Só de olhar pra ele eu lembrava tudo o que tinha perdido. O mesmo problema, aliás, que a Margot e o Dale enfrentavam (não que aquele idiota insensível tivesse alguma compaixão pelos próprios pais). Mas não era só isso. Minha desgraça era o Rule ser tão complicado: prepotente, desbocado, insensível, sem consideração, quase sempre agressivo e, no geral, um pé no saco insuportável. Mas, quando queria, era encantador e divertido, um artista brilhante e, na maioria das vezes, a pessoa mais interessante de qualquer lugar. Era completamente apaixonada por esses dois lados dele desde os catorze anos. É claro que amava o Remy, mas como irmão. Ele era meu melhor amigo e protetor oficial, mas eu amava o Rule como se esse fosse o objetivo mais importante da minha vida. Amava porque era inevitável. Não interessava quantas vezes me mostrassem que era uma péssima ideia, que a gente não combinava de jeito nenhum, que ele era bem grosso e cuzão quando queria, eu não conseguia me livrar desse sentimento. Então, toda vez que era obrigada a encarar que ele me via como motorista e nada mais, meu pobre coraçãozinho se partia de novo.

A *minha* família é uma confusão tão grande que não seria metade do que sou hoje se não fosse por tudo o que a família Archer fez por mim. Não seria mesmo. O Remy me colocou debaixo da asa dele quando eu era uma pré-adolescente solitária e sem amigos. O Rome ameaçou bater no primeiro menino que me fez chorar, porque eu gostava dele, mas ele não gostava de mim. A Margot foi comigo comprar vestidos para o baile anual do colégio e pra formatura, porque minha própria mãe estava ocupada demais com o marido novo pra se dar ao trabalho. O Dale me levou até a Universidade de Denver e na Universidade de Colorado em Boulder e me ajudou a considerar minhas opções de um jeito lógico e racional quando chegou a hora de escolher que faculdade fazer. E o Rule... Bom, o Rule é um aviso constante de que dinheiro não compra tudo e, por mais que eu tente ser perfeita e me esforce pra ser tudo o que os outros querem, isso não basta.

Respirei fundo, tão fundo como se tivesse segurado a respiração por mais de uma hora, e peguei um lenço de papel pra limpar os borrões pretos debaixo dos olhos. Se não voltasse logo pra sala de jantar, a Margot era capaz de ir atrás de mim, e eu não tinha uma desculpa na manga pra surtar no banheiro. Puxei um elástico de cabelo do bolso e fiz um rabo de cavalo baixo. Passei uma camada brilhante de *gloss* e tentei me animar, lembrando que já tinha feito isso um milhão de vezes, e este domingo seria exatamente igual aos outros.

Eu já estava entrando na sala quando meu celular tocou e tive que me esforçar pra não gemer quando vi que era o Gabe me ligando de novo. Deixei cair na caixa postal e tentei entender, pela centésima vez no mês, por que desperdicei um segundo que fosse com esse idiota pomposo. Ele é arrogante demais, pegajoso demais, superficial demais e está muito mais interessado no sobrenome e no dinheiro dos meus pais do que em mim.

Nunca fui muito a fim de namorar o Gabe – não estou a fim de namorar ninguém –, mas meus pais deram uma forçada. Pra variar, cedi à pressão deles e acabei ficando mais tempo com ele do que eu gostaria. Aguentei muito mais do que imaginava. Afinal de contas, o Gabe se interessa muito mais por ele mesmo do que por mim. Foi só quando começou a fazer pressão por sexo que dei o fora. Ele me incomodava, ficava me pegando justo nas partes onde eu não queria que ele nem relasse. Infelizmente, nem meu ex nem meus pais pareciam ter entendido o recado, e me sufocaram com ligações, torpedos e e-mails nas últimas duas semanas. Me esquivar do Gabe até que era fácil. Da minha mãe, nem tanto.

Já ia guardar o telefone na bolsa quando ouvi uma voz baixinha que me fez parar o que estava fazendo.

– O que tá acontecendo com você, menina? Fiquei fora dezoito meses e você só me dá um abraço, uma bicota na bochecha e desaparece? Cadê as lágrimas? Cadê o escândalo por eu ter voltado são e salvo? O que tá rolando nessa sua cabecinha complicada? Por que tenho certeza de que alguma coisa está se passando aí dentro.

Dei uma risadinha e encostei minha testa naquele peito forte à minha frente. O Rome, mesmo todo ferido, é o tipo de homem que se enfia na frente de qualquer coisa que possa machucar quem ama. Ele deu umas batidinhas na minha cabeça, colocou aquela mão pesada na minha nuca e disse:

– Senti falta dessa sua carinha bonita, Shaw. Você nem sabe como é bom estar em casa.

Tremi de leve e passei o braço com cuidado em volta da cintura dele, pra dar um apertão sem machucar.

— Senti sua falta também, Rome. Estou estressada, só isso. A faculdade tá uma loucura, tô trabalhando três ou quatro noites por semana, e meus pais não saem do meu pé por que eu acabei de terminar com um cara aí. Você sabe que adoro quando a gente se junta assim, todo mundo. Pensei que sua mãe ia ter um ataque do coração quando me ligou pra contar do acidente. Estou tão feliz que você tá bem. Acho que essa família não ia aguentar perder mais um filho.

— Não, provavelmente, não. Nem acredito que ela ainda faz você ficar de motorista do idiota do meu irmão.

Pendurei meu braço no dele, e fomos em direção à sala de jantar.

— Se não for assim, ele não vem. Se eu não puder vir pra cá por causa da faculdade e tal, o Rule deixa os dois na mão. Metade das vezes que chego lá no apartamento, ele nem sabe que dia da semana é e tem que fazer um esforço enorme só pra passar pela porta. Hoje foi um ótimo exemplo. Se eu apareço, ele se sente obrigado a vir comigo, não importa o que esteja fazendo ou quem esteja pegando.

O Rome soltou uns palavrões bem baixinho e continuou:

— Esse pirralho não vai morrer se tentar agradar o pai e a mãe uma vez por semana. Não devia precisar de babá, muito menos se essa babá for você.

Encolhi os ombros porque todo mundo sabia que cada um dos rapazes da família Archer cumpria determinado papel. O Remy era o filho bom, o aluno que só tirava nota dez, o que ia cursar uma boa faculdade. E também ficou com a obrigação de evitar que o Rule fosse parar na cadeia e tentar resolver as encrencas em que o irmão gêmeo se metia e de que não conseguia sair sozinho. O Rule é o rebelde, aquele que aproveita a vida ao máximo e não quer nem saber se ofende ou magoa alguém por causa disso. O Rome é o chefe. Os gêmeos adoravam ele e obedeciam suas ordens nos bons e maus momentos – só Deus sabe quantos maus momentos tiveram. Com a morte do Remy, não foi surpresa pra ninguém quando o Rome quis proteger mais ainda o irmão que restou. E foi virando uma obrigação minha, ainda que isso tenha ficado subentendido, manter o Rule no bom caminho.

— É o mínimo que posso fazer pela Margot e pelo Dale. Eles já fizeram tanto por mim, pedindo tão pouco em troca. Aguentar a ira do Rule uma vez por semana não é um sacrifício tão grande.

Os olhos dele, que são tão parecidos com os do irmão que às vezes dói só de olhar, brilharam por um instante. Ninguém consegue enganar o Rome, e não ia ser nenhuma surpresa se eu descobrisse que ele sabe muito mais sobre o segredo que eu guardo do que deixa transparecer.

— Só não quero que você seja vítima do pior lado do Rule. Minha mãe precisa superar essa merda, e ele também. Está todo mundo bem grandinho, e a vida é muito curta pra você perder seu tempo bancando a intermediária entre esses dois.

Dei um suspiro e falei mais baixo quando chegamos à entrada da sala. A mesa já estava posta, e todos estavam sentados em seu lugar de sempre. O Dale, na cabeceira, com a Margot à direita. Eu sento ao lado da Margot. O Rome, à esquerda do Dale. E o Rule senta do lado oposto da mesa, o mais longe possível dos pais.

— Eles precisam encarar o fato de que o Remy se foi, e ele tem que parar de esfregar isso na cara dos dois. Até que alguém ceda e aprenda a perdoar, vai ser sempre assim — eu disse.

O Rome me beijou de leve na têmpora, me deu um abracinho e concluiu:

— Acho que nenhum dos três sabe a sorte que têm de poder contar com você, menina.

Soltei o braço dele e fui sentar no meu lugar, entre a Margot e o Rule. Tentei não me encolher de tensão quando ele apertou os olhos pra mim, dando a entender que eu e o Rome estávamos sussurrando sobre ele. Sentei e dei um sorrisão para o Dale, que começou a passar as travessas de comida. Como sempre, a mesa era farta. Eu já ia perguntar para o Rome o que ele pretendia fazer durante a licença quando a Margot disse uma coisa que me deixou passada, com a cabeça girando:

— É pedir muito você vir para o *brunch* de camisa e vestindo uma calça que não pareça ter sido comprada em um bazar de caridade? Seu irmão quebrou vários ossos e sofreu um acidente horroroso e ainda assim consegue se vestir melhor do que você, Rule.

Tive que morder a língua pra não mandar a Margot deixar o Rule em paz. Até porque uma refeição em família deveria ser informal e divertida. Sei muito bem que, se eu tivesse aparecido de calça jeans e camiseta, a Margot não teria nem piscado. Mas, como era o filho mais novo, via aquilo como uma afronta.

O Rule pegou uns pedaços de bacon da travessa que ofereci e nem se deu ao trabalho de responder. Virou para o Rome e perguntou o que o irmão estava planejando fazer naquela folga. O Rule queria que o irmão fosse passar uma semana em Denver, pra ficar com ele e o Nash. Depois de levar esse fora, a Margot apertou os lábios, e o Dale enrugou a testa. Vejo variações dessas caretas todos os domingos. Senti uma dor no peito porque o Rule é um desses garotos que fica bem com qualquer coisa, até de camiseta amassada e jeans rasgado. E aquela quantidade enorme de tatuagens, dos pés à cabeça, e a coleção de *piercings* enfeitando pontos estratégicos do rosto combinam com ele.

Não tem como negar que o Rule é bonito. Bonito demais, até, pra dizer a verdade. Mas ele é complicado, e essa beleza toda está enterrada e camuflada debaixo de uma porção de coisas que não passam despercebidas. De todos os irmãos, é o que tem os olhos de azul mais claro, quase cor de gelo. E o cabelo, mesmo pintado de roxo, verde ou azul, ainda é o mais cheio e brilhante. Tem todas as cores do mundo dançando pela pele e, ainda assim, as garotas sempre gostaram dele, mais do que dos outros dois. Tipo a morena do café de hoje à tarde. O nome dela é Amy Rodgers, e passei todos os anos do Ensino Médio sendo atormentada por ela e seu grupinho de líderes de torcida. A Amy só namorava os esportistas e os garotos populares, não garotos que usam moicano e têm *piercing* na sobrancelha e nos lábios. Mas nem ela consegue resistir ao glorioso magnetismo de Rule Archer.

– E o que é isso no seu cabelo, filho? – perguntou o Dale. – Uma cor que exista na natureza seria bom, pra variar, especialmente porque a família está toda reunida, e a gente teve a sorte de seu irmão estar são e salvo.

RULE

Eu gritei por dentro e, sem dizer nada, peguei a tigela de salada de frutas que a Margot me passou. Agora que os dois tinham se aliado pra atacar o Rule, ele não ia ficar quieto de jeito nenhum. Normalmente, ele ignorava a mãe e soltava umas frases sarcásticas curtinhas para o Dale. Mas não ia deixar passar batido o fato de ter sido interrompido e agredido por ambos os lados enquanto tentava pôr o papo em dia com o irmão. O filho mais novo da família Archer já tinha pavio curto. Acuado, de ressaca e sendo civilizado a contragosto... Com certeza o bicho ia pegar, na melhor das hipóteses. Olhei para o Rome, em pânico. Só que, antes que ele pudesse interceder, o Rule deu um tapa verbal na cara do Dale:

– Bom, paizinho, o roxo é encontrado em todo cantos da natureza. Não sei do que você tá falando. E, quanto às roupas, acho que vocês têm sorte de eu ter posto calça, considerando o estado em que a Shaw me encontrou hoje de manhã. Agora, se já acabaram de criticar tudo o que faço, posso continuar minha conversa com meu irmão que faz um ano que não vejo e que quase morreu na explosão de uma bomba caseira numa estrada do Iraque?

A Margot ficou sem ar, e o Dale empurrou a cadeira pra trás. Minha cabeça tombou para a frente, e esfreguei o meio da testa, que estava começando a latejar de dor.

– Uma tarde, Rule. A gente só está pedindo uma porcaria de tarde – disse o Dale e saiu correndo da sala.

A Margot não perdeu tempo e caiu no choro. Afundou a cabeça no guardanapo, e eu estendi a mão, meio sem jeito, pra dar um tapinha no ombro dela. Dei uma olhada para o Rule, mas ele já tinha se levantado também e ido em direção à porta. Então olhei para o Rome, que só sacudiu a cabeça e ficou de pé, com dificuldade. A mãe levantou a cabeça, fez olhos de súplica para o filho mais velho e disse:

– Fale com ele, Rome. Diga que isso não é jeito de tratar os próprios pais. Esse menino não respeita ninguém... – ela apontou para a porta e completou: – Diga que isso é inaceitável.

O Rome me deu uma olhada, depois se virou para a mãe e respondeu:

— Claro, mãe, eu falo. Mas também vou dizer que você não tinha nenhum motivo pra pegar no pé dele daquele jeito. E daí que quer usar jeans e ter um cabelo de Smurf? O que importa é que ele está aqui, se esforçou. A Shaw perdeu tempo, apesar da agenda maluca que ela tem, pra fazer esse *brunch* dar certo, por você e pelo papai. Vocês dois esperaram exatos três segundos pra ficar pondo o dedo na ferida, de propósito.

A Margot arfou de novo, mas o Rome ainda não tinha terminado.

— Você e o papai precisam acordar pra vida. Eu poderia muito bem ter voltado pra casa num caixão, em vez de engessado. Já perderam um filho, precisam dar valor aos que sobraram, independentemente de concordar ou não com as decisões que a gente toma ou deixa de tomar.

As lágrimas rolaram com mais força, e ela encostou a cabeça no meu ombro.

— A Shaw adora vir aqui no domingo ver a gente. Eu só devia parar de pedir pra ela trazer o Rule, porque é óbvio que ele não quer estar aqui. Cansei de tentar incluir seu irmão na família. Dói demais.

O Rome sacudiu a cabeça, e nós dois demos um suspiro. Ele foi atrás do Rule, e eu continuei tentando consolar a Margot, dando uns tapinhas no ombro dela. Essa mulher foi gentil comigo, me tratou como uma filha quando minha própria mãe não sabia onde me enfiar. Por isso, decidi dizer algo que vinha do fundo do meu coração. Eu me recusava a ver outra família desmoronar.

— Você e o Dale são pessoas maravilhosas, Margot, e são bons pais também. Mas precisam parar de viver no passado. Não vou mais vir aqui aos domingos, não enquanto você não der um jeito de aceitar o Rule como ele é, amar seu filho de qualquer maneira. Tenho saudade do Remy, e a morte dele foi trágica. Mas nunca vai conseguir transformar o Rule nele. Não posso ficar parada vendo você fazer isso. Há anos meus pais tentam me obrigar a ser de um jeito que não tem nada a ver comigo, e tudo o que eu quero é dizer "não" pra eles, igualzinho ao Rule.

Fiquei de pé e tive que lutar contra minhas próprias lágrimas quando ela me olhou com uma cara de susto e mágoa.

RULE

— Se o Remy ainda fosse vivo, nada disso aconteceria. Você e ele estariam felizes juntos, o Rule não teria começado a agir desse jeito terrível, e o Rome nunca teria se alistado nesse Exército idiota.

Tive que dar uns passos pra trás, porque o que ela estava falando era tão errado que quase me derrubou.

— O Rule sempre foi difícil, Margot. Nunca obedeceu as ordens que você e o Dale davam pra ele. O Rome se alistou muito antes do acidente acontecer. E eu já disse um milhão de vezes que o Remy era meu melhor amigo, mas a gente não tinha esse tipo de sentimento um pelo outro. Acho que você precisa pensar seriamente em procurar ajuda profissional, porque está reescrevendo a história e, enquanto fica fazendo isso, está perdendo um filho sensacional.

— Você acredita mesmo nisso? O Rule é tão terrível com você quanto é comigo e com o pai dele.

Mordi o lábio e esfreguei as têmporas com força.

— Ele não é terrível, só é mais difícil de amar. O Remy facilitou as coisas pra vocês. O Rule nunca fez isso, mas vale a pena o esforço. Até que essa família consiga enxergar isso, não vou mais perder meu tempo. Se eu quisesse ver discussão e amargura, ia visitar minha própria família. Eu te amo e amo o Dale, mas vejo o que estão fazendo com o Rule e não vou participar disso. O Rome tem razão: você precisa dar valor à família que tem em vez de passar o resto da vida comparando com a que perdeu. O Remy era tudo pra mim, Margot, mas ele morreu. E o Rule continua vivo.

Ela cruzou os braços e soltou a cabeça em cima da mesa. Eu sabia que não adiantava falar mais nada e fui em direção à porta. Não fiquei nem um pouco surpresa quando vi o Dale encostado no balcão da cozinha, me olhando com uma cara séria.

— Se você não vier mais, ela não vai ficar bem. Você é muito importante pra família – disse ele.

Ajeitei uns fios de cabelo perdidos atrás da orelha, dei um sorriso triste e respondi:

— Seu filho também.

– A Margot não é a única que precisa se lembrar disso, e você tem que admitir que aquele cabelo é ridículo.

Com essa, dei risada de verdade e o abracei.

– Ela precisa se tratar, Dale. Já faz tempo que o Remy se foi, e a Margot insiste em empurrar o Rule para o lugar que ele ocupava. Isso não vai acontecer, a gente sabe.

O Dale me deu um beijo no alto da cabeça e se afastou de mim.

– Não sei por que você fica defendendo esse garoto. Ele tem um temperamento forte e sempre foi rebelde além da conta. Você é uma menina bonita e inteligente, deve saber como termina essa história do Rule.

– Não sou de pular páginas, Dale. Sempre leio o livro até o fim. Diga pra Margot me ligar quando se acalmar, mas eu estava falando sério. Até esse *brunch* virar uma reunião de família de verdade, e o Rule não for mais menosprezado só por ser quem é, e não o que vocês querem que ele seja, não vou aparecer. É doloroso demais.

– É justo, menina. Mas você sabe que, se precisar de alguma coisa, é só ligar pra gente.

– Sei, sim.

– E também sabe que o Rule não vai dar nenhum valor ao seu sacrifício por ele.

– Pode até ser que não, Dale. Mas quem vai se sacrificar sou eu. E, mesmo que ninguém, incluindo o próprio Rule, perceba, acho que vale a pena. Sei que o Remy sempre pensou a mesma coisa. É bom se lembrar disso da próxima vez que o Rule aparecer aqui de cabelo rosa.

Fui saindo da casa e parei quando vi os dois irmãos do lado de fora, com a cabeça encostada. O Rule estava com cara de raiva, e o Rome, de tristeza. Era de partir o coração, mas também era impressionante. O Rule me viu primeiro e se afastou do irmão. Os dois falaram alguma coisa entre eles bem baixinho e se cumprimentaram com um soquinho. O Rome deu aquele abraço de um braço só no irmão e chegou mais perto de mim. Fez a mesma coisa comigo e ainda me deu um beijo na bochecha.

— Vou apagar todos os incêndios que puder por aqui esta semana e aí vou pra Denver. Ligo quando der.

— Tenta convencer sua mãe a se tratar, Rome. Por favor.

— Eu te amo, menina. Tenta evitar que aquele cuzão se meta em encrenca. Faça isso por mim.

Dei um beijo na bochecha dele também e disse:

— Sempre faço isso.

— Não sabia que as coisas por aqui andavam tão mal, Shaw. Perdi tanto por estar longe.

— Famílias são como tudo na vida: dão trabalho e exigem paciência e boa vontade pra dar certo. Tô muito feliz que você tá de volta, Rome.

Depois de mais um abraço, eu me afastei e atirei as chaves do meu carro para o Rule.

— Estou com dor de cabeça. Você pode dirigir?

Normalmente, não o deixo nem chegar perto do meu carro. O Rule é meio pé de chumbo e não tem a menor consideração pelos outros motoristas, mas eu não ia conseguir voltar dirigindo. A dor de cabeça estava se transformando em enxaqueca, e eu só queria fechar os olhos, me enfiar numa cama macia e debaixo de um cobertor. Sentei no banco do carona, toda encolhida.

O Rule não falou nada, só virou a chave na ignição e foi dirigindo em direção a Denver. Não ligou o rádio nem se deu ao trabalho de conversar por educação. Eu sabia que ele não ia pedir desculpas por aquela cena toda. Nunca pedia, então nem toquei no assunto. Fiquei cochilando e acordando e, uma hora, ouvi o toque que escolhi para o Gabe martelando dentro do meu bolso. Soltei um palavrão, coisa que raramente faço, e desliguei aquele celular idiota. Àquela altura, meu estômago já estava todo embrulhado, e eu enxergava pontos pretos.

— Ele liga mais agora do que quando vocês estavam namorando – disse o Rule, bem baixinho.

Será que fazia ideia do quanto minha cabeça estava doendo?

— Ele é um pé no saco. Te falei que ele ainda não entendeu.

– Isso é um problema?

Abri um olho, porque, realmente, não fazia o feitio do Rule demonstrar preocupação comigo.

– Não. Quer dizer, faz umas duas semanas, e acho que o Gabe sente mais falta da ideia de estar comigo do que de estar comigo de verdade. Fico na esperança de que vá se cansar ou encontrar outra pessoa e simplesmente sumir.

– Não deixa de contar pra alguém se isso se tornar um problema. Nenhuma mulher merece ficar ouvindo esse barulho.

– Pode deixar.

A gente caiu no silêncio de novo, até ele limpar a garganta. Conheço o Rule o suficiente pra saber que estava tentando dizer alguma coisa, e eu só precisava esperar um pouco.

– Olha, desculpa por hoje de manhã. Desculpa por muitas manhãs de domingo. Você não tem que ficar vendo meus piores momentos. Pra falar a verdade, não é obrigada a me ver de jeito nenhum. Cansei dessa forçação de barra de encontrar minha família. Não adianta nada, só enfia a faca mais fundo, e só agora consegui enxergar isso. Esse drama tá rolando há anos, e não é justo você ficar no meio disso sem o Remy pra te ajudar. Ele morria de amores por você, e caguei tudo quando tive que honrar esse compromisso.

Minha dor era muito forte para discutir a semântica do meu relacionamento – ou melhor, da falta dele – com o Remy mais uma vez. Ninguém na família Archer conseguia entender que a gente era amigo. Melhores amigos, mas nada além disso. A lenda do nosso relacionamento tinha se transformado num monstro que eu simplesmente não podia combater. Ainda mais agora, quando aquela quantidade ínfima de alimento que eu tinha ingerido no *brunch* estava começando a subir pela minha garganta. Joguei o corpo para a frente e agarrei o braço do Rule. Não deve ter sido a melhor das ideias, porque a gente estava perto de 150 por hora na estrada, mas eu estava quase vomitando dentro de um carro que custava mais do que o ano inteiro de salário de muita gente.

– Encosta o carro! – gritei.

RULE

    O Rule disse um monte de palavrão e deu uma desviada brusca de uma van para conseguir parar no acostamento. Abri a porta e praticamente caí de joelhos enquanto vomitava, soltando um jorro violento em cima do asfalto. Ele tirou meu rabo de cavalo da frente com aquelas mãos quentes e me ofereceu uma bandana toda esfarrapada. Quando consegui respirar de novo, peguei a garrafa d'água que o Rule me passou e sentei em cima dos calcanhares. O mundo girava em todas as direções.
    – Que foi? – perguntou ele.
    Fiz bochecho com a água, cuspi no chão, tentando não acertar nos coturnos pretos dele, e respondi:
    – Enxaqueca.
    – Desde quando você tem isso?
    – Desde sempre. Preciso sentar no banco de trás.
    O Rule me ajudou a levantar, colocando a mão embaixo do meu braço. Me dei conta de que aquela era a primeira vez que ele me tocava de propósito. A gente nunca se abraçou, nunca se encostou, nunca mandou um "toca aqui" ou deu um aperto de mão. Nossa relação era do tipo não-me-toque total, então quase entrei em parafuso com aquilo. Fiquei gemendo, e ele praticamente teve que me enfiar no banco de trás. Sou baixinha, e me espichar no carro não é tão difícil. O Rule se sentou atrás do volante e ficou me espiando por trás do ombro.
    – Você consegue aguentar até chegar em casa?
    Cobri os olhos com o braço e pus a mão no estômago embrulhado.
    – Não tem muito jeito. Fica preparado pra parar de novo se eu gritar.
    O Rule voltou para estrada e ficou quieto por um minuto. Aí ele me perguntou:
    – Alguém sabe que você tem enxaqueca?
    – Não. Não acontece com muita frequência. Só quando eu estou estressada ou durmo mal.
    – O Remy sabia?
    Eu só queria suspirar, mas respondi:

– Sim.

O Rule resmungou alguma coisa que não consegui entender, e não exatamente vi, mas senti, ele olhar pra mim.

– O Remy nunca me disse nada. E olha que meu irmão me contava tudo. Até as merdas que eu tinha zero interesse de saber. E não parava de falar em você.

Ele estava errado, mas muito errado. Mas esse segredo era do Remy, e vou levá-lo comigo para o meu túmulo. Tinha muita coisa que o Rome e o Rule não sabiam sobre o irmão, coisas que ele tinha medo de contar, coisas contra as quais lutava todos os dias. Minhas enxaquecas e meu amor irrevogável pelo Rule não eram nem a ponta do iceberg.

– Deve ter se esquecido de contar. Como eu disse, não tenho isso sempre e, quando vocês se mudaram para Denver e eu ainda precisava terminar o Ensino Médio, o Remy deve ter se esquecido das minhas enxaquecas, porque a gente já não se via tanto. Foi só nos últimos anos que elas pioraram.

– Parece algo meio sério pra ele esquecer.

– Ao contrário do que toda a família Archer enfiou na cabeça, a vida do Remy ia muito além da nossa amizade e do que acontecia ou deixava de acontecer comigo.

O Rule bufou bem alto e falou:

– Ah, é. O Remy virou outra pessoa depois que conheceu você. Ele sempre foi o bonzinho, o melhor de todos nós, mas quando você surgiu pareceu que, finalmente, encontrou seu objetivo na vida. Viu em você alguém pra gostar sem a merda da bagagem que a gente tinha. Você fez o Remy ser alguém melhor.

Meu coração ficou tão apertado que, por um momento, pensei que ia virar do avesso.

– Bom, ele me salvou. Então nós dois nos transformamos em pessoas melhores.

A gente voltou ao silêncio desconfortável até o Rule parar o carro na frente do prédio dele. Aí se virou no banco e olhou pra baixo, na minha direção. Retribuí o olhar por baixo do meu braço. O azul daqueles olhos tinha sido praticamente engolido pelos tons claros de prata e cinza.

– Você consegue chegar no campus ou quer que eu te leve? Posso pedir para o Nash me seguir, ele já tá em casa – perguntou ele.

Era uma oferta tentadora, e fiquei surpresa por ter vindo dele. Mas já bastava dos irmãos Archer. Além disso, o trânsito de Capitol Hill até o campus não era tão ruim no domingo.

– Consigo ir sozinha. Não é tão longe assim.

Desci meio cambaleando do banco de trás e tive que me apoiar na coluna da porta enquanto o Rule saía do banco do motorista. A gente estava tão perto que dava pra ver a veia do pescoço dele pulsando debaixo da tatuagem de beija-flor.

– Obrigada, mesmo assim – completei.

Ele respirou fundo e esfregou o rosto com força. Deu um passo pra trás e fez questão de olhar bem no meu olho pra dizer:

– Aquele lance dos domingos, eu tava falando sério. Não apareça aqui domingo que vem esperando que eu me comporte. Pra mim, chega.

Bati uma continência, e meu corpo desmoronou no banco que ele tinha acabado de vagar.

– Mensagem recebida. Meus serviços de motorista/escudo humano não são mais necessários, o que significa que provavelmente não vou mais ver você. Se cuida, Rule. Sério, alguém precisa fazer isso.

Fechei a porta antes que ele pudesse dizer mais alguma coisa e nem esperei o Rule se afastar do carro pra dar ré e sair. Eu estava perto do apartamento que divido com minha melhor amiga.

Conheci a Ayden no primeiro ano de faculdade, quando a gente dividia um quarto no dormitório. Ela fazia química e trabalhava no mesmo bar que eu. E tinha total paciência com minha neurose interminável. A família da Ayden também não era nada fácil, e eu amava poder contar sempre com ela. Minha amiga era megainteligente e tinha levado zero segundo pra descobrir por que minha vida social era uma droga e por que eu nunca ia conseguir levar nenhum dos garotos que namorava a sério:

porque era apaixonada pelo Rule Archer. Quando cheguei em casa me arrastando de dor, ela me pôs na cama sem fazer nenhuma pergunta, fechou as cortinas do quarto, me trouxe um remédio e um copo gigante de água.

A Ayden subiu na cama, fazendo o colchão baixar, e eu tirei minhas sandálias *peep-toe* de salto e arranquei o cinto.

— Foi ruim hoje, meu bem?

A Ayden é do Kentucky, e fala com aquele sotaque do interior que era um bálsamo para meus ouvidos.

— Ele tava de novo com uma vadia, tinha um chupão gigante no pescoço, minha inimiga mortal do colégio deu em cima dele no café que a gente parou e demorou menos de um minuto pra Margot e para o Dale começarem com os insultos por causa do cabelo e da roupa dele, lembrando que ele não é nem nunca vai ser o irmão gêmeo que morreu. Ainda bem que, dessa vez, não atacaram o trabalho nem a falta de educação, mas ele gritou tudo o que tinha engasgado e saiu correndo. Decidiram que é melhor a gente não ir mais lá aos domingos, e essa é a segunda família da qual eu faço parte em que ninguém consegue se amar ou dar valor para os demais. Pra completar, o Gabe tá me ligando o dia inteiro, e ele é a última pessoa da face da Terra com quem eu gostaria de conversar. Resumindo, é, hoje foi um dia ruim pra caralho.

A Ayden passou a mão no meu cabelo e riu baixinho.

— Gata, você se mete em cada situação...

— Nem me fala.

— Devolveu a chave do apê dele?

Gemi um pouquinho e afundei a cabeça no travesseiro.

— Não. Esqueci completamente. Mas não posso dizer que estou louca pra entrar lá e encontrar o Rule de novo pegando duas piranhas ao mesmo tempo. Pra ser sincera, ficaria superfeliz se nunca mais visse aquela cara cheia de *piercings* dele.

Minha amiga abafou uma risadinha, se virou de barriga pra cima e ficou olhando para o teto. O que meu cabelo tem de loiro, o da Ayden tem de preto. Ela usa bem curtinho e desfiado, tem uns olhos enormes cor de conhaque e um coração de ouro. Além do Remy, é a melhor amiga que já tive. Eu a amo porque não preciso contar todos os detalhes sórdidos para ela me entender. A Ayden simplesmente me entende. Pode até não entender como consigo viver ao mesmo tempo amando e odiando alguém que só me vê como uma encheção de saco, mas nunca me condenou nem me criticou por isso.

Aquele garoto é complicado, hein?

– Sei lá, talvez dar um tempo seja bom pra mim. Quem sabe ficando longe da família toda eu finalmente consiga respirar e matar esse sentimento que sempre tive por ele. Não posso passar o resto da minha vida fugindo dos homens só porque eles não são o Rule.

– Bom, não posso dizer que lamento a partida do Gabe, mas você merece alguém que te trate superbem e te ame das mais diversas e saudáveis maneiras. Você merece mesmo, porque nunca conheci ninguém que ame de um jeito tão desprendido e seja tão generoso. Sabendo que esses seus pais devem ser dois blocos de gelo, então... Isso é um verdadeiro milagre. Você é uma garota legal, Shaw, e o mínimo que merece é um namorado legal.

Cruzei as mãos e encostei o queixo nelas. Minha cabeça estava aos poucos parando de latejar, e eu só queria tirar um cochilo e talvez depois tentar processar tudo o que tinha acontecido.

A Ayden tem toda a razão: mereço alguém legal. Sei como um namorado legal deve ser, como deve se comportar. Pra falar a verdade, fui a melhor amiga do garoto mais legal da face da Terra. O Remy personificava tudo o que qualquer garota em sã consciência quer de um namorado, mas nunca tive esse tipo de sentimento por ele, nunca mesmo. Lembro muito bem da primeira vez que ele me levou pra casa da família Archer. Eu tinha catorze anos e estava com muita dificuldade de me ajustar com aqueles moleques ricos e *playboys* no primeiro ano do Ensino Médio. Eu sabia que a imagem e a marca das roupas eram importantes, mas só queria usar jeans e rabo de cavalo. O Remy tinha dezesseis e era capitão do time de futebol americano. Me encontrou chorando do lado de fora do vestiário feminino depois de uma sessão bem feia de *bullying* verbal que a Amy e a turma dela me deram. Ele não me zoou, não me fez nenhuma pergunta nem agiu de modo estranho só porque eu era do primeiro ano e ele, do último. Só me pegou e levou pra casa dele porque eu estava me sentindo triste e sozinha e não queria que eu me sentisse assim nunca mais. Disse que podia ver nos meus olhos que eu era uma pessoa gentil, que precisava que alguém cuidasse de mim. E, a partir desse momento, resolveu que esse alguém seria ele. Me lembro de todos os sentimentos agradáveis e confusos que tive naquele instante. Me lembro de sentir alegria e gratidão muito além da conta, porque finalmente alguém tinha notado o quanto eu merecia receber amor incondicional. Mas minha lembrança mais forte foi sentir que meu mundo inteiro estava de cabeça para baixo quando o Rule entrou na cozinha, inclinou o queixo na minha direção e perguntou:

– Quem é a garota?

Meu coração parou, parecia que meus pulmões iam entrar em colapso. De repente meu corpo todo ficou tenso, e não consegui elaborar um pensamento racional nem uma frase coerente sequer. Naquela época, resolvi que era só uma paixonite adolescente. Todos os meninos da família Archer eram bonitos, cheios de qualidades, uma coisa de outro mundo. Todas as meninas que eu conhecia já tinham ficado a fim de um *bad boy* em algum momento. É claro que deixaram esse sentimento para lá quando perceberam que o *bad boy* era só um idiota, e que mereciam ser tratadas de um jeito decente. Mas o tempo passava, as coisas mudavam, e eu nunca nem parei para pensar que meus sentimentos jamais seriam correspondidos. O Rule achava que eu era só a amiguinha do irmão dele, uma menina rica e mimada. Quando a gente cresceu, passou a me ver como namorada do Remy. O que é uma droga, porque nunca fui nada disso. O resultado é que eu sabotava todos os meus relacionamentos, dava o fora em um após o outro simplesmente porque não queria um garoto legal. Queria o *bad boy*, que não fazia a menor ideia do que eu sentia.

RULE

Eu *era* uma garota legal. Era leal e sincera, trabalhava duro e gastava muito tempo e energia construindo meu futuro. Não me metia em encrenca e fazia o possível e o impossível para tentar ser a filha perfeita e sofisticada que meus pais desejavam, e a mulher bem-sucedida e determinada que tinha aprendido a ser com a família Archer, que me ensinou a ter autoconfiança. Só não gastava muito tempo sendo a pessoa que realmente queria ser. Essa pessoa estava trancada em algum lugar nas profundezas do meu ser, com falta de ar e ainda se apegando à esperança de que o Rule notasse que estava viva. Era muito cansativo ser assim e, nos meus momentos mais vulneráveis, quando era brutalmente sincera comigo mesma, tinha que admitir que não sabia por quanto tempo mais conseguiria aguentar.

CAPÍTULO 3

Rule

A SEMANA NO ESTÚDIO FOI UMA LOUCURA. Como é época de receber a restituição do imposto de renda, o povo tá com mais grana pra gastar. Eu tinha uma hora marcada atrás da outra até sábado, e ia trabalhar até no meu dia de folga na *tattoo* de um cara que começou a fechar o braço comigo há uns meses. O Nash também estava com a agenda lotada. Quando a noite de sábado finalmente chegou, tudo o que a gente mais queria era ir pra balada e pegar alguém. O domingo de manhã foi igualzinho ao da semana passada. Só que, dessa vez, quando levei a mulher até o carro, não precisei me preocupar com a Shaw entrando na minha casa e vendo uma situação que eu não queria que visse. Liguei para o Rome pra saber quando ele ia vir, mas pelo jeito, depois do último domingo, as coisas lá em casa não estavam das melhores, e meu irmão não queria deixar minha mãe sozinha. Eu até queria me importar com a situação, me sentir mal por ela, mas isso simplesmente estava além das minhas forças.

Eu estava prestes a abrir uma cerveja e me jogar na frente da TV pra ver o jogo quando o Nash saiu do quarto colocando primeiro um boné preto, depois o capuz do moletom por cima da cabeça raspada. Ele é uns centímetros mais baixo que eu, mas bem mais fortinho. Pra ser sincero, é bonitão pra caralho. Sempre raspa o cabelo preto porque tem tatuagens gêmeas nos lados da cabeça. Os olhos dele são muito, muito claros, parecem mais lilás do que azuis, e sempre se destacaram em relação à pele, que é bem mais escura. O Nash tem bem menos *piercings* na cara do que eu: só uma argola no nariz e alargadores de vidro nas orelhas. Não sei por quê, mas ele não tatua o pescoço nem as mãos. Sempre tiro sarro disso, já que fez duas marcas eternas na cabeça. A gente forma uma boa dupla e, quando sai junto, é quase certeza que nenhum dos dois volta pra casa sozinho. O Nash é muito mais legal do que eu. Só que aparenta ser muito mais barra-pesada.

– O Jet e o Rowdy estão vendo o jogo no Goal Line. Chamaram a gente, se você estiver a fim.

O Rowdy trabalha no estúdio com a gente, e o Jet é vocalista de uma banda de metal daqui de Denver que curtimos. Com esses dois, nossa turma fica completa. Ir ver o jogo no bar pareceu muito mais divertido do que ficar largado no sofá, sozinho. Pus minha cerveja de volta na geladeira e calcei os coturnos pretos.

O Nash tem um daqueles carrões irados dos anos setenta, todo restaurado. É um monstro preto e cromado que tem um puta motor. Tenho certeza de que todo mundo no prédio sabe quando a gente tá saindo ou chegando, porque o bicho faz mais barulho que trovão, mas é da hora. Estou ligado que o carro é importante, porque o Nash restaurou o troço quase sozinho. O passado dele é meio nebuloso, mas já que o meu também não é lá muito tranquilo, nunca o forcei a falar disso. O que sei é que o pai dele morreu quando ele era bem novo, e que a mãe casou de novo com um otário cheio da grana. E que o Nash se recusa a chegar perto do padrasto. O Phil, o mesmo que deixou a gente tomar conta do estúdio dele, foi quem se responsabilizou por ajudar o sobrinho a chegar à idade adulta sem ficha criminal ou uma porção de filhos bastardos.

O bar fica no baixo centro, ou Ba-Tro, como o povo daqui fala. É um lugar onde o pessoal da cidade e os operários gostam de ir. Já que faz anos que eu não passo o domingo em casa, nem lembrava como o pico fica cheio quando o time de futebol americano da cidade tá jogando. Meus amigos estavam sentados numa mesa no fundão, à direita, debaixo de uma TV de tela plana gigante, e já tinha umas cervejas à nossa espera.

A gente se cumprimentou com soquinhos e balançando a cabeça, e, logo depois, o bar inteiro soltou um grito estridente porque o Denver Broncos tinha marcado.

– E aí, galera? – disse Nash enchendo os copos de todo mundo.

O Rowdy mexeu as sobrancelhas pra cima e pra baixo, fazendo sinal pra um ponto atrás dele, perto do balcão.

– Isso aqui não é muito melhor do que reunião de família? Ninguém quer ver a mamãe vestida desse jeito.

As meninas que trabalham no bar estavam usando umas roupas esportivas bem sensuais. Tinha líderes de torcida supersexy, jogadoras com camiseta minúscula e shorts justinhos... Gostei mais das roupas de árbitro minúsculas que mal cobriam a bunda delas.

– Com certeza – comentei.

Era bom poder só relaxar e passar um tempo com meus amigos no domingo, já que, normalmente, esse é o pior dia da minha semana. Era muito melhor do que ser estraçalhado pelos meus pais só por estar vivo. Senti uma pontinha de culpa pelo meu egoísmo, mas sabia que a cerveja já ia dar um jeito nisso.

O Jet, que estava acabando com uma porção de *nachos*, levantou os olhos do prato e apontou na direção do balcão por cima do ombro.

– Espera até ver o mulherão que tá servindo nossa mesa. Amigo, não tenho palavras.

A banda do Jet, a Enmity, é bem famosa na cena local e eu conheço por experiência própria o bando de fãs e roqueiras que fica dando em cima dele. O cara pode escolher a mulher que quiser. Se ele ficou impressionado com uma mulher, é porque deve ser nota dez em todos os quesitos, e eu mal podia esperar pra dar uma conferida. A gente ficou jogando conversa fora e acabou com as cervejas do baldinho em menos de trinta minutos. Meus amigos estavam falando cada vez mais alto, zoando cada vez mais, mas a gente estava se divertindo, e ia precisar de mais uma rodada uma hora ou outra, só que eu ainda não tinha visto a misteriosa Garçonete Supergostosa. De repente, os pelos da minha nuca ficaram eriçados, e eu entrei em estado de alerta. Uma loira estava vindo em direção à nossa mesa. O cabelo era quase branco, e ela estava de maria-chiquinha. Seus olhos verdes me observavam perplexos por baixo de uma franjinha reta. A boca era tipo um rasgo de vermelho vivo naquele rosto branquinho que eu conhecia tanto quanto o meu. E tava usando um uniforme de juiz, com shorts preto de babadinho, meia arrastão e tudo mais. Pra completar, usava uns coturnos pretos bem parecidos com os meus, só que femininos, que subiam pelas pernas sensacionais e paravam embaixo dos joelhos. Enquanto eu tentava me lembrar de onde conhecia aquela mulher e os idiotas dos meus amigos ficaram babando, o Nash levantou, deu um abraço de urso nela e perguntou:

— E aí, gata? O que você tá fazendo aqui?

A Shaw soltou um gritinho e abraçou meu colega de apê, mas não tirou os olhos dos meus.

— Hã... Eu trabalho aqui. Já faz um tempinho. Normalmente tiro o domingo de folga, mas eu estava disponível e anda bem cheio aqui, então vim ajudar. O que estão fazendo aqui?

Eu sabia que a pergunta era dirigida a mim, mas ainda estava passado demais pra responder. Ela estava muito diferente. O Nash deixou o braço no ombro dela, apontou para os nossos amigos e disse:

— O das costeletas é o Rowdy. Trabalha comigo e com o Rule. O que está enchendo a cara de *nachos* é o Jet, vocalista da Enmity, que eu conheço desde criança. Essa aqui é a Shaw. Conhece o Rule e os irmãos dele desde pequena.

Fiquei observando aquilo com um misto de fascínio e repulsa, porque meus amigos quase se estapearam pra apertar a mão que ela estendeu. Eu ainda não tinha dito nada, e a situação estava começando a ficar bizarra. Mas a Shaw só sorriu, catou o baldinho com as garrafas vazias e disse que voltava logo com mais uma rodada. Quando a menina se virou, os quatro pares de olhos da mesa ficaram observando o cabelo dela balançar e aqueles babadinhos que ela tinha na bunda. Fiquei bem a fim de socar todo mundo, incluindo eu mesmo, na cara. Quando ela se afastou o suficiente pra não conseguir mais ouvir, o Rowdy virou pra mim e bateu na minha cabeça. Xinguei e fiquei olhando pra ele, mas não bati de volta. Só reclamei:

– Que porra foi essa?

Ele sacudiu a cabeça, apontou o dedo pra mim e falou:

– É essa a garota que te leva pra casa dos seus pais todo fim de semana, de quem você vive resmungando? É dela que reclama sem parar porque entra na sua casa quando você tá de bobeira? São os telefonemas dessa garota que você não atende, e é dela que você foge como se fosse a peste bubônica? Sério, Rule. Não sabia que você era gay.

O Nash riu baixinho, e o Jet caiu na gargalhada. Mostrei o dedo para o Rowdy, apertei os olhos e disse:

– Cala a boca, você não sabe do que tá falando.

– Não? Eu não sou cego, e ela é uma gata. Ou você é cego ou burro, porque, se eu passasse duas horas enfiado num carro com ela toda semana, ia dar graças a Deus. E não ficar reclamando.

O Nash sacudiu a cabeça e completou:

– Não acredito que você não sabia que ela trabalha aqui. Sério que simplesmente ignora tudo o que a Shaw diz?

Encarei meu amigo e respondi:

– Você também não sabia. E conversa com ela todo fim de semana, lá em casa.

– Só pergunto se ela quer café, não o que faz da vida. Rule, pode admitir: você é um trouxa.

Eu ia argumentar, mas ele continuou falando:

– E ela *é* gata. Sempre foi. Você não enxerga porque não gosta dela. A Shaw fica bem com aqueles panos caros que usa. Mas, cara, com esse uniforme...

– Eu gosto dela.

Me recusei a fazer comentários sobre a menina ser ou deixar de ser gata porque aquilo era bizarro. É óbvio que tenho um par de olhos, não sou burro e reconheço que a Shaw é bonita. Mas sempre me pareceu tão fria e intocável que nunca achei que era atraente. Era mais uma daquelas obras de arte impressionantes que você vê no museu do que alguém pra se divertir no dia a dia.

– Não minta. Vocês dois não se suportam.

Dei uma encolhida de ombros e respondi:

– Ela é tipo da família. E você sabe o que acho da minha família.

– Bem que eu queria que tivesse uma gostosa dessas na minha família – o Jet comentou, levantando a sobrancelha.

Revirei os olhos e dei um corte nele:

– Pode parar. Deixa de ser tarado.

A Shaw voltou não com um, mas dois baldinhos de cerveja e uma porção de asinhas de frango, e sorriu para o Nash e para os rapazes. Quando aquele olhar vivo dela pousou em mim, não consegui ver mais nada na minha frente.

– As asinhas são por minha conta – a Shaw explicou. – Não consigo me controlar: preciso garantir que você coma alguma coisa no domingo.

E aí se virou, sacudindo as maria-chiquinhas, e foi atender outra mesa, cheia de homens de meia-idade usando camisas de futebol americano justas. Apertei os olhos quando um deles passou a mão naquela bunda cheia de babadinhos dela. Deu pra ver que a Shaw tá acostumada com esse tipo de coisa, porque mandou aquele sorriso matador e se livrou facinho do safado. Tudo isso era tão diferente da imagem que eu tinha dessa garota que, quando ela passou pela nossa mesa de novo, pronta pra me ignorar, segurei o braço dela.

Seus olhos brilharam, soltando faíscas verde-esmeralda, encarando meus dedos tatuados em seu pulso. Pra minha surpresa, aquele toque me fez sentir uma descarga de eletricidade percorrendo meu braço até o ombro. Fiz cara de espanto, dei uma risadinha sem-vergonha e perguntei:

– Seus pais sabem que você trampa aqui? E a Margot? Não acredito que essa gente que você se esforça tanto pra impressionar esteja ligada que você anda por aí rebolando seminua.

A Shaw franziu a testa, se soltou da minha mão e respondeu:

– Não. Meus pais não sabem porque nunca fizeram questão de perguntar. E a Margot sabe que trabalho num bar, mas não faz ideia de como é o uniforme. Além disso, falta muito para eu estar seminua. Me deixa em paz, Rule. Minha colega de apê também trabalha aqui e tá olhando com cara de quem vai chamar reforços. A menos que você queira sair daqui carregado por três seguranças bem grandes, segura essa mão e fica de boca fechada. Gosto do Nash, ele sempre foi legal comigo, mas não me custa nada mandar expulsar vocês daqui, se continuar enchendo meu saco.

A gente ficou se olhando de um jeito hostil até alguém de outra mesa fazer sinal pra ela.

– Um fim de semana – ela resmungou, tão baixo que mal consegui ouvir.

Fiz uma careta e perguntei:

– Quê?

Aqueles olhos brilhavam tanto que eu nem conseguia reconhecer que emoção estavam transmitindo. A Shaw explicou:

– Um fim de semana. Só queria poder me livrar de você por um fim de semana.

Depois dessa, ela se afastou meio rebolando. Foi a primeira vez que me liguei de uma coisa: não era só eu que achava a companhia dela um pé no saco. Ela achava a mesma coisa de mim. Quando me virei pra mesa de novo, meus amigos estavam me olhando com uma cara meio de pena, meio de espanto. Fechei ainda mais a cara enquanto tomava o resto da cerveja num gole só.

– Quê? – eu disse, de um jeito bem grosso.

– Rule, que que tá pegando?

Foi o Rowdy que perguntou, mas o Nash e o Jet também estavam com cara de quem queria saber.

– Do que vocês estão falando?

O Nash levantou o copo pra esconder um sorriso e explicou:

– Parecia que vocês iam se pegar no tapa ou arrancar a roupa um do outro e trepar bem aqui, no meio do bar. O que tá rolando? Achei que ela só te enchia o saco.

RULE

— E enche. Ela é riquinha e mimada, e não tem um assunto em que a gente concorde. Nunca concordou.

O Rowdy me deu uma olhada, dando a entender que eu estava falando um monte de mentira.

— Sei o que eu vi e pode crer que, se ela liberasse, você pegava.

Eu queria dizer que ele estava errado, mas muito errado. Porque, antes da Shaw ser a pessoa que mais me enche o saco e dá nos nervos da face da Terra, ela era do Remy, e nada vai me fazer esquecer disso. Tentei controlar meus nervos, enchi meu copo e fiquei quieto, com cara de mau humor. Não sinto atração pela Shaw. O que rolou é que vi a menina num ambiente diferente, vestida de outro jeito, não com aquelas roupas finas que custam mais do que eu ganho por mês.

A gente estava quase acabando a segunda rodada de cerveja quando, sem dizer nada, a Shaw colocou mais uma na mesa, e uma mulher bem bonita, com um cabelo preto curtinho, apareceu de repente. Ela era alta e tinha os olhos cor de conhaque, uma boca que dava de dez a zero na da Angelina Jolie e um corpão de parar o trânsito. Estava de uniforme de árbitro também. Só que, em vez de coturno, usava uns saltos fininhos que deviam deixar ela mais alta do que o Nash e o Jet. Nada naquela carinha linda transmitia simpatia.

O Jet se endireitou na cadeira, e o Rowdy, que tinha começado a tomar tequila uns vinte minutos antes e, de longe, era o mais bebum de todos, quase caiu da banqueta quando ela parou na mesa, entre os dois. Só que a garota estava olhando direto pra mim, e fiquei encarando até ela dizer algo. Ela tinha aquele sotaque arrastado do interior e posso jurar que o Jet se apaixonou à primeira vista.

— Você é o Rule — não era uma pergunta, então só balancei a cabeça.
— Meu nome é Ayden Cross. Moro com a Shaw.

Não sabia direito por que isso teria alguma importância pra mim, então continuei em silêncio. Meu melhor amigo virou a cabeça pra ficar só me observando. Eu estava sendo meio grosso, mas já estava meio bêbado e puto com a Shaw, então nem liguei.

– Não sei qual é a sua, mas deixa ela em paz. A Shaw não precisa que você foda com a cabeça dela mais ainda. Cai fora.

Pisquei, porque, sério, eu não fazia a menor ideia do que essa garota estava falando.

– Mas eu nem chego perto da Shaw...

Ela apertou os olhos, apontou pra mim e continuou:

– Sei exatamente o que você faz e deixa de fazer, ô tatuado. Eu amo a Shaw. Ela é fofa, legal, a melhor companheira de apê do universo. Pode levar essa sua pose de *bad boy* problemático pra outra freguesia, ela não precisa...

A menina estava se preparando pra jogar mais merda em cima de mim, mas alguma coisa chamou a atenção dela e, de uma hora pra outra, aqueles olhos pegaram fogo.

– Ai, meu Deus! – disse ela. – Não acredito que esse cuzão teve coragem de aparecer aqui. Preciso chamar o Lou.

A Ayden se virou e foi andando no meio daquele monte de gente, e eu fiquei passado. Sei lá do que ela estava falando, mas com certeza alguma coisa tinha deixado ela puta. Olhei pra trás e, de repente, senti cada célula protetora do meu corpo voltar à vida.

A Shaw estava parada perto do balcão. O lugar tava lotado, mas aquele cabelo loiro quase branco era inconfundível. Parecia estressada e ficou puta quando um sujeito de camisa polo branca obrigou ela a ir até um canto do balcão, aí ele pôs a mão no ombro da Shaw e se inclinou bem na cara dela. Sei lá o que ele estava falando, mas ela fez uma cara de quem queria dar um soco no saco ou vomitar nos sapatos dele. Nunca vi a Shaw assim, parecendo em pânico. Sempre achei que ela era calma, de boa, tipo inabalável. Esqueci o bom senso e fiquei de pé. Salvar donzelas em apuros nunca fez minha cabeça, e eu sabia muito bem que essa donzela específica podia se virar sozinha. Mas a Shaw parecia estar no sufoco e, apesar de não curtir muito ela, resolvi me intrometer.

– Já volto – eu disse.

Como sou bem alto e tenho uma boa parte da minha pele coberta de desenhos que gritam "não se mete comigo", não foi difícil fazer todo mundo naquele bar lotado sair do meu caminho. Quando cheguei perto, a Shaw pôs os olhos em mim e tenho quase certeza de que vi um brilho de alívio inundar aquelas profundezas verdes faiscantes. O Camisa Polo chegou mais perto dela, e acho que o ouvi falar qualquer coisa tipo que ia ficar mal pra ele voltar pra casa sozinho nas férias de inverno. A Shaw ficou toda dura e tentou se afastar, mas o Camisa Polo foi se aproximando cada vez mais, encurralando a Shaw no balcão.

— Não interessa o que minha mãe disse, Gabe. Não tenho o menor interesse em ir esquiar em Aspen com você e sua família. Pare de me ligar e de aparecer nos lugares que eu frequento.

— A gente foi feito um para o outro, gatinha. Quando você parar de ser tão teimosa vai se dar conta que a gente tem tudo a ver.

Odeio garotos que chamam as mulheres de "gatinha". É isso que você diz quando não lembra o nome ou tem preguiça de inventar um apelido.

A Shaw se sacudiu mais um pouco e vi os olhos do idiota pararem no decote profundo da roupa dela.

— Me solte, Gabe. Não queria você em cima de mim quando a gente estava namorando. Agora, muito menos. Me deixe em paz.

O Camisa Polo ficou com a cara vermelha depois desse fora homérico. Ele foi ainda mais pra cima dela, quando eu espichei a mão, agarrei o pulso dela e tirei ela dali. O *playboy* era bem uns dez centímetros mais baixo do que eu. Pus a Shaw debaixo do braço e encarei o tal Gabe por cima da cabeça dela.

— Desculpe o atraso, Gasparzinho.

Ela nem piscou. Passou o braço pela minha cintura e praticamente desmaiou do meu lado. Eu usava esse apelido pra zoar a menina quando a gente era mais novo, porque o cabelo da Shaw era quase branco e eu sabia que ela odiava. Só que agora parecia uma coisa bem íntima, como se a gente tivesse algum segredo que o Camisa Polo não sabia.

— Sem problemas. Ainda preciso trabalhar mais uma hora. Você pode ficar aqui até eu sair?

Os olhos dela me imploravam pra eu entrar no jogo. Só que minha mente estava concentrada em entender por que aquele lado do meu corpo encostado nela estava tipo pegando fogo.

– De boa. Quem é o seu amigo?

O Camisa Polo estava me olhando e ficando num tom alarmante de vermelho. Nem deu chance da Shaw responder.

– Sou o namorado dela, Gabe Davenport. E você, quem é?

A Shaw congelou, e senti os dedos dela nas minhas costas, agarrando minha blusa.

– Gabe, esse aqui é o Rule Archer. Rule, esse é o Gabe, meu Ex-namorado. Só que ele não tá conseguindo entender a parte do "ex".

– Shaw, sai de perto dele. O que você está pensando? Não pode achar que alguém vai acreditar que você ia me trocar por alguém como esse cara. Olha só pra ele, é um desastre.

A tática do "alguém como esse cara" não funciona comigo. Ouço isso direto. Mas, pelo jeito, funcionava com a Shaw, que ficou eriçada como um gato molhado e fez que ia dar um soco no peito do *playboy*. Puxei ela para o meu lado de novo e fiquei passando a mão naquele braço nu, numa tentativa sutil de ver se ela se acalmava.

– Conheço o Rule desde sempre, Gabe. Não ligo pra aparência dele. Sabe por quê? Ele segue a própria cabeça, e não posso dizer o mesmo de você. Não pense que tem o direito de julgar a gente. Não você, que está me perseguindo e tentando manter um namoro à força, manipulando meus pais porque sabe que eles vão com a sua cara. A Ayden tá aqui e pode apostar que, se ela te vir, vai chamar o Lou. E o Lou não gosta quando incomodam as meninas dele. Então, a menos que você queira ver o maior escândalo da sua vida, cai fora e não volte nunca mais. Pode ligar pra minha mãe, falar tudo o que você quiser para o meu pai. Não quero ficar com você, e nada nesse mundo vai mudar isso.

Parecia que ele estava se preparando pra lutar mais um pouco, mas, de repente, o povo do bar começou a comemorar loucamente, jogando a Shaw para o meu lado. Aproveitei pra puxar aquele corpinho dela pra mais perto de mim. A garota tinha umas curvas de matar, e pensei no que eu andava fumando pra não ter percebido isso até agora.

– Algum problema, *brother*? – perguntei.

Ela franziu a testa e se afastou de leve, colocando as mãos no meu peito, pra ganhar espaço.

– Sim, *brother*. Temos um problema. Mas não é a hora nem o lugar para resolver isso. Não vou perder meu tempo com um zero à esquerda como você. Te vejo depois, Shaw. Nosso assunto ainda não terminou.

Ele bateu em mim com o ombro e ficou me encarando quando saiu, esbarrando na gente. Dei um abracinho na Shaw e deixei ela dar um passo pra trás, mas continuei segurando de leve sua cintura. Fiquei olhando o Camisa Polo ir embora e tentei cruzar o olhar com o do Nash. A Shaw respirou fundo, e quando soltou o ar na minha pele me deixou todo arrepiado.

– Obrigada.

– De nada. Esse *playboy* precisa se situar.

O Nash finalmente olhou pra cima, e eu inclinei a cabeça na direção da porta. O Camisa Polo tinha acabado de passar por ela. Meu amigo balançou a cabeça de leve, ficou de pé e falou alguma coisa para o Rowdy e para o Jet, que também se levantaram. Vi a morena que mora com a Shaw parada na porta, com um sujeito do tamanho de um armário. Ela deu uma olhada estranha para os meus amigos quando eles se enfileiraram perto da porta, mas não disse nada. Peguei meu cartão de crédito e coloquei na mão da Shaw.

– Pode fechar a conta e cobrar aqui, tá? Já volto.

Ela pegou o cartão e deu um passo pra trás. Eu tentei não ficar ligado no que rolava com aqueles peitos quando ela cruzou os braços sobre eles.

– Onde é que você vai?

– Resolver uma parada.

– Deixa o Gabe em paz, Rule. Ele não é que nem você e o Rome. Nasceu pra ser político: ameaças e intimidações não são nada pra esse tipo de gente. Esquece. Só de pensar que eu o trocaria por alguém cheio de tatuagens e cabelo roxo vai dar uma desinflada no ego dele, o Gabe vai me deixar em paz por uns tempos. Pode acreditar. Além disso, vou falar com o Lou, o segurança. Se eu disser que ele está me incomodando, o Gabe nunca mais vai poder pôr os pés aqui.

– Olha, o Rome ia me dar o maior chute na bunda se ficasse sabendo que um otário tá incomodando você e eu não fiz nada. E tem mais: odeio esses caras que acham que podem fazer o que quiserem com as mulheres só porque se dão bem com os pais delas. Não vou demorar. Feche a nossa conta e guarde o cartão, para o caso de você ter que pagar nossa fiança.

Achei engraçado, mas ela nem sorriu. Ficou só me olhando como se, de repente, eu tivesse virado uma aberração. Precisava me mexer antes que aquele cuzão fosse embora.

– Vai ficar tudo bem, Shaw. Sério. Eu dou conta.

Afastei ela de mim e fui atrás dos rapazes, que já estavam saindo pela porta do bar. A gostosa que mora com a Shaw cruzou o olhar comigo e levantou a sobrancelha.

– No fundo, bem lá no fundo, pode ser que você tenha algumas qualidades, Archer – disse ela.

Fiz sinal pra ela ir tomar no cu, porque, bom, é isso que eu faço. Saí e encontrei o Nash e os rapazes encostados num luxuoso Lexus branco. O Camisa Polo estava com cara de nervoso, andando de um lado para o outro na frente deles, ameaçando chamar a polícia, sacudindo o celular e perguntando várias vezes se eles tinham ideia de quem era o pai dele. Pus as mãos nos bolsos e inclinei a cabeça. Me liguei por que os pais da Shaw curtem o tal Gabe. Ele é todo certinho, parece que uma puta grife cara vomitou em cima dele. Tem quem goste. O cabelo dele é preto, parecido com o meu, só que sem o roxo e o espetado, e os olhos são azul-claros também. Só que ele tem aquele ar de arrogância e superficialidade que só gente rica e inútil tem. Era feito sob medida pra ser o tipo de marido que tem uma amante enquanto a mulherzinha bonita sorri pras câmeras em época de eleição. Meu relacionamento com a Shaw, na melhor das hipóteses, tende a ser tumultuado. Mas sei, do fundo do coração, que ela merece mais do que esse vacilão tem pra oferecer.

— Ei, Camisa Polo, sossega um pouco. Só quero trocar uma ideia — falei.

O idiota estava falando que ia processar o Nash por isso e aquilo, que o pai dele é juiz e ia indiciar meu amigo por tudo quanto é coisa, quando finalmente se ligou que eu estava ali também. Baixou aqueles braços frenéticos e me encarou.

— Eu sei quem você é, sabia? A Shaw pode até se achar esperta, mas tem uma foto com você e seus irmãos do lado da cama. Os pais dela me falaram um milhão de vezes do apego nada saudável que minha namorada tem por você e pela sua família. O pai até ameaçou parar de pagar a faculdade se ela continuar a andar com esse tipo de companhia. E esse nosso encontro pode muito bem resolver a questão.

Eu tinha que dar o braço a torcer para o vacilão. Já sou intimidador sozinho, e o *playboy* estava cercado de homens grandes pra cacete e, com certeza, muito mais acostumados à violência física do que ele, mas continuava cantando de galo.

— Não sei por que a Shaw é tão fascinada por uma aberração como você, mas está na hora de ela crescer e deixar isso pra trás. Ela tem que ficar com alguém como eu, não com um tipinho que precisa limpar a cara pra passar pelo detector de metais.

O Nash abafou o riso, mas o Rowdy caiu na gargalhada. Só sacudi a cabeça e dei um sorrisinho torto.

— Acho que a garota tem que ficar com alguém que esteja mais interessado em comer ela do que passar a mão na carteira do pai. A Shaw é legal, tem cabeça boa. E ela não ter deixado você nem passar a mão nos peitos em seis meses quer dizer muita coisa. Pelo jeito, é mais fácil pra você namorar os pais dela. Se liga, a Shaw é tipo da minha família, e não gosto quando incomodam minha família. Essa conversinha é amigável porque a gente tá no meio da rua, e tô a fim de ser generoso. Da próxima, não vai ser em público, e minha generosidade tem limite. Deixe ela em paz e ponto final.

Ele me olhou como se quisesse discutir, retrucar, mas o armário do segurança do bar apareceu. O Lou olhou para os caras encostados no carro, depois para o esquentadinho do Camisa Polo e sacudiu a cabeça.

– Chega. Vocês quatro, pra dentro. A Ayden me contou o que tá acontecendo, e a consumação de vocês é por minha conta. E você – ele apontou um dedo grosso para o Gabe – não pode mais entrar no Goal Line. Considere-se expulso pra sempre. Se a Shaw não quer você por aqui, não me interessa quanto tem na carteira ou qual é o esquema do seu velho. Essa é minha casa, e você não é bem-vindo. Da próxima vez que for pra cima de uma das minhas meninas ou encostar suas mãos nelas, não precisa nem se preocupar com esses garotos. Vou garantir que seu corpo nunca seja encontrado, entendeu?

Nem eu fui capaz de duvidar que ele estava falando sério. O Camisa Polo engoliu em seco e ficou balançando a cabeça, concordando. Meus amigos desencostaram do carro, e o Nash esbarrou nele "sem querer". O Gabe soltou um palavrão e entrou correndo no carro. Deu a partida e mostrou o dedo do meio enquanto saía do estacionamento. O segurança olhou pra mim de cima a baixo e passou os olhos impassíveis pelo resto do pessoal.

– Você é amigo da Shaw? – ele perguntou.

Tipo, a gente não é exatamente amigo, mas essa era a explicação mais fácil, então encolhi os ombros e respondi:

– Sou.

Ele balançou a cabeça e disse:

– Eu sou o Lou. Cuido das meninas que trabalham aqui. A Shaw e a Ayden são minhas preferidas. São boas meninas e dão duro por aqui. Elas não estão só a fim de mostrar a bunda e arrumar encrenca. Respeito isso. Não deixo ninguém incomodar as duas. Pra falar a verdade, levo para o lado pessoal quando alguém tenta.

Eu não sabia muito bem por que aquele cara estava me falando tudo isso, mas, francamente, ele era assustador, então fiquei de boca fechada, só olhando nos olhos dele.

— A Shaw é muito querida, mas tenta resolver coisa demais sozinha. Se esse vagabundo continuar incomodando, aposto que ela vai ficar sofrendo em silêncio.

Agora ele estava me olhando de um jeito duro, e fiz uma cara de quem não está entendendo.

— Quero saber se preciso dar um jeito nesse daí – completou ele.

— A Shaw e eu não somos muito próximos, ela não me conta esse tipo de coisa. Acho melhor ter essa conversa com a menina que mora com ela.

— Estou falando com você, filho.

Fiquei meio sem saber como responder. Bem na hora que eu ia fazer um comentário sarcástico, a porta do bar abriu e os caras de meia-idade e camisa justa saíram vomitando e ficaram entre a gente. O Lou me deu uma última olhada, dando a entender que estava falando sério, e voltou pra dentro. Olhei para os meus amigos e joguei minhas mãos para o alto.

— É isso que eu tô perdendo quando passo os domingos fora daqui?

Os três caíram na risada, e o Jet resolveu que estava na hora da gente ir para outro bar. Corri lá pra dentro pra pegar meu cartão com a Shaw. Cada um dos meus amigos deu dez paus pra eu dar pra ela de gorjeta, e dei um jeito de chegar até o balcão. Ela tava conversando com outra garçonete de cabelo cor de mel vestida de líder de torcida. A Shaw parou no meio do que estava dizendo e me encarou, apertando os olhos. Dei um sorriso, entreguei o dinheiro e disse:

— Seu amigo leão de chácara pagou nossa conta, mas a gente não queria que você ficasse sem gorjeta.

Ela me devolveu o cartão de crédito e perguntou:

— O que vocês fizeram com o Gabe?

— Nada.

A Shaw deu um suspiro, e nem tentei desviar o olhar daquele uniformezinho apertado, que esticava com a respiração dela.

— Bom, obrigada por me ajudar. Não dá pra saber qual é o problema daquele imbecil.

59

A líder de torcida estava me comendo com os olhos. Apesar de curtir quando uma gostosa faz isso comigo, mal me liguei, porque a Shaw se abaixou pra pegar bebidas e, de repente, não consegui enxergar mais nada, só os babados na bunda dela. Ela é baixinha, nunca pensei que teria umas pernas tão boas, mas eram durinhas, com curvas no lugar certo. Se eu tivesse tempo, pensaria numas fantasias bem loucas com aquelas pernas, aqueles coturnos e nada além disso.

— O problema dele é que você é linda, podre de rica, tem pais cheios de contatos e não dá pra ele. Não deixou só o cara de pau duro, mas acabou com as fantasias que ele tem de jogar golfe com seu pai no clube e sentar do lado da sua mãe na convenção do Partido Republicano. Tudo o que o *playboy* estava construindo desmoronou por sua causa.

Ela deu uma sacudida na maria-chiquinha, pegou uma bandeja cheia de copos e disse:

— Preciso trabalhar. Você acha que algum dia a gente vai conseguir ter um domingo sem tanto drama?

Passei a mão no meu cabelo bagunçado e sacudi a cabeça, meio sem jeito.

— Domingo nunca foi um bom dia pra mim. Até mais, Shaw.

— Tchau, Rule.

Fui saindo do bar pensando que essa tinha sido a primeira vez, desde que conheço a Shaw, que vi a garota ser ela mesma. Fiquei meio nervoso de me ligar que, quando baixava a guarda e deixava de lado todos aqueles mecanismos arrogantes de defesa, ela parecia frágil, humana, acessível e... alcançável.

CAPÍTULO 4

Contei a pilha de dinheiro que estava na minha frente pela quinta vez. Não conseguia me concentrar por vários motivos: primeiro, porque o bar ficou cheio, e eu trabalhei duas horas a mais, então estava me arrastando; segundo, porque tinha mais dez meninas tentando fechar as contas e tagarelando, mais parecendo um enxame de abelhas, zumbindo sem parar sobre carinhas e bolsas; terceiro, porque a Ayden não tirava os olhos de cima de mim, procurando alguma coisa que eu não sabia o que era. Por último, porque a Loren Decker, a versão pós-colégio da Amy Rogers, não parava de encher meu ouvido por causa do Rule.

A Loren era uma página de revista em carne e osso. E também o que acontece quando meninas malvadas saem do colégio e entram no mundo real. É insossa, chata e ganha mais dinheiro do que todas nós juntas porque fica só se atirando e fazendo cara de fácil (coisas que, pra ela, não exigem esforço). Por algum motivo, estava morrendo de vontade de saber toda e qualquer informação que eu tivesse sobre o Rule. Como é que eu o conhecia, como ele nunca tinha aparecido no bar antes, quantos anos tem, o que faz, se a gente estava saindo, se tem namorada, se gosta de loira, e por aí vai. Aquilo era interminável, cansativo, e acho que fiquei incomodada de ver que outra periguete estava se atirando em cima dele. Sei muito bem que meus sentimentos pelo Rule são uma cruz que tenho que carregar sozinha, mas também não vou entregar uma piranha pra ele numa bandeja de prata. Fiquei só resmungando umas respostas e evitando todas as perguntas pessoais. Mas isso, infelizmente, não a impediu de ficar falando como ele é bonito.

– Tipo, normalmente não curto homens com tanta tatuagem e um monte de *piercings*, mas, meu Deus, que olhos! Você já viu coisa parecida? Parece aquela pasta de dente transparente. Lindos! E aquele corpo, aposto que ele malha. Tipo, eu curto uns caras de barriga tanquinho, mas aquele porte alto e magro tem tudo a ver com ele. Que tipo de menina ele costuma pegar? Tem certeza de que não tem namorada? Sério, Shaw, tô louca pra lamber aquela argola que ele tem no canto da boca, tipo, muito louca. Não acredito que você tem um amigo gostoso desses e eu ainda não peguei. É tipo contra as leis da natureza.

Eu nunca transei com ninguém. Nunca, nunquinha. Não que isso seja da conta da Loren. Uns garotos já tentaram, e até já me senti tentada, mas toda vez que cheguei perto de ir até o fim, meu cérebro entrou em curto e me lembrou de que nenhum deles era quem eu realmente queria. E então simplesmente perdi a vontade. Olhei pra Lore, apertei os olhos e tentei dar um chega pra lá nela:

– Lore, tô tentando fazer as contas. Você pode esperar um pouquinho?

– Então me dá o telefone dele.

Eu estava quase perdendo a paciência e fazendo a menina engolir uma pilha de notas de um dólar. A Ayden deve ter pressentido que uma tempestade estava se aproximando, porque sentou do meu lado e olhou feio para a loira. Minha colega de apê tem alguma coisa que obriga as pessoas a prestar atenção nela. Seja lá o que for, adoro isso.

– Lore, dá um tempo. Eles não são tipo melhores amigos. Se queria o telefone do cara, devia ter pedido pra ele enquanto estava aqui.

A Loren fez uma cara que, provavelmente, deve arrancar muita coisa dos homens, mas eu só revirei os olhos.

– Eu ia pedir, mas ele não parava de olhar pra bunda da Shaw. Por isso perguntei se rolava alguma coisa. Assim, ele nem te deu um abraço nem nada quando foi embora, mas vocês dois se olhavam como se fossem se pegar a qualquer momento.

Virei pra Ayden, chocada. Desde quando o Rule, que normalmente me ignorava ou fingia que eu não existia, olhava pra alguma coisa minha? Ela fez uma cara irritada e disse:

— Se a Shaw encontrar o Rule num futuro próximo, tenho certeza de que vai dizer que você quer o telefone dele. Ou então passar o seu, se ele quiser. Agora vamos falar de uma coisa realmente importante. O que você quer fazer no seu aniversário, Shaw? Só faltam duas semanas.

Resmunguei e desisti de contar o dinheiro direito. Passei as notas pra Ayden e comecei a separar e grampear os comprovantes de cartão de crédito, uma tarefa que exigia muito menos atenção. Odeio fazer aniversário. Normalmente, era uma briga pra saber com quem eu ia ter um jantar desagradável: com meu pai e a mulher dele ou com minha mãe e o marido dela. Isso quando eles se davam ao trabalho de lembrar. Ano passado meu pai me mandou um cartão com um cheque de mil dólares, e minha mãe me ligou e prometeu que a gente ia fazer alguma coisa quando tivesse tempo (o que ela nunca tem). A Ayden acabou me levando pra comer sushi e ver uma comédia romântica idiota, e o dia passou sem grandes emoções. Nem a família Archer dava muita bola para o meu aniversário. Acho que a data fazia com que eles se lembrassem que mais um ano tinha passado desde que o Remy se foi. O Rome sempre me mandava alguma coisa, não importava em que parte do mundo estivesse. Foi dele que ganhei meus presentes preferidos. Acho que, já que este ano faço vinte, devia tentar fazer uma coisa especial. Mas não estou nem um pouco a fim.

— Por que a gente não sai pra dançar? — sugeriu a Loren.

Olhei pra ela com cara de quem tinha visto um fantasma. Não sou muito de socializar com as meninas do trabalho, não por que não goste delas. Algumas até são bem legais, e a maioria é como eu e a Ayden: se vira pra pagar as contas e tenta dar conta da faculdade. Mas elas curtem beber, balada, ficar com mil garotos, sair e fazer coisas que não têm nada a ver comigo. É bem verdade que o dinheiro faz muito menos falta pra mim do que pra elas. Mas o que ganho me deixa mais tranquila de dizer não para os meus pais quando tentam me obrigar a fazer alguma coisa usando o argumento de que pagam minhas contas. Não preciso de mais ninguém na minha vida achando que tenho algum defeito de fabricação. E é por isso que simplesmente evito esse tipo de convívio.

– Eu não gosto de dançar.

A Ayden fez uma careta pra loira e disse:

– Quem foi que convidou você, hein?

A Loren bateu aqueles cílios postiços e franziu o nariz.

– Achei que o Moreno Alto e Tatuado podia aparecer, já que é seu aniversário. Vou dizer uma coisas, senhoras, estou no estágio quatro do tesão e só o Rule pode me curar.

A Ayden só me olhou, e continuei grampeando meus papeizinhos.

– Não, meu aniversário não é nada de mais. O Rule não vai aparecer. Gosto de ficar na minha.

– Que chata!

Não sou amiga da Loren. Pra falar a verdade, nem gosto muito dela. Estava prestes a mandar aquela menina ir tomar naquele lugar – o que é uma coisa que eu nunca faço –, mas a Ayden continuou conversando comigo como se a mala nem estivesse lá.

– Ah, anda, Shaw. Vamos fazer alguma coisa divertida. Você sabe que seus pais só vão te estressar, e a gente só faz vinte anos uma vez na vida. Precisa ser divertido e emocionante.

Aqueles olhos cor de âmbar brilhavam, e eu sabia que minha amiga estava inventando alguma coisa para a qual ia ser quase impossível de dizer "não". Enfiei as pilhas de papel num daqueles envelopes do caixa, peguei o dinheiro que a Ayden me entregou e terminei minhas contas. A gente sempre ganhava umas gorjetas boas. Mas, por algum motivo, tinha sido um dia especialmente lucrativo. Soltei o cabelo e cocei a cabeça.

– Depois a gente conversa, tá? Quero só encontrar o Lou e pedir pra ele acompanhar a gente até o carro, caso o Gabe tenha resolvido voltar. Quero ir pra casa.

Ela pendurou o braço no meu, e a gente foi conversando até a entrada do bar.

— Você acha que ele ia ter coragem de fazer isso? Quer dizer, o Rule e os amigos dele pareciam bem determinados a fazer o Gabe entender que precisa cair fora. E o Lou mandou ele se mandar, se não estivesse a fim de morrer.

— Sei lá, Ayd. Ele tá meio louco. Nunca pensei que ia aparecer aqui, ficar todo pegajoso e pôr o dedo na minha cara. Não sei mais o que tá acontecendo. Sério, a gente não teve nenhum grande romance, e não parti o coração dele nem nada. Nosso namoro era, no máximo, morno. O Rule acha que ele tá puto porque dei o fora nele. Simples assim.

— Ele deve ter razão.

Fiz uma careta, e o Lou levou a gente até o carro. A gente se despediu e foi pra casa. Eu estava me esforçando para tomar a melhor decisão para todo mundo: queria que o Rule recebesse amor e apoio da família dele, queria que a Margot se tratasse e parasse de menosprezar o filho, queria que o Gabe se tocasse e fosse cuidar da vida dele. Mas o que eu mais queria era parar de me sentir responsável por isso tudo.

A semana seguinte passou voando. Fiz duas provas, trabalhei um dia a mais e joguei uma partida complicada de "Evitar o Ex". O Gabe também estuda na UD e, apesar de cursar Direito e ter todas as aulas do outro lado do campus, aparecia do nada em qualquer lugar e me ligava pelo menos duas vezes por dia. Até pensei em trocar de número, mas ia dar um trabalhão. Então deixava as ligações dele caírem na caixa postal e fiquei mestre em fingir que não o via.

O Rome ligou e disse que a Margot não tinha melhorado nem um pouco. Ela estava se recusando terminantemente a ver um psicólogo especializado em luto e agora culpava o Rule por eu não querer mais ir pra Brookside no fim de semana. Pelo que ele contou, a mãe insistia em dizer que o Rule tinha feito lavagem cerebral em mim e me posto contra ela.

O Rome ainda não se sentia à vontade de deixar ela sozinha, apesar de o Rule estar enchendo pra ele vir para Denver. Dava pra ver que o Rome estava com aquela sensação que conheço tão bem, de ficar no meio do cabo de guerra entre os dois. Fiquei chateada por ele não vir para meu aniversário, mas as coisas não estavam nada fáceis para o Rome, então nem falei nada.

Quando chegou o fim de semana, fiquei tentada a pedir pra alguém ir no domingo trabalhar no meu lugar, só pra evitar mais um fim de semana de dramalhão. Mas o bar estava lotado. Nem vi se o Rule apareceu com os amigos dele. Ainda era estranho não precisar arrastá-lo para o *brunch* da família todo domingo. Mas, quando terminei meu turno sem dores de cabeça, acusações ou mágoas, dei meu primeiro suspiro de alívio em anos. Estava tão calma que deixei a Ayden me convencer a faltar num grupo de estudos para ir a um restaurante mexicano. Era a primeira vez, desde que o mundo é o mundo, que sentia ser eu mesma e quase não sabia o que fazer com meu tempo.

O semestre estava começando, e eu me afogava nos trabalhos da faculdade. Então avisei que não ia trabalhar nem na sexta nem no domingo. E, já que sábado era meu aniversário, não me puseram na escala. Todo mundo no bar sabe que o Lou me adora e é capaz de matar quem me fizer trabalhar no dia que faço vinte anos.

Quando chegou sexta-feira à tarde, meus pais ainda não tinham aparecido, e pensei que tinha me livrado de mais um momento família forçado. Recebi uma mensagem da Margot pedindo para eu reconsiderar ir lá no domingo, para o meu aniversário. Respondi que adoraria ir, desde que o Rule também fosse convidado, e ela não respondeu. A Ayden estava toda cheia de segredos sobre os planos dela, e isso me deixava tensa. Pra mim já estava bom demais comer sushi e ir ao cinema de novo, mas ela continuava insistindo que a gente tinha que se soltar, viver uma aventura e fazer alguma coisa diferente. Essas palavras e aquele comportamento "se joga" dela tinham tudo para acabar em desastre, mas eu estava tentando manter o pensamento positivo, porque a Ayd só estava tentando ser legal.

RULE

Eu estava saindo da aula de anatomia, e mandando um torpedo para lembrar uma colega de que ela ia trabalhar no meu lugar, quando esbarrei em alguém e, imediatamente, me encolhi de medo e irritação. O Gabe estava bem na minha frente, bem-arrumado e engomadinho como sempre. De tão certinho, parecia que ele tinha ficado passando as mãos naquele cabelo preto sem parar, e, quando estendeu o braço para eu não cair, fui para trás tão rápido que quase caí de fato.

– O que você tá fazendo? – perguntei.

Eu queria parecer o mais indignada e hostil possível, mas minha voz falhou, e tive que limpar a garganta pra manter a compostura. Aqueles olhos azuis dele ficaram procurando os meus, e eu não conseguia parar de me perguntar como é que pude achar esse garoto atraente um dia. Agora, ele só me dava arrepios.

– Hã... Você não retorna minhas ligações, e está meio difícil te achar ultimamente.

– É por que não quero te ver nem falar com você. Saia da minha frente.

– Shaw, espera.

Ele levantou a mão, tirou uma coisa do bolso e me entregou.

– Sei que amanhã é seu aniversário e só queria te dar uma coisa pra pedir desculpas pela maneira como tenho me comportado. Fiquei louco só de pensar que poderia estar com aquele maluco, mas sua mãe explicou que não existe nada entre vocês. Está aqui, pega.

Ele empurrou uma caixa forrada de veludo na minha direção, e fui andando pra trás como se ele estivesse segurando uma cobra venenosa.

– Não vou pegar isso, não. Não vou pegar nada que venha de você. Me deixe em paz, Gabe. Estou falando sério.

– Olha, Shaw. Você não pode pensar que algum dia vai ter alguma coisa com aquele cara. Sua mãe me contou que você gosta dele há anos, mas que ele nem te olha. Você não faz o tipo dele, só isso. É boa demais pra esse tal de Rule, e ele sabe disso. Me dá outra chance, faz muito mais sentido a gente ficar juntos.

Queria dar um soco nele, mas deixei a frieza que corria pelas minhas veias ao ouvir aquelas palavras encobrir a raiva que estava começando a sentir.
— Não.

Não disse mais nada, só "não", porque não precisava me explicar. Não precisava explicar meus sentimentos, nem que tudo o que ele disse sobre o Rule era verdade. Eu não era boa demais pra ele. Era EU demais pra ele me ver de qualquer outro jeito que não fosse o de sempre, e tinha aceitado isso há muito anos. Dei mais uns passos trôpegos pra trás, virei e saí correndo como uma maratonista. Acho que o Gabe me chamou, mas não liguei. Só dei no pé. Ele estava começando a me assustar de verdade, e o fato de que minha mãe estava dividindo minha intimidade com ele me dava vontade de vomitar. Não conseguia acreditar que aquela mulher, que nem se deu ao trabalho de notar quando saí da casa dela pra ir estudar, tinha percebido o que eu sentia pelo Rule. Se o Gabe não parasse com isso, eu não apenas ia ter que trocar o número do telefone — ia ter que arranjar uma ordem de restrição contra ele.

Quando cheguei em casa, o apartamento estava vazio. Que nem uma idiota, verifiquei se todas as portas estavam trancadas. Me escondi no quarto e fiquei fazendo trabalhos da faculdade, chafurdando naquela pena de mim mesma que estava ameaçando me afogar. Não me considero uma pessoa excessivamente extrovertida nem otimista. Isso era resultado de anos e anos de não ser amada em casa e ter poucos amigos no colégio. Por um tempo, o Remy conseguiu puxar minha cabeça para fora daquela concha privilegiada onde costumava me esconder. Eu achava que, quando saísse de Brookside e fosse pra faculdade, poderia ser eu mesma. Mas, infelizmente, o Remy morreu, e continuo me matando para ser tudo o que pessoas que não valorizam meu esforço querem que eu seja.

Me visto bem e me comporto direitinho para meus pais não esquecerem completamente que eu existo. Bancava a babá do Rule e aguentava o comportamento horrível dele porque queria que a Margot e o Dale lembrassem que ele precisa e merece ser amado pelos pais, igualzinho ao Remy. Uso um uniforme ridículo para trabalhar e aguento aquelas meninas bestas e aqueles clientes bêbados porque a Ayden merece dividir o apartamento com alguém ponta firme, com quem possa contar. E, principalmente, finjo que interagir com o Rule e ver o cara pegar a maior parte da população feminina de Denver não é nada, que não me faz morrer por dentro. E continuar aguentando tudo isso dia após dia estava começando fazer o pouco que ainda resta de mim mesma virar fumaça.

Sei que topei sair com o Gabe porque ele me faz lembrar do Rule, ainda que vagamente. Ele tem cabelo preto e olhos claros, e, apesar de ser *playboy* e todo bom-moço, tinha um tantinho de safadeza que conseguiu desarmar minha cautela de sempre. Depois de alguns encontros, percebi que não rolava. Nunca rolou. Eu estava sempre atrás de alguma coisa, de alguém que, na verdade, não estava lá. O Gabe era educado e conveniente até se dar conta de que eu não queria transar com ele. Também sei que seis meses é muito tempo para deixar alguém na seca, mas isso não justifica o comportamento obsessivo bizarro dos últimos tempos, e essa era mais uma cruz que eu tinha que carregar.

Queria tanto deixar tudo isso pra trás... Pus uma calça de moletom e me enrolei na cama pra ver algo no Netflix. A Ayden só ia chegar lá pelas duas da manhã e pude ficar à vontade pra me lamentar sozinha. Eu devia estar toda animada, ter um monte de contatos no meu celular pra ligar e convidar pra sair numa das minhas raras sextas-feiras de folga, mas não tenho. E isso é muito triste. Eu só precisava de uma porção de gatos e um pote de sorvete para completar o quadro patético. Em algum momento, depois da segunda comédia romântica e da comida chinesa, prometi que no dia seguinte ia me jogar de cabeça no que a Ayden tinha preparado para o meu aniversário, independentemente do que fosse, porque o que estava fazendo era deprimente. Minha colega de apê tinha razão: eu precisava me divertir, me animar, e estava disposta a fazer o que ela achar melhor para conseguir isso. Peguei no sono assistindo a mais uma garota imbecil passar por uma transformação fantástica porque, por algum motivo, o garoto de quem gosta não consegue enxergar a beleza por trás dos óculos e do cabelo bagunçado.

Acordei na manhã seguinte com os torpedos de feliz aniversário do Rome e do meu pai. Como sempre, não tinha nenhum da minha mãe, e odeio admitir que fiquei triste porque a Margot também não mandou nada. Resolvi tomar café da manhã e fui pra cozinha. Fui surpreendida por um lindo buquê de flores que estava na mesa e me encolhi toda quando li o cartão e descobri quem tinha mandado. Sério, tenho que fazer alguma coisa a respeito dessa situação com o Gabe.

A Ayden sempre acorda cedo e corre todas as manhãs, por mais tarde que volte do trabalho na noite anterior. Ela chegou perto das flores com a caneca na mão, fez uma careta e disse:

— Estavam no portão quando voltei da minha corrida.

— Acho que vou ter que pedir uma ordem de restrição contra ele.

— Mas o pai dele não é tipo juiz?

Soltei um suspiro e respondi:

— É. Me livrar do Gabe vai ser mais difícil do que eu pensava. Quer que eu faça o café?

Ela sacudiu os cabelos pretos e seus olhos brilharam de animação.

— Não. Planejei o melhor aniversário de todos os tempos. Pra começar, a gente vai tomar café no Lucile's.

Amo o Lucile's. É um restaurante famoso de comida *cajun*, típica do sul dos Estados Unidos, na região do parque Washington. Deve ser o único lugar fora de Nova Orleans que você consegue comer um bom *beignet*, um docinho frito que parece um sonho.

— Êêêêêê. Parece bom. O que mais você tem na manga pra hoje?

— Vamos fazer compras.

Fiz cara feia, porque odeio fazer compras. Uso um uniforme ridículo para trabalhar e roupas caras de grife porque meus pais insistem: eles dizem que devo me vestir de acordo com o emprego que quero ter, não com o que tenho agora. Pelo jeito, nenhum médico anda de calça jeans e camiseta quando não está trabalhando.

Quando a Ayden viu minha cara, deu um sorrisinho maligno.

— Não, senhora. A gente não vai fazer compras de menina rica.

Vai fazer compras normais, que universitárias normais fazem todos os dias. Vamos ao shopping, ao meu bazar preferido e àquele brechó legal da Rua Pearl. E você, minha amiga, está proibida de gastar mais de cinquenta dólares numa peça só. Nada de sapatos de duzentos dólares nem de *twin-sets* de cashmere de quinhentos. Nada de calças de alfaiataria de corte perfeito costuradas à mão por monges cegos dos Andes ou sei lá o quê. Vamos passar o dia como duas amigas normais, que torram suas gorjetas em um monte de porcaria inútil.

Parecia divertido, e era uma coisa que eu nunca tinha feito.

– E depois – continuou ela, com aqueles olhos cor de conhaque arregalados de um jeito dramático – a gente vai para o salão arrumar o cabelo, fazer o pé e a mão. Uma colega da minha aula de química inorgânica tem um cabelo maravilhoso e jura de pé junto que esse lugar é legal. Depois a gente vai se arrumar, colocar nossas roupas novas de garota normal e jantar naquele restaurante brasileiro que a gente estava morrendo de vontade de experimentar.

Tudo isso parecia incrível. Eu já ia me jogar em cima dela para dar um abraço enorme de agradecimento, mas a Ayden levantou a mão e disse:

– Ainda não terminei.

Aí foi até o quarto dela e voltou com um envelope cor-de-rosa com um cartão.

– Depois, você vai usar esse presente muito legal, muito indispensável, que comprei pra você sair comigo. Não pra ir num restaurante com bar tipo o Dave and Buster's ou no Old Chicago. Quero dizer sair *sair*. Vou te enfiar diversão goela abaixo nem que eu tenha que morrer.

Abri o cartão com as mãos levemente trêmulas. Não sabia o que ela queria dizer com sair *sair*. Dentro do envelope tinha algo que parecia um cartão de crédito, embrulhado em papel brilhante. Depois de ler os desejos ternos de feliz aniversário que minha amiga escreveu, abri o pacote com cuidado e fiquei sem ar quando vi o que tinha dentro.

– Ayd, não posso usar isso.

71

Era um documento, com a minha foto e a data de nascimento com um ano a mais, para poder beber, igualzinho a uma carteira de motorista do estado do Colorado. Pra falar a verdade, comparada com minha carteira verdadeira, quase não tinha diferença.

– Ah, pode sim. A senhorita passou vinte anos sendo a menina perfeita, e eu tô de saco cheio de ver você se matar por causa disso. A maioria das garotas da nossa idade sai na balada, entra com identidade falsa nos lugares, beija uns gatinhos, transa sem compromisso, tem brigas ridículas e dramáticas com as amigas… E você, Shaw, não faz nada disso. Hoje à noite vai levar esse documento falso, sair comigo e agir como qualquer menina idiota de vinte anos que conheço. A gente vai beber além da conta, fazer besteira e se divertir: você merece. Sua alma tá murchando de tanto que você tenta ser alguém que não é, e não posso mais ficar parada olhando isso acontecer.

– Mas faço 21 no ano que vem…

Não sei por que pensei que esse era um bom argumento contra os motivos muito pertinentes que minha amiga me apresentou, mas foi isso que saiu da minha boca.

Ela sacudiu a cabeça e falou:

– E daí? Você tem vinte anos hoje e vive como se tivesse cinquenta.

Essa doeu, porque, da última vez que a gente foi para Brookside, o Rule disse mais ou menos a mesma coisa. Lembrei com um suspiro da promessa que fiz na noite anterior, de aceitar todos os planos da Ayden, pra esquecer tudo pelo menos por um dia. Pus o cabelo atrás das orelhas, endireitei os ombros e respondi:

– OK.

A Ayden me olhou com cara de espanto.

– OK?

– É. Vamos fazer isso. Que a farra do aniversário comece!

Ela deu um gritinho alto que doeu nos meus ouvidos e correu pra me dar um abraço tão apertado que quase me matou.

– Pode acreditar, Shaw. Você nunca vai esquecer o dia de hoje.

E ela tinha razão, porque, lá pelo fim da noite, esse aniversário ia mudar minha vida.

O CAFÉ DA MANHÃ FOI INCRÍVEL. A gente se empanturrou de frituras gostosas e, quando cheguei ao shopping, precisei dar uma corrida só pra me aguentar em pé. Experimentei um milhão de calças jeans e acabei comprando várias. Levei um par de All Star que sempre quis, mas nunca tive coragem de comprar porque seria imediatamente classificado como inapropriado. Fiz um estoque de camisetas e regatas básicas. No bazar, garimpei uma jaqueta de couro bem rock 'n' roll incrível e duas camisas estilo country com botões de pressão perolados. Sei que vão ficar sensacionais com meu jeans *skinny* novo. Dei uma pirada no brechó, porque simplesmente me apaixonei por todos os vestidos estilo anos cinquenta e sessenta. Com alguns, fiquei parecendo um personagem do seriado Mad Men. Com outros, a cara da Bettie Page, a mais famosa de todas as *pin-ups* (só a cara, porque sou muito mais baixinha do que ela). Comprei um par de sapatos de salto azul-pavão que tinha lantejoulas e penas dos lados e um casquete fofo que provavelmente nunca vou usar, mas adorei. O mais importante foi que dei risada com a Ayden por horas e horas, enquanto a gente experimentava roupas e mais roupas. Parecia que um peso enorme tinha saído do meu peito. Foi divertido, simples e normal, e era triste eu ter esquecido que isso era possível.

Pintei as unhas de *pink* e, só por diversão, pedi para pôr umas estrelinhas pretas. Ficou descolado e bem diferente das cores clarinhas e peroladas que costumo passar. A manicure tinha uns *dreads* verdes e uma tatuagem na testa. Fiquei toda feliz quando ela me deu um sorriso e disse que tinha achado legal. Todo mundo que trabalha no salão era descolado, meio roqueiro. Normalmente, me sentiria deslocada e ficaria tímida, mas o pessoal era tão legal e simpático que eu só podia relaxar e me divertir. O moço que fez meu cabelo era bem alto, com uma enorme tatuagem de um olho na careca brilhante. Estava vestido de oncinha da cabeça aos pés, com uns sapatos que com certeza eram mais caros do que os meus. Ele era um fofo, disse que meu cabelo era maravilhoso e sugeriu cortar em camadas para dar mais volume e vida. Topei na hora e até perguntei se ele podia fazer alguma coisa diferente com a cor. Meu cabelo é tão claro que evito tingir, porque ficaria muito radical. Os olhos pretos dele brilharam de animação quando pedi que fizesse algo inusitado, mas respeitável.

Ele deixou meu louro normal com um toque castanho por baixo. Ficou incrível e bem diferente, mas discreto o suficiente pra não ser espalhafatoso. O que mais gostei foi que dividiu minha franja reta em duas e passou o tom mais escuro de um lado. Ficou moderno, descolado e tão inusitado que dei um abraço forte nele de tanta alegria. Ele também me deu um abraço, provavelmente porque deixei uma gorjeta que daria pra fazer uma viagem de fim de semana, mas e daí? Estava sensacional.

A gente foi correndo para casa se arrumar para o jantar. Coloquei uma roupa nova: uma saia reta superjusta com uma camisa azul transparente e uma regatinha preta por baixo. Fiz cachos no cabelo, pus mais maquiagem do que de costume e resolvi, só porque me deu vontade, pôr aqueles meus coturnos pretos incríveis que parecem algo que uma modelo da Harley Davidson usaria. Eles davam um toque alternativo no meu visual e combinavam com meu estado de espírito depois de um dia inteiro deixando a verdadeira Shaw sair da sua jaula perpétua.

No restaurante, o tubinho vermelho da Ayden, que fazia as pernas compridas dela parecerem intermináveis, fazia o garçom praticamente babar na nossa água toda vez que vinha encher nossos copos. Ela me fez testar meu documento novo pedindo um drinque, e funcionou bem. Quando vi, a gente estava bem soltinha e se divertindo pra caramba. Depois, a gente foi de clube em clube no Ba-Tro e entrou em todos os bares descolados de Capitol Hill. Fiquei surpresa porque nem precisei mostrar a carteira falsa pra entrar na maioria deles: basta usar uma saia justa e um bom decote.

Morri de rir da Ayden imitando o jeito esquisito de um cara dançar. A gente chamou bastante atenção por onde passou, e muitos dos nossos drinques saíram de graça. Um menino que estuda na Universidade do Colorado em Boulder começou a me contar todos os detalhes da sua incrível carreira no futebol americano. Quer dizer, começou a contar para os meus peitos, porque acho que não tirou os olhos deles nem por um segundo. A Ayden estava revirando os olhos e tentando fugir de um cara com terno de bancário que estava se oferecendo para fazer o imposto de renda dela de graça se desse o número do telefone para ele. Era tudo muito bobo e divertido, e não precisei me esforçar pra paquerar ou parecer atraente. Já estava bêbada e não tinha mais condição de conversar. Só precisava sorrir e sentar fazendo charme na banqueta do bar. Aparentemente, já estava ficando craque nessas duas coisas. Apareceu outro cosmopolitan na minha frente – que eu deveria ter dispensado –, e o Jogador de Futebol Americano estava chegando cada vez mais perto quando algum sexto sentido – ou, quem sabe, meu instinto de sobrevivência – começou a gritar.

Levantei a cabeça e me virei na banqueta, quase dando uma joelhada nele. Olhei em volta, espichando o pescoço pra tentar entender por que meu corpo estava tão tenso, mas só vi frequentadores típicos daquele bar socializando. O Jogador de Futebol Americano estava tentando chamar minha atenção de novo, passando o dedo no meu braço. Acho que era pra ser sensual, mas eu estava bêbada, tinha alguma coisa me perturbando, e queria que ele desse o fora. De repente, me deu vontade de ir embora e fiquei procurando a Ayden, pra gente arrumar um táxi e sair dali. Antes que eu a encontrasse, senti uma mão quente passando por baixo do meu cabelo e parando na minha nuca. Uma voz profunda rosnou no meu ouvido:

– Caralho, como é que você conseguiu entrar aqui, Gasparzinho? E o que fez no cabelo?

O Jogador de Futebol Americano arregalou os olhos, porque, bom, o Rule é o Rule. O cabelo roxo e espetado tinha desaparecido. Ele tinha raspado dos lados e descolorido o que sobrou, deixando um moicano de vários centímetros de altura, absurdamente branco. Estava com uma camiseta preta justa, com o desenho de uma caveira com capacete de *viking* em chamas, jeans pretos rasgados no joelho e aqueles coturnos pretos de motoqueiro. Era para o Rule parecer relaxado e mal vestido perto do Jogador de Futebol Americano, que usava um suéter decote V, mas não ficou. Ele estava um gato, superdescolado, com cara de barra-pesada. O outro rapaz saiu correndo do balcão e desapareceu no meio das outras pessoas.

Eu estava bem bêbada. Admito que não devia ser o melhor estado para começar uma discussão com o Rule, mas gostei do meu cabelo e não ia deixar ele estragar os bons fluidos do meu aniversário. Principalmente porque era óbvio que ele não fazia ideia de que era meu aniversário. Me soltei dele e tomei aquele drinque azedo de um gole só.

– O que você tá fazendo aqui? – perguntei.

Ele levantou a sobrancelha e sentou no lugar do outro garoto, olhando para baixo, na altura do meu decote.

– O estúdio é aqui na esquina. Eu e o Nash sempre damos uma passada aqui depois do trabalho. Acabei de terminar uma *tattoo*. Como é que você conseguiu entrar? Eles pedem pra ver o documento na porta.

Tentei fazer charme dando aquela jogada no cabelo que já vi um milhão de meninas irritantes fazerem. Só que praticamente caí do banquinho, porque aquele último drinque tinha resolvido me avisar que mandar ele pra dentro de um gole só tinha sido uma péssima ideia. Me segurei no balcão, e o Rule estendeu a mão pra eu não cair. Meu antebraço ardeu com o toque. Eu deveria ter ouvido meu instinto. Pus a mão na testa, que estava quente, e comecei a me sentir meio grudenta.

– Preciso ir embora – falei.

O lugar estava muito quente e barulhento. Se eu não saísse para tomar um ar, ia vomitar por todo lado, com certeza.

Tentei ficar de pé, mas o bar começou a girar loucamente, e tive que segurar no bíceps do Rule para me endireitar. Que bom que tinha resolvido usar os coturnos em vez de salto. Senão, teria caído de cara no chão.

– Quem veio dirigindo?

RULE

Ouvi a voz do Rule vindo de muito longe, e senti um cheiro muito bom. Dei um suspiro e me encostei nele, enterrando meu nariz no pescoço dele. Tive que me apoiar em seus braços para alcançar o pescoço, de tão alto que ele era.

– Sério, Shaw, como você chegou aqui?

– Vim com a Ayden de táxi.

– Cadê ela?

– Por aí, com um bancário. Preciso ir pra casa.

Minhas pernas bêbadas começaram a cambalear, e o Rule segurou na minha cintura com força pra me manter segura no peito dele. Aquilo era bom. Nem pensei, fui colocando os dois braços em volta do pescoço dele. Era gostoso, como sempre tinha imaginado.

– A menina que mora com ela tá por aí em algum lugar. Vê se consegue dar um jeito de achá-la. Vou andando com a Shaw até o nosso apê.

Não entendi direito com quem o Rule estava falando, mas ouvi uma voz conhecida resmungar que sim. Depois me lembro de ser meio empurrada, meio carregada pra fora do bar. O vento frio de janeiro me fez jogar a cabeça pra trás, e o Rule me segurou do lado dele, colocando o braço em volta dos meus ombros. Passei o braço em volta daquela cintura e me encolhi. Eu sabia que estava agindo que nem uma louca por causa da *vodca*, mas não conseguia parar.

– Minha casa fica a três quadras daqui. Vou fazer você tomar um litro de café, comer umas batatinhas e te pôr dentro dum táxi. Você tá ainda mais pálida do que o normal e, se tentar entrar num carro agora, vai vomitar. Por que está tão bêbada e vestida assim, toda sexy, hein?

O vento passou entre minhas pernas, me fazendo tremer. Encostei meu nariz gelado nas costas do Rule e respirei fundo. O Rule tinha cheiro de antisséptico, por causa do estúdio; de cigarro, por causa do Nash; de produto de cabelo, por causa do moicano. E, por baixo disso tudo, tinha um cheiro quente e terroso que era só dele. Nos seis anos que o conheço, nunca fiquei tão perto do Rule, nem por tanto tempo. Foi o que bastou para meu instinto sexual encharcado de álcool começar a funcionar a mil por hora.

— Você acha que eu tô sexy?

Para mim, essa era a parte mais importante da conversa. A gente parou num sinal e o Rule baixou aqueles olhos claros, com uma expressão de irritação.

— Shaw, todos os caras naquele bar estavam ao redor de você, como peixe em volta da isca. Você sabe que é bonita, o que não vem ao caso. O que importa é por que começou, de uma hora pra outra, a se vestir, se arrumar e se comportar como outra pessoa. O que tá acontecendo?

Eu queria fazer uma careta, mas estava muito difícil. Principalmente quando a camiseta dele subiu na parte de trás, e meu braço tocou aquela pele quente e deliciosa. Desci da calçada para atravessar a rua, meio tropeçando, e a gente foi andando mais uma quadra. Já dava para ver o Victorian, o prédio onde o Rule mora. Ele me puxou mais pra perto, e nem tentei disfarçar o suspiro que soltei sem querer.

— Todo mundo acha que tenho que me comportar de um jeito: você, meus pais, seus pais, as meninas lá do trabalho, o Gabe. Todo mundo quer que eu seja isso, faça aquilo, obedeça tais e tais regras. Estou cheia disso. Acho que, só uma vezinha na vida, estou a fim de fazer o que der na minha cabeça sem ninguém me julgar ou esperar alguma coisa em troca.

O Rule ficou quieto, e a gente foi subindo as escadas. Vai ver, estava tentando traduzir minhas palavras – coisa que nem eu consegui fazer direito, porque minha voz estava pastosa por causa da bebida, e meus dentes batiam de frio. Ele abriu a porta do apartamento. Estava quente lá dentro, então tirei o casaco e passei as mãos trêmulas no cabelo. Eu estava vendo tudo meio embaçado e quase engoli minha própria língua quando olhei para ele. O Rule estava encostado de costas na porta, me observando com aqueles olhos marcantes. Nada de alfinetadas sarcásticas nem de me ignorar, ele só ficou me olhando. Bufei e senti gosto de suco de *cranberry*.

Dei uns passos meio desequilibrados na direção do Rule. O cara é tão alto que tive que ficar bem na ponta dos pés para alcançar a orelha dele. Apoiei uma mão no ombro dele e outra na porta, atrás da cabeça, e sussurrei:

— Hoje é meu aniversário, Rule.

Achei que ele fosse se afastar, me empurrar para o lado sutilmente, mas ele descruzou os braços e me abraçou pela cintura. Aqueles olhos claros brilharam por um segundo e sua boca virou para baixo, fazendo a argola no lábio apontar pra mim.

— Desculpa, Shaw. Eu não sabia.

Encolhi os ombros e dei um passo pra frente.

— Tudo bem, nem minha própria família lembrou.

Encostei no Rule com tanta vontade que meu peito virou uma tábua contra o dele. Dava pra sentir que aquela proximidade toda estava surtindo certo efeito. Se eu não tivesse que me concentrar para não cair, poderia ter dado um sorriso. Tudo o que sempre quis na vida foi surtir efeito sobre o Rule, fazer ele sentir algo por mim. Qualquer coisa, menos a tolerância de sempre.

— Eu sei o que você pode fazer pra este ser o melhor aniversário de todos os tempos – falei.

Queria transmitir segurança, que ele me achasse sexy e sedutora, mas tenho certeza de que só pareci uma bêbada tarada. Mas nem liguei. A verdadeira Shaw, aquela que sempre foi desesperada por ele, tinha se soltado. E não ia voltar para a jaula de jeito nenhum.

Não pensei nem por um segundo, só o usei de apoio pra subir um pouco mais e tocar os lábios dele com os meus. Senti um choque quando encostei no *piercing* gelado. Mas o resto era inegavelmente quente e gostoso. Tudo o que eu sempre quis. O Rule não me beijou, mas, mesmo assim, aquele ainda era o melhor presente de aniversário. Quando tentei me apoiar de novo nos meus próprios pés, alguma coisa aconteceu, alguma coisa mudou, e o Rule deixou de ser um destinatário passivo para virar outra coisa, completamente diferente.

CAPÍTULO 5

A Shaw estava bêbada pra caramba. Com aquela roupa, parecia ter saído de alguma fantasia retrô, e aqueles coturnos que ela tava usando me faziam babar. Passei a semana inteira de mau humor e emburrado. Meus amigos repararam, meus clientes repararam, a mulher que dispensei no sábado reparou. Mas eu não conseguia entender o porquê. No começo, achei que era por causa do Rome. Fiquei puto por que ele simplesmente não falava pra mamãe crescer e superar aquelas merdas todas que pôs na cabeça. Queria que ele viesse passar um tempo comigo, se divertir um pouco antes de ter que voltar para o meio do deserto. Só que ele não tinha perdido a esperança de consertar nossa família zoada, e eu não queria brigar com meu irmão, a porra do herói de guerra. Achei que só precisava comer alguém, mas a loira gostosa de sábado à noite começou a me irritar quando a gente ainda estava dentro do carro, indo pra casa dela. Quando entrei no quarto, a última coisa que queria era vê-la pelada, e saí correndo. O domingo passou voando, e meu humor piorou. Os caras sugeriram ir para o Goal Line, achando que, de repente, eu estava era precisando levar uns tapas verbais de uma loira gelada. Mas não quis ir e passei o dia ruminando e jogando videogame. Não sabia o que tava rolando comigo. Mas quando a Shaw grudou em mim comecei a entender.

Fazia dias que eu não conseguia tirar da cabeça aquela imagem da bunda dela cheia de babadinhos. Pode me chamar de superficial, pode me chamar de porco chauvinista, mas comecei a vê-la por outro ângulo depois de dar de cara com ela toda sensual e seminua. Tipo como se tivesse sido apresentado pra ela de novo. Aquela menina toda enjoada e certinha que o Remy idolatrava tinha sido possuída por uma universitária sexy que me fazia passar as noites em claro, tendo pensamentos pornográficos.

Quando a Shaw me encarou com aqueles olhos arregalados, mal parando em pé, eu sabia que o certo seria curar a bebedeira e mandar a garota pra casa. Só que ela me beijou, e tenho quase certeza de que esqueci até meu nome nessa hora. No começo, fiquei passado demais pra reagir. Sério, centenas de mulheres já me beijaram, e sempre foi bom, mas a Shaw foi direto ao ponto e logo me levou à loucura.

Depois que o sangue voltou a circular em outras partes do meu corpo que não fossem da cintura pra baixo, percebi que ela estava se afastando, ou melhor: caindo. Sim, sou um cuzão da pior espécie, porque sabia muito bem que ela estava bêbada e que, para todos os efeitos, tinha sido namorada do meu irmão gêmeo. Mas nada disso me impediu de ir em frente, porque o gosto da Shaw era muito bom, meio azedinho, melhor do que qualquer coisa que já tinha provado em toda a minha vida. Aquela blusinha ficou roçando de um jeito sensual no meu peito. Pra completar, ela estava com as mãos em volta do meu pescoço, brincando com meu cabelo espetado. E tudo isso ia direto para o meu pau, que tava gritando pra eu fazer alguma coisa. Então eu fui lá e fiz, porra!

Peguei a menina no colo, porque ela é baixinha, e eu estava cansado de me abaixar. A Shaw estava com uma saia justa, que foi fácil puxar pra cima, pra ela enroscar aquelas pernas torneadas em mim. Aí fez um barulhinho de quem tinha ficado sem fôlego, e até teria parado o que estava fazendo com a boca se ela não tivesse usado essa nova posição pra ficar se roçando no meu pau duro e enfiando as mãos por baixo da minha camiseta. Já pensei muitas coisas sobre a Shaw, mas que ia ficar assim, toda soltinha, se levasse um pega de jeito nunca passou pela minha cabeça. Ela sempre me pareceu tão fria e travada, mas arrancou minha camiseta e fez uma coisa com a língua no meu *piercing* que quase me deixou vesgo. Eu sabia – racionalmente, pelo menos – que o Nash podia entrar pela porta a qualquer momento com aquela garota que mora com ela, e que aquilo tinha que parar. Nunca ia me perdoar se deixasse isso fugir do controle com a Shaw tão bêbada. Quando senti que ela estava me empurrando um pouco, a pus de volta no chão, esperando que mesmo bebum pudesse ser a voz da razão daquela situação.

Aí ela me encarou com aqueles olhos profundos cor de jade e lambeu os lábios, que pareciam inchados de tanto beijar. Obra minha, claro. Nunca houve mulher mais gostosa na face da Terra.

Depois começou a tirar aquela blusa sedosa e foi até o banheiro. Esqueci que a menina sabia onde era meu quarto, que conhecia minha casa como a palma da mão. E até tinha a chave, porra! Eu estava quase dizendo pra ela parar, que ia colocar ela na cama, pra curar seja lá o que fosse aquilo, mas fui correndo atrás. A blusa azul caiu no chão, a preta que estava embaixo foi na sequência, depois a saia, que deixava aquela bunda ainda mais incrível. Peguei as roupas e tentei me convencer a cair fora daquela treta. Eu não podia fazer aquilo, não ia fazer aquilo. Já era bem ruim ter beijado a garota que nem um maníaco sexual. Precisava me controlar, como tinha feito no sábado. Era a Shaw, não uma periguete de bar qualquer. Não era alguém que eu podia expulsar sem dó na manhã seguinte e nunca mais falar.

– Shaw – falei.

Ela olhou pra trás, e acho que apaguei por um segundo. Deixei cair as roupas no chão e tentei desgrudar minha língua do céu da boca. Já vi muita mulher pelada, mas nenhuma assim. Nenhuma chegava nem perto da Shaw. Ela conseguiu tirar aquelas botas de motoqueiro sem cair de cara no chão e estava me fuzilando com aqueles olhões verdes, coberta só com uns pedacinhos de renda preta, que tinham sido criados mais pela estética do que pela funcionalidade. Todas as minhas boas intenções, minha força de vontade pra ser alguém legal e fazer a coisa certa foram para o espaço.

A Shaw era sensacional: cabelo, pele perfeita, uma cinturazinha pequena e uns peitos empinados que diziam "me pega, pelo amor de Deus, me pega". Aquele corpo tinha sido projetado pra fazer qualquer um ficar babando, e comigo não foi diferente. Fechei a porta do apê com um chute e dei um passo todo atrapalhado na direção dela.

Lá no fundo, minha consciência estava sussurrando pra eu pôr logo a Shaw pra dormir, encontrar uma garrafa gigante de cerveja pra afogar as mágoas, e me arrastar pra baixo do chuveiro gelado pra pôr minha libido no seu devido lugar. Mas nada disso ia acontecer, porque ela me encontrou no meio do caminho e foi pondo aquelas mãozinhas direto na fivela do meu cinto. Tentei de novo:

– Shaw...

Pus as mãos nos ombros dela e, quando pensei que ia afastar a garota de mim, meu corpo me traiu, e acabei abaixando as alças daquele sutiã caríssimo. A Shaw se apertou contra mim e abriu meu cinto e o zíper da minha calça rapidinho. Ficou beijando a veia pulsante do meu pescoço e passando as mãos de leve no meu peito e nos músculos da minha barriga, que estavam enrijecidos de desejo. Depois enfiou uma perna no meio das minhas, e ficou se esfregando naquilo que denunciava que eu não ia pedir pra parar, mesmo sabendo que era isso que devia fazer.

– Para de pensar tanto – disse ela, com a voz toda rouca de desejo.

De todas as mulheres na face da Terra, aquela era a última que eu ia pensar que faria uma coisa dessas. Argumentos racionais até surgiram na minha cabeça, apesar daquela névoa de tesão que estava tomando conta de mim. Mas, ao mesmo tempo, abri o sutiã com uma mão, enrosquei a outra no cabelo e grudei minha boca na dela.

Beijar a Shaw era uma experiência bem diferente de beijar qualquer outra mulher. Pra começar, ela beijava muito bem. A mulherada quase sempre fica perdida ou meio confusa com meus *piercings* na boca e na língua, mas ela nem deu bola, parecia que tinha nascido pra isso. Também é muito mais baixinha do que a maioria das garotas que pego, então tinha toda uma curva envolvida no processo, e eu tinha que descobrir um jeito de alinhar todas as partes que interessavam. E ela não pareceu se importar com meu jeito meio bruto, de quem fica impaciente de uma hora pra outra. Eu tinha a impressão de que, se pensasse muito, ia vacilar e parar o que estava fazendo. E, cara, eu não queria, mas não queria mesmo parar, porque as mãos dela estavam dentro da minha calça, e meu pau ia me matar se eu desistisse agora.

A Shaw baixou minhas calças até a bunda, e puxei ela pra cima, pra gente ficar peito com peito. Me livrei das calças sacudindo as pernas e dei um empurrão nela, que caiu de costas na minha cama desarrumada. Deu certo trabalho pra tirar meus coturnos, e soltei uns palavrões. Quando subi na cama, meu cérebro deu curto, porque ela estava só com uma calcinha de renda minúscula e um olhar de tesão. Já passou muita mulher pela minha cama. Pra falar a verdade, sábado passado foi o primeiro que dormi sozinho. Mesmo meio chapado de desejo, um desejo que me apertava as bolas, eu tinha certeza de que nenhuma delas ficou tão bem no meio dos meus lençóis e edredom pretos. Ela me deu uma olhada de quem tinha gostado de ver meu corpo sem roupa. Não que nunca tivesse visto antes. Mas, quando fiquei pelado em cima dela, o olhar foi mais de "me come" do que de "você é nojento, Rule".

Aí a Shaw passou a mão na tatuagem do Sagrado Coração que tenho no meio do peito e foi subindo pelas duas *tattoos* gigantes que tenho nas costelas e cobrem quase toda a parte de cima do meu corpo. Tenho um monte de coisa desenhada na pele e, quando fico pelado, pode ser meio chocante. Muitas das minhas parceiras menos ousadas já ficaram passadas. Não sou vaidoso nem convencido, mas sei que não sou feio. Sou alto, mais pra magro e em forma, porque vou na academia algumas vezes por semana. Mas nada disso tinha importância, porque a Shaw me olhava como se eu fosse tudo o que ela sempre quis, e isso tinha um efeito esquisito na minha cabeça. Tenho um *piercing* que atravessa a cabeça do meu pau. Ou seja: sou tão corajoso quanto vacilão, porque a metade das mulheres que veem isso não sabe o que fazer. A Shaw tinha entrado no meu apê de surpresa várias vezes e sabia que ele existia, mas nem deu bola. Foi logo passando o dedo na bolinha, e eu fiquei sem ar.

Me liguei que estava deixando a Shaw dominar a situação. A gente estava prestes a transar e quase nunca tinha se falado. Ela tava me tocando, me deixando louco, e eu não estava fazendo nada. Precisava tomar uma iniciativa. Aí enfiei os dedos naquela calcinha minúscula e puxei. A Shaw tremeu e, quando ficou completamente pelada e presa embaixo de mim, percebi certa dúvida naquele olhar enevoado dela.

– Você é linda.

Eu já tinha dito isso pra muitas mulheres, mas acho que essa foi a primeira vez que foi de verdade.

Ela pôs uma mão de cada lado da minha cabeça e percebeu que meu penteado novo não era tão simples de lidar no rala e rola. Não dava pra segurar nem passar os dedos por ele. Era todo espetado, com umas pontas intimidadoras. Mas a Shaw nem fez caso. Arranhou meu couro cabeludo e me deu um sorrisinho meio sem graça. Não entendi direito se era efeito da bebida passando ou se ela finalmente estava começando a se dar conta de que a gente tava pelado na cama, prestes a passar dos limites, mas uma pontinha daquela Shaw de sempre estava começando a aparecer.

– Você também. Não devia, mas sempre foi. Lembro a primeira vez que te vi, e nem acreditei que era irmão gêmeo do Remy. Ele era tão bonito, sempre tão bem arrumado, mas você… Meu Deus, Rule, você é e sempre foi perfeito.

Quando ela falou do Remy, segurando meu pau, deveria ter sido um banho de água fria. Mas não foi. Beijei embaixo da orelha e mordi aquele pescoço. A Shaw deu uma gemidinha que me fez sentir algo estranho bem no meio do peito. Depois enroscou uma perna em volta do meu quadril e ficou apertando todo aquele calor no meu pau duro. Dei uma piscadinha, porque estava quase esquecendo uma coisa. Ela enroscou os braços em volta dos meus ombros e arfou quando comecei a beijar os mamilos durinhos. Na hora que ia deixar a Shaw me puxar pra meter, um arrepio de preocupação me subiu pela espinha e me soltei dela.

– Camisinha – falei.

Trepo desde os catorze anos e não esqueço a camisinha independentemente da mulher e do porre. Quase coloquei a gente em risco porque minha cabeça mal estava funcionando por causa dela e fiquei envolvido pra caramba no que a gente estava fazendo. Me caguei de medo.

– Tenho uma na bolsa.

Olhei pra ela e dei mais uma piscadinha.

– Tenho uma caixa no criado-mudo, Shaw. Sério, você quer mesmo fazer isso? Pensa bem. Você tá de porre. Provavelmente vai se arrepender amanhã de manhã.

Ela se sentou, e aquele cabelo de duas cores todo descolado caiu pra frente, tapando os peitos inchados de tesão. Era como ver todos os sonhos pervertidos que tive com ela reunidos num só, e nem conseguia acreditar que estava tentando convencer aquela menina linda a não fazer aquilo. Os olhos dela ficaram úmidos de uma hora pra outra, e a Shaw ficou com cara de quem ia chorar. Aí se encolheu pra sair da cama, mas a segurei pelos braços pra gente ficar alinhado de novo.

– Não chora.

– Você nunca me quis.

Fiquei tão passado que meu queixo caiu.

– Hã? Tenho certeza de que você pode sentir que isso não é verdade. Estava com essas suas mãozinhas gostosas bem em cima das evidências até agora.

Então sacudiu a cabeça, e aquele cabelo loiro sedoso se esfregou no meu peito.

– Não é disso que eu tô falando.

– Do que você tá falando?

Ela rebolou um pouquinho contra mim e esticou o braço pra alcançar o criado-mudo. Se qualquer outra pessoa tivesse feito isso, eu teria surtado, mas era a Shaw. Não ia ficar surpresa nem passada, independentemente do que encontrasse naquela gaveta. Nem com o revólver carregado que estava ali. Ouvi o barulho do pacotinho da camisinha e senti ela pôr as mãos de volta no meu pau. Não me lembro de outra mulher ter posto a camisinha em mim, nem de ser tão bom.

– Rule, hoje é meu aniversário, e minha vida é uma droga a maior parte do tempo. Não dá pra você fazer uma coisinha legal pra mim uma vez na vida?

Que homem em sã consciência diria não pra uma loira pelada e muito sexy pedindo pra ser comida? Eu é que não ia, de jeito nenhum. Beijei a Shaw de novo, brinquei com a língua dela e puxei uma perna pra cima de mim. Posso me gabar de mandar bem nesse departamento. Afinal de contas, tenho muito mais experiência do que costumo admitir. Mas, por algum motivo, ficar com aquela mulher me dava a sensação de estar aprendendo tudo do zero. Ela também me beijou e suspirou baixinho quando comecei a meter. Era apertadinha, quente e molhada, e achei que fosse morrer se não metesse até o fim no próximo segundo.

A Shaw sussurrou meu nome perto do meu pescoço e arqueou as costas. Enterrou as unhas nos meus ombros quando a levantei um pouquinho e tentei meter mais fundo. Soltei um palavrão, e ela congelou, como se tivesse alguma coisa no meio do caminho, mas eu estava tão excitado, e a gente estava tão encaixadinho, que não dava pra parar. Aí ela arregalou os olhos e fez um beicinho de surpresa e dor.

– Porra, Shaw!

Ela sacudiu a cabeça um pouquinho, cruzou a outra perna no meu quadril e ficou se esfregando em mim de um jeito que me fez soltar todos os palavrões que conheço.

– Não para, Rule. Por favor, não para.

A garota estava toda ofegante e, de qualquer jeito, era tarde demais. Trepar com ela era melhor do que qualquer coisa que eu já tinha sentido na vida e não ia parar agora, de jeito nenhum. A menos que quisesse ficar manco até os trinta anos. Enrosquei os dedos no cabelo dela, joguei meu peso em cima da outra mão pra não esmagar a Shaw e continuei tendo a melhor trepada da minha vida. Com uma virgem, porra!

Ela se mexeu exatamente do jeitinho que eu queria, me tocou de um jeito que depois me fazia acordar no meio da noite pra ficar pensando naquilo. Me beijou como se tivesse nascido pra fazer isso, exatamente do jeito que eu gosto, e foi no meu ritmo, como só acontece com quem já fez sexo junto muitas vezes. Toda vez que a Shaw falava meu nome ou dava uma gemidinha sexy de tesão e prazer, eu me sentia o maior homem do mundo. Também fazia tempo que eu não trepava sem estar de porre com alguém que conhecesse há mais do que algumas horas. Não dava pra acreditar na diferença que isso fazia.

Queria que fosse bom pra ela, queria virar a Shaw do avesso, como ela estava fazendo comigo. E, já que era a primeira vez dela, queria garantir que todos os homens que viessem depois fossem comparados comigo.

A gente estava se mexendo, e ela arqueou as costas e pôs as mãos atrás da minha cabeça.

– Ai meu Deus, Rule.

A Shaw estava quase gozando, dava pra sentir aquelas tremidinhas por todo o meu pau. Não ia estragar isso de jeito nenhum, então toquei nela de um jeito que a levaria à loucura. Fui recompensado por aqueles olhos arregalados e um suspiro de rendição. Fiquei superaliviado, porque não ia aguentar muito tempo. Enterrei meu nariz no pescoço dela e fui em frente. Quando gozei, meus braços tremiam, e tava quase sem ar, como se tivesse acabado de correr uma maratona. Saí de dentro e rolei para o lado, pronto pra deixar o arrependimento e o desespero tomarem conta de mim. Mas ela estava de olhos fechados, aí levantei, fui ao banheiro me limpar e trouxe uma toalhinha pra ela. Quando voltei para o quarto, a Shaw estava encolhida de lado, com a bochecha apoiada em cima das mãos cruzadas. Parecia que tinha dezesseis anos. O peito subia e descia regularmente, indicando que ela tava dormindo. Passei a toalhinha com cuidado pra não a acordar e deitei do lado dela. Cruzei os braços embaixo da cabeça e fiquei olhando o teto.

Que merda eu tinha acabado de fazer? E o que é o que o Remy tinha feito aqueles anos todos se nunca dormiu com ela? Eles sempre falavam que eram apenas bons amigos, mas nunca ninguém acreditou. O amor que sentiam um pelo outro, o instinto protetor, a cumplicidade tinham me deixado com ciúmes muitas vezes, e agora eu não sabia que caralho pensar. A Shaw sempre se encaixou na categoria "mulheres que não posso ou não vou comer", mas eu tinha feito picadinho disso tudo e não sabia mais o que achava. Ela não era só mais uma pra quem eu nunca ligaria, que podia expulsar pela porta na manhã seguinte. E, além disso, aquele provavelmente tinha sido o melhor e mais intenso sexo da minha vida. Parecia que eu estava perdendo o controle da situação. Não devia sentir esse tipo de coisa pela Shaw, ela não devia ser a mulher que ia virar meu mundo de cabeça pra baixo. Pra ser bem sincero, me arrepiava o fato de ela ser mais atraída pelas minhas *tattoos* e pelos meus *piercings* e saber lidar melhor com eles do que qualquer uma que já tinha ido parar no meu apê. Agora eu estava metido em confusão, com a garota errada na minha cama, e não fazia a menor ideia do que fazer com tudo isso.

Peguei no sono alguma hora, depois que o sol nasceu. Quando acordei com o celular tocando, a primeira coisa que fiz foi olhar para o outro lado da cama. Tudo o que aconteceu na noite anterior voltou, como uma pancada na minha cabeça. A Shaw tinha ido embora. Aquele monte de roupa que estava largada no chão tava dobrada bem direitinho na ponta da cama, e as coisinhas bonitas dela tinham desaparecido. Soltei um gemido e joguei o braço em cima dos olhos pra atender a ligação.

– Fala!

Meu irmão riu no meu ouvido e perguntou:

– Estou interrompendo alguma coisa?

Quando fui me sentar, ouvi algo fazer barulho embaixo do meu quadril, e puxei pra ver o que era. Num pedaço de papel branco que eu tinha deixado por ali pra desenhar umas artes, a Shaw tinha escrito, com aquela letrinha caprichada de menina:

Foi o melhor presente de aniversário de todos os tempos. Valeu!

Ela não assinou o bilhete, não disse se ia me ligar nem me pediu pra fazer isso. Era simples e objetivo, e eu não sabia direito se ficava feliz ou furioso com isso. Meu irmão ainda estava esperando uma resposta. Tentei tirar as teias de aranha do meu cérebro e sentei na cama. O ar tinha o cheiro dela e de sexo.

– Não. É que eu não dormi direito.

– É isso que acontece quando você leva qualquer uma pra sua casa. Tem que dormir com um olho aberto e outro fechado pra ver se não vão te roubar ou esfaquear enquanto você tá dormindo.

– Cara, você tem que sair do Exército. Nem todo estranho é inimigo – resmunguei.

O Rome resmungou alguma coisa, mas não consegui entender, e ele continuou falando:

– Olha, vou passar a semana em Denver. Meu ombro tá melhorando e preciso ir ao ortopedista. Além disso, a mamãe tá me enchendo a paciência. A Shaw recusou o convite dela pra almoçar hoje porque a velha não quis convidar você. Agora tá convencida de que você deu um jeito de corromper a menina dos olhos dela. Fico falando que ela precisa se tratar, e o papai até concorda comigo, mas a mulher é teimosa. Acho que a gente tem a quem puxar.

Me encolhi um pouco, e achei bom que essa conversa estava rolando pelo telefone. Tenho certeza de que fiquei vermelho de culpa. Minha mãe ia surtar muito se soubesse que eu tinha mesmo corrompido a Shaw.

– Quanto tempo você ainda tem de licença?

– Preciso receber alta antes, e ainda vou ter que passar num psicólogo do Exército pra ver se não tô sofrendo de estresse pós-traumático por causa do acidente. Tenho que estar 100% pra poder voltar.

– Bom, vai ser legal poder te ver sem todo aquele dramalhão de família.

– Vai sim. Estou ligando para a Shaw a manhã inteira, pra ver se posso levar ela pra jantar ou algo assim, de presente de aniversário. Tenho certeza de que aqueles retardados dos pais dela não fizeram nada de novo, e odeio pensar que a menina passou o dia sozinha mais uma vez. Se eu conseguir falar com ela, você devia mexer essa sua bunda e vir com a gente.

Engasguei. Estava quase contando que ela não tinha passado o aniversário sozinha coisa nenhuma. Mas estava falando da Shaw e, mesmo sendo bem amigo do Rome, ele não tinha nada que ficar sabendo do que a gente tinha feito ontem à noite.

– Nããão, acho que a Shaw está de saco cheio de mim. A gente se encontrou por acaso umas semanas atrás e, vira e mexe, vejo ela por aí. Acho que vai ser legal pra ela não ter que me ver todo fim de semana.

Ele deu uma risadinha e disse:

– É verdade. Vou ficar na casa do meu amigo Drew, porque acho que meu ombro não aguenta dormir nessa porcaria desse seu sofá, mas ligo quando chegar aí. Se não conseguir falar com a Shaw, a gente pode ir jantar em algum lugar, e você pode me contar todos os detalhes sórdidos das suas últimas conquistas.

Passei a mão na minha cara cansada e enfiei o bilhete da Shaw na gaveta do criado-mudo. Ainda sentia as mãos dela alisando meu corpo.

– Você é que precisa mexer essa bunda e começar a pegar mulher. Você é um herói, irmão. Elas amam esse tipo de coisa.

– Não sou igual a você, Rule. Não tenho 22 anos nem penso só com a cabeça de baixo. Quero ficar bom e acabar minha missão sem mortes. Fui testemunha do que a humanidade tem de pior. Nos últimos seis anos, enterrei mais amigos do que fiz. Saio do Exército em menos de dois anos e não sei o que vai ser do meu futuro então. Comer tudo quanto é mulher que aparece na minha frente não tá entre as minhas prioridades. Você vai entender isso um dia.

Ele tinha razão. Nossa lista de prioridades é bem diferente. Ganho bem, tenho um monte de dinheiro guardado e um carro legal. Tenho consciência de que passo a maior parte do tempo tentando sair da sombra do meu irmão gêmeo. Fico chafurdando nesses relacionamentos superficiais pra ninguém conseguir se aproximar de mim, me julgar e me acusar de ser menos do que ele era. Procuro mulheres fáceis, que não têm nenhuma expectativa além do que tenho pra oferecer: diversão, alguns minutos de *relax*. Nunca namorei nem deixei ninguém entrar no meu coração porque tenho medo de acharem que não sou bom o suficiente quando me conhecerem direito. Sei que sou zoado, um desastre emocional, e o que tinha acontecido com a Shaw fazia isso tudo ficar ainda pior.

– Pode ser. Mas um pouco de diversão nunca matou ninguém. Me liga, então.

Joguei o telefone na cama e fui ao banheiro dar um jeito de começar o dia. Quando entrei na sala, o Nash estava espichado no sofá vendo jogo, com uma caneca de café numa mão e um *donut* na outra.

– Bom dia – eu disse.

Ele me deu uma olhada e perguntou:

– E aí?

– E aí nada. Você viu a Shaw hoje de manhã?

O Nash balançou a cabeça e levantou o *donut*.

– Ela deixou uma caixa de *donuts*. O que rolou? Vi a menina na cozinha hoje de manhã, aí concluí que tinha passado a noite com você. Achei que ia pelo menos por a Shaw dentro de um táxi.

– E a garota que mora com ela? Que aconteceu? – tentei mudar de assunto e peguei um café.

– Falei pra Ayden vir pra cá, esperar a Shaw melhorar, mas ela estava se divertindo lá. Aí a gente tomou mais umas e arrumei um táxi pra ela. Estava com cara de quem achava uma ótima ideia a amiga bebum ir pra casa com você. Por que será?

Resmunguei e sentei no sofá com ele.

– Sei lá. Minha história com a Shaw é toda torta, vai saber.

– Mas ela passou a noite com você.

– Passou.

– E eu tô achando, já que te conheço muito bem, que vocês não ficaram discutindo política nem vendo TV.

Fiz uma cara de quem ia dar um soco no Nash e respondi:

– Não.

Ele sacudiu a cabeça e fez *tsc-tsc*.

– O que é que você tinha na cabeça?

– Nada, sério.

– Cara, ela não é uma dessas mulheres que você pega por aí. Não pode simplesmente mandar a Shaw embora na manhã seguinte e nunca mais falar com ela.

– Olha, eu acordei sozinho. Não fiz a menina ir pra lugar nenhum.

– Mas teria feito, e a Shaw é muito classuda e inteligente pra passar por essa vergonha. Cara, não acredito que você pegou a namorada do seu irmão. Você não bate bem mesmo. Não me meteria numa treta dessas nem pela maior das gostosas.

Fiz um barulho abafado e me inclinei pra apoiar os cotovelos nos joelhos.

– Vamos dizer que não tenho nenhum motivo pra acreditar que manchei a honra do Remy. Não sei o que rolou entre aqueles dois esses anos todos, mas, depois de ontem à noite, tive uma prova inquestionável de que nunca transaram.

O Nash soltou um palavrão, arregalou os olhos e perguntou:

– Ela era virgem?

Balancei a cabeça. Não devia contar tudo isso para o Nash, mas estava confuso, e ele é meu melhor amigo. Eu estava zoado da cabeça.

– Ela era virgem e deu *pra você*? Caralho, isso é muito foda.

Dei um suspiro e continuei falando:

– Foi isso que pensei. Mas aí, quando acordei, ela já tinha ido embora. Estava bem zoada ontem. Vai ver que a cerveja e os drinques tomaram a decisão por ela.

– Ela parecia bem hoje de manhã. Quer dizer, tava com cara de ressaca e meio acabada, mas não estava nervosa, esquisita nem nada disso. Ligou pra Ayden e foi correndo comprar café da manhã enquanto esperava a amiga chegar. Sei lá, não parecia tipo toda apaixonada ou daquelas que resolvem ficar te perseguindo, só parecia a Shaw normal de sempre. Mas a verdade é que sempre achei que ela tinha uma quedinha por você.

Virei pra ele com uma cara de chocado.

– Quê?

– A garota aguenta todas as merdas que você faz. Lembra aquele Ano-Novo quando ela veio te buscar, e você tinha trazido aquela ruiva e mais uma amiga pra cá? Era um show de horrores, e a Shaw nem piscou. Só jogou suas calças e mandou você levantar. E ela leva na boa toda essa sua grosseria e esse seu mau humor. E, pode acreditar, amigo, esse tipo de coisa deixa qualquer um ficar de saco cheio rapidinho. Ela tá disposta a brigar com as duas únicas pessoas no mundo de quem já recebeu amor de pai e mãe porque quer que tratem você bem e parem de te culpar pela morte do Remy. E não tá fazendo isso pela Margot e pelo Dale, nem pelo Remy, com certeza. Você é a única pessoa que ganha alguma coisa nessa. Por mais teimoso e egocêntrico que seja, você tem que se ligar nessa parada.

– Mas ela é a Shaw, a perfeitinha. Sempre foi inalcançável e distante, mesmo quando era menor. Ficava lá em casa o tempo todo com o Remy e, sempre que eu falava com ela ou fazia alguma coisa, me olhava como se eu fosse um idiota.

O Nash bufou.

– E você era um idiota. Não lembra quando a gente tinha dezesseis anos? Era um pesadelo, você nunca a tratava bem. Tirava sarro do cabelo dela, do Remy, sem dó, porque ele passava o maior tempão com a Shaw. Você era um cuzão.

– Era?

– Irmão, você ainda é. E a Shaw é a Shaw. Bonita pra caralho, chega a doer, mas nem se liga disso. E ainda é inalcançável porque sempre vai ter mais dinheiro e ser mais inteligente do que a gente, mas não liga pra isso também. Ela é legal, não liga para o fato de você ser quem você é. Sinceramente, Rule, qualquer mulher que consiga aguentar esse pé no saco que você é merece ganhar um anel de noivado com um diamante enorme.

Dei um soco no ombro dele e retruquei:

– Não sou tão ruim assim.

O Nash me olhou feio e respondeu:

– É, sim. Pensa só: você só precisou ver a menina vestida de juiz de futebol sexy pra enxergar ela como uma mulher de verdade depois de todos esses anos. Você não presta.

– Mas, cara, ela ficou muito bem com aquele uniforme. Sério mesmo.

– Viu? Você não presta mesmo. O que vai fazer agora? Vai ligar?

– Não sei ainda. O Rome tá vindo aí e, já que não quero perder meu pau, pensei em ficar na miúda. Acho que ela não vai contar nada pra ele.

– Provavelmente não. A garota tem noção de que a louca da sua mãe vai surtar quando ficar sabendo.

– Pior que vai.

– Então... – ele parou de falar e me deu uma encarada. – Valeu a pena cagar a parada toda?

Joguei a cabeça pra trás, olhei para o teto e respondi.

– Valeu muito.

Tive o melhor sexo da minha vida com uma mulher que sempre achei que era muita areia para o meu caminhãozinho e apaixonada pelo meu irmão que morreu. É, o Nash tinha razão. Se desse a sorte de encontrar alguém que conseguisse aguentar toda essa minha loucura, devia prender a garota rapidinho, porque até eu reconheço que sou muito zoado.

CAPÍTULO 6

Shaw

— P ARA DE ME OLHAR assim!
Fiquei brincando com uma mecha de cabelo e ajeitei o cachecol no pescoço. O Rome estava me encarando como se quisesse entrar na minha cabeça, e eu não estava gostando nem um pouquinho daquilo. Ignorei as ligações dele o domingo inteiro porque ainda estava tentando entender o fato de que tinha enchido a cara e exigido que o Rule tirasse minha virgindade. E também porque estava toda dolorida por causa da bebida e das acrobacias na cama. Tive prova na segunda-feira e trabalhei no último turno. Na terça-feira, fui para o trabalho voluntário no hospital infantil e aguentei um jantar pavoroso com meu pai e a mulher nova dele. O Rome teve que esperar até quarta pra me levar pra jantar como meu presente de aniversário atrasado. E ficou me encarando sem parar desde a hora que sentei. Tive que ficar o tempo todo arrumando o cachecol para esconder o lindo chupão que o Rule me deixou no sábado. Eu já tinha levado o maior sermão da Ayden por causa dele e não estava nem um pouco a fim que o Rome fosse mais um a dizer "você é uma idiota".

– É o cabelo. Está bonito, mas acho que eu estava mais acostumado com ele loiro por inteiro. Você tá diferente, parece mais madura.

– Obrigada, eu gostei.

– E acho que nunca te vi de calça jeans.

– Fiz umas compras no meu aniversário. Resolvi que nem sempre preciso usar pérolas e salto alto. E já tenho bastante disso no armário, para quando precisar bancar a *socialite* e agradar meus pais.

– Por falar em aniversário, meu pai e minha mãe mandaram isso.

Ele me entregou uma sacolinha, que eu coloquei no meio da mesa.

– Sua mãe não quer falar comigo. Liguei pra ela outro dia.

– As coisas estão difíceis, agora que você baixou aquele decreto. Ela sempre achou que você era sua aliada na causa "o Rule tem que aprender a se comportar". Simplesmente não enxerga o que tá fazendo com ele. Com ele e com todo mundo.

Soltei um suspiro.

– É, eu sei. Por isso que precisei dar um tempo.

– E este aqui é o meu presente.

O Rome me deu um vale-presente da minha loja de cosméticos preferida. Dei um sorriso e um abraço bem apertado nele. Adoro ele. Ele até pode ter cara de soldado durão, mas tem um coração tão bom.

– Obrigada, Rome. Que fofo. Estou tão feliz por você ter voltado.

– Eu também. Tentei convencer o Rule a vir com a gente, mas ele tinha que atender um cliente. Ficou lá reclamando de ter que fazer outra tatuagem do Harry Potter ou coisa do gênero. Acho que, de vez em quando, esqueço que ele trabalha.

Dei uma olhada na sacolinha. Tinha uma foto dentro. A Margot tinha achado uma das primeiras fotos que tirei com o Remy e colocado num porta-retratos de prata lindo. Eu era tão pequena e esquisita naquela época, e o Remy, tão alto e bonito. A gente estava ridículo. Era um gesto bonito, e meus olhos se encheram de lágrimas. Mostrei para o Rome e guardei de volta na sacola.

– Sinto falta dele todos os dias – eu disse.

– Eu também. Sinto falta do jeito com que ele conseguia manter todo mundo na linha.

Dei risada e tomei um pouco do meu chá gelado.

– É, ele sempre dava um jeito de ficar de olho no modo como as pessoas se tratavam. E não tolerava nada dessas bobagens que a gente tende a permitir.

– O Rule disse que vocês se viram por acaso algumas vezes. Como foi?

Limpei a garganta e me segurei para não ficar vermelha, porque foi o que aconteceu toda vez que ouvi o nome do Rule essa semana.

– Meio estranho. Ele apareceu no bar onde eu trabalho com uns amigos, pra ver o jogo. É difícil a gente interagir como duas pessoas normais.

O Rome balançou a cabeça, e notei que a garçonete deu uma secada descarada nele quando trouxe nossos pratos.

– Ele me contou que seu ex anda incomodando você.

Soltei um gemido irritado e sacudi a cabeça.

– Que linguarudo!

O Rule é muitas outras coisas, mas eu não ia deixar minha cabecinha poluída pensar nisso.

– O que tá rolando?

Fiz uma careta e enfiei uma garfada de macarrão na boca.

– O Rule já conversou com ele, e o ex-fuzileiro naval enorme que trabalha de segurança lá no bar também. O Gabe é só um menino mimado que não está acostumado a ser rejeitado. Não aceita que levou um fora.

– Ele ainda te liga?

Eu não queria mentir, então mudei de assunto.

– O que o médico falou do seu ombro?

O Rome apertou os olhos e deu uma garfada.

– Que tenho que fazer mais fisioterapia e, se isso não funcionar, uma segunda cirurgia. Seja como for, vou ficar mais tempo em casa do que eu imaginava.

– Isso é bom, não é?

Ele encolheu os ombros, dando a impressão de que não estava tão animado com essa perspectiva quanto eu.

– Acho que sim.

– Você quer voltar para o seu posto?

– Quero terminar minha missão. Não quero que meu tempo de serviço acabe desse jeito. Odeio deixar meu pelotão na mão. Faz seis anos que estou no Exército, Shaw. Não sei o que mais posso fazer.

– Você tem um monte de gente que te ama, Rome. Sair do Exército, pela sua segurança, não devia deixar você com medo.

– Eu sei, mas é assim que é.

A gente passou um minuto em silêncio antes de ele voltar a tocar no assunto do Gabe.

– O que o Rule disse para o seu ex?

Respirei fundo e soltei os ombros.

– Sei lá. Disse pra ele me deixar em paz, e o Gabe imediatamente tirou a conclusão precipitada que levou um fora por causa do Rule. Todo mundo acha que tudo o que eu faço é por causa do seu irmão. Isso me cansa.

O Rome me encarou com aqueles olhos, que eram tão parecidos com os do irmão. Dava pra ver, pelo jeito que a boca dele estava torcida, que eu não ia gostar nem um pouco do que ele tinha pra me dizer.

– E não é?

Fiquei olhando pra ele e brincando com a comida.

– Não.

– O Rule convenceu o Remy a vir morar em Denver assim que eles terminaram o colégio, e você resolveu se mudar pra cá também. O Rule fica agindo que nem um idiota, tornando o convívio com meu pai e minha mãe impossível, e você resolve ser a conciliadora e arrastar ele pra casa todo fim de semana. O Rule age, e ninguém tem escolha a não ser reagir. Todos nós fazemos isso há anos. Inclusive você, Shaw.

– Eu não terminei com o Gabe por causa do Rule.

Isso não era exatamente verdade, mas não queria que o Rome ficasse entrando nesses detalhes.

– Sério? – o tom de incredulidade na voz dele me deixou de cabelo em pé. – Não conheço direito as idas e vindas do seu relacionamento com o Remy.

Dei minha resposta automática:

– A gente era só amigos, melhores amigos.

O Rome continuou falando, como se eu não tivesse dito nada:

— Mas sei muito bem que, quando você achava que não tinha ninguém olhando, não tirava os olhos do Rule. Sei que, cada vez que ele vinha pra casa trançando as pernas de bêbado, fedendo a sexo e perfume barato de qualquer adolescente que tivesse convencido a dar pra ele, você ficava com cara de quem tinha levado um soco no estômago. E sei que, todo domingo, quando você levava ele lá em casa, ficava com a mesma cara. Então, Shaw, você vai mesmo tentar me convencer de que suas escolhas não têm nada a ver com o Rule?

Dei um suspiro e empurrei o prato. Perdi o apetite de uma hora pra outra.

— O que você quer que eu diga, Rome? Minha vida está enroscada na dos irmãos Archer desde que me conheço por gente. Você acha que aguenta ouvir a verdade? Quer dizer, tem muita coisa que não é da conta de ninguém. Você quer ouvir que, desde o primeiro segundo que o Remy me levou pra sua casa eu o amei, mas me apaixonei pelo Rule? Quer ouvir que o Remy sabia e levou esse segredo para o túmulo com ele? Quer ouvir que passei anos e mais anos triste e sozinha, só tendo o Remy e você como amigos? Mas que tudo bem, porque eu não precisava de mais ninguém? Quer ouvir que, a cada dia, meu coração ficava ainda mais partido porque o Rule nem sabia que eu existia? Quer saber que, se não fosse pelos seus pais, eu provavelmente teria sido enfiada num colégio interno e depois em alguma universidade de elite só para os meus pais não precisarem se preocupar comigo? Anda, Rome! Fala logo o que você quer saber.

Meu tom era de amargura, e quando terminei de falar o guardanapo tinha virado uma bolinha amassada no meu colo.

— Por que o Remy era tão próximo de você se sabia que era apaixonada pelo Rule? Ele devia saber que não ia rolar. O Rule não faz nada que dê trabalho e, por mais que eu te ame, preciso te dizer que você também não é nada fácil.

Queria que o Remy estivesse lá pra responder a essas perguntas. Respirei fundo e disse:

– Ele tinha os motivos dele. Me manter o mais longe possível dos meus pais era um deles. Não queria que eu me transformasse num robô, apesar de só ter conseguido isso em parte. Às vezes, ainda acho que nunca vou conseguir me livrar do peso das expectativas deles.

O Rome ficou batucando na mesa e foi direto ao assunto:

– Então quer dizer que você é apaixonada pelo meu irmão desde os catorze anos?

Bufei e admiti:

– Basicamente, e parece que todo mundo sabe disso, menos ele.

Precisei me esforçar muito para não me lembrar da noite de sábado.

– Por que você não conta pra ele?

– Oi? Você não conhece o seu irmão? O Como Qualquer Coisa Que Tenha Peitos e QI Zero? O Faço o Que Eu Quero Quando Eu Quero? O Rule não precisa saber, porque se souber nada vai mudar.

O Rome sacudiu o ombro bom e deu uma piscadinha pra garçonete, que tinha vindo trazer a conta.

– Sei lá, talvez faça bem pra ele saber. Meu irmão vive há tanto tempo como substituto do Remy que talvez acordasse pra vida se descobrisse que alguém tão legal quanto você, tão gentil e tão amorosa, gosta dele há tanto tempo. Sei que, bem lá no fundo, ele é legal. Só que está enterrado debaixo de tanta merda que é difícil de achar.

Meu plano é evitar o Rule até o dia em que o inferno congelar. Não me arrependi de ter dormido com ele. Pra falar a verdade, correspondeu a todas as minhas expectativas a respeito do sexo e, pra ser bem sincera, do sexo com ele. Não conseguia nem pensar em perder a virgindade com outra pessoa. Queria não estar de porre, ter decidido fazer isso mais pelos sentimentos do que pela atração física. Mas o ato em si tinha sido incrível e valia a pena cada pontinha de remorso que eu sentia. Sei que meu relacionamento com o Rule nunca mais vai ser o mesmo e tenho que encarar isso numa boa. Me recuso a ser a garota que morre de amores por ele, que fica atrás dele e liga cem vezes por dia. Resolvi, na manhã seguinte, depois de tudo o que a gente disse e fez, que dei sorte por ter sido tão legal e, se não conseguisse mais nada do Rule além daquilo, já estava bom.

– Não. Se ele ficar sabendo disso, nada vai mudar. Mesmo. Só vou me sentir pior. Você sabe tão bem quanto eu que não faço o tipo dele, e já tive que lidar com muita rejeição por parte das pessoas que deviam me amar mais do que tudo. Eu e o Rule podemos continuar sendo conhecidos que ficam meio incomodados quando são forçados a se ver. É assim que as coisas são.

O Rome não precisava saber que as coisas entre mim e o irmão dele iam ficar ainda mais esquisitas e tensas daqui pra frente.

– E como foi o jantar com seu pai? Ruim como sempre?

– Ele casou de novo. Com uma menina de 26 anos – revirei os olhos e continuei. – Ela passou o jantar inteiro tentando me explicar por que eu devia entrar na fraternidade onde estava até o ano passado, quando se formou. E meu pai, tentando me explicar por que eu tinha que dar mais uma chance para o Gabe. Depois me deu um cheque de mil dólares e deixou subentendido que poderia dobrar a quantia se eu voltasse com ele. No fim das contas, foi mais uma extorsão seguida de tortura do que um jantar.

O Rome deu uma risadinha sem graça.

– E sua mãe, nada?

– Nadinha.

– Não sei como alguém tão delicada como você pode ter saído desses dois.

– Nem eu. Mas eu fico feliz de só ter que lidar com eles em doses homeopáticas. Ser uma decepção constante é muito cansativo.

Ele levantou a sobrancelha e comentou:

– Meu irmão deve saber bem.

– Muito espertinho, você.

– Eu tento.

– Tudo isso fica entre nós, né, Rome?

– Não vou falar nada. Se o Rule não se ligou depois desse tempo todo, não sou eu que vou fazer isso entrar na cabeça dele. Mas acho que as chances de vocês fazerem bem um para o outro são grandes. Os opostos se atraem e tudo mais.

O problema é que não acho que eu e Rule somos tão opostos assim. Quer dizer... Sim, ele é tatuado daquela cabeça com moicano até aqueles pés dentro do coturno, tem um monte de *piercings*, e eu uso pérolas e camafeus antigos. Mas nós dois tentamos viver nossa vida fora dos limites que todo mundo quer estabelecer pra gente. Nós dois temos questões profundas e dolorosas com nossos pais e amamos imensamente os outros dois irmãos Archer. Queremos que reconheçam nosso próprio valor, independente do que os outros acham que a gente deve ou não fazer. E, depois de sábado, fiquei sabendo que nós dois gostamos de sexo um pouquinho bruto e selvagem. É, não somos tão opostos como poderia parecer à primeira vista.

– Tento fazer o Rule deixar de viver nas trevas desde que o Remy morreu. Só piorou, não melhorou nada, e ele não pode continuar indo por esse caminho para sempre – eu disse.

O Rome deu um suspiro, a gente levantou da mesa e foi encarar o frio lá fora.

– No fim das contas, menina, a gente só tem uns aos outros. Por isso, por mais difícil que as coisas fiquem pra qualquer um de nós, precisamos encontrar forças pra enfrentar a situação e continuar juntos.

Dei um abraço nele e esfreguei minhas mãos geladas. Segurei a foto perto do meu peito e tremi, porque a impiedosa brisa noturna atravessava meu cachecol.

– Pra você, é fácil dizer isso, porque está a um oceano de distância. Na maior parte do tempo, ficamos só eu e o Rule, numa trégua incômoda, com seus pais em cima da gente, e os meus me ignorando.

– Você mesma disse, Shaw: não é mais criança. Consegue dar um jeito nisso. Acredito em você.

O Rome era bem assim. O protetor, aquele que mais queria nosso bem. Pedi pra ele me ligar antes de voltar para Brookside e fui para casa. Era raro ter um dia em que tanto eu quanto a Ayden estávamos de folga, então ela se espalhou pela sala com livros por todos os lados. Estava tão concentrada estudando e ouvindo música alto, que nem me ouviu entrar. Minha companheira de apê tinha passado a semana inteira me enchendo por causa do Rule. Ela é super a favor de eu dar uma pirada básica e tomar decisões que me deixem feliz. E, pode acreditar, ele me deixa tão, mas tão feliz... Mas a Ayden sabia que meus sentimentos pelo Rule eram um pouco mais complicados do que eu deixava transparecer e estava convencida de que ia acabar com meu coraçãozinho ainda mais partido.

Fui atrás dela na ponta dos pés e dei um tapinha no ombro. A Ayden soltou um gritinho e se virou na hora de susto. A reação foi tão dramática que rolei de tanto rir. Me joguei no sofá com um resmungo, tirei o casaco e o cachecol. Ela me fez uma careta e foi baixar o volume do som.

– Isso não foi legal. E o jantar, como foi?

– Bom.

– Só bom?

– O Rome me pôs contra a parede por causa do Rule. Acha que posso consertar o irmão e vice-versa, ou alguma bobagem do gênero.

– E por falar na encrenca, alguma notícia?

Sacudi a cabeça e respondi:

– Não. Sei como ele funciona, Ayd. Você tem ideia de quantas meninas tristes e passadas já vi ele dispensar na manhã seguinte? Me recuso a ser uma delas.

– É, mas vocês se conhecem, são tipo amigos.

Encolhi os ombros e retruquei:

– Isso não tem a menor importância pra ele. As mulheres sempre foram substituíveis. É assim desde que a gente era bem novinho.

Passei a mão no meu cabelo embaraçado e abafei um bocejo. Andava estudando além da conta, e o turno extra de trabalho no fim de semana estava começando a cobrar seu preço. Além disso, dei para acordar no meio da noite toda preocupada e cheia de tesão. Me sinto muito cansada.

– Acho que vou me deitar com um livro e dormir cedo.

– Vou deixar o som bem baixinho.

— Nem se preocupa. Boa noite.

— Pra você também. Ei! Pelo menos o chupão está começando a sumir.

Mostrei a língua pra ela e fui para o meu quarto. Me joguei de cara na cama e soltei um palavrão entre dentes quando ouvi o celular tocando na bolsa. Normalmente, teria ignorado, mas era o toque que escolhi pra minha mãe. É aquela música do Twisted Sister, "We're not gonna take it", que fala que a gente não vai mais aguentar desaforo e só quer ser livre na vida. Se eu não atendesse, ela ia ficar ligando até conseguir falar comigo, porque acha que só o tempo dela é precioso. Me virei e peguei o telefone.

— Oi, mãe.

— Desculpa ter demorado tanto pra te dar os parabéns pelo aniversário, Shaw. A gente estava na Califórnia. O Jack teve que ir a trabalho e, como aqui está tão frio, achei que as crianças iam gostar de ir à praia.

Pelo jeito, não tem sinal de celular na Califórnia.

— Tudo bem.

— Falei com o seu pai. Ele me contou que você parece distraída e irritada. A gente conversou, e realmente acho que esse joguinho que está fazendo com o Gabe precisa terminar. Você já é uma mulher madura, Shaw. Precisa começar a tomar decisões mais inteligentes para o futuro. Não vai poder ficar pulando de rapaz em rapaz por muito tempo.

Ela nem foi capaz de dizer "feliz aniversário".

— Não estou nem um pouco interessada no Gabe, mãe. Nem um pouco mesmo.

— Estar interessada é uma coisa frívola. Ele é de boa família, tem planos para o futuro. Essas são as coisas que uma mulher da sua linhagem devia buscar num companheiro.

Fiz *pssssssss* baixinho e fechei os olhos.

— Então foi isso que papai viu na Marissa? Ela é de uma boa família? Tem planos para o futuro? Ou quem sabe ele só gosta dos peitos dela e do fato de fazer tudo o que ele manda? Anda, mãe, você está sendo ridícula. Não vou ficar com alguém que me dá arrepios só porque você gosta dele. Não mesmo.

— Olha como você fala, mocinha! Não sei o que faz você se achar tão espertinha, mas não sou cega nem boba. Sei que é por causa daquele menino da família Archer. Sempre é.

Esfreguei a testa, no ponto onde uma enxaqueca começava a me atacar. Minha mãe fazia essas dores aparecerem mais rápido do que qualquer um.

— E se for?

— Ah, Shaw. Quando é que você vai desistir dessa paixonite boba?

— Mãe, estou ficando com dor de cabeça. A gente não pode conversar outra hora?

Ela ficou em silêncio por um longo minuto, e eu podia sentir as ondas de censura pelo telefone.

— Vou fazer um jantar para a família Davenport. Você tem que estar presente.

— Nem pensar. Se o Gabe for, eu não vou.

— Você vem, sim. Não esqueça que eu e seu pai pagamos sua faculdade.

Que ótimo, mais extorsão pelos pais. Cara, sou muito sortuda.

— Tá. Que seja.

Nem disse "tchau", só enfiei o celular embaixo do outro travesseiro e apaguei a luz. Não fazia ideia de por que o Rome acreditava que sou capaz de consertar alguém, ou fazer bem para quem quer que seja. Não controlava nem minha própria vida, e isso estava me deixando doente.

Passei o resto da semana e o fim de semana sendo uma boa universitária. Aproveitei toda oportunidade que tive pra estudar, terminei o projeto de laboratório e dei uma boa adiantada nos trabalhos que preciso entregar no meio do semestre. Até consegui um tempinho para ajudar a Ayden, porque ela está com dificuldade em química inorgânica, e eu tinha passado sem maiores problemas. Estava escrevendo para uma das matérias do ciclo básico um ensaio sobre por que o suicídio assistido devia ser legalizado: superdivertido. Só que, como o apartamento estava muito silencioso, e eu estava cansada de ignorar meu celular, com medo de que fossem meus pais ou o Gabe, peguei meu computador e fui terminar o trabalho no Pikes Perk. A Ayden tinha me mandado um torpedo dizendo que eu podia ir para o bar, porque estava tranquilo, mas eu precisava de um ambiente menos estimulante, e um café cheio de *hipsters* me pareceu a melhor opção. Fiquei com uma pilha de material de pesquisa na minha frente e um *cappuccino* esfriando perto do meu cotovelo. Estava tão concentrada no que fazia que nem notei quando alguém puxou a cadeira da minha frente, raspando os pezinhos de metal.

Na verdade, estava tão compenetrada nos papéis espalhados na minha frente que só percebi que tinha companhia quando uma mão que conheço muito bem – com uma tatuagem de cobra e um nome escrito atravessando os nós dos dedos – fechou meu computador. Pisquei, surpresa, olhei pra cima e vi aqueles olhos azuis-claríssimos me encarando. O Rule ainda estava de moicano, só que vermelho berrante, e estava ridiculamente lindo de camiseta de manga longa e calça jeans meio larguinha. Nem tentei disfarçar: olhei o gato de cima a baixo.

– E se eu não tivesse salvado meu arquivo?

– A gente se conhece, lembra? Sei o suficiente sobre você pra ter certeza de que salva o arquivo depois de cada frase.

A cada parágrafo, mas tanto faz.

– Esse lugar é meio fora de mão pra você. O que tá fazendo aqui?

Fazia exatos dez dias que eu não o via ou falava com ele. Não achei que fazia o estilo do Rule ir até lá atrás de mim de propósito, então fiquei me xingando em silêncio tentando não interpretar aquela aparição súbita.

– Pra falar a verdade, passei lá no bar. Encontrei a moça que mora com você, e ela me disse que devia estar aqui, fazendo trabalho da faculdade. A gente precisa conversar, Shaw.

Nunca vi ele falar tão sério. Fiquei nervosa. Como eu precisava fazer alguma coisa com as mãos, peguei meu café e tentei me esconder atrás dele.

– Acho que não – respondi.

Tinha quase certeza de que ele ia me dizer alguma coisa que ia me deixar com vontade de jogar aquele café na cara dele.

O Rule levantou a sobrancelha que tem os dois *piercings* tipo halter e se inclinou para a frente. Apoiou os cotovelos nos meus joelhos e me olhou bem no olho. Tinha umas sombras interessantes dançando e piscando nas profundezas prateadas daqueles olhos dele que eu não sabia como interpretar, mas o Rule nunca tinha me encarado de um jeito tão sedutor.

– Anda... Você acha mesmo que a gente pode fingir que aquilo nunca aconteceu?

– Por que não? A gente já está fazendo isso, e tem dado supercerto.

– Shaw – o tom dele parecia irritado. – A gente não vai ter uma noite de sexo incrível e nunca mais falar sobre isso. Até por que foi sua primeira vez. Pra começar, quero saber o que você ficou fazendo com o Remy esses anos todos se não estava dormindo com ele. Não faz o menor sentido. Também quero saber por que você foi embora na manhã seguinte sem nem me dar chance de trocar uma ideia.

Coloquei o café na mesa e tirei o cabelo da cara. Me inclinei para a frente e fiquei quase na mesma posição que ele. A gente estava tão perto um do outro que dava pra ver cada um dos cílios do Rule tocando o rosto quando ele piscava.

– Falei pra vocês um milhão de vezes que eu e o Remy éramos apenas bons amigos. A gente nunca, mas nunca mesmo, teve qualquer tipo de romance. Nossa amizade era profunda, poderosa e íntima de um jeito que homens de neandertal não conseguem entender, mas nunca foi nada físico. E não acredito que você achou que eu ia ficar por lá depois do que aconteceu, só para ser empurrada porta afora na manhã seguinte. Já vi você em ação muito mais do que gostaria, Rule. Não ia ser outra das suas dores de cabeça de domingo. Tenho meu orgulho.

– Mas você ficou virgem por vinte anos e aí se entregou pra mim sem nenhum motivo?

Ele pareceu meio decepcionado, e dei um sorrisinho.

– Tive meus motivos, Rule.

– Quais?

– Não te interessa. Olha, não pedi nada depois do que aconteceu. Não espero nada de você. Dá para a gente simplesmente esquecer?

– Não, não dá.

Fui um pouco pra trás e fiz uma careta pra ele.

– Quê? Por que não? A gente se conhece desde sempre, simplesmente aconteceu.

Sacudi a mão, num gesto de desdém, e gelei quando o Rule segurou minha mão na dele, que era muito maior. Fiquei olhando, fascinada, aqueles dedos tatuados entrelaçados aos meus.

– Olha, isso que aconteceu – ele estava falando mais baixo e, de repente, me dei conta de que o café estava lotado e, sei lá por que motivo, a gente tinha chamado a atenção dos outros clientes, que estavam nos observando, arrebatados pela cena – não foi só um evento insignificante que a gente pode simplesmente ignorar. Eu até tentei, pode acreditar. Saí na sexta-feira e conheci uma ruiva muito gostosa.

Meu rosto se retorceu numa careta involuntária, e tentei soltar a mão dele. O Rule me deu um sorriso e me puxou para ainda mais perto.

– Infelizmente – continuou –, acho que só levou uns cinco minutos para eu perceber que estava usando uma mulher pra esquecer outra. Aí pensei que no sábado eu devia tentar arrumar uma loira, ou uma morena. E por que não as duas, caralho? Minha cabeça estava toda zoada por causa de uma menina que não tinha nada a ver.

Puxei minha mão, e ele me puxou ainda mais pra perto dele, até quase sussurrar no meu ouvido, e eu quase sentar no colo dele. Tive que usar minha mão livre pra me segurar naquela coxa durinha. Era intimidade demais tocar nele daquele jeito quando, na verdade, eu estava tentando me afastar.

– Aí eu saí com o Nash, e vi ruivas e morenas e até uma mulher muito gostosa meio parecida com a Pink, mas acha que alguma delas me atraiu? Não, Shaw, nem uminha, porque nenhuma delas era você, caralho.

Desde que foi embora no domingo não penso em outra mulher. E por que será que isso acontece?

Aquelas palavras me fizeram tremer por dentro.

— Porque foi uma novidade, porque a gente se conhece, e fica mais difícil você me transformar numa menina sem nome e sem rosto. Sei lá, Rule.

Ele levantou a outra mão e passou o dedão na minha bochecha. Fiquei sem fôlego, e meu coração começou a dar pulos.

— Seja qual for o motivo, pra mim tem importância, Shaw. Muita importância.

— O que você está tentando me dizer, Rule?

— Não sei. Só sei que as outras não são você, e isso não faz muito sentido pra mim. Acho que a gente precisa entender o que tá rolando.

Sacudi um pouco a cabeça e um brilho prateado se acendeu naqueles olhos claros.

— Não vou ser mais uma entre muitas. Como eu disse, tive meus motivos para deixar as coisas rolarem daquele jeito. Mas, se você pensa que vou me candidatar à vaga na cama só porque está aberta agora, está redondamente enganado. Conheço você, Rule. Desde que entendeu que as mulheres são mais complicadas do que os homens, nunca quis se dar ao trabalho de entender uma.

Aquele toque leve como uma pluma na minha bochecha quase me fez derreter e virar uma poça nos coturnos dele.

— Vai ser diferente. A gente vai sair, fazer umas merdas juntos. Quer dizer, a gente se conhece há um tempão, mas, sinceramente, não sei quase nada sobre você. Vai, Shaw, o que você tem a perder?

Certamente não meu coração, porque já era dele, apesar de o Rule não saber.

— Então você quer tipo namorar?

Ele deu risada.

— Namorar não é muito a minha praia, mas juro que, enquanto a gente tiver tentando entender o que tá rolando, não vou comer ninguém. Nada de sair por aí, nada de outras mulheres. Devo isso a nós dois. Preciso descobrir se tem alguma coisa de verdade aqui ou se foi só uma feliz coincidência.

O Rule parecia estar sendo tão sincero: estava com uma cara séria e determinada a me fazer acreditar no que estava dizendo.

Limpei a garganta e mordi o lábio de leve. Com certeza era tudo o que sempre sonhei: de repente, o Rule se dá conta de que sou mulher e quer ficar comigo. É verdade que, nas minhas fantasias, isso sempre veio acompanhado de uma confissão de amor eterno e total devoção. Só que aquela curiosidade e a promessa de, pelo menos, ver no que ia dar era, provavelmente, o máximo que eu ia conseguir. Não sabia dizer se acreditava mesmo nele, mas eu sempre, sempre, sempre quis ter aquele homem só para mim, e não tinha forças para recusar o que estava me entregando em uma bandeja de prata.

– Se a gente fizer isso, sair, ficar junto... Seus pais, meus pais, o Rome... Ninguém vai achar muito bom.

– E daí? Quem liga pra isso?

Acho que ligo, mas sempre fui a única a me preocupar com essas coisas.

– OK.

– OK?

Soltei a respiração aos poucos e, quando o ar passou pelos lábios do Rule, ele fechou os olhos por um momento, e fiz a única coisa que me restava fazer. Me inclinei pra frente e encostei os meus lábios nos dele. Não com o mesmo desespero da última vez. Foi sem aquele pânico de pensar que ele podia mudar de ideia, sem anos e anos de desejo reprimido e de frustração, sem sentir culpa por ser um lance de uma noite só. Apenas encostei meus lábios nos dele de um jeito doce, e aquele *piercing* deu uma beliscadinha no meu lábio inferior.

Beijar o Rule sempre seria muito diferente de beijar qualquer outro menino. Tinha alguma coisa que o tornava uma categoria à parte. Senti que ele deu um sorrisinho, porque ouvi suspiros vindos de várias mesas à nossa volta. Aí ele foi pra trás e bateu com o dedo na ponta do meu nariz.

Me encostei na cadeira e limpei a garganta.

– Então tá – eu disse.

O Rule riu bem alto.

– É, pelo menos a gente não precisa pensar tanto pra pôr essa última parte em prática.

Me virei na cadeira e me movimentei sem ligar para o meu material, que ainda estava espalhado na mesa, entre nós dois.

– Sua visita foi muito agradável, mas preciso terminar meu trabalho.

Um lampejo de decepção passou pelos olhos do Rule, mas ele escondeu essa emoção atrás de um sorriso.

– Que dia você vai trabalhar no fim de semana?

– Vou trabalhar o fim de semana inteiro, mas sou a primeira a sair no sábado à noite. Só que preciso entrar às dez no domingo.

– Que mulher ocupada!

– Você não tem ideia.

– Então esse negócio de sair com você pode ficar mais complicado do que eu pensava?

O tom era despreocupado, mas conheço o Rule. É o tipo de garoto que só quer saber de satisfação imediata. Se minha agenda lotada dificultar as coisas, não posso me iludir e achar que vai esperar eu ter tempo livre. Ele vai encontrar alguém mais descomplicada.

– Saio às dez da noite no sábado e, no domingo, costumo sair às sete. Trabalhar no domingo é opcional. Só peguei esse horário porque a gente parou de ir pra Brookside, e pensei que um dinheirinho extra não ia ser nada mal.

– Meu amigo Jet vai tocar no Cerberus este fim de semana. Por que você não pega aquela moça que mora com você e vai lá no sábado à noite?

– Que tipo de música ele toca?

O Cerberus tem fama de ser meio barra-pesada. Fica num bairro cheio de armazéns e já foi fechado mais de uma vez por motivos diversos. Não é o tipo de lugar que costumo frequentar. Para falar a verdade, é o tipo de lugar que evito a todo custo, de medo de encontrar algum conhecido que me dedure para os meus pais. Mas, se eu quisesse mesmo tentar sair com o homem que sempre quis para mim, teria que expandir meus horizontes.

– Metal.

Bufei e disse:

– A Ayden é do Kentucky, curte country. Tipo Taylor Swift e Carrie Underwood. Não sei se consigo arrastar a garota.

– Eles são bons, sabia? Fizeram uma turnê com uma banda bem famosa no ano passado. Além disso, a Ayden parece ser uma menina legal. Acho que iria só pra te fazer companhia. Se ela não topar, vai sozinha. Não vou te deixar avulsa.

– E o Rome?

– Tem que passar o fim de semana em Fort Carson, pra marcar as consultas com o psicólogo do Exército. As coisas não estão nada fáceis pra ele. O Rome não tá sarando tão rápido quanto imaginava.

– Que pena.

– Não vou esconder esse lance de ninguém, Shaw. Se você quer fazer esse tipo de joguinho, é melhor pensar se realmente tá a fim de entrar nessa.

Peguei o antebraço dele e afundei as pontas dos dedos na cobra tatuada ali.

– Não vou esconder nada, não. Só não me faz de idiota, Rule. Isso sim é importante pra mim.

– É importante pra mim também, Gasparzinho.

Aí ele ficou de pé, parecendo um gigante perto de mim. Depois se abaixou e deu um beijinho de leve na minha cabeça.

– Aliás, você fica bem de calça jeans. Vá ver o show no sábado.

– Tá bom.

Fiquei olhando o Rule sair do café e não pude deixar de notar que todas as meninas do lugar fizeram a mesma coisa. Abafei um suspiro e sacudi a cabeça, com pesar. Quando fui abrir o computador, cruzei o olhar com a menina sentada bem na minha frente. Era um pouco mais velha do que eu, tinha uns *dreads* compridos pintados de um azul-claro bem chamativo e me encarava sem se dar ao trabalho de disfarçar a inveja. Tive que piscar um pouco pra ver se era verdade. Afinal, estava acostumada a estar no papel dela, olhando com inveja outras mulheres saírem da cama do Rule. A garota me deu um sorrisinho encabulado e disse:

– Esse aí vai dar trabalho.

Considerando que eu ainda não sabia direito o que estava fazendo com ele, aquela menina devia ter toda a razão. O Rule não me pediu em namoro, nem me chamou para um encontro de verdade. Só falou que quer me conhecer melhor. Nada muito definido, e eu nem sabia o que isso significava para ele. Gostei que disse estar disposto a não ficar com ninguém, que tinha consciência de que, seja lá o que estivesse acontecendo entre a gente, era algo importante o suficiente para tentar entender sem complicar as coisas colocando outras meninas no meio. Mas sei muito bem que é difícil mudar, e o Rule não costuma praticar a abstinência. Soltei um suspiro profundo e respondi:

– Eu que o diga.

A menina deu uma risadinha e completou:

– Ele fez uma flor de lótus gigante na perna de uma amiga minha. Ela passou as três sessões tentando marcar de sair com ele. Vou dizer que ele tem namorada, para minha amiga se sentir melhor.

– Não sou namorada dele.

– Sério? Não era o que parecia.

– A gente se conhece há muito tempo, é complicado.

A garota me deu uma piscadinha e um sorrisinho malicioso.

– Ah, quando eles são bonitos desse jeito e têm esse ar de "vem comigo", sempre é complicado.

Bom, era isso. Uma completa estranha conseguia enxergar, depois de observar a gente junto só por cinco minutos, que sempre ia ser difícil conseguir ter clareza dessa situação com o Rule. Que chances tenho de fazer alguma coisa entre a gente dar certo? Com esse pensamento deprimente na cabeça, voltei a escrever sobre suicídio assistido e tentei me animar.

CAPÍTULO 7

O LUGAR ESTAVA LOTADO. A Enmity faz muito sucesso entre os metaleiros e punks daqui. Além disso, o Jet é da cena local desde moleque, então tem um monte de fãs fiéis só porque tá na batalha há um tempão. Uma banda horrível, que imitava o Slayer, ia abrir o show pra eles e já tava passando o som. Depois, ia tocar uma banda punk só de mulheres. Ou seja: o show do Jet devia atrasar. Legal, porque já eram mais de onze horas, e eu não conseguia parar de olhar o celular. Toda vez que eu fazia isso, o Nash revirava os olhos, e o Jet dava risada. Só que os dois estavam empenhados em secar uma garrafa de tequila. Nem levei para o lado pessoal. Fazia mais de uma hora que eu tinha mandado um torpedo pra Shaw, pra saber se ela vinha ou não, e nada de resposta.

Eu estava impaciente e irritado. Em parte porque aquele era um território desconhecido: o lance de monogamia era novidade pra mim. Estou acostumado a matar minha vontade quando preciso, apelar pras necessidades mais básicas e deixar meu instinto carnal me guiar. Ficar todo comportado não porque alguém me pediu, mas porque eu queria, era algo completamente novo pra mim, com efeitos colaterais que são um pé no saco. Estava com tesão e estressado e, pra completar, cansado de brincar de correr atrás dela por torpedo. Não sabia que a Shaw era tão ocupada. Ela fica indo da aula para o trabalho, do trabalho pra um troço voluntário, e é assim o dia inteiro. Quando a gente se via antes, só no fim de semana, eu achava que ela tinha tempo livre e passava o domingo na casa dos meus pais porque estava a fim. Mas não era o caso. Cada minuto do dia dela era planejado com todo o cuidado, e eu tava começando a entender o quanto ela tinha se sacrificado pra cuidar da minha família zoada.

– Relaxa. Se a Shaw disse que vem, ela vem.

O Nash me deu uma cotovelada nas costelas, pra eu largar o celular. Já tava fazendo uns furos no aparelho, de tanto passar a mão na tela. Enfiei o celular no bolso e peguei a cerveja que estava lá há mais de uma hora, esquentando na minha mão. Cruzei o olhar com uma loira supergostosa que ficou me observando desde que a gente entrou no bar. Fiz um rápido apanhado mental do porquê tinha achado uma boa ideia ficar só com a Shaw e tentar entender como essa mulher consegue confundir tanto minha cabeça. Afinal de contas, tinha aquela mulher bem mais fácil de pegar ali na minha frente. A loira me deu um sorriso que mais pareceu um grito de "quero que você arranque minhas calças com os dentes", e eu engasguei, porque a cerveja desceu pelo cano errado.

O Jet abafou o riso e passou a mão por aquele cabelo bagunçado dele. Ele parece um *rock star*. É magro e tem um visual que tá sempre impecável. Não precisa fazer esforço pra deixar as mulheres loucas, com cara de tesão. Tem uma voz incrível e sabe cantar. Tipo, sabe mesmo. O fato de ele ter escolhido uma banda de metal não deixa de ser irônico, porque a maioria das músicas da Enmity é gritada e barulhenta. O Jet é músico de verdade e escreve uns lances matadores. E ainda sabe tocar quase qualquer instrumento. Uma noite, depois de a gente encher a cara de cerveja, ele confessou que gosta de *heavy metal* porque não consegue lidar com a fama que os estilos mais populares atraem, não gosta de ter um monte de gente em cima dele. O Jet quer ter uma banda, mas, por algum motivo que só ele entende, não tá nem um pouco a fim de ser estrela. Apesar de ter o visual e a voz pra isso.

– Juro que você atrai mais garotas do que eu. E olha que tenho uma banda. É só você piscar que elas caem matando – disse.

Limpei a garganta e pus a cerveja em cima da mesa.

– É... Bom, falei pra vocês que vou ter que dar um tempo dessa merda.

O Jet virou pra trás e olhou a loira, depois olhou pra mim e deu um sorriso malicioso.

– Boa sorte.

O Nash engoliu mais uma dose e fez *pssssssss*.

– Dá um tempo pra ele. Está rolando um lance da hora.

– Só estou dizendo que o Rule não precisa nem fazer esforço com a mulherada.

Peguei o celular de novo e vi que horas eram pela centésima vez.

– Alguma coisa me diz que você tá redondamente enganado – falei.

O Jet e o Nash mandaram outra dose pra dentro, e o Jet soltou um gemido.

– A primeira banda tá se preparando pra começar. Preciso ir ver se os rapazes estão prontos pra tocar. A gente tá terminando de gravar o CD e tem que mandar bem hoje.

Depois que todo mundo na nossa mesa se despediu dele com um soquinho, soltei um suspiro, porque a loira tinha me dado outra olhada decidida. Não queria ficar olhando pra ela, mas é difícil mudar.

– Que bosta.

– Sério, cara, relaxa. A Shaw é demais. Ela é muito linda, e tem coragem pra encarar essas merdas que você faz. A menina conhece você e, mesmo assim, tá disposta a te dar uma chance. Ela vai chegar, então se acalma e diz pra esse seu pau dar um tempo.

Eu ainda tava com aquele moicano bem louco e não podia passar a mão no cabelo. Então, esfreguei a nuca e comecei a batucar na mesa.

– Por que você acha que ela tá disposta a me dar uma chance? Quer dizer, é lógico que ela sabe que esse lance tem tudo pra dar errado. A Shaw sabe do meu passado e, no geral, a gente não tem nada em comum. Não consigo tirar essa mulher da cabeça. Mas por que você acha que ela tá a fim de ver qual é?

– Acho que ela é superinteligente e, seja lá qual for o motivo dela, deve ter pensado muito bem antes de encarar esse lance. Não acho que ela foi pra cama com você de graça e tenho minhas dúvidas se topou tentar só por que você pediu. Se conseguir firmar essa sua cabeça e deixar seu pau dentro das calças, vai acabar descobrindo por que a Shaw tá fazendo isso. E tenho certeza de que vai ficar de quatro quando isso rolar.

– Eu devo estar louco só por pensar que vou conseguir fazer uma coisa dessas.

Gosto de mulher, de sexo sem compromisso, de ir aonde quero na hora que quero sem ter que dar satisfação pra ninguém, só pra mim mesmo. Ficar com a Shaw significa dar um tempo de tudo isso. Suspirei de novo e, quando vi, meus olhos pousaram na loira que ainda estava de olho em mim, só que aquela carinha bonita tinha virado uma careta. A boca estava enrugada, parecia que ela tinha comido alguma coisa azeda, e eu não consegui entender o que tinha rolado. Mas aí ouvi o Nash murmurar "caralho" e me liguei que todos os caras tinham se virado pra olhar pra Shaw e pra Ayden, que estavam passando pelo balcão e vindo na nossa direção.

Elas faziam uma bela dupla, eram as garotas mais classudas do bar. Estava na cara que nenhuma das duas tinha ido ao Cerberus antes. O cabelo loiro da Shaw tava solto, caindo em cima dos ombros nus, porque ela estava usando uma blusinha frente única, com uma calça jeans tão justa que ia precisar de um cirurgião pra remover aquele troço. Os sapatos dela eram de salto, bem azuis, uma coisa que ficaria meio ridícula num lugar como esse, mas até os *head-bangers* das antigas babaram. A Ayden tava com aquele cabelo preto espetado de um jeito sexy, usando uma saia curta, uma blusa roxa soltinha caída no ombro, e botas pretas que, com certeza, já tiveram dias melhores. Mas isso não impediu que as duas fizessem todo mundo – homens e mulheres – virar pra ficar olhando elas virem até a nossa mesa.

Não sabia direito o que fazer, então fiquei só olhando pra Shaw, que ficou me encarando. Tinha quase certeza de que todo o sangue do meu cérebro tinha ido parar lá embaixo, e só consegui piscar que nem um idiota, enquanto o Nash ria e cumprimentava as duas.

— Oi. Desculpa o atraso, teve uma despedida de solteiro lá no bar e a gente demorou mais para sair do que tinha imaginado.

— Te mandei uns torpedos pra ver o que estava rolando.

Eu devia ter perguntado se a Shaw queria beber alguma coisa, ter feito algo que demonstrasse que estava feliz por ela ter vindo, mas acabei sendo grosso e esquisito.

A Shaw fez uma careta e respondeu:

— Meu celular tá desligado.

A Ayden apoiou os cotovelos na mesa e tomou a dose de tequila que o Nash ofereceu.

— Conta pra ele por que tá desligado.

O tom era de acusação e deu pra ver, mesmo naquela luz fraca do bar, que a Shaw ficou vermelha.

Pus a mão na parte de baixo das costas dela e me inclinei pra encostar os lábios em sua orelha.

— Por que tá desligado, Gasparzinho?

Ela pareceu nervosa.

— Por que o Gabe não para de ligar. Minha mãe convidou os pais dele para jantar no clube de Brookside no fim de semana que vem, e todo mundo está esperando nós dois lá. Aí o Gabe pôs na cabeça que a gente tem que ir no mesmo carro e não me deixa em paz. Desliguei o telefone, porque isso está me deixando louca e, para começo de conversa, nem quero ir.

Uma garçonete escolheu justo esse momento pra passar pela nossa mesa, e as meninas pediram drinques, e eu, mais uma cerveja. Puxei a Shaw mais pra perto de mim e me virei, pra gente ficar de frente um para o outro.

— E o que você vai fazer?

Ela pôs a palma da mão no meu peito, bem em cima do coração, e me encarou com aqueles olhos verdes e um ar de tristeza.

— Não sei. Tenho que ir, ou minha mãe vai transformar minha vida num inferno, mas não quero nem chegar perto do Gabe. Estou tentando fingir que isso não está acontecendo.

— Essa tática não vai funcionar por muito tempo.

Gosto do jeito como ela se encaixa em mim, parecendo que foi feita sob medida.

— Eu sei.

A garçonete trouxe as bebidas, e a Ayden fez cara feia quando a primeira banda começou a tocar. Dei risada e servi mais uma dose de tequila pra ela.

— Só tenta aguentar as duas primeiras bandas. Juro que a do Jet é muito boa.

A Ayd fez uma careta e respondeu:

— Curto músicas com banjo e vozes mais agudas.

Todo mundo deu risada.

— Ajuda o Nash a acabar com a garrafa de tequila. Vai te ajudar a aguentar. Se ficar ruim demais, aposto que o Jet tem uns protetores de ouvido que a gente pode surrupiar pra você.

A Ayden disse alguma coisa que eu não entendi, mas o Nash morreu de rir. Virei pra Shaw e me arrepiei todo por dentro quando vi que ela estava encarando a loira. Subi a mão até a cintura dela e dei um puxão pra grudar a Shaw em mim.

— Ô, não faz isso.

— Ela não precisa ser tão descarada.

— Olha em volta, Shaw. Tem pelo menos uns dez homens, num raio de um metro e meio, que estão arrancando sua roupa com os olhos. Está tudo certo. Estou com você, não com ela, e você está aqui por minha causa, não por causa deles. É isso que importa, certo?

A Shaw fez uma careta que me deixou com vontade de chupar o lábio inferior dela. Estiquei o braço e coloquei uma mecha de cabelo dela atrás da orelha. Parecia feito de cetim de tão sedoso, e soltou imediatamente.

— Nunca fiquei esperando uma semana inteira só pra ficar com uma mulher que eu tivesse a fim. Sendo bem sincero, é um saco, mas quero ficar com você.

— Desculpa mesmo por ter demorado. Deu trabalho convencer a Ayden a vir comigo. Isso aqui não é mesmo a praia dela, nem a minha, mas estou feliz por estar aqui com você.

Aí ela passou o dedo indicador pela tatuagem de fênix que tenho no bíceps e falou:

— Também quero ficar com você, Rule. Desculpe por minha vida ser tão corrida.

— Não esquenta — passei a mão por baixo daquela cascata de cabelo e me inclinei mais pra sussurrar no ouvido dela. — E aí, você vai pra minha casa depois?

Se a Shaw dissesse "não", acho que eu teria que tomar um banho frio antes de tirar as calças. Aqueles olhos verdes brilhavam quando ela olhava pra mim. Nunca uma mulher, principalmente uma que eu conhecia há tanto tempo, tinha conseguido me deixar na dúvida. Era difícil adivinhar o que ela estava pensando. Parecia que seus olhos só refletiam o que eu tava sentindo.

— A gente veio de táxi. Se não tiver problema pela Ayden, é uma boa opção.

A Shaw estava falando mais baixo, meio rouca. Acho que nunca ouvi nada mais sexy. Soltei um grunhido de aprovação, porque sou um homem das cavernas, e pus a mão na bunda dela.

Nós quatro ficamos conversando e tomamos mais algumas, sofrendo com o show das duas primeiras bandas. A segunda até seria legal se a vocalista tivesse se concentrado mais em cantar do que em parecer alternativa. Mas elas só ficaram gritando e pulando por uma hora, até a Ayden ter vontade de subir no palco e arrancar o microfone da mão da coitada. Nunca pensei que pudesse ser tão divertido ficar ali, curtindo com a Shaw e a amiga dela. A Ayden é engraçada e sarcástica, ficou trocando umas alfinetadas com o Nash como se fosse amiga dele há anos. Quando a Enmity começou a passar o som, a garrafa de tequila já era, e os dois estavam bem bêbados.

A Shaw é mais quietinha e ficou observando tudo e todos à sua volta. Fazia umas perguntas e respondia quando falavam com ela. Mas, na maior parte do tempo, só ficou de olho no que estava rolando em vez de participar de verdade. Uma hora, quase comecei uma discussão. Tinha ido no banheiro, e o Nash, saído pra fumar um cigarro. A gente só se ausentou por um minutinho mas, quando voltou, um metaleiro suado estava dando em cima da Shaw.

Não sou ciumento. Tipo, passei a vida inteira sendo pior que meu irmão gêmeo, então não consegui entender por que aquela raiva assassina começou a fluir dentro de mim. De uma hora pra outra senti ciúmes, fiquei a fim de ser dono dela, de dizer pra todo mundo que a Shaw era minha. Por sorte, o Nash chegou antes e dispensou o cara de um jeito bem direto, porque eu ia fazer picadinho dele e acabar passando a noite na cadeia. Mesmo assim, quando voltei pra mesa, fiz a Shaw ficar de pé naqueles saltos azuis que deviam ter saído uma nota e mandei um beijo naquela boquinha linda e cor-de-rosa com tanta força que o *piercing* que tenho no lábio me beliscou. Achei que a Shaw fosse resistir, quem sabe me xingar por eu ser tão vacilão, mas só agarrou minha camiseta com aquelas mãozinhas e me deixou fazer o que tinha que ser feito. Quando finalmente deixei a menina sentar de novo, ela tava vermelha, com as pupilas meio dilatadas. Aí passou a língua no lábio inferior e se ajeitou do meu lado.

— Preciso dizer, Rule. Adoro beijar todo esse metal na sua cara. Nunca achei que fosse curtir uma coisa dessas, mas você realmente faz valer a pena.

Ai, cara. Era a coisa mais sexy que já tinha ouvido na vida. Passei o braço no ombro dela e ri daquele comentário meio seco, mas não me dei ao trabalho de negar o motivo da pegação explícita. A gente continuou conversando e se divertindo. Quando as luzes se apagaram e chegou a hora do Jet subir no palco, eu já estava de saco cheio de ficar com o pessoal, queria ficar sozinho com ela. Infelizmente, o Jet manda muito bem. A Ayden disse que aquela barulheira que a banda estava fazendo não podia ser chamada de música, mas não demorou muito pra arrastar a Shaw até a frente do palco.

A banda era mesmo barulhenta e agressiva, e foi tocando de qualquer jeito, uma música atrás da outra. Só que o Jet é um homem bonito e sabe agradar a plateia. Nem me surpreendi quando as duas correram lá pra frente, porque a Ayden estava com um brilho estranho naqueles olhos de bêbada. Então tive que cuidar sozinho do Nash, que também estava muito bêbado.

– Você aguenta até o fim do show?

Ele mal conseguia abrir aqueles olhos violeta. Se não tivesse encostado na mesa, com certeza ia cair de cara no chão. É desse jeito que fico depois de encher a cara a noite inteira, e era meio assustador ver isso de outra perspectiva.

– Hã?

O Nash tava enrolando a língua, meio gaguejando. E eu sentindo que meus planos de uma noite de sexo não iam rolar. A triste realidade é que eu ia ter que carregar o Nash pra casa, tipo agora mesmo.

– É bom você não vomitar no meu carro. Vou achar as garotas e avisar que a gente precisa ir embora.

– Mblsrmlsn.

Certo. A prioridade número um era tirar ele dali antes da tequila voltar por onde entrou. Suspirei e comecei a ir até o palco, mas a tal loira me interceptou. Agora que a Shaw estava aqui, e a minha cabeça – a de cima – estava no controle da situação, dava pra ver claramente que não tinha comparação entre as duas. A Shaw é perfeita e linda de um jeito que não precisa de cinco quilos de maquiagem nem de roupas que revelam mais do que escondem. E também não tem muita noção do efeito que causa sobre o sexo oposto, o que me deixa babando. Mas essa loira estava aqui pra chamar atenção e levar cantada. Colocou um dedo no meu peito e piscou com aqueles olhos carregados de maquiagem pra mim.

– E aí?!

– Hã... Oi.

Na boa, eu podia ter só desviado dela, mas o bar tava lotado, e a banda, levando o povo à loucura. Tinha gente pulando e batendo cabeça por todos os lados. Então, se eu não fosse bem na direção daquela loira, não ia conseguir passar pela galera. Como sou bem alto, consegui ver uma cabeça preta e uma loira pulando no ritmo da música, bem lá na frente. Fiquei passado de ver que a Shaw estava se divertindo, mas também meio puto, porque era praticamente impossível chegar aonde ela estava.

— Eu estava te olhando. Você é amigo da banda.

— Hã-hã.

Esse é o tipo de garota que costumo procurar: fácil, sem compromisso, ligada aonde a noite ia nos levar e no que ia rolar na manhã seguinte.

— Você não quer sair daqui e ir pra um lugar mais calmo onde a gente possa... conversar?

Fiz a maior cara de espanto. Se eu estivesse bêbado, talvez isso tivesse soado diferente. Mas eu estava sóbrio, e achei papo de vagabunda desesperada.

— Valeu, mas tô acompanhado.

Ela retorceu aquela boca vermelha e deu um passo pra trás.

— É, eu percebi. E também percebi que ela não vai ficar com você por muito tempo. Não vai mesmo.

Eu estava acostumado a ser julgado, a ouvir que não tava a altura dos outros pelos mais diversos motivos. Mas ouvir isso de mulher bebum que tinha acabado de tentar me convencer a sair com ela quase me fez cair pra trás.

— Tá.

Foi só o que deu pra dizer.

A loira bufou e jogou aquele cabelo todo arrumado pra trás.

— Aquela garota tem a maior cara de riquinha, e você é todo tatuado e parece gostar de diversão. Por quanto tempo acha que ela vai pensar que você tem alguma coisa pra oferecer?

Fiz uma careta. Não ia mais ser educado. Tirei a loira da frente e gritei, virando pra trás:

— Sei lá, mas eu seria muito vacilão se não pagasse pra ver.

Dei umas cotoveladas e empurrei alguns corpos suados até conseguir chegar onde a Shaw e a Ayden estavam. O Jet estava bem na frente delas, de joelhos, com a cabeça jogada pra trás. Ela tinha arrancado a camiseta, e dava pra ver o anjo da morte enorme que tem tatuado no peito. Ele estava gemendo que nem um verdadeiro deus do rock. A Shaw estava fascinada, mas a Ayden parecia que ia derreter de tesão. Pelo jeito, ele tinha convertido aquela interiorana que só curtia country em uma roqueira por uma noite. Coloquei a mão no quadril da Shaw e me abaixei pra avisar:

— Preciso tirar o Nash daqui, ele tá muito bêbado.

Ela arregalou os olhos e balançou a cabeça, sem discutir. Aí se inclinou e gritou alguma coisa pra Ayden, que gritou alguma coisa pra ela. A morena fez uma onda com os dedos pra mim e, quando me liguei, a Shaw estava me puxando com aquele corpinho miúdo dela pelo meio da multidão. O Nash tava quase deitado em cima da mesa, e o segurança estava olhando feio pra ele.

— E a Ayden? Como vai pra casa?

— Ela prometeu que vai me ligar quando estiver saindo. Disse que vai pegar um táxi.

— Tudo bem ela ficar aqui sozinha?

— Tudo, a Ayden já é bem grandinha e sabe se virar sozinha. Além disso, acho que quase já curou a bebedeira de tanto dançar. Ela quer ficar pra dizer para o seu amigo que gostou muito do show.

— O Jet tem esse efeito sobre as mulheres.

— Entendo perfeitamente.

Fiz o Nash ficar de pé e o arrastei pra fora do bar, segurando pela cintura. Meu amigo é bombado, e manobrar aquele peso dele é bem difícil.

— Você vai mudar de ideia e me trocar por um *rock star*?

A Shaw bufou e pegou as chaves que joguei pra ela abrir as portas do carro. Eu ia enfiar o Nash meio de lado no banco de trás.

— É bom você não passar mal aqui — avisei.

Não houve resposta, então ajudei a Shaw a entrar e percebi que ela nem hesitou em ir embora comigo. Isso fez alguma coisa no meio do meu peito parecer toda pegajosa e quentinha.

— Só tô dizendo que ele é muito carismático e, mesmo sem entender metade do que ele cantou, o show foi intenso. O bar inteiro estava comendo na mão dele. Esse tipo de magnetismo é impressionante.

— É, o Jet nasceu pra ser estrela. Só que ele tem um probleminha com os holofotes e a fama. Sempre teve.

— Faz tempo que vocês se conhecem?

— A gente ia ver ele tocar quando era mais novo, quando ele ainda era punk. O Nash, o Jet e o Rowdy são meus amigos há um tempão. O Rowdy chegou depois, quando foi trampar no estúdio, mas a gente é tipo irmão de mãe diferente.

Ela se ajeitou no banco de couro, e liguei o aquecimento porque percebi que estava passando a mão nos braços todos arrepiados.

— Deve ser legal ter um monte de amigos. Eu nunca tive.

Olhei de canto pra ela e perguntei:

— Como assim?

— Sou tímida e esquisita. Para mim, fazer amigos não é muito fácil. Pegaram muito no meu pé quando eu estava no colégio. O Remy era meu único amigo de verdade, e agora só tenho a Ayden. Tenho dificuldade de me aproximar dos outros. Acho que é por que sei o quanto dói quando as pessoas mais próximas de você são as que mais te decepcionam.

— E eu e o Rome?

— Vocês dois o quê?

O Nash gemeu lá no banco, e olhei pra trás, meio tenso. A situação dele não estava nada boa.

— Como assim? A gente não era seu amigo?

A Shaw cantarolava de um jeito que fez partes vitais da minha anatomia acordarem na hora.

— O Rome sempre foi como um irmão mais velho, que cuida de mim, implica comigo, e me protege de tudo o que me machuca ou magoa. Você... Bom, você sempre foi alguma outra coisa, nem amigo nem irmão.

— E essa outra coisa é ruim?

Me liguei, mesmo sem ver, que a Shaw encolheu os ombros.

– É e não é.

Não entendi aquilo direito, então deixei o assunto morrer. Dirigi o resto do caminho com um olho na rua e o outro no Nash, que estava fazendo uns barulhos sofridos bem altos. Quando a gente chegou em casa, olhei pra Shaw, mas ela estava curvada em cima do banco de trás fazendo carinho na cabeça careca do Nash e falando baixinho que ele ia ficar bem.

– Olha, não sei quanto vou demorar pra dar um jeito nele. Mas fica à vontade, se quiser que eu leve você pra casa, ou sei lá, é só falar.

Ela olhou pra trás e falou:

– Tudo bem. Sei bem como é que você faz pra ficar no estado que eu costumo te encontrar no domingo de manhã. Como te disse, preciso ir trabalhar lá pelas dez. Se você puder me levar, tá tudo certo.

Fiquei sem palavras, só consegui ficar encarando a Shaw por um momento até o Nash fazer barulho de quem ia vomitar. Aí, fui obrigado a me mexer.

– Você sempre foi assim, tão incrível?

A Shaw fechou as portas do carro e me ajudou a carregar meu amigo escada acima. Não respondeu, mas pegou um copo de água gigante para o Nash e ficou procurando remédios pra dor de cabeça no banheiro até encontrar. Deixou os comprimidos na pia e me deu uma olhada bem séria.

– Vem quando você terminar.

Soltei um monte de palavrões bem baixinho e ajudei o Nash a tirar a calça jeans. Estava pensando em enfiar o cara debaixo do chuveiro gelado, mas aí a tequila começou a se vingar dele. Sua cabeça tatuada desapareceu na privada, e eu passei a próxima hora só de olho pra ver se ele não ia desmaiar, fazendo ele beber água e saindo da frente quando o líquido voltava. Quando tive certeza de que o Nash não ia mais vomitar, arrastei ele até a cama, deitei com o rosto pra baixo, dei uma limpadinha no banheiro e em mim e fui atrás da Shaw.

A porta do meu quarto estava aberta, e ela tinha ligado a TV. Não sabia muito bem o que eu ia encontrar, minha mente poluída tava imaginando todo tipo de cena, mas não aquela. A Shaw estava trocando, bem rapidinho, os lençóis da minha cama *king size*. Aqueles sapatos azuis muito loucos estavam no chão, não combinando em nada com as camisetas e calças jeans sujas espalhadas pelo quarto. Só consegui ficar parado na porta, observando. Ela estava meio que falando sozinha, mas tão baixo que não consegui entender. Esperei cinco minutos pra ver se olhava pra mim e se ligava que eu estava observando, mas isso não aconteceu. Aí eu perguntei o que ela estava fazendo, e a Shaw deu um pulo de susto.

Antes de responder, pôs a mão no peito e, pelo menos, fez uma cara de culpa.

– Trocando os lençóis.

– Por quê?

– Hã... Por quê?

– É, Shaw, por que você tá trocando os lençóis às três horas da manhã?

Ela escapou de responder porque começou a tocar uma música do Garth Brooks no bolso dela. Me liguei que gosta de escolher um toque pra cada pessoa. Conversou rapidinho com alguém que, concluí, era a Ayden e deixou o telefone no criado-mudo ao lado da cama. Pegou uma ponta do edredom e começou a estender na cama grande.

– A Ayden conseguiu uma carona. Acho que seu amigo da banda se lembrou dela do Goal Line e se ofereceu pra levá-la pra casa.

– Legal, mas o Jet não tem fama de ser um cara de uma mulher só. Espero que ela não esteja criando falsas esperanças.

– Como eu disse, a Ayden sabe se cuidar e, pra ser bem sincera, você também não tem essa fama – ela sacudiu a mão em cima da cama. – Então, se vou dormir aqui, ou fazer qualquer outra coisa, nessa cama por onde já passou mais gente do que pelo aeroporto de Denver, pode ter certeza que vou trocar os lençóis antes.

Ela mordeu o lábio inferior, provocativa.

– Shaw... – fechei e tranquei a porta, e fui até ela. – Ninguém deitou nessa cama depois de você. Eu disse que sabia que aconteceu alguma coisa entre a gente naquele sábado, e que era diferente.

Quando me aproximei, a Shaw tremeu um pouco, e me liguei pelo olhar dela que estava toda vulnerável. Dava medo ver como seria fácil magoar a menina e como eu não queria que isso acontecesse de jeito nenhum.

– Não sei como fazer isso, Rule. Me joguei em cima de você quando estava de porre, e tive a sorte de você me pegar. Mas estando sóbria é difícil não olhar pra essa cama e pensar em todas as meninas que já passaram por aqui. E mais de uma ao mesmo tempo, às vezes.

A Shaw até tentou dizer aquilo meio na brincadeira, mas dava pra perceber uma tristeza verdadeira naquela voz. Coloquei as duas mãos no rosto dela e puxei, pra gente ficar cara a cara.

– Não posso mudar o passado, Gasparzinho. Nem um pouco. Não posso fazer nenhuma dessas mulheres nem o fato de você ter entrado aqui e dado de cara com elas domingo após domingo desaparecer. Não posso trazer o Remy de volta nem viajar no tempo pra não ligar pra ele. Devo ter um milhão de arrependimentos, e se eles forem ficar entre nós dois na vida ou na cama, vamos parar por aqui, porque não vou ficar lutando com meu passado justo agora que estou querendo investir no futuro.

Ela levantou as mãos e segurou meus pulsos. No começo, achei que ia me empurrar pra longe, mas não fez isso. Se inclinou pra frente e encostou a testa no meu peito.

– Rule, se isso der errado, vai dar muito, muito errado.

A voz dela era só um sussurro meio rouco no meu peito.

– É verdade. Mas se der certo, vai dar muito, muito certo.

Passei os dedos pelo cabelo dela, que soltou as mãos nos meus ombros. A gente não forma um par perfeito. A Shaw é muito mais baixa do que eu, e tenho que admitir que, em termos físicos, formamos um casal estranho. Mas ela tem uma coisa que não sei explicar. O jeito de se curvar sobre mim, de dizer meu nome suspirando como se estivesse rezando, o cheiro de luz do sol e doçura e tudo de mais delicioso... Todo o resto perdia a importância, e ela era a única mulher com quem eu tinha vontade de ficar por mais que um simples momento de prazer.

A Shaw começou a tirar minha camiseta, e ri um pouquinho quando ficou louca por que ficou presa no meu cabelo espetado. Aí fez uma careta e jogou a blusa pra trás, no chão. Bateu com o dedo no meu cabelo, fez uma cara séria e disse:

— Você tá parecendo o último dos moicanos, Rule. Mas preciso te dizer que esse cabelo dá muito trabalho.

Aí passou as mãos nas minhas costelas e parou pra admirar as tatuagens. De um lado, tenho um desenho da morte, que começa na axila e termina na coxa. Do outro, tenho um anjo bem bonito, e, entre os dois, uma cruz gótica gigante que atravessa meus ombros e acaba no cóccix. A cruz tem uma faixa da hora, escrito "Remy" em letras garrafais. Tenho mais pele com do que sem tatuagem e, apesar de não pensar muito nisso, ficar pelado perto daquela pele clara, perfeita e gloriosa era meio estranho. A Shaw desceu as mãos e, antes de eu conseguir dar um beijinho sequer, já estava abrindo a fivela do meu cinto.

— O Remy ia amar essa tatuagem, sabia? Ele sempre me dizia que ficou muito feliz quando você começou a se tatuar. Falava que ter alguém igualzinho a ele era muito esquisito, mas aí você começou a ficar bem diferente. Ficava feliz de ser você, porque não ia aguentar de jeito nenhum ficar sentado até alguém terminar de fazer uma tatuagem nele.

É verdade. O Remy estava sempre se mexendo, sempre inquieto. Nunca ia conseguir ficar sentado uma sessão inteira. Toda vez que eu chegava em casa com uma tatuagem nova, ele era o primeiro a ver. Completei meu treinamento, mas ele morreu antes disso. É um dos milhões de arrependimentos de que eu tinha falado pra Shaw.

Ela tava tirando minhas calças rapidinho e, de repente, senti necessidade de ir mais devagar. Peguei a Shaw como se fosse uma bonequinha e coloquei no meio da cama. Ela se esparramou de costas, com as pernas bem abertas. Tirei os coturnos e deixei minhas calças caírem no chão, porque não costumo usar cueca. Quando fui pra cima, estava pelado, mas ela ainda estava toda vestida. Arregalou os olhos quando coloquei as mãos por baixo da blusa dela e me abaixei pra dar um monte de beijos naquele pescocinho.

– Você é tipo um uísque dos bons, Shaw. Sobe à cabeça rápido e suave. Da última vez, a gente deixou passar batido um monte de coisa boa. Que tal ir mais devagar hoje?

Passei os dedos por cima da blusa dela, que foi ficando com o corpo tenso de tesão. Aí dobrou as pernas, pra eu ficar no meio. Apesar da nossa diferença de altura, a gente se encaixava muito bem. Ela ficou passando as mãos nas minhas costas, beliscou minha pele com as unhas e pressionou os pés na curva da minha bunda. Foi incrível.

– É que fiquei com medo de que, se a gente parasse pra pensar, você ia desistir, e eu ia morrer se isso acontecesse.

Pus as mãos dentro da blusa, e ela ficou dando uns suspiros que me deixaram com o pau mais duro do que já tava. Desamarrei a blusa e deixei cair na cintura dela. Tasquei um beijo, e a Shaw não perdeu tempo e foi me beijando também. Na hora me liguei que beijar essa mulher é o mais perto do paraíso que vou chegar. Tinha a medida certa de dar e receber, de língua e dentes, aquela pegada sem ar que me fazia ver estrelas e ter vontade de arrancar as calças dela e ir pra cima como um predador. Ela não estava de brincadeira quando disse que gostava dos *piercings* na minha boca. Esfregou a língua no meu halter e passou o lábio inferior na argola, de um jeito que me fez fechar os olhos e quase esquecer o que eu devia mostrar pra ela: que a gente deixou um monte de coisa boa passar batido da última vez.

– Acho que a gente não se concentrou muito aqui, sabe? – disse, passando o dedão nos mamilos dela, que saltaram na hora. – Você é tão bonita, toda rosadinha, Shaw. Acho que não tem a menor noção disso.

Passei a língua na base do pescoço dela e fui descendo até ficar com um mamilo durinho na boca. O gosto da Shaw é tão doce quanto o cheiro, e saber que eu era o único que já tinha feito isso nela, que aquela mulher era minha, só minha, deixava tudo ainda melhor. Ela murmurou meu nome e arqueou as costas, e mandei ver nos peitos dela com a boca. A Shaw ficou bem excitada, ondulando debaixo de mim, me puxando mais pra perto com mãos cheias de tesão, se esfregando na parte do meu corpo que concordava que eu estava indo muito devagar. Larguei aquela carne que estava torturando com um chupão de leve e beijei o osso do peito.

– Viu? Muita coisa boa.

Ela suspirou e disse:

– Total.

Levantei meu corpo com a ajuda do cotovelo e fui beijando do pescoço até o umbigo. A pele excitada da barriga dela arrepiou quando fiz a mesma coisa em volta do umbigo. Gostei de ver minha pele tatuada perto daquela tela em branco. Achei da hora quando pus a palma da mão contra a barriga dela e vi meu nome ali, tipo, dizendo que aquela garota era minha. Enganchei o dedão no cós da calça dela e fiz carinho ali. A Shaw se sacudiu, toda provocante, contra meu corpo.

– Rule – tinha certa urgência na voz dela. – O que você tá esperando?

– Nada.

Beijei de novo, bem devagar. Queria que minha menina soubesse que me afetava o mesmo tanto que eu a afetava. No geral, quando tô com uma mulher, só penso em prazer imediato. Não tem nada de preliminares nem de brincadeira. Quer dizer, acho que desenvolvi umas manhas bem boas nesses anos todos, mas curto cruzar a linha de chegada o mais rápido possível. Não estou lá pra criar boas lembranças na cabeça dela. Estou lá pra ter um orgasmo de pirar a cabeça e um minuto de paz. Mas a Shaw é diferente. Eu sou diferente com ela, e o que tá rolando entre a gente também é diferente, com certeza.

Enfiei a mão dentro daquelas calças superjustas e fiquei surpreso quando me liguei que ela estava sem nada por baixo. Ergui a cabeça, dei um sorriso e perguntei:

– E a calcinha?

A Shaw encolheu os ombros e se mexeu um pouco quando meus dedos brincaram com as partes quentes e delicadas do corpo dela.

– Esses jeans são praticamente pintados no corpo. Por menor que fosse a calcinha, ia marcar. Não usar nada era a única saída.

– Nunca pensei que você fosse desse tipo.

RULE

Ela falou meu nome, quase sem fôlego, quando enfiei os dedos naquele calor úmido. Curvou o corpo inteiro contra o meu, e segurei a Shaw pelas costas pra continuar no comando da situação. A fricção entre meu toque e as calças estava fazendo ela tremer toda nos meus braços, e eu sabia que era só uma questão de tempo até gozar na minha mão.

– Você é sempre tão certinha. Quem ia imaginar que existia uma mulher tão safada escondida aí dentro?

Ela estava molhadinha e tremendo, bem do jeito que eu gosto. Aí fez um barulhinho delicioso de surpresa e arregalou os olhos pra mim. Segurou meu pescoço com força, me puxou pra dar outro daqueles beijos que fazem meu cérebro derreter, e senti a Shaw se dissolver todinha. Dei um sorriso com os lábios colados nos dela e mudei de posição pra ajudar a tirar as calças dela, que estava demorando muito. Depois, admirei a paisagem por um minuto, porque a Shaw pelada é algo para se admirar. Agora, a Shaw pelada e brilhando de tão satisfeita faz qualquer gênio da pintura se matar pra conseguir reproduzir num quadro.

Então ela se inclinou pra pegar uma camisinha na gaveta. Fiquei de costas e a deixei se arrastar por cima de mim. Pus as mãos atrás da cabeça e fiquei só olhando ela rasgar a embalagem com os dentes e colocar o negócio em mim com todo o cuidado. Acho que ela estava com medo de me machucar, porque o *piercing* lá de baixo às vezes atrapalha um pouco na hora do sexo seguro.

Quando tudo ficou do jeito, meu pau estava tão duro que eu poderia pregar coisas com ele. Ela me olhou, com uma cara meio tensa, e sentou no meu colo:

– Acho que eu não sei como fazer desse jeito.

Isso não era simplesmente incrível? Eu tava ensinando essa menina linda de morrer, sensacional, tudo sobre sexo e as merdas todas que acontecem no meio do caminho. Me mexi pra colocar a Shaw no lugar certo e ajudei a descobrir como escorregar pra baixo e pra cima. Cerrei os dentes e soltei uns palavrões, porque não estava preparado pra sentir a Shaw tentando encontrar o ritmo. Enquanto ela se mexia pra cima e pra baixo, ia pra trás e pra frente, praticamente transformava meu cérebro em geleia. Tentei manter o mínimo de controle, mas não rolou. Quando me liguei que ela estava quase gozando de novo, virei a garota e meti como se quisesse me enterrar dentro dela pra sempre. Pelo jeito, a Shaw não se importou muito com aquela pegada. Afundou as unhas na parte raspada da minha cabeça, e os dentinhos no meu ombro. Deu um suspiro, e a gente gozou ao mesmo tempo. Depois soltei meu peso em cima dela, acabado. A Shaw ficou passando as mãos nos meus ombros e sussurrou no meu ouvido:

– Você sempre foi incrível assim?

CAPÍTULO 8

Estava difícil me concentrar no meu grupo de estudos, e isso não era nada bom, porque ali era cada um por si. Eu sou superboa em anatomia, não me preocupo em ficar pra trás, mas também não quero atrasar ninguém só porque não consigo prestar atenção em nada. Encontrar tempo para o Rule na minha agenda lotada acabou sendo uma tarefa tensa e frustrante. Nas duas últimas semanas, a gente só tinha conseguido almoçar duas vezes, quando ele teve um intervalo entre os clientes. Depois se viu uma sexta à noite, porque o Rule passou no bar com os amigos e ficou lá até eu sair. E na noite do sábado seguinte, que, óbvio, se estendeu até domingo de manhã. Eu tinha que trabalhar, então só dei um beijinho rápido e saí. A gente se falou pelo telefone e ficou trocando torpedos, mas isso não me satisfez. Agora que eu estava dormindo com o Rule, nunca estava satisfeita, porque queria rolar na cama com ele em toda e qualquer oportunidade.

Eu estava corada, lembrando de um momento especialmente quente quando uma das meninas teve que bater no meu ombro para chamar minha atenção. Tenho certeza de que meu rosto inteiro ficou vermelho, e tive que usar o caderno pra me abanar.

– Desculpe, qual foi a pergunta? – disfarcei.

Ela repetiu, e eu tentei responder, tentando me convencer a ficar concentrada pelo menos aquela horinha que faltava para o encontro terminar. O celular vibrou algumas vezes dentro do meu bolso, mas, como boa universitária que sou, ignorei e cerrei os dentes até a sessão de perguntas e respostas acabar. Quando deu a hora, peguei minhas coisas e saí correndo da sala. Fui meio grossa, nem dei tchau para o pessoal. Eu queria ver logo meu celular. O Rule gosta de me mandar torpedos eróticos quando eu menos espero. Fico sem fôlego, toda boba, e mal podia esperar para ler. Só que as mensagens não eram dele, mas do Gabe, e fiquei com vontade de jogar o aparelho no chão. Minha mãe ainda insistia naquela reunião de família. Por sorte, andava meio sem tempo, e consegui evitar esse compromisso e o Gabe nas últimas semanas. Mas, pelas mensagens que me mandou, a coisa tinha mudado de figura.

> Shaw, falei com sua mãe hoje. Ela quer que eu te leve pra Brookside sábado à noite pra jantar no clube. Quer que passe a noite lá pra gente fazer uma grande reunião na casa dela, um brunch no domingo. Meus pais vão estar lá, com outras pessoas influentes.

Resmunguei bem alto e passei para a próxima mensagem.

> Sei que você está hesitante em ficar sozinha comigo depois do que aconteceu, mas posso assegurar que minhas intenções são boas. Só estou oferecendo carona.

Eu não queria mesmo passar uma hora dentro de um carro com o Gabe e, mais do que tudo, não queria ter que aguentar minha mãe um fim de semana inteiro. Além disso, a noite de sábado era a única da semana em que eu conseguia ficar com o Rule, e não queria abrir mão disso, mas não conseguia pensar em uma saída. Mordi o lábio e respondi que ia, mas no meu carro. Eu é que não ia pra Brookside sem ter como fugir. De jeito nenhum. O Gabe me respondeu dizendo que tudo bem e perguntando se eu podia dar carona pra ele. Quis dizer não, mas pensei que não ia morrer se só o levasse e o deixasse por lá. A gente combinou de se encontrar numa padaria entre nossas casas no sábado de manhã. Eu já ia guardar o telefone quando o som psicodélico do Black Rebel Motorcycle Club começou a tocar na minha mão. O rosto sorridente do Rule me olhava da tela, e não pude deixar de sorrir também.

A Ayden me dizia todo dia para eu tomar cuidado. Que eu era apaixonada pelo Rule, mas que ele não era apaixonado por mim. O que existia entre a gente era sexo, um sexo incrível, de fazer o mundo parar de girar. Mas ele nunca falava em ter um relacionamento ou do que sentia por mim. Ela tinha certeza de que eu estava à beira de um precipício, prestes a ter meu coração partido em proporções épicas. Por enquanto, estava me contentando em aceitar o que ele tinha para oferecer. Quer dizer, era mais do que o Rule já tinha oferecido para qualquer outra pessoa. Mas no fundo eu sabia que não ia me contentar com isso para sempre. E, em algum momento, alguma coisa entre a gente ia ter que mudar ou, pelo menos, ser definida, de uma maneira que eu pudesse entender.

– Ei, achei que você ia trabalhar até mais tarde hoje – eu disse.

– E vou. Mas tô morrendo de fome e fiquei imaginando se você já tinha comido.

– Não. Acabei de sair do grupo de estudos e tenho que ir fazer um trabalho de anatomia.

– Você não pode fazer isso aqui?

Pus o cabelo atrás da orelha e entrei com cuidado no estacionamento gelado.

– Aí no estúdio?

– É. A gente tem *wi-fi*, e vou estar sozinho com o cliente, então vai estar o maior silêncio. Você pode pegar alguma coisa pra gente comer e estudar aqui umas horinhas, até eu terminar. Depois a gente pode ir pra minha casa, se você quiser.

Eu queria muito. Mordi o lábio e entrei no carro.

– Tem certeza de que consegue trabalhar comigo por perto? Não quero distrair você.

Ele deu uma risadinha que fez meus braços se arrepiarem de cima a baixo.

— Você é uma grande distração, Gasparzinho. Mas meu cliente é um detetive aposentado de cinquenta anos que vai torcer meu pescoço sem piscar se eu cagar essa *tattoo*. É um desenho em homenagem ao filho dele, que morreu no Afeganistão. Me alimenta pra eu poder fazer um trabalho bom e não apanhar.

Dei risada e segurei o telefone com o ombro. Nunca tinha ido ao estúdio do Rule. Esse era um limite estabelecido no nosso relacionamento anterior, mas tenho que admitir que estava morrendo de curiosidade para ver como é um estúdio de tatuagem de verdade por dentro.

— O que você quer que eu leve?

— O que quiser. Como de tudo. É só trazer um monte.

— Tá bom. Ainda estou na faculdade, devo demorar uma meia hora.

— Legal.

O Rule desligou sem dizer "tchau", e fiquei louca, porque ele sempre fazia isso. Mas estava começando a aprender que ele tinha umas esquisitices em que eu nunca tinha reparado. Estava aprendendo muitas coisas sobre ele, que tinham passado batido ao longo dos anos e agora me surpreendiam, como o fato de ele ser um bom amigo. Já o tinha visto com o Rome e o Remy, então sabia que era generoso e amável com quem gostava. Mas ele é assim com os meninos também. O Nash e o Rule eram inseparáveis mesmo. Quando um ia para um lado, o outro acompanhava, instintivamente. Os dois viviam em sincronia, trabalhavam em sincronia, e dava para ver que um apoiava o outro. Apesar do Rule ser complicado e dar trabalho, tinha que admitir que isso era fascinante. Eles riam das piadas um do outro e ficavam putos um com o outro de vez em quando. O Rule era meio bagunceiro, e o Nash, maníaco por limpeza. Mas eles cuidavam um do outro de jeitos diferentes. O Nash era mais tranquilo e não gostava de se meter em briga. Um dia o idiota do vizinho da frente parou o carro na vaga dele apesar de estar nevando e frio, mas o Nash não ligou nem arrumou confusão. O Rule era briguento, cabeça quente e não levava

RULE

desaforo para casa. O cara que estacionou na vaga no Nash acabou encontrando um desenho todo elaborado de um dinossauro roxo gigante sendo chupado por um Yoda pervertido pintado no capô com tinta lavável. Claro que ele ficou furioso e quis chamar a polícia, mas o Nash o dissuadiu, lembrando que o carro poderia ser guinchado, o que custaria bem mais caro do que dar uma passadinha no lava-rápido. Era um bom exemplo de como os meninos se complementavam.

Decidi comprar comida chinesa porque é variada, e amo frango com molho de gergelim. Tinha fila no restaurante, e fiquei com a impressão de ter esperado uma eternidade. Demorei quase uma hora para chegar ao estúdio e encontrar um lugar para parar o carro sem precisar andar mais uma hora. Estacionar em Capitol Hill é um pesadelo. Caminhar naquelas calçadas lotadas cheia de sacolas de comida mais meu *notebook* foi um desafio interessante, mas consegui. A porta de vidro, pintada com uma montagem bem bonita de tatuagens estilo *old school* se abriu antes de eu precisar pensar em como equilibrar tudo aquilo. O Rule pegou a comida, deu um beijo rápido e intenso na minha boca perplexa e me levou lá para dentro. Aí virou a plaquinha da porta para o lado escrito FECHADO e me acompanhou por um longo balcão de mármore com uma série de pastas e um computador gigante, todo *high-tech*.

As estações de trabalho de cada tatuador eram divididas por uma meia parede, com uma TV pendurada. Tudo era brilhante e superlimpinho, e tinha uma porção de desenhos de *tattoos old school* para as pessoas escolherem grudados no espaço que sobrava da parede. Era visualmente estimulante, e o sistema de som tocava baixinho o velho e bom punk rock do Bad Religion. Era tudo a cara do Rule. Parecia que ele tinha encontrado um lugar para trabalhar que traduzia quem ele era, e isso era uma coisa muito especial de ver. Ele me levou até uma salinha nos fundos que tinha uma mesa de centro, um sofá, um frigobar e várias mesas de desenho, com uma iluminação especial. Um homem de meia-idade, que poderia ser um dos companheiros de golfe do meu pai, estava sentado perto da mesa de centro. Só que, ao contrário dos amigos do meu pai, esse senhor sem camisa tinha o peito coberto não por pelos brancos, mas pelo contorno preto já completo de uma águia americana e da bandeira dos Estados Unidos.

O Rule pôs as sacolas na mesa e começou a ver o que tinha dentro.

– Shaw, esse é o Mark Bradley. Mark, essa é a Shaw. Espero que você não se importe de ela ficar aqui um pouquinho. Afinal de contas, ela fez a gentileza de trazer o jantar.

Ele começou a colocar coisas em uns pratos que tirou sabe-se lá de onde.

– Claro que não. Não sabia que você tinha arranjado uma mulher, Rule. E bem bonita, ainda por cima – respondeu o Mark.

O Rule me deu uma piscadinha sem que o cara visse e me entregou um prato cheio. Provavelmente eu não ia conseguir comer nem metade daquilo. Aí ele disse:

– Ela é mesmo.

A gente comeu em silêncio, num clima amistoso, por alguns minutos, mas eu não conseguia parar de olhar aquele contorno ousado no peito do Mark. Aquela *tattoo* era enorme, e exigia um comprometimento gigante de alguém com cinquenta anos.

– Essa tatuagem é muito impressionante – falei, entre uma garfada e outra.

O cara olhou para o próprio peito, depois para o Rule e comentou:

– Esse garoto é muito talentoso. Procurei pela cidade inteira alguém que fizesse jus ao desenho que eu queria. O Rule entendeu logo de cara, até porque o irmão dele é do Exército. Entendeu a importância dessa tatuagem.

– Ele comentou que é uma homenagem ao seu filho que morreu.

– Infelizmente. Por causa de uma mulher, há alguns anos. Era meu filho mais velho, e nada me pareceu mais apropriado para honrar a memória dele e expressar como tenho orgulho de ser seu pai.

Senti meus olhos ficarem cheios de lágrimas. Eu estava tão acostumada a pais que não têm a menor consideração ou estão tão perdidos em sua própria dor para expressar sua mágoa de verdade, de uma forma saudável. Espichei o braço e apertei a mão do homem, piscando pra tirar a umidade dos olhos.

– Que gesto lindo.

– Meu filho amava tatuagens *old school*. Eu enchia o saco toda vez que ele aparecia em casa com uma nova. Aposto que ficaria louco de alegria de ver que escolhi essa maneira de manter viva sua memória.

– Você vai terminar hoje? – perguntei para o Rule, que estava comendo em pé, observando atentamente minha conversa com o cliente.

– Não. Um desenho desse tamanho precisa de algumas sessões. Hoje a gente acaba o traço preto e o cinza, o sombreado e alguns dos destaques em branco. Vou colorir na próxima, que vai durar mais ou menos uma hora. Vai ficar legal.

A gente terminou de comer, e me ofereci para arrumar a bagunça enquanto o Rule se preparava pra atender o Mark. Tinha acabado de limpar tudo e já ia abrir meu computador quando o Rule pôs a cabeça na porta e me chamou, fazendo sinal com o dedo e dizendo:

– Vem pra cá, sentar numa das mesas vazias.

– Não quero atrapalhar.

– Anda, Gasparzinho. A vista fica mais bonita com você na sala.

Revirei os olhos e sentei do lado oposto onde ele estava. Me ajeitei na cadeira, surpreendentemente confortável, e pus o computador no colo. O punk rock continuava, agora com o Gaslight Anthem, e fiquei cantarolando baixinho.

– O que você estuda?

Olhei para o Mark, que estava fazendo uma cara interessada, com o Rule inclinado por cima dele. Não imaginava que aquele zumbido constante da máquina de tatuar podia ser tão gostoso e reconfortante.

– Medicina. Quero trabalhar no Pronto Socorro.

– Esse é um grande objetivo. Por que no Pronto Socorro?

Fiz um coque no topo da cabeça e respondi:

– Sempre quis ser médica. Meu pai é cirurgião cardíaco, e perdi um amigo muito querido há alguns anos, num acidente de carro horrível.

Acho que, se o atendimento no PS tivesse sido melhor, ele teria sobrevivido. Quero fazer a diferença no momento mais importante.

O Rule olhou pra cima, e a gente ficou se encarando um tempão até ele abaixar e continuar o que estava fazendo. O Mark falou baixinho:

– Essa sua garota é muito especial, filho. É melhor tratar ela bem.

O Rule resmungou alguma coisa que não consegui ouvir, e me concentrei no trabalho. Ainda faltava muito para eu acabar. Fiquei digitando, e a máquina zumbiu por umas duas horas. A gente não se falou muito. Afinal, eu estava estudando e sutilmente observando o Rule; o Mark sentia mais dor à medida que o tempo passava, e o Rule estava completamente concentrado no que estava fazendo. Era uma coisa extraordinária de assistir. Ele colocava um pouquinho dele mesmo naquela marca que estava deixando no Mark e só se contentaria se ficasse perfeito. Acho que observar o Rule trabalhando, o cuidado com que mudava o corpo daquele homem para sempre, fez eu me apaixonar um pouquinho mais.

O Mark teve que dar umas paradas. Cada vez que ele levantava, o Rule vinha até mim. Da primeira vez, me deu um beijo na testa. Na segunda, me puxou pra uma sessão de amassos, e tive que arrumar a blusa quando o Mark voltou da rua, onde tinha ido fumar. No fim das contas, aquele era um jeito bem legal de passar a noite, e consegui avançar bastante no trabalho. Quatro horas depois, o Rule começou a limpar as manchas de tinta preta na pele vermelha e irritada do Mark, e a tatuagem no peito dele era lindamente desenhada, uma homenagem honrosa para o filho que tinha morrido em combate. Falei de novo como achava bonito o gesto dele e que adoraria ver a tatuagem pronta. O Mark me deu um abraço, daqueles que um pai de verdade dá no filho, e disse para eu me cuidar. Fiquei surpresa quando ele pagou o Rule. Não fazia ideia de quanto custava uma tatuagem. E o Mark ainda deu uma bela gorjeta.

O Rule disse para eu arrumar minhas coisas e foi limpar a mesa e fechar o estúdio. Levou mais uma hora para a gente finalmente ir embora, e eu já estava bocejando e ficando com sono. O estúdio era tão perto da casa do Rule que decidi deixar o carro ali mesmo, e ele prometeu me acordar cedo e me acompanhar até ali se eu quisesse. Andamos rápido por causa do frio, e ele me esquentou me segurando bem juntinho do corpo o caminho inteiro.

Quando chegamos na casa dele, a gente só deu um "oi" para o Nash. Pensei que o Rule ia querer conversar um pouco com o amigo, mas largou minhas coisas na mesa da sala, pegou duas cervejas na geladeira e me empurrou até o quarto.

A gente nem falou nada, não precisou. Eu já estava começando a entender como funcionava esse negócio de sexo, ou melhor, esse negócio de sexo com o Rule. Ele era muito tátil, muito de pegar, e eu me dava bem com isso. Depois de transar não uma, mas duas vezes, me espichei feliz no peito nu dele, fiquei passando a mão nas escamas da cobra tatuada no braço que estava perto do meu rosto. O Rule estava encostado num travesseiro, bebendo cerveja e fuçando no celular, desenhando alguma coisa nas minhas costas com o dedo. Eu estava toda satisfeita e quase dormindo quando ouvi a voz dele.

– Quer ver outro show comigo no sábado? Tatuo um dos rapazes da Artifice e tenho entrada para o *backstage*.

Abri os olhos de supetão, e meu corpo ficou todo tenso. O Rule deve ter percebido, porque estava usando ele como travesseiro. Tirei o cabelo do rosto e olhei para ele, que também estava com cara de sono, os olhos quase fechando sozinhos. Mas deu para ver que ele realmente queria ouvir a resposta. Engoli em seco e mordi os lábios, como sempre faço quando fico nervosa.

– Preciso visitar minha mãe no fim de semana. Vou no sábado de manhã e só devo voltar domingo à tarde.

Foi a vez dele ficar tenso embaixo de mim.

– Você vai sozinha? – perguntou.

– Não – minha voz era quase um sussurro. – Vou deixar o Gabe na casa dos pais dele, que é no caminho.

– Você vai dar uma carona para o cara que está perseguindo e perturbando você?

O tom incrédulo na voz dele me deixou nervosa.

– Vou.

– Por quê?

– Por que é mais fácil do que lidar com a culpa e com a dose interminável de recriminação que minha mãe vai jogar na minha cara se eu não fizer isso. Você não entende.

– Ah... Entendo perfeitamente. Sua mãe te manda pular de um precipício e você pula, direto nos braços daquele maluco. Não acredito, Shaw. A gente mal consegue se ver. Isso me deixa louco. Na maior parte das noites, acordo e te procuro na cama, mas você não tá aqui. E agora tá planejando passar o fim de semana fora com o psicopata do seu ex-namorado. Inacreditável.

Saí de cima dele e me enrolei no lençol, porque estava me sentindo exposta e vulnerável. Mas isso não tinha nada a ver com o fato de estar sem roupa.

– Você sabe que não é nada disso. Eu não quero ir, não quero ficar com o Gabe, mas atender o pedido da minha mãe é mais fácil do que desafiar aquela mulher.

– Como é que você sabe? Já desafiou sua mãe alguma vez na vida?

Inspirei um ar gelado e respondi:

– Ela é minha mãe, Rule.

– Você que sabe. A gente conversa amanhã.

Ele rolou para o outro lado, se afastando de mim. E eu conhecia o Rule muito bem para saber que a gente não ia conversar nada amanhã.

Para falar a verdade, quando ele me levou até o carro na manhã seguinte, não teve nada de conversa, nada de beijo, nada de olho no olho, nada de nada que indicasse que um papinho poderia dar um jeito no que eu tinha feito sem querer.

Mandei um torpedo para o Rule no dia seguinte, pedindo desculpas e dizendo que queria vê-lo, mas não recebi resposta. Liguei na terça, para ver se ele queria almoçar e conversar, mas caiu direto na caixa postal. Lá pela quarta, eu estava quase maluca, com vontade de aparecer sem avisar no estúdio ou na casa do Rule e exigir que ele falasse comigo. Mas o Rome estava de volta e me obrigou a jantar com ele. Deixou escapar que estava ficando na casa do irmão porque aquele amigo dele estava recebendo a família por uma semana. Meu coração quase saiu pela boca quando me dei conta de que o Rule não tinha nem se dado ao trabalho de me avisar que o Rome estava passando uns dias aqui em Denver. Eu podia muito bem ter aparecido e pagado o maior mico na frente do irmão dele, e ele nem ligava.

Passei a quinta e a sexta chorando no ombro da Ayden, que não ficou com pena de mim, e tentei trabalhar. No sábado de manhã, eu estava um caco. Quando parei na padaria para pegar o Gabe, minha vontade era passar com o carro por cima daquela cara pretensiosa e sorridente dele.

O Gabe tentou me dar um beijo na bochecha, e eu me afastei com tanta violência que bati com a cabeça no vidro.

– Não faz isso – eu disse.

Sabia que estava sendo grossa, mas nem liguei. Eu estava com saudade do Rule, louca da vida de ter que escolher entre ele e mais uma família, e puta porque não conseguia entender por que tinha que fazer o que fiz. Passei a semana inteira perturbada, tendo visões do quarto dele se transformando num redemoinho de conquistas sexuais, e fiquei com falta de ar. Entendia o motivo de ele estar bravo comigo, mas o odiava por simplesmente ter resolvido me dar um gelo.

– Vamos, Shaw. Você pode pelo menos tentar tornar este fim de semana agradável. Nossos pais iam ficar muito felizes se a gente se entendesse.

Liguei o som e deixei o country rock dos Drive-By Truckers responder por mim. Quando o Gabe tentou abaixar o volume, dei um tapa na mão dele e falei:

– Nem pensa nisso.

– Anda, Shaw. A gente precisa conversar.

– Não.

– Para de ser tão teimosa.

– Gabe, estou ficando com outra pessoa. Não tem nada pra gente conversar. Só vou passar esse fim de semana em Brookside pra minha mãe parar de me encher.

– É aquele punk tatuado? Você não pode achar que vão namorar, Shaw. Sério, o que você tá pensando? Que vai voltar pra casa depois de um turno de 72 horas no hospital e ele vai estar lá esperando você com o jantar pronto? Você acha que tem futuro com uma pessoa dessas? É mais provável que, quando você começar a residência e o cara perceber quanto tempo vai ter que ficar sozinho, comece a levar toda a mulherada de novo para casa. Cai na real. Caras como ele não são uma opção a longo prazo. Eles só ficam com alguém até a paixão acabar.

Me arrepiei toda, porque o Gabe pôs o dedo na ferida, e aumentei ainda mais o volume do rádio. Fiz o máximo que pude para ignorá-lo pelo resto da viagem. Fui em tempo recorde, acelerando mais do que devia, mas estava desesperada para sair daquele confinamento forçado com o Gabe. Ele tentou puxar conversa várias vezes, e eu fui aumentando o volume até chegar ao nível de quase estourar os tímpanos, tornando ridícula qualquer tentativa de conversa. Ele finalmente entendeu o recado e calou a boca. Praticamente empurrei o Gabe pela porta, sem parar o carro, quando a gente chegou na casa dos pais dele, em Brookside. Ele fez sinal para eu baixar o vidro, para falar comigo, mas só apertei os dentes e saí cantando os pneus.

Meus pais moravam em outro condomínio fechado em Brookside, então, enquanto atravessava a cidade, resolvi parar no café em que tinha ido com o Rule para tentar me acalmar. Só para me torturar, peguei o celular e quase morri mais uma vez quando vi que não tinha chamadas nem mensagens novas. Não sabia o que fazer e senti que tudo o que eu mais queria estava escapando pelos meus dedos.

– Shaw? Shaw Landon? É você mesma?

Levantei os olhos do meu café e disfarcei um resmungo quando a Amy Rodgers veio correndo na minha direção. Eu devia ter lembrado que ela ia àquele lugar.

– Com certeza, Amy. Tudo bem?

Ela me deu um beijinho no ar e um sorriso cheio de dentes. Nunca nem fingiu ser gentil comigo no colégio, então fiquei em estado de alerta na mesma hora.

– Ah, tô bem. Acabei de me formar como cabeleireira e estou trabalhando num salão supertendência, bem classe A, em Denver. Você também tá morando lá, né?

Balancei a cabeça e vi que a menina ficou medindo meu cabelo novo com os olhos.

– Ai, que bom que te encontrei. Estava mesmo pensando em te procurar.

Fiz cara de desentendida e perguntei:

– Por quê?

Ela jogou o cabelo e respondeu:

– Bom, vim pra cá alguns fins de semana atrás pra lavar roupa e encontrei um dos gêmeos Archer, aquele com as tatuagens. Aí lembrei que você era amiga deles e fiquei pensando se não podia me passar o telefone dele. Não lembro qual era qual, mas, Deus, o cara é lindo. Ouvi dizer que ele também tá morando em Denver, e pensei que podia rolar alguma coisa entre a gente.

Meu corpo gelou por dentro. Quase joguei meu café naquela carinha linda e perfeita dela. Consegui me controlar, mas foi por pouco, muito pouco.

– O Remy morreu, Amy, já faz três anos. Só sobrou o Rule. E tenho certeza de que vai amaaaaaaaar se uma idiota que nem sabe direito quem ele é, só sabe que é um dos gêmeos, ligar. Você me dá vontade de vomitar e tem sorte de a gente estar num lugar público, porque, por mim, eu te enchia de porrada.

A Amy ficou me olhando, atônita, meio sem ar. Empurrei a menina da minha frente e saí. Joguei meu café no lixo, porque aquele encontro me fez perder toda a vontade de tomar um. E completei:

– Não vou te dar o telefone do Rule porque ele é meu. E, se você chegar perto dele, juro por Deus que as coisas que vou fazer com você vão estampar as páginas policiais por anos e anos.

Quando cheguei no carro, estava tremendo e só demorou um segundo para as lágrimas começarem a escorrer pelo meu rosto. Eu estava com saudade do Remy, do Rule, da Margot e do Dale. O Rule tinha razão: não tenho a menor ideia de como é desafiar minha mãe porque nunca fiz isso, e agora ela era mais uma pessoa tentando me impedir de ficar com quem eu queria. Não tinha o menor pudor de dizer que estava com ele para uma periguete como a Amy, mas para minha mãe... Bom, ela era um osso bem mais duro de roer. Mas eu sempre soube que o Rule valia a pena. Era isso que esperava desesperadamente que os pais dele enxergassem. Só que, quando chegou a hora de provar que era verdade, fiz o que toda aquela gente fazia com ele: cedi à pressão e acabei me afastando sem querer. Apoiei a cabeça no volante e peguei meu celular. Fiquei olhando para a tela por uns cinco minutos, com o carro ligado, tentando pensar no que dizer. Mas só consegui escrever isto:

Desculpa. Sinto muito mesmo. Nunca quis te magoar. Eu devia ter ficado aí. Estou com muita saudade.

Guardei o telefone, para não enlouquecer vendo toda hora se ele tinha me respondido, e fui pra casa da minha mãe. É mais um tipo de chalé na montanha elegante do que uma casa. Tudo ali é fino e caro. Quando estacionei o carro e fui andando em direção à porta principal, me lembrei da sensação de me sentir pequena perto daquela grandiosidade toda. Quando o Remy entrou na minha vida e me pôs debaixo da asa dele, aproveitei cada oportunidade que tive de ficar na casa dos Archer, nem que fosse só por um segundo. Apesar de todos os defeitos, eles tinham um lar onde ficava muito claro que as pessoas se amavam e cuidavam umas das outras. A casa do meu pai e a casa da minha mãe não eram nada disso, só tinham um monte de empregados e objetos de valor. Uma empregada me acompanhou até a sala, e me ocorreu de novo o quanto não queria estar lá e que, se eu não conseguisse me acertar com o Rule depois do fim de semana, iam ter que me internar, porque eu ia enlouquecer.

Minha mãe, em toda a sua glória refinada, veio na minha direção, com um olhar crítico. Nada de abraço, nada de "fez boa viagem?" nem "desculpe por ter esquecido seu aniversário, querida". Só um rápido olhar gelado da cabeça aos pés, em botas de couro com cadarço. Ela, que normalmente já tem a boca meio retorcida, fez uma careta.

– O que você fez no cabelo, Shaw? Está horrível. Espero que tenha trazido umas roupas melhores pra ir ao clube. Vamos a um jantar, não a um piquenique.

Eu estava usando uma *legging* e uma camisa comprida, com um cinto largo combinando com as botas. Ou seja: estava arrumada demais para uma simples visita à mãe, mas tinha tentado exatamente evitar uma cena como essa. Mais uma vez, não alcancei os padrões esperados. Agarrei com mais força a bolsa que tinha me recusado a entregar à empregada que me abriu a porta. Meu coração foi parar na garganta. Bom, pra falar a verdade, meu coração tinha ficado em Denver, com alguém que estava me ignorando, mas isso não vinha ao caso.

– Imagino que você e o Gabe tiveram tempo para conversar no caminho...

– Já falei que não tenho mais nada a dizer para ele.

Parecia impossível, mas minha mãe franziu ainda mais a boca, como se tivesse acabado de chupar um limão. Ela é uma mulher bonita – puxei o cabelo loiro e a pele clara dela. Mas, quando a olhei com objetividade, provavelmente pela primeira vez na vida, percebi que toda aquela beleza era tão severa e coberta por tanta frieza e amargura que ficava difícil de perceber.

– Pedi para você parar de ser ridícula, mocinha. Você vai ser educada e encantadora este fim de semana. Não vou tolerar qualquer tipo de hostilidade ou grosseria com o Gabe ou com os Davenport, entendeu?

Em algum lugar bem lá no fundo de mim, a Shaw que eu era quando estava com o Rule, a Shaw que deveria ter se recusado a participar daquela farsa de fim de semana, ergueu a cabeça. Sacudi meu cabelo de dois tons, esbarrei na minha mãe de propósito quando subi as escadas que levam ao meu quarto e respondi:

– Você ordenou que eu viesse, mãe. Agora vai ter que aguentar as consequências, gostando ou não.

Ela falou alguma coisa num tom agudo, mas ignorei, virei a cabeça e gritei:

– Me avisa quando estiver pronta pra sair.

Fechei a porta daquele quarto que nunca pareceu meu de verdade e atirei a bolsa no chão. O decorador da minha mãe tinha usado tons de cinza e rosa. Era tudo adorável, feminino e tão de menininha, com um monte de almofadas cheias de babados e uma cama que tinha até um dossel de renda. É um quarto para alguém que pretende dormir rodeada de luxo e lençóis de um milhão de fios. Sempre achei sem vida e sem graça. Nada ali tinha um toque pessoal: fotografias, uma pincelada de cor, TV ou som. Nada que indicasse quem era a pessoa que deveria viver naquele cômodo. Sentei de pernas cruzadas no meio da cama enorme e mandei uma mensagem para a Ayden. Ela andava meio estranha desde aquela noite em que pegou carona com o Jet, mas não queria conversar a respeito. E, já que eu tinha que lidar com meu próprio drama, não quis tentar arrancar nada dela.

> Não dei nem dois passos depois de entrar e ela já falou do meu cabelo e da minha roupa. É tão bom estar em casa ☹

> Que droga.

> É, e o Rule ainda não tá respondendo minhas mensagens.

> Hummmmmmm...

> Quê?

> Não sei se eu devia te contar.

> O quê?

RULE

Você tem que me prometer que não vai surtar.

Bom, agora é que eu vou surtar mesmo!

A Loren disse que ele saiu ontem. Viu o Rule e os amigos dele sei lá onde.

Ai, meu Deus...

É, disse que ia tentar falar com ele ou sei lá o quê, porque ela é uma vadia sem noção, mas tinha uma ruiva pendurada nele. Parece que nem conseguiu chegar perto.

Merda.

É, bom. Ela também disse que o Rule saiu do lugar com a ruiva. Que a turma toda saiu junta. A Loren é uma fofoqueira infame e gosta de causar, mas achei que devia te dar um toque, já que não tá conseguindo falar com ele.

Valeu.

Você tá bem?

Não. Nem um pouco.

Quer que eu bata nele por você?

Talvez. Te ligo mais tarde se conseguir sobreviver a esse jantar ridículo. Te amo.

Eu também. Bjs.

Passei o dedo na tela, respirei fundo, dei um grito furioso e joguei aquela droga de aparelho caro na parede. O negócio se espatifou, para minha satisfação. Enterrei a cabeça nas mãos e tentei não vomitar. Não dava pra acreditar que aquilo estava acontecendo. Eu tinha conseguido tudo o que queria só por alguns segundos. Uma única mancada, uma discussãozinha de nada, cagou tudo. O fato de ter sido substituída tão fácil e tão rápido não devia me machucar. Conhecia o Rule muito bem, sabia como ele funcionava. Mas mesmo assim parecia que alguém estava fazendo buracos na minha alma com um ferro bem quente. Gostar do Rule nunca foi fácil, e agora que sei como é *amá-lo* de verdade, não faço ideia de como voltar ao que era antes.

Passei o resto da tarde trancada no quarto. Minha mãe mandou uma das empregadas perguntar se eu queria almoçar, mas me recusei a atender. Lá pelas cinco horas, ela mandou o marido me avisar que a gente ia sair em uma hora. Eu tinha vontade de pôr minha calça jeans *skinny* e meus coturnos, mas decidi que ter aquela briga com minha mãe na frente dos meus irmãos só ia me fazer parecer infantil e ridícula. Pus um vestido "fino" branco e roxo de manga comprida, que fica alguns centímetros acima do joelho, e fiz chapinha nos cabelos, que caíram nos meus ombros como uma cortina lisa. Completei o *look* com umas botinhas curtas de salto com tachinhas na parte de trás. Não era exatamente um visual perfeito para ir ao clube, mas dava para passar pela porta sem maiores problemas.

Minha mãe me olhou feio quando desci as escadas, e o Jack me ajudou a vestir meu casaco cinza. A gente entrou na SUV de luxo deles em silêncio e pegou o caminho até o clube. As crianças tagarelavam sem parar, e eu fiquei ruminando a imagem do Rule com uma ruiva desconhecida, esperando que isso não significasse o que eu achava que significava. Fiquei desejando que furasse um pneu só para não precisar encontrar o Gabe e a família dele. Só que isso não aconteceu e, quando a gente chegou ao clube, tive que me obrigar a sorrir e deixar o Gabe me dar um beijo na bochecha e puxar a cadeira para eu sentar. Gastei toda a energia que eu tinha para não sair correndo e gritando na direção oposta. Sentei entre ele e minha mãe e me preparei para aguentar o jantar mais esquisito e horrível da minha vida.

CAPÍTULO 9

— Dá pra abrir o jogo e me explicar por que você tá sendo ainda mais cuzão do que o normal esta semana?

O Rome estava de pé perto de mim, e eu estava deitado, levantando peso. Meu irmão me pediu pra ir na academia no sábado porque precisava começar a fazer exercício para o ombro. Mesmo zoado, ele mandava bem, e dava vergonha fazer musculação perto dele. Passei a maior parte do tempo tentando não ficar todo encolhido depois que me liguei que ele levantava muito mais peso do que eu. Coloquei a barra no lugar e passei a toalha pelo meu rosto suado e pela cabeça, que tinha acabado de raspar. Não tipo máquina zero, igual ao Nash, mas o moicano já era, só sobrou uma penugem preta. Isso, mais os *piercings* na sobrancelha e as tatuagens até o pescoço, me deixou com cara de quem acabou de fugir da prisão.

– Acho que não – respondi.

Fui atrás do Rome, que tinha ido pegar uns pesos e começou a balançar o braço machucado pra frente e pra trás. Ainda devia estar doendo, porque ele franzia a testa toda vez que estendia e dobrava o braço, mas não reclamou e mandou ver na série. Eu devia contar que estava todo zoado por causa da Shaw. Meu irmão devia ter uns conselhos bons pra me dar, e eu tava quase certo de que ia acabar estragando um lance que tinha tudo pra ser incrível. Quando o cara voltou do jantar com ela, na quarta-feira, tive que reunir todas as minhas forças pra não ficar perguntando se a Shaw estava bem e se tinha falado de mim. Aí lembrei que não estava respondendo os torpedos nem atendendo as ligações dela de propósito e me liguei que ia ter que deixar por isso mesmo.

A gente cruzou o olhar no espelho. Ele estava fazendo uma cara de dor e perguntou:

– Não tem nada a ver com o fato da Shaw estar com uma puta cara de fantasma quando encontrei com ela na quarta, tem?

– O que uma coisa tem a ver com a outra?

– Não sou burro. Não é de hoje que ela tem uma quedinha por você, e achei que era só uma questão de tempo até você tirar essa sua cabeça da bunda e perceber isso. Além do quê, vocês dois passaram a semana inteira olhando para o celular. Até parece que esse negócio tem a resposta pra todos os enigmas do universo. E, ainda por cima, tão com cara de cachorrinho chutado, de criança que não ganhou o que queria.

Soltei um palavrão e fiquei passando a língua na minha argola da boca.

– Você vai ficar na sua se contar que eu e a Shaw estamos saindo? Ou vai me bater?

– Contanto que não seja só isso, fico bem na minha. A Shaw não é um desses seus casinhos, e, se você tratar como se fosse, vou quebrar suas duas pernas.

Fiz uma careta pra ele pelo espelho e mandei tomar no cu.

– Como assim ela é a fim de mim faz tempo? A garota ficou bêbada uma noite dessas, as coisas esquentaram e não deu pra evitar. Aí eu pensei: por que não deixar rolar? Eu gosto dela. Quero dizer, gosto de estar perto dela. A Shaw é divertida, mas tá sempre tão ocupada, e esse fim de semana foi lá pra Brookside com aquele ex esquisito porque a mãe mandou. Não sei se posso ficar com alguém assim. Ela tem vinte anos, devia viver a própria vida, não ficar se curvando a cada capricho dos pais.

– Então me deixa adivinhar: em vez de conversar direito com ela, de um jeito racional, sobre o que te preocupa, você deu um gelo na Shaw, se recusa a falar com ela e prefere ficar remoendo a própria raiva.

Encolhi um ombro só.

– A Shaw te conhece há muito tempo, Rule. Dá pra você imaginar o que ela tá pensando enquanto faz isso? Vamos lá, use a cabeça uma vez na vida. Vale a pena estragar tudo sem nem ter começado? Essa menina te entende, de verdade, e acho que desde sempre, mesmo quando todo mundo olhava pra você e queria enxergar o Remy. Para de ser cabeça-dura e acerta as coisas com ela.

– Ela saiu com o ex, Rome.

– É, e você saiu ontem a noite e deixou uma vadia qualquer enfiar a língua na sua boca. Nem todo mundo funciona do mesmo jeito, Rule. A maioria das pessoas quer deixar os pais felizes, quer que eles aprovem o que fazem da vida. Nem todo mundo dá conta de cortar todas as relações como você. A maioria quer poder voltar pra casa.

Me encolhi de novo, porque as palavras do meu irmão me pegaram de jeito. Se ontem à noite eu estivesse um pouquinho mais bêbado, fosse um pouquinho mais idiota, provavelmente teria cometido um erro imperdoável. Por sorte, a ruiva tinha gosto de *gloss* grudento e cheiro de perfume floral barato. Não tinha nada a ver com aquela suavidade e perfeição dos amassos com a Shaw. Aí mandei a ruiva andar e fiquei me sentindo um merda o resto da noite. Sei que preciso conversar com a Shaw. Não dá pra continuar assim ou vou acabar sabotando tudo o que estava rolando entre a gente.

– Esse lance me assusta, Rome.

– Por quê?

– Você sabe por quê. Quando você deixa uma pessoa entrar no seu coração, morre quando ela resolve sair.

– Vai, Rule. Quem gosta o suficiente de você pra entrar no seu coração não quer sair. Olha só à sua volta: eu ainda tô aqui, o Nash não foi a lugar nenhum. O Jet e o Rowdy matariam alguém por você. E, se parar pra pensar só um minutinho, vai ver que a Shaw esteve ao seu lado esse tempo todo. Pode até achar que era por causa do Remy, porque ele sempre cuidava dela e a protegia. Mas acho que você é inteligente o bastante pra se dar conta de que, talvez, ela estivesse tentando tomar conta de você, por um motivo bem diferente.

O Rome soltou os pesos, fazendo barulho. Aí virou para mim, com um olhar de frieza, e completou:

– Vê se cresce, Rule. Para de agir como um pirralho mimado que não consegue sair da sombra do irmão. Você tem uma carreira incrível, é bem-sucedido, tem um grupo de amigos fiel, uma família que até pode ser meio zoada, mas ainda assim te ama, e uma garota espetacular só esperando você se dar conta de que ela é louca por você.

– Cara, quando você resolve dar uma de irmão mais velho, vai com tudo mesmo.

Ele revirou os olhos, e a gente foi para o vestiário. Pus minhas roupas de sempre e dei uma olhadinha rápida no telefone. Meu coração se encolheu no peito quando vi a mensagem que ela mandou. Dava praticamente pra ouvir o quanto estava triste naquelas palavras. Sou um cuzão mesmo. Podia ter conversado com a Shaw em vez de mandá-la direto para os braços daquele vacilão sem dizer uma palavra. Estava tentando pensar numa resposta quando o Rome deu um tapão na minha cabeça.

– Vamos nessa.

– Preciso estar no estúdio ao meio-dia mesmo. Ei, Rome – esperei até ele se virar e me olhar nos olhos –, e o papai e a mamãe?

– Que tem eles?

– Eu e a Shaw. Se eu conseguir, se der um jeito de não foder com tudo, o que vou fazer com eles? Aqueles dois nunca vão entender.

– E daí? Você merece ser feliz, e a Shaw também. O Remy morreu, e é assim que as coisas são.

Limpei a garganta e passei a mão na nuca.

– É, bom, a Shaw nunca ficou com o Remy nesse sentido...

Meu irmão arregalou os olhos e ficou de queixo caído.

– Será que eu quero saber como você sabe disso?

– Provavelmente, não. Digamos que tenho absoluta certeza de que ela e o Remy não tinham um relacionamento desse tipo.

– Bom, de qualquer modo, os dois não têm nada a ver com isso.

Suspirei de novo e concluí:

– É, acho que não.

A gente se despediu, e fui para o estúdio. Minha agenda estava lotada, com um cliente atrás do outro, e eu ainda tinha prometido ir para o show com os rapazes à noite. O Brent, vocalista da banda, é um cliente bom, e como a Artifice acabou bombando nos últimos anos, ter meus desenhos nele serviu como divulgação.

Depois do trabalho, fui pra casa, troquei de roupa e estava pronto pra dar um rolê com os garotos, mas não parava de pensar na Shaw e no torpedo que tinha recebido de manhã. Ela tinha me magoado e, apesar de eu ser muito cabeça-dura pra admitir, foi por isso que caí fora. Não queria que ela ficasse perto do ex, porque era óbvio que o Gabe era mais do nível dela, e eu não queria sair perdendo. Dei um gelo nela, sem dar chance de conversar, pra cortar pela raiz qualquer chance de rejeição, de a garota ver que sou pouco pra ela antes mesmo de começar. Sou muito vacilão. De todas as pessoas que já passaram pela minha vida, a Shaw foi a única que nunca me fez sentir menos do que os outros. É, ela podia julgar as pessoas e ser fria quando se sentia pressionada ou encurralada, mas nunca me fez sentir um alguém indigno.

O show foi incrível. A gente foi tratado como celebridade porque estava no *backstage* e conhecia a banda. As mulheres eram uma tentação, todas muito gatas. Mas eu saí mais cedo da festa e fui pra casa sozinho. Tomei banho e me enfiei na cama, sem tirar os olhos do celular. Não consegui mais me segurar e finalmente respondi o torpedo:

Beijei uma garota ontem à noite.

Segurei o fôlego, porque não fazia a menor ideia do que a Shaw ia responder. Estava preparado pra ela me dizer que tinha acabado, que eu tinha ido longe demais, mas não recebi nada. Fiquei olhando pra tela uns vinte minutos, com o coração acelerado, e não apareceu nada.

Desculpa. Não queria te magoar. É que sou muito vacilão, e isso tudo é bem mais difícil do que eu imaginava.

Mesmo depois dessa, não recebi resposta, e aquele sentimento estranho e escorregadio que tinha a ver com a Shaw começou a se espatifar. Mas sabia que precisava dar um jeito naquilo, que ainda não estava na hora de abrir mão dela. O Rome tinha razão: eu precisava crescer. Não estava me permitindo viver esse lance direito. Como sempre, minha cabeça quente estava fazendo coisas que o resto do meu corpo não conseguia acompanhar. A Shaw não me ligou nem respondeu meu torpedo, e comecei a entrar em pânico. Ouvi o Nash entrar em casa cambaleando lá pelas quatro da manhã e rezei pra ele não acordar o Rome.

Acordei um tempo depois e comecei a andar pelo apartamento num ritmo frenético. Escovei os dentes e enfiei um pedaço de pão na boca. Virei o guarda-roupa do avesso e encontrei a única camisa que tenho e uma calça preta, a única que não é jeans. Pus um moletom preto de capuz e um blazer de risca de giz por cima e fui saindo. Meu irmão e o Nash me olharam com cara de quem achava que eu tinha pirado de vez.

– Volto mais tarde.

– Aonde você vai? Pra igreja?

O Nash estava com uma cara de acabado, e o Rome ficou me olhando como quem sabia o que estava rolando.

– Preciso falar com a Shaw.

– Liga pra ela.

– Ela não tá atendendo.

– Você acha que a mãe dela vai simplesmente deixar você chegar lá e entrar?

– Nem ligo. Preciso falar com ela e vou falar com ela.

O Rome me deu uma piscadinha e acenou com a caneca de café.

– Aí sim. Me liga se aquela gente mandar te prender, que eu vou lá soltar você.

– Até mais.

RULE

Eu ainda precisava pôr gasolina e, sei lá por que, o trânsito pra sair da cidade estava péssimo. Eu estava impaciente e quase tive um ataque de raiva na estrada, mas finalmente cheguei em Brookside. Tentei ligar mais uma vez, e caiu direto na caixa postal. Quase esmigalhei o celular com minhas próprias mãos quando a gravação toda animadinha da Shaw me mandou deixar recado.

Sei onde a mãe dela mora porque fui forçado a pegar a Shaw lá e levar na casa dos meus pais várias vezes, quando ainda dividia o carro com o Remy. Aproveitei que um carro estava entrando no condomínio, passei pelos portões e encontrei a casa sem maiores problemas. Tinha um monte de carros de luxo que, sério, não tinham nada que estar aqui no Colorado, estacionados na frente daquela mansão estilo chalé.

Subi correndo os degraus e apertei a campainha. Achei que uma empregada ou um mordomo metido a besta fosse abrir a porta. Não esperava dar de cara com uma versão mais velha e severa da Shaw. Óbvio que aquela mulher era mãe dela. As duas têm o mesmo cabelo loiro quase branco, os mesmos olhos verdes penetrantes, mas a Shaw era delicada e linda. A mãe parecia uma escultura de gelo. Apertou os olhos quando me viu, mas eu tinha uma missão a cumprir e não dava a mínima pra quem era aquela mulher. Não ia me impedir, nem que eu tivesse que passar por cima dela.

– Preciso falar com a Shaw.

A mulher apertou os lábios e ficou toda dura, com aquele corpo pequeno parado na frente da porta.

– Você é o filho da Margot e do Dale, não?

– Um deles.

A gente não era amigo, nunca ia ser, e ela estava deixando isso bem claro.

– O que você quer com a minha filha?

– É um assunto pessoal. Só preciso falar com ela um minutinho, depois vou nessa.

– Você está interrompendo uma festa particular. A Shaw está aqui com o namorado dela, e não quer ver você.

Eu me esforcei pra não revirar os olhos. Aquela mulher era tão manipuladora e falava como se aquilo fosse verdade, mas não sou burro e fiquei só olhando nos olhos dela.

– Esse Davenport é um psicopata, não namorado da Shaw. Chama ela pra mim, tá?

Deu pra ver que ela estava começando a se irritar com minha falta de respeito pela expressão que apareceu naquela cara toda esticada.

– Como você poderia saber o que acontece na vida da minha filha? Nunca passou de uma paixonite e sabe tão bem quanto eu que não combina com ela, está mais do que na hora de parar com esses jogos infantis.

– Olha, minha senhora, o que tá rolando entre a gente não é da sua conta, e posso garantir que não é joguinho coisa nenhuma. Não me custa nada fazer um escândalo pra conseguir o que quero, mas algo me diz que não vai querer que todos os seus convidados saiam daqui se perguntando o motivo da comoção – levantei minha sobrancelha com *piercing* e completei. – Concorda?

Acho que ela ia dizer que ia chamar a polícia, mas não deu tempo. De repente, aquela porta pesada foi arrancada da mão de morta dela, e o rosto pálido da Shaw apareceu.

– Rule? O que você tá fazendo aqui?

O cabelo dela tinha tipo umas tranças, um penteado complicado, que parecia doer. A Shaw estava com um colar de pérolas que parecia de 1800 e bolinha, e um suéter cor-de-rosa peludinho e macio. Ela também estava com uma calça creme larga e um sapato rosa de salto que tinham cara de valer mais do que meu carro. Tão diferente da Shaw que rolava pelada na minha cama, que quase virei e fui embora sem falar nada. Mas os olhos verdes dela estavam arregalados e tristes, e aquele sentimento escorregadio começou a pulsar no meu peito. Nem liguei que a mãe não parava de me olhar. Peguei o braço dela e puxei pra perto de mim. Eu segurei o rosto da Shaw, olhei bem nos olhos dela e disse:

– Desculpa.

Ela pôs as mãos em cima das minhas, deu uma piscadinha e perguntou:

– Desculpa o quê?

– Te mandei uma mensagem ontem à noite. Fiquei te ligando a noite inteira, mas você não me atendeu. Me desculpa. Desculpa ter dado um gelo em você, desculpa por ter sido tão vacilão, por não saber lidar direito com o que tá rolando entre a gente. Desculpa por tudo.

– Meu celular tá quebrado.

– Quê? – perguntei, dando risada.

Eu queria beijar minha garota, pôr ela debaixo do braço e levar pra bem longe dali.

– Joguei na parede porque a Ayden me contou que você levou uma menina pra casa na sexta. Espatifei a tela dele.

– Que merda! Compro um novo pra você.

A Shaw fechou os olhos e apertou minha mão.

– Você fez isso? Levou a menina pra sua casa?

– Não. Eu fiquei com ela, o que é uma bosta, e sou um otário por ter feito isso, mas sabia que estava errado, então só beijei. Juro que, se a gente se acertar, isso nunca mais vai acontecer. Estou tentando entender como essas coisas funcionam, Shaw. Odeio fazer você sofrer por causa disso.

– Você me dispensou, me deixou no vácuo, Rule. Acho que nada nunca tinha me magoado tão profundamente.

– Eu sei, Gasparzinho. Eu sei. Mas não desista de mim ainda, tá?

– Você dirigiu tudo isso só pra me pedir desculpas?

Balancei a cabeça e respondi:

– Eu tinha que consertar esse estrago.

Ela me deu um sorriso encabulado e falou:

– A gente precisa aprender a não causar estrago.

Engoli em seco a súbita onda de emoção que subiu na minha garganta e dei um abraço bem apertado nela. Me senti em casa, coisa que, até onde lembro, nunca senti na vida. Dei um beijinho de leve atrás da orelha dela e sussurrei:

– Aliás, sua mãe me odeia. Tipo, ME ODEIA muito.

A Shaw pôs as mãos nos bolsos de trás da minha calça e ficou na ponta dos pés pra me dar um beijo embaixo do queixo.

— Tudo bem, ela também me odeia. Por que você raspou o cabelo? Ficou bem, tá bonito, mas eu gostava do moicano...

Passei a mão conscientemente no crânio nu.

— Não sei. Só precisava mudar.

Aí ela me olhou bem séria e apertou a mão dentro da minha.

— Você tá parecido com o Remy.

— Shaw, se despeça do seu amigo e volte pra dentro. Temos convidados, e você está sendo mal-educada.

Ela olhou pra mãe por cima do meu ombro e apertou ainda mais minha mão.

— Não vou entrar sem o Rule.

Ah, merda. A Shaw estava fazendo aquilo de novo: ficando entre mim e uma mãe que me reprova.

— Olha, não tem problema. Se tiver tudo certo entre a gente, encontro você quando você voltar pra D-city. Mal posso esperar.

— Não.

— Shaw — a voz da mãe dela parecia uma chicotada. — Chega. Mande esse rapaz embora e volte para dentro de casa. Você já fez bastante escândalo por hoje.

— Não. Eu estou com ele. Se quer minha presença em mais uma das suas refeições, durante a qual você vai ignorar terminantemente o fato de o Gabe ficar passando a mão em mim e me constrangendo de propósito, o Rule vai ter que estar do meu lado, para manter esse cara na linha.

— Shaw, ele não se encaixa com essas pessoas.

Pronto, tudo de novo: o julgamento, a censura, a ideia de que, porque vivo do meu jeito, pelas minhas próprias regras, não presto pra essa mulher. Puxei a Shaw para o meu lado e olhei a mãe bem nos olhos dela. O Remy pode ter protegido a amiga, oferecido um porto seguro, mas eu sou de brigar, e aquela mulher já tinha enchido minha paciência demais ao longo dos anos.

– Pode até ser. Mas foi comigo que a Shaw passou o aniversário. Sou eu que faço sua filha feliz, o único disposto a protegê-la do monstro, que você insiste em empurrar pra cima dela. Estou bem a fim de sair da sua frente e levar a Shaw comigo, mas duvido que queira explicar para os Davenport porque ela saiu assim, de fininho. Então, engula essa. Por que você, uma vez na sua vida, não deixa sua filha ter uma, só uma coisinha, que a deixe feliz?

– Shaw? – o tom da mulher era de confusão.

– Eu vou aonde ele for. Se não quer que ele entre, caio fora. Pra começar, nem devia ter vindo. Estou cansada de ser manipulada como uma marionete e usada como objeto decorativo. Já falei o que acho do Gabe, e você se recusa a ouvir.

– Mas vocês formam um casal perfeito.

– Pode até ser, só que não quero ficar com ele.

A mãe da Shaw apontou o dedão pra mim e retrucou:

– Ele acabou de admitir que traiu você, ontem mesmo. Falando francamente, que tipo de relacionamento você pensa que pode ter com esse rapaz? Acha que seu pai vai continuar pagando a faculdade quando souber disso?

A Shaw se soltou de mim, mas a puxei de volta pelo quadril.

– Estou cheia de me preocupar com isso. Me dá enxaqueca. E meus relacionamentos são assunto meu. O Rule não é perfeito, e eu também não sou. E, se quero perdoar o que ele fez, não é da sua conta.

Essa doeu. Eu sabia que a Shaw não ia deixar aquele lance com ruiva passar batido, mas fiquei tranquilo porque, pelo menos, ela ainda estava me abraçando.

– Certo. Entrem, aproveitem o bufê e tentem não me fazer passar vergonha. Shaw, quero que você vá embora assim que o *brunch* terminar e não pense, nem por um segundo, que esse assunto termina por aqui. Espere só até eu falar com seu pai e contar sobre esse circo que você armou.

A mulher se virou e desapareceu naquela casa enorme. Olhei pra Shaw e alisei a testa dela, que estava toda franzida.

— Tudo bem entre a gente?

— Quase. Vamos só enfrentar essa. Depois a gente pensa no resto.

Aí ela começou a se afastar de mim, mas peguei a garota pela cintura e puxei de volta.

— Shaw?

— Quê?

Então tasquei um beijo nela. Um beijo pra Shaw sentir todo o meu arrependimento, a minha vontade de fazer as coisas bem direitinho, e sentir que eu era dela agora e não ia desistir da nossa história. Beijei não só porque precisava, mas porque aquilo me faz sentir melhor. Quando levantei a cabeça, ela ficou com a boca inchada e toda molhada, e com os olhos úmidos, de tesão reprimido.

— Também estava com saudade.

Aí deu uma risadinha, pendurou o braço no meu e avisou:

— Tem um monte de gente do clube e uns aliados políticos da minha mãe lá dentro. Eles vão ser educados, mas não espere ser recebido de braços abertos. Acho que ninguém ali viu uma tatuagem de perto. Pode se preparar para ser tratado meio como pária, meio como animal do zoológico.

— Vai dar tudo certo. Mas não posso prometer que vou me comportar se aquele otário tentar pôr as mãos em você na minha frente.

Ela tremeu, agarrada em mim.

— O Gabe foi horrível ontem à noite. Tentei me afastar, mas ele ia atrás de mim. Minha mãe está louca se acha que vou passar mais um minuto que seja com esse garoto.

— Você não tem que dar carona pra ele hoje?

— Eu estava pensando em fingir que estou com dor de cabeça e deixar ele dirigir, aí vou deitada no banco de trás.

Não gostei nem um pouco daquela ideia. A Shaw não tem que ficar toda vulnerável e se sujeitar a esse tipo de merda.

— Dá a chave do seu carro para ele e volta comigo. Pede pra ele te mandar um torpedo quando chegar, aí eu e o Nash passamos lá pra pegar o carro.

– Sério?

– Sério. Olha, sei que fiz besteira, mas agora tô aqui de verdade. A gente vai ficar junto, e prometo que vou cuidar de você o melhor que puder. Você vai precisar ter um pouco de paciência comigo, porque não entendo nada dessas paradas, mas esse é o tipo de coisa que tenho que fazer por você. E não quero mais esse sujeito por perto. Tem alguma coisa muito errada por baixo daquela camisa polo e daquela calça bege. Não confio nem um pouco nele.

– Tudo bem. Vou falar com o Gabe e, se ele não topar, vou dizer para se virar e encontrar outra carona.

Ela me levou até uma sala de jantar, que estava lotada de donas de casa finas de Brookside. Acho que a maior concentração de renda do estado do Colorado tava ali. Tinha muita gente endinheirada e poderosa, e a Shaw tinha razão: aquelas pessoas me olhavam como se eu fosse um animal feroz que fugiu da jaula. Ela apertou meu braço e me acompanhou até uma mesa com todo tipo de comida. Por uns três minutos, o povo deixou a gente quieto. Mas, assim que a Shaw tentou me levar até a mesa, o Camisa Polo encurralou a gente, acompanhado do grupo inteiro de escoteiros. Me olhou de cima a baixo e deu uma conferida na minha mulher que me deu vontade de enforcá-lo numa árvore com os próprios intestinos.

– Essa festa é particular. Duvido que você tenha sido convidado.

Levantei uma sobrancelha e coloquei a mão nas costas da Shaw.

– Ele tá comigo – disse ela, com frieza, sem deixar espaço para discussão.

– Por enquanto.

– Deixa quieto, Camisa Polo. Não é hora nem lugar.

– Seu lugar não é aqui. Você é um animal e um fracassado. A Shaw vai se cansar de viver perigosamente e recuperar o bom senso.

– Toma – disse a Shaw.

Aí enfiou as chaves do carro na mão dele e me arrastou até o outro lado da sala, onde todo mundo estava sentado em volta de uma mesa gigante. O povo ficou olhando pra gente, porque ela ficou gritando para o tal Gabe:

— Não fico mais nem um segundo perto de você. Pode pegar meu carro e dirigir ou arranjar outra carona.

Ele gaguejou alguma coisa, mas eu estava ocupado puxando a cadeira pra Shaw sentar e me acomodando do lado dela pra conseguir aproveitar aquele momento. Dava pra sentir que a maioria das pessoas daquela sala estava observando a gente, e que a mãe dela tava com ar de reprovação lá na cabeceira da mesa. Eu estava quase falando pra Shaw que aquilo era uma bobagem, que ela só estava deixando todo mundo constrangido, quando alguém me chamou, com um tom de surpresa.

— Rule? Rule Archer? É você mesmo? O que está fazendo aqui?

Alguém puxou a cadeira do lado da minha e sentou: era o Alexander Carsten, um cliente meu de longa data. Dei um sorriso e apertei a mão dele.

— E aí, Alex? Quanto tempo! Como ficou aquela *tattoo* na sua perna? Cicatrizou direitinho?

Ele deu uma risada animada. O Alex é advogado ou algo assim, tem uns quarenta anos e é muito bem-sucedido. Sei que ele dirige um carrão importado e tem um *loft* incrível no Ba-Tro. Mas, pra um cara tão certinho, ele é superlegal. Já fiz duas tatuagens grandes nele, uma na perna, outra nas costas. E tô ligado que tem os dois braços fechados por baixo daquela camisa engomada e da gravata de seda, um feito pelo Nash, e o outro, pelo Rowdy. Ele paga bem e dá uma gorjeta boa. Aquele era o último lugar da face da Terra em que eu esperava encontrar um cliente, e fiquei meio passado por um minuto. Senti a Shaw pôr a mão na minha coxa, e pus a minha em cima.

— Cicatrizou superbem. Estava até pensando em dar uma passadinha lá no estúdio daqui a algumas semanas pra você desenhar alguma coisa para o meu peito. E aí, o que tá fazendo aqui? – perguntou o Alex.

— Sou daqui de Brookside, mas vim especialmente porque minha namorada é teimosa e tá tentando vencer uma discussão.

Inclinei a cabeça em direção à Shaw, e ela apertou os olhos pra mim. O Alex olhou pra gente e caiu na risada.

— Você tá namorando a filha da Eleanor Landon? Aposto que ela está adorando ter você como genro.

Acho que a mãe da Shaw não mudou de sobrenome quando largou o marido, ou vai ver que "Landon" se encaixa melhor nos planos políticos dela.

— Ah, é. Ela não gostou nem um pouco.

— Bom, não se preocupe. Ela não gosta de muita coisa, até onde eu sei. É bom ver um rosto conhecido num evento desses. Espero que a Shaw continue com você. Essa gente está precisando levar um choque cultural. É tudo sempre tão chato...

Eu e o Alex nos cumprimentamos com um soquinho e me virei pra perguntar pra Shaw quanto tempo mais a gente precisava ficar. Mas agora o povo estava me olhando como se eu fosse uma atração de circo.

— Que foi?

Ela riu e encostou a cabeça no meu ombro.

— Você tem alguma ideia de quem é ele?

Enfiei um pedaço de laranja na boca, e apertei ainda mais a mão dela contra minha coxa e respondi:

— É o Alex, eu tatuo o cara. Todo mundo lá no estúdio já tatuou, pra falar a verdade. É um cliente fiel.

A Shaw ria tanto que escorriam lágrimas.

— Esse aí é o Alex Carsten.

— Acabei de dizer que eu sei disso.

— Rule, o Alex é procurador do estado. Ele é a pessoa da lei mais influente de todo o Colorado. Minha mãe ajudou ele a se eleger.

Comi mais uma fatia de laranja e percebi que a mãe da Shaw estava me olhando de um jeito completamente diferente.

— Que estranho. Ele é todo tatuado. Por baixo daquele terno e gravata, tem uns desenhos muito loucos.

— Isso é muito engraçado.

— Ei, quanto tempo mais a gente tem que ficar aqui?

— Vamos terminar de comer, aí vou arrumar minhas coisas lá no quarto. Você pode vir me ajudar.

— Você acha que a rainha do castelo vai me deixar entrar na sua torre de mármore?

Ela se aproximou e subiu ainda mais a mão na minha coxa; quase engasguei com a laranja.

– Ela pode até não querer – aqueles olhos verdes da Shaw brilharam de alegria –, mas eu quero.

Aquele *brunch* ridículo não acabava nunca. Pus outra fatia de laranja na boca e tentei contar até cem de trás pra frente pra controlar minha libido. E eu que achava o *brunch* da minha família era dureza... Estava começando a entender por que a Shaw queria tanto consertar minha família zoada. Por mais que os Archer fossem um desastre, essa gente rica dava de dez a zero na gente em loucura e maldade.

CAPÍTULO 10

E<small>U ESTAVA ME</small> esforçando o máximo para sair da casa da minha mãe. Mas, apesar do plano ser fugir assim que todo mundo terminasse de comer, o Alex apareceu de novo na mesa e sequestrou o Rule. Falou que um colega estava pensando em fazer uma pintura no apartamento e achava que o Rule era a pessoa perfeita pra isso. Então, mais uma vez fiquei lá sozinha, o peixe fora d'água num dos eventos terríveis da minha mãe, enquanto meu namorado tatuado e cheio de *piercings* circulava nas rodinhas da festa como se fosse uma celebridade. Era meio engraçado, e eu estava toda feliz, ainda que secretamente, porque aquilo devia estar irritando minha mãe. Mas eu queria ir embora. Queria ficar sozinha com ele e compensar o tempo perdido. Sentia que as coisas tinham mudado radicalmente entre a gente, e precisava de um tempo pra digerir aquilo, descobrir o que nossa história significava pra ele. Porque, para mim, o Rule tinha definido que a gente estava namorando quando apareceu para pedir desculpas, e eu precisava saber se era isso mesmo.

Minha mãe estava bancando a cicerone pela sala, e o Jack estava cuidando das crianças. O Gabe conversava com os futuros grandes executivos dos Estados Unidos, olhando feio para o Rule, que descrevia alguma coisa com as mãos para aqueles homens elegantes, fazendo eles balançarem a cabeça loucamente e ficarem ali jogando conversa fora com ele. Era minha oportunidade de fugir dali. Saí de fininho e fui até meu quarto. Enfiei todas as coisas na mala e joguei meu celular quebrado por cima. Ia mesmo obrigar o Rule a comprar um novo, porque foi por causa dele que joguei meu aparelho contra a parede. Estava olhando em volta, para ver se tinha me esquecido de pegar alguma coisa, quando senti mãos quentes passarem pela minha cintura.

Conheço o toque do Rule e na hora percebi que não era ele. Fiquei de pé num pulo e empurrei o Gabe com força.

– O que você acha que está fazendo? – o cara segurou meu braço com força e me puxou pra perto dele. – Sai do meu quarto, Gabe.

– Já entendi tudo, Shaw.

Ele continuou puxando meu braço com força. Eu sabia que ia deixar uma marca. Tentei me soltar, mas o Gabe é bem mais forte do que eu e foi segurando cada vez mais forte.

– Você me deu o fora para transar com o Archer. Bom, agora que trepou com ele, deve ter matado a vontade. Nunca me deu uma chance de mostrar do que eu sou capaz. Acho que precisa comparar a gente antes de terminar.

Arregalei os olhos e continuei tentando me soltar.

– Você só pode estar brincando! Não dormi com você porque nunca tive vontade. Não queria transar com você quando a gente estava junto, e agora muito menos. Você precisa ir embora, senão o Rule vai te matar.

Ele segurou meu pulso atrás das minhas costas com tanta força que dei um gritinho. Aí ele inclinou o rosto até ficar bem na frente do meu e segurou meu maxilar com a outra mão. Eu estava quase entrando em pânico: meu quarto era no andar de cima, do outro lado daquela casa enorme. Tinha certeza de que, se eu começasse a berrar, alguém ia me ouvir, mas não sabia direito qual seria o resultado de um escândalo desses. Lutei para me soltar, e o Gabe só ficou dando risada.

– Não tenho medo daquele marginal nem me impressiono com o talento artístico ou seja lá o que for que o Carsten ficou falando. Ele é um lixo e não vai me impedir de conseguir o que eu quero. Você é minha, Shaw, já devia saber disso – aí me deu um empurrão, e caí em cima da cama. Na mesma hora, me arrastei até o outro lado, para a cama ficar entre a gente. – É melhor você colaborar, antes que a coisa fique feia.

Eu estava respirando com dificuldade e pus a mão na garganta. A mão tremia, e eu também. Ele atirou as chaves do meu carro na cama e disse:

– Já arrumei carona. Não quero que você passe nem um segundo além do estritamente necessário com o tatuadinho, viu?

O Gabe saiu do quarto assim como entrou, como se não tivesse acabado de me atacar e me ameaçar. Me sacudi para sair do estado de choque, peguei minhas coisas e corri escada abaixo. Encontrei o Rule na cozinha, com cara de perdido. Era óbvio que ele estava me procurando. Entreguei minhas coisas e empurrei ele para fora da casa, sem me dar ao trabalho de me despedir de ninguém, nem da minha mãe. Mas só fiquei mal mesmo quando a gente já estava na estrada, voltando pra Denver. Do nada, comecei a soluçar sem parar, e meu corpo sacudia de cima a baixo de tanto chorar. Eu estava tremendo tanto e tão histérica que o Rule pirou e parou no acostamento. Ele ficou me perguntando o que é que eu tinha, mas não consegui responder. Só consegui me enrolar no colo dele e chorar sem parar.

Levou vinte minutos para aquele dilúvio passar. O Rule já estava surtando, ameaçando me levar ao pronto-socorro mais próximo.

– Não precisa, tá tudo bem. Só me dá um tempinho.

Ele ficou alisando minhas costas, e seus olhos estavam tão cristalinos que pareciam geada. Encostei a testa na dele e puxei as mangas do casaco. Mostrei os vergões vermelhos e as manchas roxas bem feias em volta dos meus pulsos e falei:

– O Gabe me encurralou no quarto quando fui buscar minhas coisas, me empurrou e me ameaçou. Disse que preciso colaborar com ele, seja lá o que isso signifique, senão a coisa vai ficar feia. Ele me machucou de verdade, Rule, me assustou. Não sei qual é o problema dele, mas está ficando bem sério.

O Rule ficou duro como uma estátua e levantou a mão para segurar meu pulso machucado. Virou a cabeça para dar um beijinho de leve nele e disse, com um tom que me deu arrepios:

— Vou matar esse cara.

— Eu sei – deixei o Rule me consolar por um minutos antes de sair do colo dele e voltar para o banco do passageiro. – Preciso ir de novo para Brookside pegar meu carro amanhã.

— Não se preocupa. Vou com o Rome buscar o carro pra você.

— Mas você não tem que trabalhar?

— Só depois da uma. Acho que vou ligar para o Mark e perguntar como se faz pra conseguir uma ordem de restrição.

— Eu não acredito que isso está acontecendo.

— Não acredito que a gente foi embora sem confrontar o cara. Você devia ter denunciado esse Gabe para os pais, na frente de toda aquela gente que ele estava se esforçando tanto pra impressionar.

— Eu estava surtando, só queria fugir dali. Só queria você.

Minha voz foi sumindo até virar um suspiro, e o Rule me puxou pra perto dele. Aqueles bancos da picape, sem divisão entre o motorista e o carona, são mesmo muito legais.

— Eu sou seu, Shaw. Estou aqui pra o que você precisar. Sou seu de todos os jeitos que você quiser.

Encostei o rosto na curva do pescoço dele e soltei o ar. Acho que essa foi a coisa mais linda que alguém já me disse.

— E como foi ser o centro das atenções hoje? – perguntei. – Aposto que minha mãe ficou furiosa. Parecia que ela ia enfartar.

— Tenho um monte de clientes no mundo dos negócios. Tatuagens estão ficando cada vez mais comuns. Ela não devia julgar tanto os outros.

— Não devia mesmo. Não quero que você se meta em encrenca por causa do Gabe. Só quero que ele me deixe em paz.

Aí ele me deu um abraço e disse:

— Não se preocupa comigo, Gasparzinho. Prometo que não vou fazer nenhuma besteira. Também só quero que esse idiota deixe você em paz, e vou fazer de tudo pra isso rolar. Nesse meio-tempo, acho que não deve sair do trabalho sozinha, pede para o Lou acompanhar você até o carro. Se a gente conseguir dar um jeito nesses seus horários malucos, quero que fique comigo, ou eu vou ficar lá na sua casa.

– Você não precisa fazer isso. Não quero virar sua vida de cabeça para baixo só porque um imbecil resolveu bancar o otário comigo.

– Preciso, sim. E não tô fazendo isso só porque preciso, mas porque quero. Ele não vai encostar o dedo em você de novo, Shaw. Nunca mais.

Ia ser bom se isso acontecesse, então não quis discutir. Me aninhei do lado do Rule e fiquei passando a mão na perna dele, sem pensar em mais nada, enquanto dirigia. Não perguntei se a gente ia pra minha casa ou pra dele e, para falar a verdade, nem ligava. Mas aí lembrei que o Rome estava ficando lá.

– Olha, a gente tá indo pra sua casa ou pra minha?

– Pensei em ir pra minha, porque preciso que o Rome vá comigo buscar seu carro amanhã de manhã. Tudo bem?

– Hã... Não vai ser estranho a gente chegar juntos com ele lá? Já tive minha cota de drama por hoje.

O Rule sacudiu a cabeça e respondeu:

– Nãããoo. A gente conversou ontem. Ele tá ligado no que tá rolando e não tem problema. Mas disse que vai quebrar minhas duas pernas se eu continuar sendo cuzão. Mais ou menos isso.

– Hummm... Por que você fez isso?

Eu sabia que ele ia entender minha pergunta sem que eu precisasse explicar.

– Por que é isso que eu faço – ele respondeu, depois soltou um palavrão bem baixinho. – Pra mim, sempre foi fácil arranjar mulher e, no geral, curto o cheiro e o gosto delas. Então, só por um segundo, tudo fica tranquilo, de boa, e a merda que fica martelando na minha cabeça dá uma acalmada. Eu sabia que não queria ninguém além de você, mas estava puto e confuso, e acabei fazendo o que sempre faço, porque achei que, de repente, fosse me sentir melhor. Não me senti, fiquei me achando um bosta e me liguei que você é insubstituível. Sei que errei, mas podia ter sido bem pior. Espero que possa me perdoar de verdade.

Depois dessa, minha cabeça começou a doer, mas entendi, porque entendo o Rule.

— Não gosto, mas entendo. Só que isso não pode virar uma desculpa para você cair fora toda vez que a gente brigar. Não posso fingir que nada aconteceu sempre que você resolver usar outra menina para afogar suas mágoas.

— Já falei: isso não vai mais acontecer. Vou dar um jeito, Shaw, juro.

— Espero, porque a gente vai se desentender de novo, Rule. A gente já brigava antes de ficar junto. Provavelmente vamos discutir ainda mais daqui para a frente.

Ele ficou passando a mão no meu braço e disse:

— Tudo bem, porque aposto que sexo depois de fazer as pazes com você deve ser uma coisa do outro mundo.

Não discordei, só fiquei quieta e deixei o Rule fazer carinho em mim enquanto dirigia. Até pôs um sonzinho *indie*, do Straylight Run, em vez daquele punk rock ou metal barulhento que sempre ouve. Quando a gente chegou no Victorian, eu já tinha me acalmado. Ele pegou a mala da minha mão e me levou para o apartamento. O Rome e o Nash estavam sentados no sofá gritando para a TV, e imaginei que os Broncos estavam perdendo. Os dois me olharam com uma cara de alívio.

— Graças a Deus. Quem sabe agora ele para de se comportar como um bebê manhoso que não tirou a soneca da tarde?

O Rule deu um tapa na cabeça do Nash, e o Rome levantou e me deu um abraço de urso.

— Que bom que você deu mais uma chance pra ele.

Quando ele me soltou, dei um sorriso envergonhado para os dois, virei para o Rule e falei:

— Preciso ligar para a Ayden, mas meu celular tá quebrado. Posso usar o seu?

Achei que o Rule fosse levar alguns minutos apagando torpedos ou o histórico de buscas na internet, mas ele simplesmente me entregou o aparelho. Tentei disfarçar o quanto fiquei feliz mordendo os lábios e indo para o corredor.

– Vou para o seu quarto, pra conseguir ouvir melhor por causa do barulho da TV.

– Vai fundo. Quero mesmo conversar uns minutinhos com eles – percebi pelo tom sinistro naquela voz que ele queria contar o que tinha acontecido com o Gabe. – Já tô indo.

Resisti à tentação de olhar os contatos e os torpedos do Rule e liguei para a Ayden. Não sabia se ela ia atender, porque não conhecia aquele número, mas ouvi sua voz depois do terceiro toque.

– Alô?

– Oi, sou eu.

– Que número é esse?

– Eu tô ligando do telefone do Rule, porque a gênia aqui jogou o próprio celular na parede.

Ela abafou o riso e perguntou:

– Foi por que contei daquela menina?

– Hã-hã.

– Mas agora você tá com o telefone dele. Imagino que tenham se acertado.

– Ele foi até Brookside pra pedir desculpas, entrou de penetra no *brunch* da minha mãe e acabou sendo o centro das atenções. Foi impossível não perdoá-lo.

– Que bom. Alguma coisa me diz que ele só anda por aí acompanhado de um caminhão de problemas, então é melhor você se acostumar.

– É... Bom, também sou cheia de problemas.

Fui para o banheiro e me encostei na pia. Me apavorei com meu reflexo no espelho: eu parecia agitada e ainda mais pálida do que o normal.

– O Gabe me agarrou e me jogou na cama. Me encurralou no meu quarto e ameaçou fazer todo tipo de loucura comigo. Não sei o que vou fazer a respeito. O Rule está louco para organizar um pelotão de linchamento à moda antiga, e não quero que ele se encrenque por minha causa. É uma tragédia.

– O palhaço encostou em você?

Suspirei e respondi:

— Encostou, deixou até marca.

— Então deixa o Rule cuidar dele. É melhor você arrumar uma ordem de restrição.

— É isso mesmo que vou fazer. O Rule vai ligar pra um cliente que é policial aposentado. Também disse que quer ficar comigo aí em casa ou aqui na casa dele até que isso se resolva.

— Parece que seu gatinho tá começando a levar a coisa a sério.

— Ele está se esforçando.

— Bom, acho que, por enquanto, isso é melhor do que nada. Quando é que você vai comprar um celular novo?

— Amanhã, provavelmente. O Rule disse que ia comprar um pra mim.

— Gosto muito de homens que realmente sabem como pedir desculpas. Te vejo amanhã?

— Acho que sim. Te aviso.

— Te amo, amiga. Se cuida. Deixa o Rule cuidar de você um pouco, você merece. Cuidou muito bem dele esse tempo todo, agora é a vez do cara.

— Mas as pessoas não devem cuidar uma da outra na mesma medida num relacionamento?

Ela deu risada, mas pareceu amarga.

— Perguntou pra pessoa errada, meu bem. Meu passado me condena.

— Ayden, você tem alguma coisa pra me dizer? Você tá, sei lá, mais afiada do que o normal.

— Não, tô bem. Só se preocupa com você nesse momento. Senti sua falta esse fim de semana.

— Eu também.

Desliguei e pus o celular na beirada da pia. Levantei as mangas do suéter e joguei água fria no rosto. Desfiz aquela trança apertada, e o cabelo caiu no meu ombro. Tirei as pérolas e os sapatos de salto e comecei a me sentir eu mesma só um pouquinho. Ouvi a porta do quarto abrir e fechar em seguida, e o Rule me chamando baixinho:

– Estou aqui.

Ouvi certa confusão e um monte de palavrões enquanto ele tentava desviar daquele monte de coisas jogadas no chão. A porta do banheiro se abriu, e a gente cruzou os olhos no espelho. Aquele olhar azul estava ainda mais gelado e profundo, e a expressão era de preocupação.

– Você tá bem? – ele perguntou.

– Passada, mas fora isso tudo bem.

– Você tá preocupada que sua mãe te dedure para o seu pai?

Ele pôs uma mão de cada lado do meu corpo, prendendo-me entre ele e a pia.

– Não tenho como impedir. Se ela fizer isso, vou ter que encarar a situação.

– E a faculdade? Sua mãe disse que ia parar de pagar se você não fizer o que ela quer.

Me inclinei pra trás, pra encostar no peito dele, e respondi:

– Os dois gostam de me ameaçar com isso. É o instrumento de extorsão preferido deles. Imagino que preferem pagar a faculdade a ter que explicar por que a filha está trabalhando em uma rede de *fast-food*. E se eles pararem de pagar – levantei o ombro e deixei cair – penso num plano B.

– Simples assim?

– Simples assim.

– Nunca pensei que você fosse tão flexível.

Fiz uma careta. Ele deu risada e pôs as mãos na minha barriga.

– O pessoal vai pedir pizza e ver o resto do jogo. Falei que ia ver como você estava e o que queria fazer.

Prendi o cabelo e soltei a cabeça no ombro dele.

– Quero tomar um banho bem quente e depois acho que vou dar uma dormidinha. Essa semana foi uma droga. Fiquei estressada e acabada por causa da faculdade. Nem lembro quando foi a última vez em que consegui relaxar.

O Rule fez cara de espanto e perguntou:

– Você não liga se eu ficar um tempinho com eles?

Sacudi a cabeça e respondi:

– Não, pode ficar. Estou bem.

Ele ficou me olhando por um minuto, esperando para ver se eu não estava brincando. Para provar que não me importava, dei um beijinho no queixo dele. O Rule beijou meu cabelo e saiu do banheiro falando:

– Vou pegar sua mala.

Logo depois, deixou minhas coisas em cima da privada e me deu um longo beijo. Em seguida, ficou observando de novo, procurando alguma expressão no meu rosto. Dei risada, empurrei o Rule para fora do banheiro e, antes de bater a porta na cara dele, disse:

– Vai lá, fazer o que os homem fazem. Quando terminar, vou estar no quarto.

Esperei até ouvir a outra porta fechar, tirei a roupa e entrei no chuveiro. Tomara que nunca mais precise aguentar outro desses eventos da minha mãe. Esfreguei cada centímetro do meu corpo, até minha pele ficar vermelha e lustrosa. Morri de rir, porque tive que usar o sabonete do Rule, e acabei ficando com cheiro de menino de dezessete anos que acabou de descobrir que existe desodorante perfumado. Saí da casa da minha mãe tão correndo que me esqueci de pegar as coisas que estavam no banheiro. O xampu e o condicionador dele também eram de homem, claro. Em vez do aroma de coco e limão que sempre uso, acabei cheirando a sândalo e especiarias. Me penteei com os dedos, vesti uma camiseta e uma *legging* e caí na cama bagunçada dele. Foi a primeira vez na semana que senti que podia respirar de verdade. Me aninhei no lado que o Rule costuma dormir e peguei no sono em alguns segundos, apesar dos gritos e vaias que vinham da sala.

Senti mãos quentes por baixo da minha roupa, fazendo uma carícia suave. Já acordei excitada e me retorcendo de tesão com o toque sedutor do Rule, que estava puxando as roupas que vesti para dormir. Abri os olhos, para me acostumar com a escuridão, mas tive que fechar de novo: ele tinha conseguido tirar minhas calças e me beijava na parte interna da coxa.

RULE

Era tipo o melhor sonho da minha vida, só que eu estava acordada e me remexendo de desejo, porque sentia a respiração do Rule nas partes mais sensíveis do meu corpo. Encostei na cabeça dele e dei uma risadinha, porque aquela superfície raspada fazia cócegas nos meus dedos.

– Sinto muita falta do moicano.

– Vai crescer de novo.

O Rule passou a argola que tem no lábio na minha pele úmida, e prendi o ar com tanta força que meus pulmões doeram.

– Estava com saudade. Ninguém é tão doce quanto você, Shaw.

Depois, senti a pressão daquele *piercing* da língua, que estava lambendo um pedaço de mim que já tinha acordado pronto para o que ele tinha a oferecer.

– Acho que eu devia ficar furiosa por você me comparar com as legiões de meninas que vieram antes de mim, mas vou aceitar isso como um elogio.

As últimas palavras se dissolveram em um gemido, porque ele puxou meus quadris para cima e colocou a boca bem no ponto ardente do meu desejo. Já tinha ouvido as meninas do trabalho e até a Ayden falar que essa é a melhor parte do sexo, mas sempre tive minhas dúvidas, porque me parecia uma coisa muito invasiva e íntima. Mas eu estava errada. Fui enlouquecendo à medida que o Rule ia beijando, lambendo e mexendo em todas as minhas partes úmidas, que doíam de tanto desejo. Não tinha como disfarçar o efeito que meu namorado causava em mim quando fazia aquilo e, cara, ele sabia muito bem o que estava fazendo. Quis gritar seu nome uma hora, mas no último segundo lembrei que o irmão dele estava na sala ao lado e enfiei a mão na boca pra abafar minha reação. O mundo virou um caleidoscópio de cores vivas girando em todas as direções possíveis. Não sabia como era transar com outros homens, mas tudo o que experimentei com o Rule foi muito bom.

Fiquei deitada, parecia derretida de tão molhada. Ele levantou da cama e começou a arrancar as próprias roupas. Aquilo em si já era uma delícia. Quando deitou do meu lado, estava pronta para miar e me enrolar nele, porque o Rule tinha me transformado em uma gatinha satisfeita.

— Esse foi um jeito lindo de acordar.

Passei as mãos nos ombros dele, que subiu em cima de mim, colocou o joelho entre minhas pernas e disse:

— Você apagou quase a tarde inteira. Fiquei esperando você aparecer pra ficar com a gente, mas não rolou – ele abaixou a cabeça e ficou passando o nariz no meu rosto. – Só vim espiar você, mas estava tão perfeita e linda dormindo na minha cama que não consegui me controlar.

Então ele me deu vários beijos, começando atrás da orelha e acabando naquele ponto do pescoço que é supersensível. Depois passou os dedos pelo meu braço, circulando de leve meu pulso machucado. O Gabe deixou uma roda de manchas azuis e roxas que saltavam aos olhos na minha pele clara. Não consegui conter a emoção que trancou minha garganta quando o Rule acariciou com todo o cuidado a pele ferida e levantou minha mão para dar vários beijinhos em volta do meu pulso.

— Isso nunca deveria ter acontecido. Desculpa.

Passei a mão no corpo dele, espalhando os dedos na superfície colorida das costelas.

— Para começar, eu é que não deveria ter ido lá. Preciso aprender a impor limites e não ceder tanto aos meus pais. Não vale a pena sacrificar o que realmente importa só para tentar deixar os dois felizes.

O Rule pôs minha mão na cama, em cima da minha cabeça, e ficou segurando e me encarando com um brilho naqueles olhos claros que parecia uma mistura de desejo e pena.

— Shaw, eu é que fico a fim de tocar fogo na casa quando a torneira pinga. Sei que tenho umas atitudes radicais e preciso me acalmar. Mas, se você pensa que vou ficar parado te olhando colocar sua segurança em risco de propósito com aquele vacilão, pode se preparar pra brigar feio.

Nem tive chance de responder, porque ele me beijou, me beijou muito, com um ímpeto que não deixou dúvidas de que estava falando sério e de que precisava prestar mais atenção ao que estava rolando entre a gente. Depois me mordeu de leve, e pude sentir o metal do *piercing* e toda aquela maravilha que o Rule é enquanto nossas línguas se enroscavam, e as mãos passeavam pelo corpo um do outro. Ele segurou minha outra mão, e fiquei toda espichada, de bruços, por baixo dele. Aqueles olhos brilhavam, cheios de más intenções.

– Acho que gosto de ver você assim – a mão livre dele se virou e passeou pela minha pele sensível e pelas dobrinhas úmidas. Gemi um pouquinho porque aquilo era bom e também porque queria me mexer, mas o Rule continuou pressionando o corpo dele, que é muito maior, contra o meu. – Gosto de ter você desse jeito, dominada. Posso fazer o que quiser.

Aí demonstrou o que queria dizer colocando meu peito na boca e chupando até quase doer. O Rule me deixou um chupão da primeira vez que a gente transou, mas agora era diferente, parecia que ele estava querendo demarcar o território.

– Sorte sua eu gostar de tudo o que você quer fazer comigo.

Aí ele puxou minha perna pra cima e enroscou em volta daqueles quadris magrinhos. Senti o calor da pressão dele ali, dei um sorriso e tentei me mexer para ele poder entrar. O Rule se afastou, sorriu e disse:

– Sempre tão impaciente…

Tentei soltar minhas mãos com um puxão e respondi:

– Você não faz ideia.

Ele deu uma risadinha de novo e me beijou:

– Então me conta.

Tentei me mexer para o Rule entrar em mim, mas ele ficava indo para trás, saindo do meu alcance com um sorrisinho malicioso:

– Sério, Shaw. Me conta.

Fechei os olhos com força, porque já tinha revelado muita coisa num dia só. Ele pegou minha outra perna e pôs só uns dois milímetro do pau em mim, e eu comecei a tremer.

– Me conta por que todo mundo pensava que rolava algo sério entre você e o Remy, mas eu acabei sendo o primeiro homem com quem você transou. Me conta por que o Rome acha que faz tempo que você tem uma queda por mim. Me conta por que, quando a gente faz sexo, é tão diferente de tudo o que eu já fiz.

Eu queria que o Rule se mexesse, que deixasse eu me mexer, mas quando abri os olhos e vi que ele me observava com muita atenção, entendi que seguraria aquela ereção até eu responder. Olhei bem nos olhos dele, por um milésimo de segundo, e sussurrei:

– Porque sempre te quis, mesmo quando não queria querer, até quando isso partia meu coração em mil pedaços. Sempre quis você.

Minhas palavras fizeram algo dentro dele mudar. Um brilho súbito cruzou aqueles olhos e, de repente, ele estava dentro de mim, se mexendo todo, o resto do mundo parou e foi desaparecendo. Só importava o que estava rolando entre a gente naquele momento, e era tão importante para ele quanto era pra mim. O Rule acelerava o ritmo a cada enfiada. Ele sempre foi selvagem e desinibido na cama, mas foi como se minhas palavras tivessem libertado alguma coisa dentro dele: o verdadeiro Rule, o que tem um cabelo maluco e a pele cheia de tatuagens para impedir que as pessoas cheguem muito perto. Suspirei, gemi e gritei o nome dele, com a voz trêmula, quando a gente estava quase gozando junto. Era uma sensação diferente, poderosa, como ele mesmo disse, mais intensa. Quando finalmente ele soltou sua testa sobre a minha, eu tive uma sensação de completude.

Dei um suspiro de satisfação e o abracei. O Rule me puxou pra cima dele e rolou para o lado, para não me esmagar. Fechei os olhos e estava quase caindo num sono satisfeito quando senti que o corpo dele ficou tenso. Abri os olhos, vi que o gato estava passando a mão nas pontas do meu cabelo, todo nervoso, e me forcei a levantar a cabeça para olhar para ele.

– Que foi? – perguntei.

– A cama tá molhada.

Só fiquei olhando, sem expressão, e disse:

– E daí?

– A gente não se protegeu. Não transo sem camisinha desde que eu era um adolescente idiota. Putz, é por isso que estava tão bom.

– Eu tomo pílula.

– Por quê?

Fiz uma careta e saí de cima dele.

— Por que a minha mãe me obrigou. Ela achou que eu estava ficando com um dos gêmeos Archer muito antes de isso realmente acontecer. Continuei tomando porque minha menstruação fica menos louca, então tá tudo certo.

O Rule me puxou para perto do peito dele e tirou o cabelo do meu rosto.

— Você realmente quer se arriscar, mesmo sabendo que tenho um passado que me condena?

Respirei fundo e respondi:

— Você realmente sabe como estragar um bom momento, Rule.

— Eu te disse que é minha obrigação te proteger, mesmo que isso signifique te proteger de mim mesmo. Tenho que fazer exames periódicos no estúdio, trabalho com fluidos corporais, agulhas e pele em carne viva. Da última vez que fiz, estava tudo certo. E, como te disse, nunca fiz sexo sem camisinha que não fosse com uma loira rica com olhos verdes de matar que me deixam tão louco que esqueço de pôr o negócio.

Me enrosquei nele, e deixei o Rule me abraçar. A mão que tinha o nome dele tatuado acabou ficando em cima do meu peito, e percorri as letras com meu dedo indicador.

— Eu confio em você, e acho que tá tudo certo. Então não vou criar caso por causa disso.

— Mesmo?

— Mesmo. Como eu disse, sempre te quis, Rule, mesmo quando não queria querer.

— Começo a pensar que eu devia ter prestado mais atenção em você.

Entrelacei meus dedos nos dele. Gosto do jeito como ficam assim, enroscados. Os dedos dele são longos e cobertos de desenhos bonitos, e os meus, pequenos e com as unhas pintadas de um rosa bem basiquinho. Mas, perto dos dedos do Rule, parecem mais interessantes, mais vivos. Peguei no sono de novo escutando a respiração dele na minha orelha e pensando que, mesmo que eu não tomasse pílula, um momento de sexo selvagem, desinibido e sem proteção com ele com certeza valia qualquer risco. Tem coisa bem pior do que dar luz a mais um Archer problemático.

CAPÍTULO 11

Rule

— A PRIMEIRA VEZ que cheguei em casa e vi você sentada na cozinha com o Remy me lembro de ter pensado: onde é que ele foi se meter? Você era tão pálida e assustada, seus olhos tinham o dobro do tamanho dos olhos de uma pessoa normal, parecia um passarinho que caiu do ninho. O Remy sempre foi defensor dos fracos e oprimidos, aquilo não me surpreendeu, mas fiquei passado de ver como o resto da família acolheu você rápido. Sempre pensei que a gente ia ser unido contra o mundo pra sempre, e aí você apareceu, e tudo isso meio que se desfez. Virei mais ovelha negra do que já era. O Rome idolatrava você, meu pai e minha mãe simplesmente acharam que você e o Remy estavam namorando, e eu fui deixado de lado, como sempre. Acho que simplesmente peguei todos esses sentimentos de separação e isolamento e transferi pra você. Eu e o Remy sempre fomos duas faces da mesma moeda e, quando você apareceu, isso meio que acabou. Acho que fiquei com ciúme de ele passar tanto tempo e gastar tanta energia sendo seu herói em vez de ser meu irmão.

— A primeira vez que vi você de perto, fiquei apavorada. Eu já tinha te visto com o Remy lá no colégio, e todo mundo falava nos gêmeos Archer como se fossem criaturas míticas. O Remy tinha um porte atlético, os amigos certos e as melhores notas. Você estava sempre metido em confusão, andando com meninos mais velhos e sendo chamado na sala do diretor por matar aula ou sei lá o quê. O Remy me salvou e me levou pra casa de vocês. Me fez rir quando nada na minha vida chegava nem perto de ser engraçado e foi a primeira pessoa a ser gentil comigo. Ele me sentou na cozinha e disse pra eu não me preocupar quando os irmãos chegassem em casa, porque ia obrigar vocês a se comportar. Aí você e o Rome entraram de repente pela porta. O Rome olhou pra mim, sacudiu a cabeça e perguntou para o Remy se eu era mais uma alma perdida. Você só me olhou, como se eu não tivesse a menor importância, e perguntou se o Remy queria ir comer pizza. Achei você bonito, de um jeito diferente de como Remy era bonito... Eram muito parecidos fisicamente, mas você tinha um estilo tão interessante que eu não conseguia parar de olhar. Fiquei te olhando por quinze minutos e, quando você e o Rome saíram, você disse: "Putz, Rem. Dá um chá pra ela ou alguma outra coisa. Ela tá parecendo o Gasparzinho, o fantasminha camarada". O Remy só sacudiu a cabeça e sentou na minha frente. Percebeu na hora, sempre soube o que eu sentia por você, e disse: "O Rule é legal, Shaw. O mais legal de todos, pra falar a verdade. Eu o amo mais do que tudo nesse mundo, mas ele tem dezesseis anos e é da família Archer. Vai partir seu coração, e você não precisa disso". Por anos e anos ele ficou me falando que eu era uma boba, que não devia ficar toda chateada por sua causa, porque você tinha outras prioridades. Aí, mais ou menos um ano antes de morrer, ele mudou de conversa. Quando vocês vieram morar aqui, começou, do nada, a falar para eu entrar na Universidade de Denver quando terminasse o colégio, meio que preparando o caminho para eu poder contar o que sentia por você. De repente, o Remy se transformou em cupido. Foi muito estranho. Aí veio o acidente e nunca tive a chance de perguntar por que mudou de ideia.

— Bom, agora que eu sei, fico feliz. E ainda acho você muito parecida com o Gasparzinho.

— Também fico feliz e não ligo para o apelido. É fofo. Além disso, quando começou a me chamar desse jeito, me senti especial. Nenhuma das outras meninas com quem você ficou recebeu um apelido. Você só dizia "querida", "gata", "linda"...

— Você é especial. Já era especial naquela época. Eu é que era muito tonto e nem me liguei.

— Acho que não estava preparada para ficar com você naquela época.

— E agora tá?

— Completamente.

Essa conversa sussurrada me fez ver aquela mulher, que estava começando a ser tão importante pra mim, de um jeito completamente diferente. Também trouxe à tona muitas perguntas que eu não podia fazer para o meu irmão que morreu. Queria saber por que, se o Remy sabia que a Shaw tinha uma quedinha por mim, deixou eu e o resto da família acreditar por todos aqueles anos que eles namoravam. Pra mim, era uma coisa falsa e maldosa, e o Remy não era disso. Também queria saber por que meu irmão nunca me falou nada sobre ela. Achei que a gente compartilhava tudo e, apesar de eu não ter nada a oferecer pra Shaw quando era adolescente, ainda me soava estranho ele não ter me contado o que a menina sentia por mim, pra eu prestar mais atenção, em vez de passar por cima dos sentimentos dela como uma manada de búfalos.

Esse papo em voz baixa rolou de manhã bem cedo, enquanto a Shaw estava tropeçando pelo meu quarto, tentando se arrumar pra aula. Como tinha pouca roupa e não queria passar em casa, falei pra pegar uma camiseta no meu armário. Era divertido ficar olhando uma mulher andar pelo meu quarto seminua, tentando achar alguma coisa pra vestir no meu guarda-roupa masculino superlimitado. Acabou colocando uma *legging* com os coturnos e uma camiseta dos Black Angels, que quase batia nos joelhos dela. De repente, levantar cedo pra levar a Shaw até a faculdade ficou bem mais divertido. Ela escapou das minhas mãos rindo enquanto tentava fazer um rabo de cavalo. Era esse tipo de coisa que eu perdia quando só comia as mulheres por uma noite e nada mais. Gosto de brincar com a Shaw, de ter ela em casa, usando meu banheiro e mexendo nas minhas coisas. Quanto mais eu pensava, mais me ligava que, na semana passada, tinha sentido falta dela em muitas outras áreas da minha vida, não só na cama.

Ela me deu um selinho e disse que ia fazer café e alguma coisa pra gente comer. Fiz um esforço pra levantar da cama, procurei meu telefone e liguei para o Mark. Não queria perder tempo e tava a fim de colocar todas as barreiras possíveis entre a Shaw e aquele Davenport. Peguei uma calça jeans preta e uma camiseta e fui ao banheiro passar uma água fria no rosto. O telefone tocou enquanto eu escovava os dentes, e o Mark atendeu bem quando eu estava cuspindo a pasta de dente na pia.

— E aí, meu filho?

Eu estava olhando minha cara normal no espelho e resolvi que, já que estava sem cabelo, ia deixar a barba crescer. Talvez deixar um cavanhaque ou algo do gênero...

— Fala, Mark. Desculpa incomodar, mas tô com um problema e preciso de uns conselhos.

— Você deixou aquela menina puta da vida?

Dei risada e encostei na pia.

— Deixei, mas isso consegui consertar sozinho. Mas tô ligando por causa dela, sim. A Shaw tem um ex muito louco que não aceita não como resposta. Ele anda aparecendo no trabalho dela, seguindo a garota, ligando um milhão de vezes por dia. Só que é amigo da família, e os pais dela vivem inventando desculpas para os dois se encontrarem. Esse fim de semana, o idiota aproveitou que ela estava sozinha no quarto, agarrou a Shaw e a sacudiu. Deixou umas marcas nos braços dela e fez um monte de ameaças, disse que ia fazer uma porção de coisas com ela se não voltasse pra ele.

— Fico surpreso que você não esteja me ligando da cadeia.

— Bom, ela só me contou quando a gente tava longe, e já fui bem direto com o imbecil, falei pra ele deixar ela em paz.

— Como é o nome do sujeito?

— Gabe Davenport.

O Mark assoviou baixinho e deu pra imaginar que estava andando pra lá e pra cá.

— Por acaso ele é filho do juiz George Davenport?

— Deve ser. Vive jogando na minha cara que não é qualquer um e que não tem como se dar mal porque o pai é importante.

— Ele deve ter razão. Meu conselho é dar entrada numa ordem de restrição de aproximação o mais rápido possível. Mas as chances de o tal juiz Davenport não conceder o pedido quando vir o nome do filho metido nisso são grandes.

— Que merda.

– É mesmo, mas a gente precisa tentar. Se não, não vai ter nenhum registro disso. E você precisa ficar de cabeça fria, filho. Davenport é um nome de peso no sistema judiciário, e ir parar do lado errado desse sistema não é uma boa.

Passei a mão na cabeça, agitado.

– Não vou deixar ele chegar perto dela, Mark. Simples assim.

– Tudo bem, mas não vai se meter em encrenca. Ela vai se tornar um alvo fácil se você for atrás do cara e acabar preso por causa disso.

– Estou puto, Mark, mas não sou nenhum idiota. Quero a segurança dela e que ele baixe a bola. Sei muito bem que não vou conseguir nada disso fazendo uma cirurgia plástica caseira nele. Mas, se vier pra cima de mim, não posso prometer nada.

– Se o cara vier pra cima de você, tira ele de cima. Mas lembre que esse tipo de pessoa usa a lei para brigar, não as próprias mãos. Diz pra Shaw redobrar a atenção e andar sempre acompanhada. Considere providenciar um Taser ou um *spray* de pimenta. Ela tem que chamar a polícia se ele aparecer ou encostar nela de novo. A gente pode conseguir a ordem de restrição por perseguição. Se a polícia estiver envolvida, não tem como um juiz fazer a queixa desaparecer. Passa meu número pra ela, por segurança, e diz para me ligar se tiver dúvidas ou quiser conversar. Como eu disse, essa sua menina é muito especial. Cuida bem dela.

– Estou fazendo o melhor que posso.

– Sei que tá, Rule... – esperei um momento pra ele terminar o que estava dizendo. – É bom ver você baixando a poeira, finalmente. Sempre me lembrou um pouquinho o meu filho, meio louco e despreocupado, só que você precisa encontrar um objetivo na vida. O do meu filho era lutar pela liberdade e proteger nosso país. O seu acho que é se dar conta de que merece o tipo de amor e atenção que uma menina como ela tem pra oferecer. Se cuidem, os dois. A gente vai se falando.

Desliguei bem na hora que a Shaw abriu a porta e pôs a cabeça pra dentro.

– Anda, vamos comer pra poder sair logo.

Olhei pra ela, olhei bem mesmo, e aquele sentimento escorregadio finalmente parou bem no meio do meu peito. A Shaw arregalou aqueles olhos verdes quando a puxei pra dentro do banheiro, no meio das minhas pernas abertas, pra ficar na altura do meu peito. Encostei meu queixo na cabeça dela. Às vezes, nossa diferença de altura era simplesmente deliciosa.

– Você tá bem?

Ela pôs as mãos em volta da minha cintura e me deu um abraço bem apertado.

Soltei o ar, e parecia que tinha prendido a respiração por cem anos. De repente me liguei que estava fazendo a coisa certa pela primeira vez na vida. Não importava o que meus pais achavam, não importava o que rolasse a curto ou longo prazo.

– Estou bem, sim. Mais do que bem, pra ser bem sincero.

– OK. Bom, não quero me atrasar, então vem logo comer minhas panquecas e me leve pra faculdade.

A Shaw me deu um tapinha na bunda e saiu do banheiro. Sacudi a cabeça, dando risada, e fui atrás dela. O Rome estava acordado, sentado na mesa da cozinha escutando minha garota contar como tinha sido o *brunch* bizarro de ontem, e o Nash ainda não tinha dado sinal de vida. Contei pra ele e para o meu irmão o que tinha rolado com o Camisa Polo, e acho que os dois ficaram em estado de alerta pra eu não fazer nenhuma besteira. Quando sentei, meu irmão me deu uma olhada inquisidora, mas eu não ia entrar em detalhes enquanto a Shaw estivesse ali, fazendo café da manhã pra gente.

– Você ainda tá a fim de ir buscar o carro dela comigo?

– Estou, mas vou dar uma passada lá em casa também. Quer ir comigo?

Fiz um gesto obsceno, porque ele estava ligado que a última coisa que eu queria no mundo era ver nossos pais.

– Não posso. Tenho que atender um cliente ao meio-dia.

A Shaw pôs os pratos na mesa e sentou do meu lado. Quando me deu um sorriso, tive certeza de que era isso que estava faltando na minha vida esse tempo todo. Eu me sentia à vontade na minha própria pele. Essa mulher, meu irmão, meus amigos, tudo de repente fez sentido. E, finalmente, consegui ver a situação com clareza, coisa que eu não conseguia desde que o Remy tinha morrido. Amava minha família, mas nunca tinha sentido que fazia parte dela. Esse mundinho que tinha criado, a vida que levava, era boa, cheia de pessoas confiáveis que me enxergavam como eu era de verdade e gostavam de mim assim mesmo. Senti um aperto na garganta e tive que disfarçar a onda de emoção com um copo de suco de laranja, porque senão corria o risco de ficar choramingando que nem um bebê. Limpei a garganta e falei:

– Vou correndo levar a Shaw na faculdade e volto pra pegar você. Tudo bem?

– Claro. Vou lá acordar o Nash pra ver se ele quer ir pra academia comigo enquanto isso.

Dei uma olhada pra Shaw e perguntei:

– A Ayden vai levar você para o trabalho depois da aula, certo? – ela balançou a cabeça e continuou comendo. – Vou buscar você no bar. Vamos buscar seu carro, aí você decide se quer ficar aqui ou ir pra sua casa.

Ela encolheu os ombros e respondeu:

– Só vou sair lá pelas duas. Hoje à noite tem jogo, e o bar vai estar lotado. Devo ficar por aqui mesmo. Além disso, você tem que comprar um celular novo pra mim amanhã.

– Por quê? – perguntou o Rome.

Dei uma olhada feia para o meu irmão, mas a Shaw respondeu antes que eu pudesse mandar ele calar a boca.

– O meu sofreu um acidente, e ele se ofereceu pra me dar um novo.

– Mesmo? Meu irmão não costuma fazer esse tipo de coisa.

Sabia que o Rome estava me tirando. Mas ele não ia conseguir me irritar. Afinal, a Shaw tava do meu lado, tinha uma pilha de panquecas na minha frente e tinha rolado uma noite de sexo incrível. Dei um sorrisinho de desdém, encostei na cadeira e pus o braço nas costas da Shaw.

– Já virei essa página.

Meu irmão bufou e vi, pela expressão daqueles olhos tão parecidos com os meus, que ele estava se segurando pra não rir.

– No seu caso, pensar em outra pessoa que não seja você mesmo tá mais pra acabar o livro, não só virar a página, mas que bom. Começar a ter consideração pelos outros é uma bela mudança.

– Vai se foder!

A Shaw revirou os olhos, soltou o garfo em cima do prato e falou:

– Vocês dois são ridículos, e eu vou me atrasar. Vamos!

Me inclinei, dei um beijo na bochecha dela e avisei:

– Vou só pôr o sapato e a gente já vai. Vai pegar suas coisas. Obrigado pelo café da manhã.

– Tá bom.

Ela saiu da cozinha, e eu fiquei de pé e encarei meu irmão.

– Eu sei ser legal, tá?

– Só quando você quer alguma coisa.

– É verdade. E eu quero a Shaw.

– Me parece que você já tem.

– Agora só preciso dar um jeito de não cagar tudo.

O Rome também levantou e disse:

– Você não vai fazer isso, Rule. Quando precisa, você não faz. Não esqueça. Mas e aí, o que aquele seu amigo polícia disse?

– Que ela precisa ficar de olho aberto e que devo providenciar um Taser ou um *spray* de pimenta para ela. Ele acha que o vagabundo tem costas quentes por causa do pai. Mas disse que, se vier pra cima de mim, posso dar um chega pra lá nele. É uma merda. O Gabe não devia estar vivo depois de ter posto as mãos nela.

– Vamos ficar por perto da Shaw e manter a calma. Você sabe que a gente tá com você nessa, irmãozinho.

Fiz uma careta e falei mais baixo, porque ouvi a Shaw voltando pelo corredor.

– Se alguma coisa acontecer com ela, Rome, vou perder a cabeça. Quer dizer, sei que meio que perdi a cabeça quando o Remy morreu, mas alguma coisa me diz que, se essa menina se machucar ou coisa pior, nunca mais vou conseguir me recuperar.

Acho que meu irmão ia dizer alguma coisa, mas a Shaw apareceu do meu lado e, sem nenhuma sutileza, me deu um puxão no braço pra eu entender que já estava pronta. Aí acenou para o Rome e foi me empurrando até a picape. Como tava frio, dei um abraço e puxei a Shaw bem para o meu lado. Ela passou o nariz gelado no meu pescoço e riu quando xinguei.

– Você precisa arrumar um gorro – disse ela.

Minha cabeça recém-raspada estava congelando. Mas, como eu sou durão, só puxei o capuz do moletom e levantei a sobrancelha com os *piercings* pra Shaw.

– Melhorou?

– Você que sabe, machão. Obrigada por buscar meu carro.

– De nada. Mas toma cuidado lá na faculdade. Não quero que o Camisa Polo arme uma cilada entre uma aula e outra.

– Camisa Polo?

– O Davenport. Ele sempre usa uma camisa polo ridícula.

A Shaw deu tanta risada que tive que empurrar minha namorada pra dentro do carro. Não achei ruim, não, porque deu pra pegar naquela bunda maravilhosa.

– Usa mesmo. Pode deixar que vou pedir pra alguém ir comigo de uma sala para a outra. Tenho uma colega, a Devlin, que faz um monte de aulas comigo, mais uns grupos de estudo, e vou grudar nela. Acho que também não é muito fã do Gabe, então vai topar me ajudar.

– Legal. Que celular você quer? Não quero esperar até amanhã pra comprar. Pego um quando estiver voltando de Brookside.

Ela encolheu os ombros, ficou mexendo no meu iPod até começar a tocar Lucero, uma banda meio country, meio punk, e respondeu:

– Qualquer um. Igual ao que eu tinha tá bom. Preciso transferir meus contatos.

– Pode deixar.

A Shaw sorria pra mim, chegou mais perto e pôs a mão no meu joelho. Ficou batucando no ritmo daquele sonzinho no caminho. Da minha casa até a faculdade, são vinte minutos quando o trânsito tá bom.

Mas estava com jeito de que ia nevar, e eu já tava vendo que ia atrasar meu primeiro cliente por causa do tempo, e porque eu tinha que ir pra Brookside. A Shaw queria que eu parasse na rua mesmo e a deixasse ali, mas eu estava a fim de ficar de olho nela o maior tempo possível. Estacionei e disse que ia até a sala de aula. A Shaw revirou os olhos, mas não discutiu quando abri a porta e a ajudei a descer do carro.

A gente atravessou o campus bem juntinho. Me liguei que era a primeira vez que eu entrava num lugar desses sem ser pra uma balada. Várias pessoas chamaram ou acenaram pra Shaw. Ela cumprimentou todo mundo e percebeu que o povo ficou olhando, cheio de curiosidade. Tenho certeza de que a gente forma um casal improvável e de que aquele pessoal não estava acostumado a ver a Shaw sem aquelas roupas de rica. A gente parou na frente de um prédio impressionante, e ela me encarou com aqueles olhos verdes, que estavam superclaros. O cabelo dela tava um embaraçado sexy, por minha causa e por causa do ar gelado do Colorado, e o nariz estava cor-de-rosa. Acho que nunca vi a Shaw tão bonitinha desse jeito.

– Dirige com cuidado. Concordo com seu irmão: acho que você devia ver seus pais, já que vai para lá.

Não queria discutir, então fui logo dando um beijo bem quente e decidido, pra não deixar dúvida de que ia ficar pensando nela o dia todo. Achei que a Shaw ia surtar com essa demonstração de carinho em público, mas ela subiu as mãos geladas pelo meu peito e abraçou meu pescoço num piscar de olhos. Me beijou com o mesmo fervor e, quando pôs os pés no chão de novo, estava respirando com dificuldade e com aquelas bochechas rosadas e lindas.

– Se cuida também. Te vejo mais tarde. Levo seu celular lá no bar. Não esqueça que precisa sempre ter alguém do seu lado. E Shaw... – ela cruzou o olhar com o meu, com uma cara de bom humor. – Gostei que veio pra aula com minha blusa. Você fica muito sexy.

Ela ficou nas pontas dos pés e beijou meu nariz gelado.

– Compreendido. E você é um idiota por mudar de assunto, mas tudo bem. Vejo você mais tarde.

Fiquei olhando a Shaw subir as escadas. Ela deu uma paradinha quando chegou lá em cima, acho que é porque encontrou uma moça que estava esperando por ela. Sorriu e cumprimentou a colega. Ouvi a outra perguntar, com um tom surpreso e alto o suficiente pra eu ouvir, "quem é esse?". Fiquei curioso para saber a resposta, já que a gente ainda não tinha conversado sobre isso.

Pude ouvir claramente a risada dela naquele ar de inverno:
– É o Rule.
– Não sabia que você estava de namorado novo.
– Bom, ele não é exatamente novo, mas tô, sim.

Eu era namorado dela. Ela era minha namorada. Que esquisito! Nunca, em 22 anos de vida, tinha ficado com alguém tempo suficiente pra chamar de namorada. Não tinha nem amigas. A Shaw foi o mais perto que cheguei disso. Eu era namorado dela, e isso me dava vontade de dançar e dar soquinhos no ar. Mas só dei uma piscadinha quando ela se virou pra me olhar, e ri quando me mostrou a língua. Por que não me liguei antes que deixar alguém se aproximar de mim ia me fazer feliz, que a Shaw ia me fazer feliz? Nem lembro qual tinha sido a última vez que tinha dado tanta risada. Até na cama ela me fazia rir. E deixava tudo melhor. Queria fazer a mesma coisa por ela.

Mandei um torpedo para o Rome, dizendo que estava a caminho, e meu irmão respondeu falando que ele e o Nash tinham acabado de sair da academia e que ia estar pronto pra sair quando eu chegasse em casa. Coloquei Bloody Hollies pra tocar e fui curtindo o som até chegar no Victorian. Fui correndo pegar o telefone da Shaw na mochila dela, peguei meu irmão e logo a gente já estava na estrada, a caminho de Brookside. Os primeiros flocos de neve começaram a cobrir o para-brisa quando a gente chegou na rodovia interestadual, e soltei um palavrão, porque aquilo ia atrapalhar a viagem e a minha agenda daquele dia. Não deu outra: a gente nem tinha chegado em Brookside quando o Nash me ligou pra avisar que meus dois primeiros clientes queriam remarcar por causa do tempo ruim. E agora eu não tinha mais desculpa pra voltar correndo sem ver meus pais.

O Rome, que não é bobo nem nada, ouviu a ligação na cara dura e ficou me olhando com ar de expectativa.

– Você não vai morrer se só der uma passadinha e falar um "oi". A gente até pode passar lá antes, pra não perguntarem por que o carro da Shaw tá com a gente.

– Não vejo muito sentido nisso.

– O sentido é que eles ainda são nossos pais, não importa o que você pense. Não tem o direito de simplesmente desistir deles.

– Por que não? Eles desistiram de mim na hora em que meu irmão gêmeo foi declarado morto no hospital.

– Pare com isso, seja homem. Você consegue aguentar uma visita de cinco minutos, nem que seja só pra dizer que tentou, pelo menos. A Shaw vai ficar feliz. Não esqueça que os dois são muito mais pais pra ela do que os verdadeiros, e, se forem ficar mesmo juntos, você vai ter que mostrar pra ela que pelo menos fez sua parte, mesmo que a mamãe não dê o braço a torcer.

Meu irmão tinha razão, e isso fez meu estômago se revirar. Nesse momento, a Shaw só queria estabelecer um limite e tentar obrigar minha mãe aprender a lidar comigo e me aceitar. Mas, depois que vi a mãe biológica dela tratando a própria filha de um jeito tão horrível, tive certeza de que aquele afastamento entre a Shaw e meus pais não ia durar muito tempo, e preciso descobrir como é que vou me encaixar nesse quebra-cabeça. Não ia morrer se desse uma chance para os dois, mas sabia que ia rolar um clima estranho e que ia ser constrangedor pra todo mundo.

– Tá bom, a gente pode dar uma passadinha, mas não cria expectativa. Nenhum dos dois me deu notícias desde aquele dia, quando fui embora do *brunch*.

– O orgulho dos Archer é uma coisa perigosa. Se a gente não tomar cuidado, vai destruir a família inteira.

Nem respondi, só resmunguei e tentei me convencer de que isso não só ia deixar a Shaw feliz, mas também era muito importante para o Rome. E se existe alguém no mundo por quem eu faria qualquer coisa é meu irmão. Ele nunca me pediu nada e sempre me deu apoio total, mesmo quando ficava em maus lençóis com o resto da família por causa disso. Devia a ele pelo menos uma tentativa de consertar aquela situação. A gente passou o resto do caminho em silêncio, mas me liguei que o Rome estava me olhando de canto de olho o tempo todo. Acho que estava esperando que eu fosse passar reto pela saída da estrada que leva até o condomínio dos meus pais ou surtar e mudar de ideia. Mas fiquei pensando que não preciso que os dois me tratem do mesmo jeito que tratam meu irmão pra me sentir bem. Antes, isso acabava comigo, me fazia agir que nem um adolescente perturbado. Só que agora sei que tenho um emprego do caralho, um irmão sensacional, uma namorada supergostosa que tá totalmente na minha – apesar das nossas diferenças – e um grupo de amigos fiéis, dispostos a me aturar e me apoiar em qualquer circunstância. E, apesar de o buraco deixado pela morte do Remy ser impossível de preencher, minha vida é boa, e meus pais deviam ter orgulho de mim. Se não tinham, podiam ir à merda.

Os dois carros estavam parados na entrada da casa. Soltei o ar entre os dentes e tentei não me encolher quando o Rome deu uma batidinha no meu ombro e me empurrou pra fora da picape.

– Anda, a gente não vai demorar.

Pulei do carro, espalhando neve com as botas. Dava pra enxergar minha própria respiração no ar de tão frio. Ou seja: o tempo ia piorar até a hora da gente voltar pra casa, e era mais ou menos isso que eu sentia em relação à situação. Sei que o Rome tem a chave, mas, como eu estava com ele, deve ter achado melhor bater, relegando-se ao *status* de visitante, que nem eu. Ouvi alguém se mexendo lá dentro e, alguns minutos depois, meu pai abriu a porta. Ficou olhando pra gente, com cara de surpresa, e tenho que admitir que senti uma pontinha de felicidade quando percebi que o velho estava tão feliz de ver o Rome quanto de me ver.

– Meninos? O que estão fazendo aqui?

Ele abriu a porta de tela e fez a gente entrar na casa quentinha. Como eu estava esfregando as mãos de frio, nem tentou me dar um abraço depois que abraçou o Rome. Por mim, tudo bem. Não sabia se, àquela altura do meu relacionamento com meu pai, tinha espaço pra um abraço.

– O Rule tinha que resolver umas coisas aqui por perto antes de ir trabalhar, aí pensei que a gente podia parar e dar um "oi". Não estamos atrapalhando, né?

– Não. Sua mãe está na sala – ele respondeu, com os olhos em mim – Estou surpreso em ver você aqui, filho.

Fiquei a fim de responder com ironia, mas em nome da paz dei um sorriso sem graça e falei:

– Aposto que sim. O Rome disse que não tinha problema.

– Rule, essa é sua casa. Você é sempre bem-vindo.

Tive vontade de dizer que há mais de três anos não me sentia bem-vindo, mas só balancei a cabeça e falei:

– Obrigado, pai.

– O que você tinha que resolver tão longe de Denver num dia de neve?

Passei a mão na cabeça e olhei de lado para o Rome.

– Hã... É que eu falei pra Shaw que podia pegar o carro dela, que ficou aqui em Brookside no fim de semana, quando ela veio visitar os pais.

– A Shaw esteva aqui em Brookside no fim de semana? É melhor não contar para sua mãe. Ela está tendo dificuldade de aceitar o limite que a Shaw impôs. Essa menina é tão teimosa quanto vocês, mas acho que a Margot não estava preparada para ver a Shaw bater o pé daquele jeito. É muito gentil da sua parte ajudar, Rome.

Revirei os olhos com aquela conclusão automática do meu pai, de que ela ligou para o Rome, apesar de ele ter dito que *eu* estava resolvendo umas coisas por ali. Ia deixar passar batido, mas meu irmão riu e deu um tapinha nas costas dele.

– Não fui eu, velho. A Shaw e o Rule declararam uma trégua. O senhor tem que ver esses dois: agindo civilizadamente e se encontrando como se fossem pessoas normais. Ele é que disse que viria buscar o carro, eu só vim arrastado, de copiloto.

Meu pai olhou pra mim por cima do ombro do Rome. Estava na cara que ele tinha ficado chocado.

— Sério mesmo? Vocês dois estavam sempre brigando, mesmo quando eram novinhos.

Encolhi os ombros e disse:

— Estou tentando crescer um pouquinho. Ela faz parte da minha vida há um tempão, e tô tentando ver essa história de outro jeito. A gente se dá bem.

Além do mais, passar o maior tempo possível com a Shaw pelada agora é a prioridade número um da minha vida. Ganho bônus quando faço coisas que deixam minha garota feliz e a protejo: também fico feliz, e esse sentimento é tão novo pra mim que ainda não sei direito o que fazer com ele.

— Bom, quem sabe pode dizer pra Shaw que as coisas estão difíceis pra sua mãe sem ela por perto. Seria ótimo se a convencesse a fazer uma visitinha.

— Ela tem seus motivos pra se afastar, pai.

Meu tom de voz ficou mais sério, mas tentei fazer cara de paisagem. Também tentei controlar minha tensão, que crescia à medida que a gente se aproximava da sala, onde minha mãe estava assistindo à TV sentada no sofá. Ela olhou para o Rome, depois pra mim, depois para o meu irmão de novo. Apesar de estar do outro lado da sala, dava pra sentir as ondas de desgosto saindo dela.

— O que está fazendo aqui? — perguntou.

Nem olhou para o Rome, estava com os olhos colados em mim. Senti raiva da minha mãe, como uma chicotada. Enfiei as mãos nos bolsos e cruzei o olhar com o dela, tentando manter a calma. Não ia deixar ela me fazer perder a cabeça dessa vez. Devia isso ao meu irmão e a minha namorada.

— Só vim dar um "oi", ver como vocês estão.

— Não quero você aqui.

O Rome gelou do meu lado, e meu pai respirou fundo, mas nada daquilo me surpreendeu.

– Eu sei, mas achei que não ia morrer se tentasse consertar as coisas.
– Por que se deu ao trabalho? Você sempre estraga tudo.

Ela estava falando alto, e juro que dava pra ver o ódio em cada sílaba do que dizia. Meu pai deu um passo pra frente, mas o Rome puxou ele de volta.

– Margot, agora chega. O menino é nosso filho, não é um estranho que você pode pôr pra fora só porque está descontente com ele no momento.

– Tudo bem, pai. Sei o que ela sente por mim, nunca fez questão de esconder.

– E o que você esperava, Rule? É por sua causa que seu irmão está enterrado e a menina que eu considero minha filha não quer mais falar comigo. Você é um veneno para essa família.

Bom, aquilo era um pouco mais duro e direto do que de costume, mas pelo menos ela finalmente falou o que pensava sem fazer rodeios. Esfreguei os olhos e soltei um suspiro. Meu pai e o Rome estavam falando ao mesmo tempo, tentando fazer ela retirar as coisas horríveis que tinha dito, dizendo que aquilo não era verdade, mas não adiantou nada.

– Opa, opa! Pode parar, todo mundo. Está tudo certo. Fala sério, Rome, não se faz de chocado. Ela sempre me culpou por eu ter ligado para o Remy ir me buscar. Tudo bem, eu entendo. Pra falar a verdade, também me culpei, por muito tempo. Só que um dia me liguei que isso poderia ter acontecido por um milhão de outros motivos. Foi um acidente, pode ter levado uma pessoa que a gente amava, mas ainda assim um acidente. Ela poderia culpar o motorista do caminhão, poderia culpar o Remy por estar correndo demais, poderia culpar Deus pela chuva ou até o médico do pronto-socorro, que não era muito bom, mas não. Ela me culpa e sempre vai me culpar, e por mim tudo bem, se é disso que precisa para continuar vivendo. Consigo segurar a onda.

Os três ficaram me encarando de olhos arregalados. Acho que, nos últimos cinco anos, nunca tinha falando tanta coisa de uma vez só para os meus pais sem gritar nem fazer cena.

— A Shaw é uma mulher inteligente e tem suas próprias opiniões, e não vou permitir que você me culpe pela consequência das suas ações. Ela disse o que você tem que fazer se quiser que volte, e a senhora se recusou. Você é a única culpada disso.

— Você não sabe nada da Shaw. Ela vive em um mundo diferente do seu. Os dois estavam no bom caminho, algo que você nem sonha que existe.

Só sacudi a cabeça, triste, e apontei pra porta.

— Mãe, você não sabe de nada. A Shaw é a pessoa mais amável, gentil e compreensiva do mundo. É capaz de dar o próprio braço por alguém que gosta. E não dá a mínima pra ideia de bom ou mau caminho, desde que todo mundo que ela ama esteja feliz com o que faz. Vou cair fora. Tenho minhas coisas pra fazer. Foi bom ver você, pai. Espero no carro, Rome.

Me virei pra ir em direção ao corredor e sair pela porta, mas parei, porque ela disse, com a maior frieza:

— Fica longe da Shaw, Rule. Você vai machucar essa menina do mesmo jeito que fez com seu irmão.

Me deu vontade de dizer que estava um pouco tarde para aquele aviso. Que eu estava começando a conhecer a Shaw do avesso, e que ela tava se tornando uma parte fundamental de mim. Mas só olhei naqueles olhos frios da minha mãe, com minha tristeza resignada estampada na cara.

— Boa sorte, mãe. Vai precisar, já que acha que vai trazer a Shaw de volta pra família Archer com esse comportamento. Continue assim. Ela só vai vir aqui no dia de São Nunca.

— Por que ela escolheria você em vez desta família foge ao meu entendimento.

Dei a única resposta possível:

— Porque ela acha que valho a pena.

Olhei, sem expressão, para o Rome e passei por ele, com o cuidado de evitar meu pai. Não me virei pra ver se um dos dois tinha vindo atrás de mim. Quando saí da casa, soltei um suspiro profundo e fiquei olhando pra rua coberta de neve. As palavras da minha mãe me magoaram, sempre me magoaram. Mas, em vez de me sentir sozinho e ter um comportamento autodestrutivo, consegui enxergar claramente que era ela que tinha problemas, e eu não podia obrigar minha mãe a mudar de ideia, a menos que resolvesse se tratar. Eu já tinha desempenhado o papel do acusado por muito tempo para poder oferecer qualquer tipo de clareza pra ela.

– Filho...

Fiquei surpreso quando ouvi a voz do meu pai, que tinha parado para pegar um casaco, mas me seguiu até a entrada da casa. O Rome tinha sumido. Fiquei pulando de um pé para o outro e enfiei as mãos nos bolsos do moletom.

– A gente precisa conversar – disse ele.

– Já era aquela história de aqui ser sempre minha casa, né, pai? – na mesma hora, me arrependi de ter dito isso. Bem lá no fundo, ainda tinha um garotinho querendo a aprovação dos pais dentro de mim. E, por mais que eu me esforçasse, não conseguia calar a boca dele. – Desculpe, isso foi idiota.

Meu pai sacudiu a cabeça e, pela primeira vez na vida, vi uma expressão de remorso genuíno no olhar dele.

– Eu não fazia ideia de que as coisas estavam tão ruins com sua mãe, Rule. Não sou lá muito fã do seu cabelo maluco e da sua obsessão por tatuagem, e me incomoda o fato de você se vestir como um marginal de propósito, só pra nos agredir. Mas nunca culpei você pelo que aconteceu com o Remy. Vocês eram muito diferentes, sempre foram, mas sempre amei os dois da mesma maneira. Ouvi o que sua mãe disse pra você no enterro, mas tentei me convencer de que era apenas dor, luto, uma reação exagerada de uma mãe que tinha acabado de perder um filho tão jovem. Sinceramente, pensei que ela fosse conseguir superar o sofrimento e a depressão sozinha, mas depois de hoje entendi o que o Rome quer dizer. A gente precisa de ajuda. Ela precisa de ajuda, precisa se tratar. Nunca vou banir um filho da minha casa, mesmo que tenha cabelo rosa, azul ou verde. Nada disso importa, porque eu te amo e só quero que você seja feliz e tenha uma vida boa. Gostaria que fizesse isso sem irritar seu velho pai sempre que aparecer uma oportunidade, mas não quero que pense, nem por um segundo, que gostaria que você tivesse morrido no lugar do Remy. Aquela noite jamais deveria ter acontecido, mas aconteceu, e você tem toda a razão: foi um acidente.

Fiquei olhando para o meu pai como se ele fosse um estranho. Estava frio, e eu mal sentia os dedos do pé, mas o sangue corria rápido e com força nas minhas veias.

— Você nunca me falou nada disso. Normalmente, só fica puto, sai da sala e deixa a mamãe acabar comigo.

— Sempre tive dificuldade de me aproximar de você, Rule. O Rome é meu companheirão, o Remy era o melhor amigo de todo mundo, e você... Bom, você ditou suas próprias regras desde que era pequenininho, e nunca pensei que precisasse de qualquer tipo de orientação para chegar aonde queria. Sua mãe é frágil, muito mais frágil do que eu imaginava. E, por mais que eu soubesse que o que vem acontecendo nos últimos anos não era nada bom para nossa família, acho que tinha esperanças de que ela saísse dessa sozinha. Quanto mais a gente era duro com você, mais você enfrentava a gente. Nunca deixou sua mãe se aproximar da maneira que imagino que ela queria. Eu deveria ter parado com isso há anos, mas acho que só agora consigo enxergar o quanto nosso comportamento pode ter feito mal a você.

— Ela quer que eu seja o Remy.

Dizer isso com todas as letras para o meu pai me deu uma sensação de alívio, fez parecer que eu tinha me livrado de uma vida inteira de segredos muito bem guardados.

Ele tossiu e esfregou aquelas mãos grossas.

— Sua mãe quer ter com você o relacionamento tranquilo que tinha com o Remy. Ele não discutia, não era problemático, só dançava conforme a música. O Rome sabia que a gente não queria que ele entrasse no Exército, mas entrou mesmo assim, porque é teimoso e está determinado a fazer a diferença no mundo. Você nunca foi tranquilo e complacente. Odiava ter horário para chegar em casa ou qualquer outra regra que a gente impusesse. Sempre foi criativo e diferente, e é difícil se relacionar com você. A Margot ficou sem o filho em quem podia simplesmente mandar. E sente falta de ter alguém de quem cuidar, de bancar a mãe. O Remy nunca se sentiu incomodado quando ela fazia isso, nem a Shaw. Só que agora ela escolheu de que lado vai ficar, e a Margot está ficando cada vez pior.

– Pai, não posso voltar aqui, não se for tratado daquele jeito. Obrigado por tudo o que me disse hoje. Pra falar a verdade, queria que tivesse me dito isso há anos. Talvez não tivesse me comportado tão mal ou tomado decisões tão duvidosas, que marcaram meu passado de um jeito tão negativo. Mas não vou mais ser bode expiatório dela.

Meu pai deu um suspiro e olhou para a porta. O Rome estava saindo da casa, com uma cara furiosa.

– Alguma coisa me diz que você não é o único na família Archer a tomar essa decisão.

– A Shaw também. Não vou deixar mamãe usar a menina como uma marionete.

– É, nem eu. Ela é como uma filha pra mim.

O Rome ficou perto da gente e, cara, ele estava muito puto. Quando sinto alguma emoção forte, meus olhos ficam mais claros, em tons de cinza, mas os do meu irmão ficam num tom de azul bem vivo, da cor da base de uma chama.

– Ela tá completamente louca. Sério, pai. A mãe precisa fazer terapia e, provavelmente, tomar remédios. Não acredito que falou aquele monte de merda para o Rule.

Meu pai suspirou de novo e se sacudiu, fazendo a neve acumulada nos ombros dele cair no chão.

– Eu sei, filho. Acabei de dizer pro Rule que admito que a situação é muito pior do que eu pensava.

– Só tenho mais algumas semanas de licença. É melhor você avisar que não volto aqui enquanto ela não cuidar da cabeça. Tentei conversar, mas a mamãe começou a vomitar um monte de coisas sem sentido, que o Rule faz lavagem cerebral em todo mundo de que ela gosta. E menosprezou o próprio filho sem a menor cerimônia. Me recuso a permitir que trate o Rule desse jeito.

— Vocês dois são bons meninos. Agora cuidem um do outro que vou dar um jeito na sua mãe. Amo vocês. Não desistam da gente ainda.

A gente se abraçou, e eu e o Rome entramos na picape. Tive que deixar o motor potente ligado por alguns minutos, até começar a sair ar quente. Enquanto isso, fiquei olhando para o para-brisa coberto de neve, e o Rome não parou de falar da nossa mãe. Ele estava com nojo da reação dela à nossa visita surpresa, mas eu não. Estava passado com tudo o que meu pai tinha me dito. Nem sei qual foi a última vez que ele disse que me amava como a meus irmãos. Tinha até esquecido como ouvir isso era bom.

— Você quer dirigir a picape ou o carro da Shaw, com essa neve? — perguntei.

— O da Shaw. Já vi você dirigindo, irmãozinho. Não vai chegar inteiro em Denver com aquele carro esportivo.

Ele tinha razão. E eu queria chegar inteiro, porque queria comprar um celular pra Shaw, buscar minha menina no trabalho e passar a noite na cama com ela. Queria fazer a Shaw sussurrar meu nome com aquela vozinha rouca a noite inteira. Ainda não tinha certeza, mas achava que aquele sentimento escorregadio no meu peito estava bem parecido com amor.

CAPÍTULO 12

E<small>U AINDA ESTAVA TENTANDO</small> entender meu celular novo. Em vez de trocar o meu quebrado por outro igual, o Rule comprou um do último modelo, com tudo o que tinha direito, e o negócio é dez vezes mais inteligente que eu. Eu estava tentando mandar um torpedo pra Ayden, dizendo que ia me atrasar para o café que a gente tinha combinado, porque uma das minhas aulas tinha terminado tarde. Nas últimas semanas, só vi a Ayden rapidinho, e a gente ia se encontrar pra pôr os assuntos em dia. Minha amiga continuava meio estranha. Entre ficar na casa do Rule, ele ficar na minha, e manter a antena ligada o tempo todo para evitar dar de cara com o Gabe, não tive tempo de fazer a Ayden me contar o que estava acontecendo.

Eu estava tentando acertar meus horários. Nos dias em que trabalhava, ficava na casa do Rule, porque era mais perto do bar, e ele não ligava de tomar uma para esperar meu turno terminar. Ele e o Lou viraram melhores amigos. Nos dias em que tinha aula ou trabalho voluntário, ele aparecia lá em casa na hora do jantar, às vezes só na hora de dormir. Decidi não trabalhar mais no sábado, para ter uma noite livre no fim de semana e ficar com meu namorado. O Rule gostava de sair na sexta e no sábado com os amigos, e eu achava que não tinha problema ele ter uma noite só dele enquanto eu trabalhava. Além disso, era legal ter um dia livre para fazer compras ou ir ao cinema, ainda mais estando acostumada a ficar o tempo todo ocupada. Namorar o Rule me ensinou que meu tempo é valioso e que preciso fazer coisas que me dão prazer, não só minhas obrigações. Esse foi um dos motivos pelos quais não me senti culpada de ignorar as ligações dos meus pais, que não pararam de me ligar desde que voltei de Brookside.

Finalmente consegui mandar a mensagem, e a Ayden me respondeu dizendo que já estava sentada e tinha pedido nosso café. Quando cheguei lá, o lugar estava lotado, mas ela tinha conseguido uma mesa perto da janela e estava mexendo no celular. Uma mesa cheia de meninos com cara de *geek* estava tentando chamar a atenção dela, falando e rindo alto, mas a Ayden nem percebeu. Eu estava com saudade de ficar com ela, fazer coisas de mulherzinha, e queria que me contasse o que estava rolando nesse último mês. Eu tinha tanta coisa para me preocupar, mas sabia que não estava sendo a melhor das amigas.

Me joguei na cadeira na frente dela e peguei o café cheio de espuma que tinha pedido pra mim. Ela me fez uma careta, guardou o telefone e disse:

– Quase vi o seu namorado pelado hoje de manhã.

Eu ri da careta e respondi:

– Não sei o que dizer. De nada?

Ela enrugou o nariz e continuou:

– Ele não tem muita vergonha, né?

– Você conhece o Rule, não conhece?

Aí ela pegou o café e ficou me olhando por cima do copo.

– Acho que ele não tem muito com o que se preocupar. Não sei como você não se distrai com todas aquelas tatuagens. Acho que eu ficaria olhando pra elas em vez de fazer o que interessa.

– Acho divertido.

– Deve ser mesmo.

A Ayden tinha uma expressão distante naqueles olhos bonitos, que eu não podia mais deixar passar batido.

– Anda, Ayd. Me conta o que está acontecendo com você. Sei que ando absorvida pelas merdas que estão rolando na minha vida, mas notei que você mudou. Está triste o tempo todo, e isso não tem nada a ver com você.

Ela olhou em volta, com aqueles olhos cor de conhaque, pôs o café na mesa, ficou passando o dedo na borda da xícara e começou a falar:

– Sei lá. Quer dizer, eu sei, mas não sei direito – fiquei só olhando, porque não tava entendendo nada. – Eu achava que tinha tudo planejado: faculdade, relacionamentos, futuro... Tudo mesmo. Achei que não ter nascido rica nem ser filha de alguém poderoso não tinha importância, porque eu estava no caminho certo e ia ser alguém sensacional, mas agora não sei mais nada.

– Mas o que fez você pensar assim?

– Aquela noite no bar dos metaleiros, quando o Jet me levou pra casa, praticamente me atirei em cima dele – ela se encolheu um pouco e continuou. – Ele foi supereducado, mas disse que não faço o tipo dele, e que meninas certinhas como eu merecem coisa melhor.

– Bom, ele foi bem legal e cavalheiro, mas isso não deveria ter mexido tanto assim com você.

– Aí é que tá, Shaw. Sou toda certinha agora, mas você não faz ideia de como era minha vida antes de vir para o Colorado. Quando morava no Kentucky, era completamente descontrolada. Era baladeira, me envolvia em todo tipo de coisa errada, ficava com um monte de garotos, era um desastre por dentro e por fora. Foi um milagre ter conseguido entrar na faculdade e poder me afastar de tudo aquilo, mas parte de mim ainda é aquela menina. E, quando o Jet me deu um fora, cada um desses meus dois lados foi pra uma direção diferente. Ele é bonitinho e tem uma banda, e eu fiquei louca, louca mesmo, quando o cara me rejeitou por ser certinha. Não é isso que eu quero ser. Estou sofrendo desde aquele dia.

Pus meu café na mesa, apertei os olhos e disse:

– Você tá deixando um homem bagunçar sua cabeça depois de algo tão casual? Isso não tem nada a ver com você.

– Ai, Shaw. Ele tem uma coisa, não sei o que é.

– Ayden, você é demais. Não ligo pra como sua vida era antes de te conhecer, porque agora você é companheira e legal, e me faz rir. Você é mais inteligente do que todo mundo que conheço, é ridiculamente bonita, e sabe tão bem quanto eu que, se não fosse você, eu teria desmoronado mais de uma vez nos últimos anos. Vi o Jet algumas vezes, e ele é legal e gatinho, mas é do rock, tem legiões de fãs se atirando em cima dele. Então, seja lá o que tenha rolado entre vocês, não vale essa insegurança e essa tristeza que ele faz você sentir.

— Falou a menina que alimentou uma paixão platônica por um garoto por cinco anos...

O sarcasmo dela doeu, mas eu bem que mereci.

— Ela mesma. E olha como fiquei arrasada e solitária por causa disso. O que estou tentando dizer é que, se um homem não dá valor para a mulher maravilhosa que você é, não vale a pena. E, se ele não quer manchar sua imagem de boazinha, seja ela verdadeira ou falsa, odeio dizer isso, mas acho que só não estava a fim. Você gosta de country, e ele de rock. Quer dizer, sei que passei a vida inteira confiando nessa bobagem de que os opostos se atraem por causa do Rule, mas talvez eles não se atraiam mesmo, e você simplesmente não faz o tipo dele. Já vi as meninas que ficam se oferecendo para esses rapazes quando saem na balada. Caramba, já dei de cara com um milhão delas no apartamento do Rule, e pode acreditar: inteligência, autoestima e ambição não são coisas que elas têm para oferecer.

A Ayden suspirou bem fundo e disse:

— Pode até ser. Mas fiquei pensando no que eu estou fazendo da vida. Fico com uns meninos, adoro morar com você e vou superbem na faculdade. Mas sinto que tá faltando alguma coisa. E, quando vejo você com seu namorado supergato e seminu coberto de tatuagens, com cara de sono e de quem se deu bem na cama, sinto uma dorzinha no peito. Acho que tô me sentindo sozinha e não tô a fim de uma relação simples e casual. Já tive muitas quando era mais nova.

Dei risada, peguei um pouco da espuma do café com o dedo e enfiei na boca. Não tenho certeza, mas acho que a mesa dos *geeks* perdeu o fôlego com isso. Quando olhei pra cima de novo, todos estavam digitando loucamente no *notebook*.

— Então você escolheu o vocalista de uma banda de metal para ficar assim, toda apaixonadinha e sentimental? Nossa, a gente tem um ótimo gosto pra homem.

A gente caiu na gargalhada, e a Ayden se inclinou e cruzou aquelas pernas compridas.

— Acho que esse sentimento vai acabar morrendo, mas enquanto isso não acontece preciso dar um jeito de seguir em frente sem esquecer quem eu sou. Tipo, olha só pra você: não ficou de uma hora pra outra coberta de tatuagens e com a cara cheia de *piercings* radicais. Você pegou a filosofia do Rule, de fazer suas próprias regras, e usou pra dar uma relaxada, assumir o controle do seu destino, não pra se transformar em outra pessoa.

Ela tinha razão, mas só em parte. Achei que não era o momento de contar que eu estava pensando em pôr *piercings* nos mamilos. O Rule ficava falando que são supersensíveis, que me excito fácil e fico toda molhadinha, pronta para o ataque, só de ele encostar. Depois de conhecer intimamente alguém que tem *piercings* em partes estratégicas do corpo, sei muito bem que essas coisinhas enriquecem a experiência. Sempre fui do Rule, então não sei como é transar com um homem que não tenha brincos no pau e na língua. Mas o sexo com ele é tão bom que não tenho a menor vontade de descobrir. Não queria fazer os *piercings* por ele, mas por mim. Mas ainda não tinha certeza de que estava preparada para algo tão radical.

— Ele me influencia, sempre me influenciou. Mas não quero namorar ninguém que queira me mudar.

— Eu sei, também não ia querer. Acho que, quando saí de casa, pensei que, se não mudasse, ia ficar presa pra sempre naquela rotina interminável. Mas, de alguma maneira, perdi tudo, até o que tinha de bom na Ayden pré-Denver.

Apertei a mão dela e disse:

— Talvez você só esteja entrando em uma nova fase. Vai ver essa não é a nova Ayden nem a velha, mas uma reencarnação sensacional das duas. Você é legal, e quem ou o que você quiser ser também vai ser legal.

— Espero. Mas e aí, você tem visto ou falado com o Gabe?

Sacudi a cabeça e me encostei na cadeira.

— Não, vi o Gabe no campus, mas ele não chegou perto de mim. Aquele amigo do Rule, o policial aposentado, falou que ouviu dizer que o juiz Davenport não gostou nem um pouco de ver o nome do filho aparecer num pedido de ordem de restrição, então deve ter passado um corretivo nele. Os meninos estão o tempo todo comigo, então acho que o Gabe não tem coragem de vir para cima do Rule ou do Rome. Também estou evitando qualquer tipo de contato com meus pais. Se ele estiver tentando ganhar os dois, não vai adiantar nada.

— E qual é seu plano a longo prazo? O Rome logo vai ter que voltar a brincar de soldado e, por mais que o Rule goste de ficar com você, uma hora vai cansar de te acompanhar o tempo todo. A fase da lua de mel não dura pra sempre.

Eu também me preocupava com isso. Agora ele parecia gostar de ficar lá no bar e não se importava de fazer malabarismo com nossos horários malucos para cuidar de mim e conseguir me ver. Mas concordava com a Ayden: isso não ia durar muito tempo.

— Não sei muito bem o que fazer. Se a justiça não pode me ajudar, e meus próprios pais estão contra mim, simplesmente não sei. Queria muito que o Gabe encontrasse outra menina socialmente aceitável e esquecesse que eu existo.

— Também não sei, mas fico feliz por você não estar tentando resolver tudo sozinha.

— O Rule me faz bem. Quando estou com ele, sinto que, finalmente, sou dona da minha vida.

— Você já contou que ama o Rule e sempre amou?

Engoli um pouco do café, que desceu errado, e respondi:

— Claro que não! Você tá louca? Por que faria uma coisa dessas? O Rule já sabe que tenho uma quedinha por ele há um tempão, e fica meio passado com isso. Não quero que se sinta pressionado a retribuir meus sentimentos. Ele quer ficar comigo e está realmente se esforçando pra isso. Por enquanto, já está de bom tamanho.

RULE

A Ayden fez um barulho com a língua e ficou balançando o dedo.

– Se você acha que consegue esconder o que sente por ele, tá muito enganada. Seus sentimentos irradiam como uma luz. O Rule deve saber toda vez que olha pra você.

Fiquei mexendo nervosamente nos cabelos.

– Bom, ele nunca disse nada e, por mim, melhor assim.

– Você é tão boba. É apaixonada por ele desde a adolescência e agora que tá com ele tem receio de se abrir e falar francamente? Achei que não estava mais a fim de perder tempo.

– A gente está falando do Rule. Ele é imprevisível e tem um jeito diferente de lidar com as emoções. Não quero assustá-lo sendo muito intensa rápido demais. Já vi o que ele faz com quem o pressiona e não é nada bonito.

– Se você quer saber, acho que ele é tão apaixonado por você quanto você é por ele. Esse seu brilho... Bom, o Rule também tem isso, só que de um jeito mais obscuro, mais confuso.

– Que bom ouvir isso. Não sei se acredito, mas ainda assim gostei de ouvir.

A gente ficou mais uma hora tomando café e fofocando. Falamos da faculdade e contei um pouquinho do surto que a Margot teve quando o Rule foi buscar meu carro. Depois conversamos sobre o trabalho, concordamos que a Loren só abre a boca pra falar besteira, e combinamos de ir ao shopping no fim de semana seguinte, depois do cabeleireiro. Quando a gente cansou de conversar, a Ayden tinha que sair correndo para se arrumar para o trabalho. A gente se despediu com um abraço. Tenho certeza de que todo mundo na mesa dos *geeks* teve uma ereção. Fui pra Capitol Hill e, como eu estava de folga, e o Rome tinha ido para Springs fazer mais exames, prometi para o Rule que ia para o estúdio esperar que terminasse o último cliente.

Ainda não tinha visitado o estúdio durante o horário comercial. Quando abri a porta, fiquei meio surpresa com tanto movimento. Tinha uma menina atrás do balcão com um cabelo supercurto, da mesma cor

211

do meu, só que todo espetado. Ela atendia o telefone, dava atenção para o monte de gente que estava na sala de espera e ia mostrando os portfólios mais adequados para cada cliente em potencial. Além do Nash, do Rowdy e do Rule, tinha mais três tatuadores, cada um na sua estação de trabalho. Um dos artistas era uma menina bonita, de cabelo verde e preto, que parecia uma personagem de quadrinhos. Seis clientes estavam sendo atendidos, e todos faziam barulhos horríveis e caras de dor. Os amigos deles e os profissionais davam risada e faziam comentários engraçados. Óbvio que estava tocando punk rock bem alto. Dessa vez, era Against me!, e o clima era de energia e animação. Não consigo entender como alguém pode ganhar tanto dinheiro num ambiente tão louco, mas era a cara do Rule.

Fiquei parada na porta por um minuto, me sentindo insegura e absorvendo tudo aquilo. Até que fui empurrada para o lado por uma menina que usava jeans justos demais e aquelas botinhas ridículas que parecem uma pantufa. O cabelo dela era todo armado, e por baixo das mangas daquela camisetinha minúscula dava pra ver que ela tinha os braços cobertos de tatuagens. Era bonita, de um jeito meio *trash* e desesperado. Mas, pelo jeito, a garota que estava atrás do balcão não tinha tempo para ela, porque disse, em alto e bom som, sem a menor cerimônia:

— Vai se foder, Liza. Já disse que a gente tá com a agenda lotada nas próximas duas semanas e não temos o menor interesse em trabalhar até tarde pra fazer essas suas merdas.

A outra resmungou alguma coisa que não consegui ouvir e se apoiou no balcão. A recepcionista, ou sei lá o que ela era, revirou os olhos de um jeito superdramático e respondeu:

— Olha, deixa eu explicar uma coisa: ele não tá a fim de você. Você é cliente e paga pra ele te tatuar, não pra sair com você nem ficar dando mole. Ele está ocupado, ocupado mesmo. Se você quer terminar sua tatuagem, vai ter que marcar hora como todo mundo. E digo mais: ele tá namorando e não quer mais saber de vadia que tem tara por tatuador.

Fiquei piscando sem parar de tanta surpresa quando me dei conta de que ela devia estar falando do Rule, e que eu devia ser a tal namorada.

RULE

Foi muito estranho! A menina continuou fazendo uma ceninha até ficar bem claro que não ia passar pela loira raivosa. Saiu batendo em mim, e um universitário todo arrumadinho tomou o lugar dela no balcão e marcou um horário sem criar confusão. Continuei observando o fluxo das pessoas por um tempo, até que a menina da recepção finalmente reparou em mim.

– Posso ajudar?

Ela não era exatamente simpática, estava mais pra direta, então levei um susto.

– Estou só esperando alguém.

– Bom, você pode sentar ali, se estiver esperando algum cliente.

Coloquei o cabelo atrás da orelha e inclinei a cabeça para o lado, olhando pra ela com atenção.

– Na verdade, estou esperando o Rule.

Agora que ela estava olhando para mim, consegui ver que seus olhos eram bem diferentes. Um era castanho escuro, e o outro, entre verde e azul. A garota suspirou, apertou os olhos e disse:

– Como falei pra maria-tatuagem, o Rule tá ocupado. Se quer falar com ele, tem que marcar hora como qualquer outro cliente.

Soltei uma risadinha abafada sem querer e respondi:

– Maria-tatuagem? É assim que vocês chamam essas garotas?

A menina ficou surpresa com minha pergunta e falou:

– É. Você não faz ideia de quantas garotas andam pela cidade com tatuagens ridículas em cima do cóccix só porque estavam a fim de baixar as calças para um desses meninos.

– Ah, posso acreditar.

Ela apoiou os cotovelos no balcão, me olhou de cima a baixo e quis saber:

– Qual é seu nome mesmo?

– Eu não disse, você não perguntou. Meu nome é Shaw, e não tenho nenhuma tatuagem. Então essa nomenclatura não se aplica a mim.

Assim que disse meu nome, a menina ficou de queixo caído, e pulou da grande cadeira de couro onde estava sentada. Ela arregalou aqueles olhos estranhos e bateu as mãos com força na superfície de mármore que nos separava.

– Caralho! *Você* é a Shaw? Porra, você existe mesmo? Inacreditável! Pessoal, a namorada do Rule tá aqui, e ela é uma mulher de verdade, com um cérebro de verdade. Caralho, não dá pra acreditar. Faz três semanas que os três terríveis não param de falar de você, e não tava acreditando. Mas você existe mesmo.

Parecia uma cena de filme: de repente, todo mundo no estúdio se virou pra ficar me olhando. Como já conhecia o Nash e o Rowdy, os dois só me deram um "oi" de longe e continuaram trabalhando. O Rule me deu uma olhada que me virou do avesso. Piscou pra mim, disse alguma coisa para o menino que estava tatuando e sentou para limpar o excesso de tinta. Os outros três tatuadores ficaram me observando sem nem tentar disfarçar. Isso teria me deixado constrangida, mas a loira tinha saído correndo de detrás do balcão e estava bem na minha frente. Tinha quase a mesma altura que eu, mas pesava uns quinze quilos a menos. Apesar daquele cabelo maluco fazer ela parecer mais alta, era difícil acreditar que aquela voz poderosa tinha saído de alguém tão pequeno. A menina parecia uma fadinha punk.

– Você faz ideia de quanto tempo estou esperando para um desses moleques arrumar uma namorada de verdade? Desde sempre! Despachar as maria-tatuagem nunca me deu tanto prazer quanto agora, e jamais apostaria que o Rule ia ser o primeiro a se acertar.

Ela abanou a mão por trás do ombro, em direção ao outro lado do estúdio, onde os três tatuadores que não conhecia estavam trabalhando, depois apontou pra cada um deles.

– A Bixie é casada com um bombeiro, então nunca deu muito trabalho com clientes esquisitos. O Mase tem uma namorada que vai e vem, então até que se comporta, mas quando os dois se separam dá de dez a zero no Rule no quesito putaria. O Jasper, bom, a gente chama ele de Jaz, mantém seus relacionamentos meio em segredo, porque é ligado ao Reis do Sofrimento, um clube de motoqueiros daqui e, pelo jeito, tem que ficar na miúda, senão as maria-tatuagem caem matando em cima dele. Mas os três são terríveis, nossa... Eu expulso essas vadias daqui todo dia. E, mesmo agora que o Rule tá com você, parece que passo o dia inteiro só fazendo isso.

Ela falava tão alto e tão rápido que era difícil acompanhar o que dizia. Além disso, o Rule tinha tirado as luvas e estava vindo na minha direção, andando daquele jeito que fazia minhas pernas derreterem. Ele se movimenta com uma facilidade, todo autoconfiante, e isso é simplesmente muito sexy. O cabelo dele estava começando a crescer de novo, e eu gostava daquela penugenzinha preta.

– Está contando minhas aventuras com a mulherada pra ela, Cora? Já disse que a Shaw me conhece faz tempo. Você não vai conseguir assustar essa garota.

O Rule deu a volta no balcão e, antes que eu pudesse me preocupar se era adequado ou não tocar nele em pleno ambiente de trabalho, ele me deixou toda excitada, passando as mãos no meu cabelo e grudando a boca na minha. Ele estava com gosto de café e menta, e, pelo jeito, nem ligou que todo mundo estava olhando pra gente enquanto me devorava como se não me visse há semanas, apesar de a gente só ter passado algumas horas sem se ver. Deu uma última voltinha com a língua na minha boca, e o *piercing* dele bateu atrás dos meu dentes. Quando me soltou, fiquei sem fôlego e tenho certeza de que meus olhos estavam meio embaçados. Limpei a garganta e pus minha mão trêmula no peito dele até me recompor.

– Tenho que trabalhar tipo mais uma hora. Tudo bem você esperar esse tempo todo? Pode ficar lá no fundo relaxando ou fazer suas coisas da faculdade ou o que você quiser.

Balancei a cabeça e dei um passo para trás. O Rule estava de pau duro, e aquilo mexia comigo.

– Não, deixa ela ficar aqui. Estou morrendo de curiosidade de saber tudo sobre essa criatura mítica que fez você agir como ser humano uma vez na vida.

Ele deu uma olhada incomodada pra menina e disse:

— Shaw, essa é a Cora Lewis. Ela é a gerente do estúdio e nossa especialista em *piercings*.

A menina ficou subindo e descendo a sobrancelha e me olhou meio de lado. Girou o dedo na direção do Rule e falou:

— Se fica com esse cara, aposto que você conhece meu trabalho.

Eu meio que engasguei e ri ao mesmo tempo, colocando a mão na boca. O pescoço do Rule ficou todo vermelho.

— Ah, Cora! Fala sério — ele reclamou.

Ela sacudiu aqueles ombros pequeninhos e retrucou:

— Que foi? É verdade, não é?

O Rule pousou aqueles olhos azuis claríssimos em mim, e morri de rir da expressão de vergonha que ele fez.

— A Cora é de Nova York, do Brooklin. A gente não sabe onde o tio Phil encontrou essa peça, eles se recusam a contar, mas ela administra este estúdio e faz o lugar funcionar como um relógio suíço. A gente não saberia o que fazer sem ela.

— Posso ficar aqui esperando você. Mas tô com fome, vai ter que me alimentar quando terminar.

Ele se abaixou e pôs os lábios bem no meu ouvido:

— Ah, pode deixar que eu te alimento direitinho.

Até fiquei com calor, e meu corpo tremeu. Dei uma olhada provocante para ele e respondi:

— Tá bom.

O Rule me deu um beijo na bochecha e voltou para a mesa, onde o cliente estava esperando. Olhei para a Cora e fiquei vermelha quando me dei conta de que ela estava sorrindo como o gato de *Alice no País das Maravilhas*.

— Então é assim, é?

Dei uma piscadinha. Ela pegou minha mão e me puxou para trás do balcão, me empurrando na outra cadeira de couro, que estava escondida.

— Assim como?

RULE

A Cora girou a cadeira pra ficar de frente pra mim e me encarou.

– Ele é todo sexy e perturbado, mas também sabe ser doce e fofo. Não sabia que o cuzão do Rule tinha esse lado. Você transformou o Rule num ser humano.

Era a segunda vez que ela falava mais ou menos a mesma coisa, mas tive que esperar atender uns telefonemas para perguntar:

– O que você quer dizer com isso?

– Trabalho com o Rule há cinco anos. Eu já estava aqui quando ele e o Nash começaram como aprendizes, logo que saíram do colégio. Conheço o Phil há muito tempo, e os meninos, há um tempinho. Adoro o Rule. Acho que é meio geneticamente impossível não ser tipo apaixonada por ele quando se tem uma vagina. Aquele mal-humorado estiloso e inseguro tem alguma coisa que te dá vontade de abraçar e cuidar dele.

Eu sabia exatamente do que ela estava falando e só balancei a cabeça.

– Mas ele também é arrogante e explosivo, trata as mulheres que nem lixo porque muitas deixam. Por muito tempo, depois que o irmão dele morreu, fiquei só observando os movimentos da vida dele. O Rule vinha trabalhar, ia pra balada com os meninos, me enchia o saco todos os dias e comia todo mundo que aparecia pela frente. Mas fazia tudo isso trancado numa bolha, e nenhuma das pessoas que amava o Rule conseguia penetrar. Ele era frio e inacessível com a gente, mas de repente começaram a surgir umas rachaduras na bolha, e dava pra ver o velho Rule. Aquela versão robô começou a ficar pra trás, ele voltou a ser humano, e acho que isso tem tudo a ver com você.

– Que bonito isso que você disse.

– É a mais pura verdade. Então, me conta como uma menina básica como você, de pele virgem e sem *piercings*, conseguiu chegar perto de um gato como o Rule. À primeira vista, eu não diria que ele faz seu tipo. Você tem mais cara de roupa de grife do que de uniforme, se é que me entende.

Fiquei enrolando uma mecha de cabelo no dedo e olhando a Cora digitar um monte de coisa no computador. Ela era eficiente, muito rápida,

217

e eu não tinha certeza se estava a fim de falar do quanto achava o Rule sexy pra alguém que conhecia intimamente o pau do meu namorado.

— Quando ele tinha dezesseis anos, chegou em casa com uma tatuagem horrível de uma ferradura e de um trevo de quatro folhas no antebraço. O Phil tinha dado uma maquininha de tatuagem e umas tintas de presente para o Nash, no aniversário de dezesseis dele. Em vez de treinar em melões como todo mundo, os dois decidiram que iam aprender usando um ao outro de cobaia. Eles já tinham muito talento artístico. O Nash curtia mais arte de rua e grafite, e o Rule só estava brincando, mas descobriu que era mesmo talentoso.

— Bom, eu estava na casa dele. Não sei se você teve a oportunidade de conhecer o Remy, mas os dois eram muito mais do que idênticos: os mesmos olhos, o mesmo cabelo preto, e a mesma consciência de que eram absurdamente lindos. Aí o Rule chegou em casa com aquela tatuagem horrorosa e, de repente, virou outro. Tipo, tomou posse da própria pele, fez uma marca para definir quem era e se diferenciar do Remy. Ele adorou o modo como a mudança na aparência transformou sua identidade, e foi bonito de ver. Ele sempre foi um gato, mas, quando começou a customizar a própria gostosura, foi ficando cada vez melhor. Sem as tatuagens e os *piercings*, não seria o Rule.

— E você? Não tem vontade de fazer nada?

— Não sei direito. Meus pais são meio estranhos e, se eu chegar em casa com uma tatuagem ou um *piercing*, vão me deixar de castigo até eu me formar. Então, nunca tinha pensado nisso.

— Quantos anos você tem?

— Acabei de fazer vinte.

— E ainda mora com eles?

— Não.

— Mas então você devia poder fazer o que quer, sem ter medo da reação deles.

Dei um suspiro e fiquei girando na cadeira.

— É, devia. Ultimamente tenho pensado em fazer uma coisinha.

— Uma *tattoo*? Você sabe que o Rule faria uma coisa linda, especialmente porque ele ia olhar para o desenho o tempo todo.

A gente riu tanto que os garotos do estúdio ficaram olhando, mortos de curiosidade.

— Não, me deu vontade de fazer *piercings* nos mamilos.

Não costumo abrir minha intimidade assim, mas, já que a Cora ganhava a vida fazendo isso, senti como se estivesse falando com um médico sobre um problema de saúde. Ela arregalou aqueles olhos de cores diferentes e me deu um sorriso de orelha a orelha.

— Isso é supersexy.

Encolhi os ombros e continuei enrolando o cabelo no dedo.

— Acho bonito e, como você disse, conheço bem seu trabalho e sei que ficaria incrível. Só não sei se estou preparada para fazer algo tão radical.

— Bom, demora um pouquinho pra cicatrizar. Mas, depois, fica demais. Se você se animar mesmo, me fala que faço de graça. Cobro só a joia.

— Bom, o aniversário do Rule é no mês que vem. Se eu for fazer mesmo, tem que ser antes disso.

A Cora bateu palmas e riu como uma criança. Essa menina é meio maluca, mas eu estava gostando dela. Sempre foi difícil para mim fazer amigos e me sentir à vontade perto de pessoas novas. Essa era mais uma prova de como o Rule me influenciava de um jeito positivo: eu estava conseguindo falar com aquela doidinha sem grandes reservas nem ficar envergonhada.

— Hummmm, uma surpresa sexy. Adooooro. Já falei: me avisa que a gente combina. Gosto de ver meus meninos felizes e tratando bem uma menina legal como você.

— Obrigada.

A gente ficou jogando conversa fora por mais uma hora, porque o trabalho do Rule estava demorando mais do que ele tinha imaginado. Fiquei olhando a Cora fechar a conta dos clientes que tinham acabado de se tatuar e atender algumas pessoas que entraram e tinham dúvidas ou queriam marcar uma hora para conversar. Ela expulsou mais uma menina, que veio atrás do Rowdy. Quando o Rule finalmente se aproximou do balcão com o cliente já de curativo, senti que tinha feito uma nova amiga. Ela era sarcástica e espirituosa. E suas observações a respeito de como a cabeça do meu namorado funcionava eram claras e vinham de uma perspectiva diferente, que eu nunca tinha ouvido antes.

    O cliente do Rule era tão novinho que nem parecia ter idade pra dirigir, mas fez uma tatuagem imensa e estava com o braço inteiro enrolado em plástico, com a tinta e a pomada ainda brilhando. Não pude deixar de perceber que ele ficou me olhando quando foi embora, e o Rule também não. Deu um tapinha na cabeça do moleque e avisou que, se ele quisesse terminar de fechar o braço, era melhor não olhar para mulher dos outros. Aí me pediu só mais dez minutos pra limpar a mesa. Fiquei observando o Rule se afastar e reparei que duas clientes mulheres, a do Nash e do tal Mase, fizeram a mesma coisa. A Cora tinha razão: meu namorado exerce algum tipo de magnetismo no sexo oposto e, enquanto eu ficasse com ele, tinha que aprender a lidar com isso.

    Ele foi rápido e veio me buscar logo em seguida. Entregou um envelope com dinheiro pra Cora depositar e gritou um "tchau" geral. Aí me puxou para perto dele, naquele ar gelado da noite. Tremi sem querer e grudei nele, que colocou o capuz do moletom por cima daquela cabeça praticamente careca e enfiou os braços no uniforme de mecânico com o logo e o nome do estúdio bordados nas costas.

    — Você quer pedir alguma coisa ou comer fora?

    Ele esfregou as mãos e depois colocou no meu cabelo, segurando minha nuca. Pareciam blocos de gelo, e eu tremi ainda mais. O Rule me puxou para perto do peito e me encaixou embaixo do queixo.

    — Vamos pedir, só para eu não precisar tirar o carro da vaga.

    — Legal. O que você quer comer?

    — Qualquer coisa. Sério, só tô com fome.

    — Pizza?

– É uma boa, mas nada de pimentão nem de cogumelo na minha metade.

Pendurei meu braço no dele e tentei acompanhar seus passos largos no caminho até o Victorian. Meu celular vibrou dentro do bolso, e fiz uma careta quando vi que era meu pai, ligando de novo. Tinha certeza de que, qualquer que fosse a história que minha mãe tinha contado, ele tinha ficado louco da vida. Mas eu estava sem paciência de ouvir um sermão sobre moral e namorados adequados de um homem que se casou com uma mulher poucos anos mais velha do que eu. Deixei a ligação cair na caixa postal e soltei o Rule para contornar um pedaço congelado da calçada que parecia perigoso.

Ele franziu a testa e pegou minha mão de volta. Me virou de costas, pra eu ficar grudada na frente dele, e foi caminhando e guiando meus passos.

– Não vou deixar você cair.

Pus as mãos nos ombros dele e olhei bem naqueles olhos, que tinham o mesmo tom acinzentado da neve que cobria o chão que a gente estava pisando.

– Não mesmo?

– Não mesmo. Você não confia em mim?

– Quase sempre.

– Por que não sempre?

A gente parou na frente do prédio, e eu pus as mãos na nuca dele, deixando o capuz cair.

– Por que nunca confiei em ninguém completamente. As pessoas que eu mais gosto são sempre as que me fazem mal.

– Não vou ser uma dessas pessoas, Shaw.

Se o Rule soubesse o quanto me doía cada vez que eu o via com uma menina, não diria isso. Dei um sorrisinho forçado e passei os dedos no cabelo preto macio que começava a crescer na cabeça dele.

– Assim espero.

Ele só sacudiu a cabeça e me fez entrar no apartamento, porque estava muito frio para ficar de bobeira lá fora. Depois tirou o casaco e o moletom, fazendo sinal para eu entregar minhas coisas para ele.

— O Nash tem um encontro hoje. Vai voltar tarde... se voltar.

Depois desapareceu no corredor para deixar as coisas no quarto e voltou falando com a pizzaria pelo telefone. Peguei os pratos e entreguei uma cerveja para ele, enquanto procurava em vão alguma coisa para fazer uma salada na geladeira. Se continuar dormindo aqui, vou precisar deixar comida, senão vou acabar engordando.

— Acho que o Nash deve estar cheio de me ver sempre aqui, no covil dos machos. A Ayden me falou que quase viu você pelado lá em casa, hoje de manhã. Os dois estão de saco cheio da gente, com certeza.

Ele deu risada e tomou um gole de cerveja.

— Não queria assustar a Ayden. Achei que ela já tinha saído. Não sabia que só tinha ido dar uma corrida.

— É, ela corre toda manhã. Mas não reclamou, não. Na verdade, até elogiou a paisagem.

O Rule bufou e disse:

— O Nash não liga de você ficar aqui. Até gosta, porque você cozinha, e a gente não precisa ficar pedindo ou trazendo comida pra casa toda noite. Além disso, você tem um cheiro bom e sempre pega as coisas que a gente vai largando pela casa. Se estivesse incomodado, me daria um toque, e acho que falaria com você também. Ele fala para o Rome na cara dura quando cansa dele.

Me apoiei de costas no balcão da cozinha e abri uma garrafinha d'água.

— Então, a Cora estava me contando das maria-tatuagem. Eu não fazia ideia do poder do seu *sex appeal*. As meninas tatuam coisas de que nem gostam só para ficar perto de você. É muita loucura.

— A Cora é fofoqueira e exagera, mas fazer uma tatuagem é uma coisa bem íntima, seja qual for o cliente. Quando essas garotas vão embora, levam algo que fiz gravado pra sempre na pele delas. Confiam em mim pra entender o que querem e executar com perfeição. E, às vezes, tenho que conhecer o cliente, em maior ou menor grau. Tem umas meninas, especialmente as mais novinhas, que se envolvem tanto nesse processo

RULE

que acabam enxergando algo mais nele. Tenho minha cota das que têm uma quedinha por mim e voltam pra tatuar outra coisa. Não porque sou demais, mas porque elas querem passar um tempo no estúdio. Só que é meu trabalho, e sou profissional. Não vou mentir, já peguei umas clientes, mas nunca enquanto estava tatuando ou logo depois. Sexo e trabalho não podem rolar no mesmo lugar.

Tomei um gole d'água e fiquei ruminando aquilo por um minuto.

– Você não se incomoda de eu não ser como as garotas que normalmente atraem você?

– Que bobagem é essa?

Sentei no balcão, e minhas pernas ficaram balançando. Batuquei na superfície azulejada e inclinei a cabeça para observar o Rule com toda a atenção.

– Não tenho *piercing* nem tatuagem. Não tenho um cabelão sexy nem uso roupas que cortam a respiração de tão apertadas. Sou comum, entende? Já vi muita coisa, presenciei muitas das suas manhãs seguintes para saber que não sou exatamente seu tipo. Quando olha para mim, não fica imaginando que gostaria que eu fosse mais parecida com você e sua turma?

Ele colocou a cerveja na mesa da sala de jantar e ficou olhando direto nos meus olhos enquanto caminhava na minha direção. Se fosse antes, eu ficaria toda nervosa e em pânico, mas agora ficava com calor e sem ar. Só parou quando ficou bem colado em mim, entre minhas pernas, com nossos quadris alinhados naquela posição perfeita, que me fazia esquecer até meu próprio nome.

– Quando olho pra você, só vejo você. E você é perfeita, Shaw. Não me interessa a cor do seu cabelo, se é clarinha ou bronzeada, se tá maquiada ou acabou de acordar... A única coisa que me interessa é que, quando olho pra você, você olha pra mim e me enxerga como sou de verdade. Você é bonita por dentro e por fora. Se quiser tatuar toda essa sua pele branquinha linda, da cabeça aos pés, vai ser uma honra. Se não, fico com você assim, toda lisinha e cor de leite, sempre que tiver oportunidade.

Fiquei chocada com tanto romantismo. Foi a coisa mais fofa que alguém já me disse, e eu estava quase dando uma de mulherzinha chorona e saindo balbuciando que aquilo que ele tinha dito era maravilhoso, e que ele era tudo pra mim. Ou então, ia arrancar as roupas dele e transar ali mesmo, na cozinha. Antes que eu me decidisse, a campainha tocou e acabou com o clima. O Rule foi buscar a pizza, e demorei um tempinho para me recompor. Meu namorado estava de pau duro, estava mesmo, e meus planos eram aproveitar cada minuto.

CAPÍTULO 13

Na semana passada, tive alguns momentos tão perfeitos, tão comoventes, que gelei de medo e me deu vontade de sair correndo. Ficar sentado no sofá da minha sala, comendo pizza e tomando umas cervejas vendo o canal de esportes enquanto a Shaw fazia os trabalhos da faculdade foi um desses momentos. Ficar só observando ela simplesmente existir de repente me sufocou, de tanta perfeição. Tive que fugir pra tomar um banho bem quente, senão ia fazer alguma idiotice tipo pedir ela em casamento ou mandar dar o fora. A Shaw se encaixava ali, era simples assim. Preenchia todos os buracos da minha vida. Eu morria de medo só de pensar que ela podia não estar ali ou ir embora a qualquer momento. Nunca tinha sentido isso antes. Não queria depender dela, não queria transformar uma coisa que, de repente, era só aquela empolgação do começo do namoro em algo gigante. Mas alguma coisa me dizia que, se eu mergulhasse nisso de cabeça, nunca mais seria o mesmo.

Essas últimas semanas foram incríveis. Eu gostava de ter a Shaw aqui em casa e na minha vida, e também de criar um espaço pra mim na vida dela. Todos os meus amigos adoravam a garota, e eu não podia nem ficar chateado porque estavam meio apaixonadinhos por ela também. A Shaw não tinha noção do quanto era bonita, e ficava difícil não se apaixonar. Quando a gente saiu do estúdio, ficou na cara que a Cora também tinha virado fã dela. E isso era muito importante pra mim, porque ela era como uma irmã mais velha, e confiava nos instintos dela em relação às pessoas. Por isso a Cora era uma gerente tão boa. A Shaw já fazia parte da minha família. Quando contei o que rolou quando fui visitar meus pais, ela nem piscou e já foi mandando um e-mail esculachando minha mãe, deixando bem claro que não ia tolerar esse tipo de comportamento e implorando que fosse se tratar. A menina estava do meu lado e, mais uma vez, fiquei só imaginando quanto tempo fazia que ela lutava por mim, antes de eu tirar minha cabeça do buraco e me ligar nisso. Sempre me sentia um merda quando pensava naquela história.

Esses momentos calmos me tranquilizavam. Nessas horas, sentia que estava construindo os alicerces de um lance sensacional. Os momentos de paixão, quando ela me olhava como se eu fosse um presente que sempre quis desembrulhar, eram suficientes pra eu pensar que tinha encontrado a única pessoa no mundo que nunca ia me entediar na cama. Eu era o único homem com quem ela tinha transado, e isso era bom porque eu podia ensinar tudo pra ela, e a Shaw sempre foi uma aluna nota onze. Rápido ou mais devagar, com carinho ou mais selvagem, uma rapidinha que me deixava louco ou uma noite inteira de prazer que fazia ela se atrasar pra aula na manhã seguinte... Não tinha a menor dúvida de que a gente era sexualmente compatível. Ela estava começando a descobrir suas próprias preferências. Gostava da coisa um pouco mais bruta e ousada do que eu imaginava, por exemplo. E sempre dava um jeito de encarar com bom humor quando a coisa ficava meio estranha ou não saía do jeito que a gente esperava. Nem lembrava quando tinha sido a última vez que tinha me divertido tanto com alguém na cama. Nem sabia que isso era possível, mas ela deixava o sexo melhor ainda. Só de pensar em perder qualquer uma dessas coisas me dava vontade de entrar num buraco e nunca mais sair.

Estava tentando me livrar do medo. Afinal de contas, a gente só tava passando uma noite legal em casa, sem o Nash por perto. Eu devia estar me esforçando pra ela gritar meu nome no volume máximo a noite inteira. Mas a dúvida não me largava e continuou a me perturbar debaixo do chuveiro, até a água esfriar e me obrigar a sair. Passei uma toalha felpuda na cabeça e no rosto e enrolei outra na cintura. Deixei minhas roupas amontoadas no chão e fui até o quarto, pensando que ela ainda devia estar na sala, fazendo os trabalhos da faculdade, e eu ia ter mais uns minutinhos pra me recompor. Só que a TV estava desligada, e ela, sentada no meio da minha cama, tomando a cerveja que eu tinha abandonado quando corri para o banheiro. Como se não bastasse, ela estava só com a minha camiseta com o logo do estúdio. Ficou muito melhor nela do que em mim, e a Shaw estava me olhando bem sério, com aqueles olhos cor de grama nova.

– Que tá acontecendo?

Limpei a garganta e tentei disfarçar.

– Nada. Por quê?

Só que aquela era a Shaw, e conhecia minhas mentiras melhor do que ninguém. Foi até a beirada da cama, pôs a cerveja no criado-mudo e insistiu:

– Porque você ficou no chuveiro uma eternidade e já tinha tomado banho de manhã. Alguma coisa te assustou, e você saiu correndo. Quero saber o que foi.

Pensei em mentir, falar que ela estava vendo coisas, mas no fim sabia que tinha que me abrir e rezar pra Shaw não surtar por eu ser tão emocionalmente zoado.

– Isso tudo – sacudi a mão entre nós dois – é tão fácil, tão simples, que às vezes eu piro. Não tô acostumado a ser normal, comum, isso me deixa nervoso. Passei a vida inteira só tentando ter uns momentos de prazer passageiro, me sentir bem. E, agora que me sinto bem o tempo todo porque tô com você, fico perdido dentro da minha cabeça, imaginando que qualquer hora vou estragar tudo, que não vou conseguir suportar se você resolver me deixar. Às vezes fico tão consumido por essas visões do que pode acontecer que é muito difícil aproveitar o presente. Ver TV com você, ficar na boa do seu lado, acalma algo dentro de mim que eu nem sabia que precisava ser acalmado, mas também faz alguma outra coisa lá dentro se encolher de medo. Desculpe.

A Shaw ficou só me olhando, e achei que a garota ia levantar da cama e sair porta afora. Se fizesse isso, ia atrás dela com certeza, de toalha ou sem toalha, mesmo com todo aquele frio, implorar pra ela voltar. Só que a Shaw levantou da cama e veio até mim de pés descalços. Minha camiseta cobria todas as partes interessantes, mas por pouco. Ela parou antes de encostar em mim, perto o suficiente pra gente sentir a respiração um do outro.

— Também fico com medo, Rule. Também não estou acostumada a ser comum, e nunca pensei que fosse sentir isso justo com você. Achei que nunca ia rolar alguma coisa entre a gente. Então tudo bem você ficar meio perdido dentro da sua cabeça, desde que volte pra conversar comigo sobre isso. Não vou pedir para me dar nada que você não queira. As pessoas fizeram isso comigo minha vida inteira, e não aguento mais.

Suspirei de alívio e relaxei as mãos. Nem tinha percebido que estava de punhos cerrados.

— E se eu pedir pra você me dar tudo, Shaw? E se eu quiser tudo? Não vou ser igualzinho a essas pessoas?

A Shaw fez um barulhinho com a garganta e depois me deu um sorriso que quase me matou. Ela é tão linda e pura.

— Não, porque você não precisa me pedir nada. Já é tudo seu. Você é o único homem para quem eu sempre quis dar tudo.

Essa mulher ainda vai acabar comigo. Colocou as mãos na lateral do meu corpo, uma no anjo, outra na morte, e achei que meu coração ia sair pelo peito.

— Você tem que prometer que não vai me abandonar quando eu ficar confuso, Shaw. Prometa que vai me esperar até eu conseguir voltar. Preciso ter certeza de que você vai ser minha luz no fim do túnel quando eu estiver perdido na minha própria escuridão.

— Sei muito bem esperar por você, Rule. Não ligo de fazer isso, desde que não se afaste de mim nessas horas. Não posso ficar com você, me envolver tanto nessa história, se for me mandar embora quando sentir que se envolveu demais. Meu coração não aguenta.

— Eu sei. Só não sei se vou conseguir cumprir essa promessa. Meu normal é voltar para o que sempre faço: me afastar e ficar distante, pra tentar me proteger. Vou fazer de tudo, Shaw, mas sempre falei que não entendo muito bem desse negócio de namoro e tô morrendo de medo de errar.

Ela se inclinou pra frente e ficou passando a mão nas minhas costas e nos meus ombros. Deu um beijo de leve, com a boca aberta, no meio do meu peito, e minha vida inteira se concentrou naquele ponto onde ela me tocou.

— Bom, você pode ter medo sozinho ou a gente pode sentir medo juntos. Prefiro a segunda opção. Mas, você precisa de um tempo para pôr sua cabeça em ordem e decidir o que quer. Quero ficar com você, Rule, mas não posso fazer isso se te magoar ou apavorar. Merecemos mais.

Àquela altura, não sabia se era o caso de merecer ou não, mas eu não era idiota ao ponto de pôr o que tenho com a Shaw em risco por causa de uma dúvida que não consigo controlar. Finalmente, puxei ela pra mim, dando um abraço sufocante que apertou o corpo inteiro dela contra minha pele nua. Já tinha ficado um bom tempo na cama com ela de manhã, tinha feito ela implorar, me virado do avesso, mas nada disso importava. Meu pau reagiu por baixo da toalha, mostrando que, independentemente do que estivesse acontecendo na minha cabeça, não tinha nenhuma influência sobre o que meu corpo sentia por ela.

— Sou todo zoado, Shaw, só isso. Desculpa ficar desse jeito, mas a última coisa que quero é correr atrás do meu próprio rabo.

Aí dei um beijo daqueles, pra ela sentir as coisas que eu não conseguia dizer e que queimavam meu sangue. Queria ficar com a Shaw o tempo todo, e só de pensar nisso fiquei de perna bamba.

Ela me deixou devorar aquela boca, enroscar as mãos naquele cabelo, prensar seu corpo contra a parede mais próxima e ficar roçando aquela ereção insistente nela sem reclamar nem discutir. Não estava sendo gentil, preocupado com o fato de ela estar gostando ou não, era só uma necessidade cega de meter, fazer ela sentir aquela emoção que tava me deixando louco. Eu precisava drenar um pouco daquele desejo, e o único jeito de fazer isso era tirar de mim e pôr nela. A Shaw bateu a cabeça na parede e senti que ela segurou a respiração, meio tensa, mas nada disso me fez parar. A toalha caiu no chão, e foi fácil tirar a camiseta que ela usava. Deixei nós dois pelados rapidinho. Em algum lugar da minha cabeça, sabia que precisava desacelerar, voltar a ter controle sobre mim mesmo, que estava pegando nela com muita força, que ia deixar marcas, mas não consegui me segurar.

A Shaw sussurrou meu nome, tentou me obrigar a ir mais devagar, mas nem liguei. Estava pronto pra entrar nela, enterrar todo aquele medo e aquela incerteza no corpo quente da minha mulher, sem parar pra pensar. Mas ela conhecia todos os meus truques, se ligou que aquele era o jeito que eu comia as outras garotas e que, provavelmente, nem ia me lembrar do que tinha rolado na manhã seguinte. E ela não ia deixar que eu a transformasse em mais uma das conquistas sem rosto que eu usava pra acalmar minha cabeça. Como não tinha mais cabelo e era muito maior do que a Shaw, ela só conseguiu enterrar as unhas no meu couro cabeludo e morder minha língua invasiva pra me fazer ir pra trás e dar um espaço pra ela respirar. Recuperou o fôlego com dificuldade, se afastou da parede colocando as mãos no meu peito e me deu um empurrão.

Fui pra trás meio que tropeçando e fiquei sacudindo a cabeça e falando:

– Gasparzinho...

Eu queria pedir desculpas, dizer que nunca ia menosprezar de propósito tudo o que a Shaw significava pra mim, mas ela não deixou. Ficou na ponta dos pés e pôs aquela mãozinha na minha boca. Aqueles olhos verdes estavam arregalados, com uma mistura de desejo e tremor que deu um nó no meu coração. Essa menina simplesmente me entendia e não ia me culpar por toda a loucura que tenho dentro de mim.

– Não fala nada, Rule.

Ela tirou a mão da minha boca e me beijou com um milhão de níveis de carinho, aquele carinho que não tinha conseguido mostrar pra ela.

— Você precisa que eu cuide de você agora mesmo, e é isso que vou fazer. Mas preciso ter certeza de que sabe que sou eu quem está aqui.

— Sei que é você, Shaw.

— Que bom, porque por um momento fiquei na dúvida e nem tenho palavras pra dizer o quanto isso me deixa puta. Agora cale a boca e me deixe ajudar você a sair dessa escuridão.

Tentei pegar nela, dar um abraço e segurar seu corpo perto de mim, mas ela se desviou e se abaixou, ficando de joelhos na minha frente. Fiquei sem ar por um segundo quando os lábios dela pararam em algum lugar embaixo do meu umbigo, e os músculos do meu abdômen ficaram tão contraídos que chegou a doer. A gente já tinha brincado muito, mas ela ainda não tinha se aventurado por essa área. Meu pau tremeu de tanto tesão quando ela passou a ponta da língua no contorno da sereia que tenho tatuada lá embaixo, com uma cauda comprida que se enrola na base do meu pinto. Não sabia aonde aquilo ia chegar e só coloquei as mãos na cabeça da Shaw. O cabelo parecia uma seda na ponta dos meus dedos, e não me mexi mais, com medo de que parasse por minha causa.

— Shaw...

Não sabia se pedia pra ela parar ou continuar, porque não ia aguentar muito tempo. Estava excitado demais e quase gozando.

— Você não precisa fazer isso.

Fui sincero, mas estava ligado que a probabilidade de eu morrer se ela parasse era grande. A Shaw fechou aquela boca úmida e quente na minha carne ardente, e o *piercing* atravessado na ponta do meu pau puxou a pele sensível do meu prepúcio. Quando meu pau chegou na garganta dela, fechei os olhos, e cada sensação que já tive na vida simplesmente deixou de existir.

Muita mulher já me chupou, e gostei de todas. Mas tinha algo a mais na Shaw de joelhos na minha frente, me chupando com aquela boquinha linda. Era a melhor chupada de todas. Estava difícil até de respirar, e senti que meus joelhos não iam mais aguentar me segurar em pé. Meu pau estava pulsando no mesmo ritmo do meu coração, e a carne, que já estava sensível, de repente pareceu que ia rasgar. Não tive palavras pra estimular a Shaw, dizer do que gostava ou não. Não que isso tivesse alguma importância, porque ela parecia ter um talento natural pra coisa. Brincava com meus *piercings*, passando a língua rápido em volta do metal, que ia esquentando e esfriando. Prendi a respiração e tentei segurar meu orgasmo quando era eminente, mas não consegui. Suspirei o nome dela pra avisar e tentei puxar aquele cabelo comprido pra dizer que era melhor sair da linha de fogo, mas ela não quis saber. Me fez gozar pra caralho, deu um beijinho na minha barriga, que tremia enquanto tentava pôr minha cabeça de volta no lugar e sentou em cima dos pés, pelada e maravilhosa. Aí levantou aquela sobrancelha loira e balançou aquele cabelo, que estava todo bagunçado e melecado.

– Sempre vou cuidar de você, Rule. Para falar a verdade, gosto de fazer isso, porque fico feliz e me sinto bem. Mas nunca vou deixar você me usar para exorcizar seus demônios, como fazia com todas aquelas meninas que vieram antes de mim. É melhor aprender a diferença.

Nem respondi, porque a Shaw tinha toda a razão. Levantei-a pela cintura e joguei em cima da cama. Nem precisei esperar, porque ela estava prontinha pra mim. Só de me chupar – melhor do que qualquer uma – ficou excitada, molhadinha e escorregadia. As dobras dela já estavam no jeito, prontas pra o que eu tinha a oferecer. Quando meti, fiz questão de esfregar a bolinha do meu *piercing* nas partes mais sensíveis dela. Sei que todas aquelas joias lá embaixo iam fazer a Shaw gozar de qualquer jeito, mesmo que não fosse uma coisa tão sensacional – não que fazê-la ir à loucura todas as vezes não fosse meu objetivo. Ela cruzou as pernas em volta dos meus quadris, e fui pondo e tirando até ela ficar com os olhos quase fechados. Fiquei por cima dela, que pôs as mãos em volta do meu bíceps. Eu podia morrer feliz depois de ver a Shaw dando pra mim daquele jeito, gemendo e se contorcendo toda embaixo de mim quando a onda de prazer tomou conta daquele corpo, e ela se agarrou em mim.

Nunca pensei muito em monogamia nem em fazer sexo várias vezes com a mesma pessoa, porque essa parada nunca me atraiu. Mas estava ligado, do fundo da minha alma, que só podia ser feliz com a Shaw, deixando a garota daquele jeito, toda satisfeita. Quando ela gemeu meu nome, baixinho e cheia de desejo, gozei na hora, enterrei o rosto na delicada curva do pescoço dela e rugi como um animal feroz. Aí desabei em cima dela, estava parecendo um monte de carne sem ossos, e senti a Shaw me envolver com aqueles braços finos. Fiquei com o rosto no pescoço dela e dei um monte de beijinhos de olhos fechados.

– Você me faz pensar que tudo vai dar certo.

Ela se virou, pra eu me acomodar melhor no pescoço dela, ficou passando as mãos nas minhas costas e disse:

– A gente só pode tentar, Rule. Estou disposta a fazer isso, se você também estiver. Não estou me iludindo: conheço você há um tempão e sei que nem sempre vai ser simples e divertido. Que coisas como pizza e uma noite tranquila em casa fazem você surtar. Mas estou com você, desde que reconheça o que está rolando e esteja disposto a tentar.

Ri baixinho encostado naquela pele úmida. Ela tremeu, e respondi:

– Se surtar significa que você vai me chupar pra eu parar de bancar o idiota, não posso prometer que vou parar com isso tão cedo.

A Shaw soltou um palavrão e me deu um tapa na bunda. Peguei no sono com ela enrolada nos meus braços, rindo gostoso no meu ouvido. Meu túnel era longo e sombrio, e às vezes, mesmo com as melhores intenções, as paredes pareciam me esmagar. Mas se a Shaw estava disposta a ser minha luz lá no fim, eu é que não ia deixar de tentar, de jeito nenhum.

A GENTE ACORDOU NA MANHÃ SEGUINTE e foi em silêncio buscar o carro dela. Paramos no café da esquina, e nenhum dos dois estava com muita vontade de discutir o que tinha rolado na noite anterior. Depois de dormir tão bem e acordar vendo aquele rostinho tranquilo e inocente dela, minha cabeça tinha voltado para o lugar. Fiquei me xingando de tudo quanto era coisa por ter deixado minhas encanações de sempre me levarem pra um lugar tão sombrio. Comer pizza e ficar em silêncio no sofá não era nada, comparado às merdas pesadas que ficaram buzinando na minha cabeça desde que a Shaw fez com que eu me abrisse. Estava com vergonha que ela tivesse se ligado que eu tinha usado o corpo dela pra fugir, tentado rebaixar a garota ao nível das minhas outras aventuras sexuais. Se ela não tivesse me chamado a atenção e deixado eu ir em frente, tudo teria terminado entre a gente. Eu sabia disso e tinha quase certeza de que ela também sabia. A Shaw não permitiu que eu a colocasse no mesmo saco das outras, e vou ser eternamente grato por isso.

O tempo estava só um pouquinho mais quente, e os pedaços congelados da calçada tinham virado poças de gelo sujo derretido. A gente foi desviando do perigo, tentando equilibrar os cafés quentes e ficar aquecido. A Shaw tinha estacionado o carro na rua, a algumas quadras do estúdio. Tinha vontade de perguntar se estava tudo bem com ela, com a gente, mas a garota empacou de repente, e quase bati nas costas dela. Soltei um palavrão baixinho quando o café derramou na minha mão.

– Caralho, Shaw.

Ela não se mexeu, e tive que pular pra trás quando soltou o café, que caiu no chão coberto de neve. Parecia que, de uma hora pra outra, a mão dela tinha ficado sem vida. Pôs a mão trêmula sobre a boca e, antes que desse tempo de eu perguntar de novo o que tinha acontecido, uma picape que estava esperando pra virar à esquerda saiu da minha frente, e pude ver o carro dela.

Todos os vidros estavam estilhaçados, e os faróis, quebrados. Os pneus tinham sido cortados, e as rodas estavam no chão, que por sua vez estava cheio de pedaços de borracha. A pintura preta impecável tava toda estragada, tinham pegado um *spray* vermelho horroroso e escrito palavras mais horrorosas ainda. No capô, estava escrito "puta", em letras gigantes e, dos dois lados, da frente até o porta-malas, rabiscaram variações desse mesmo tema. O estrago era feio mesmo. E, considerando o tipo de carro que ela tem, o conserto ia sair caro pra caramba.

A Shaw estava tremendo. Coloquei o braço em volta dos ombros dela e a puxei pra perto de mim. Ela resistiu, ficou dura que nem uma pedra, com os olhos fixos naquela destruição sem sentido. Mas insisti, e a Shaw veio, ficando com a cabeça encaixada embaixo do meu queixo.

– A gente devia chamar a polícia.

Ela só ficou tremendo e sacudindo a cabeça, encostada no meu pescoço.

– Não. Pra quê? O pai do Gabe vai acobertar tudo de novo e abafar o caso. Além disso, a gente nem tem como provar que foi ele.

Fiquei puto porque, provavelmente, ela tinha razão.

– Quer que eu leve você pra faculdade? Posso dar um jeito nisso enquanto fica na aula.

– Não. Preciso ligar para o seguro e pedir pra eles virem rebocar esse negócio. Por que o Gabe não me deixa em paz?

Passei a mão de leve no cabelo dela, do topo da cabeça até aquelas pontinhas quase brancas, e respondi:

– Porque você é inesquecível.

A Shaw soltou um suspiro, e ficamos abraçados até ela parar de tremer.

– Acho que preciso voltar pra sua casa pra resolver isso.

– Claro.

Ofereci pra ela o que tinha sobrado do meu café, e a gente foi abraçado até o Victorian. Em silêncio. Dessa vez, por outros motivos. Eu sabia que precisava controlar aquela raiva que estava quase me engasgando até levar a Shaw pra algum lugar seguro, onde ela se sentisse protegida. Nem consigo imaginar a violência que é ter uma coisa sua destruída desse jeito. Apesar do tal Gabe ter passado as últimas semanas na dele, agora tinha ficado claro que não tinha a menor intenção de desistir daquela obsessão pela minha mulher.

Quando a gente entrou no apê, ela começou a fazer umas ligações, combinar de um técnico ir lá avaliar o estrago e de alguém guinchar o carro até uma oficina. Precisava de outro carro e foi logo resolvendo isso também. Depois de umas duas horas, durante as quais não tirei os olhos dela, acho que a Shaw ficou meio acabada com toda aquela adrenalina e disse que queria tomar um banho e deitar um pouco. Mandei a Shaw ir para o meu quarto, apertando os dentes, e dei um beijo nela, esperando que não percebesse a fúria que queimava cada célula do meu corpo.

Ouvi o chuveiro ligando e, alguns minutos depois, o Nash apareceu, se arrastando. Estava com cara de acabado, mas com um sorrisinho malicioso e a camiseta do avesso, então imaginei que o tal encontro tinha cumprido sua função. Ele deu uma olhada, percebeu que eu estava apertando o maxilar e com fogo nos olhos e perguntou:

– Noite ruim?

– Manhã ruim. Destruíram o carro da Shaw ontem à noite.

– Você acha que foi o Camisa Polo?

– Quem mais faria uma coisa dessas com ela?

– Sei lá. Uma garota que ficou puta porque você não tá mais no mercado. Vocês dois têm um passado difícil.

Nem tinha passado pela minha cabeça que eu mesmo poderia ser a causa daquela retaliação. Fiquei ainda mais puto. Inclinei a cabeça em direção ao quarto e falei:

– Você pode ficar de olho na Shaw até eu voltar? Ela parecia bem, mas dava pra ver que estava bem abalada.

– Onde é que você vai? Tenho que estar no estúdio à uma.

– Volto antes disso.

– Rule...

– Nem começa, Nash. Eu já devia ter perdido a cabeça faz tempo. Esse otário vai ouvir que, se continuar mexendo com a Shaw, vou acabar com ele.

– Você tá querendo treta, e isso não é bom.

– Nem ligo. Volto já. Só fica de olho na Shaw e, se ela perguntar aonde eu fui, inventa alguma coisa. Ela já se preocupou demais por hoje.

O Nash não queria, mas acabou concordando. Eu estava ligado que não aprovava o que eu ia fazer.

Corri pra picape e fui até a faculdade. Sabia que a Shaw tinha aula no mesmo horário do Gabe na segunda, quarta e sexta-feira. Depois de achar um lugar pra parar o carro, só precisei perguntar pra uma moça e piscar pra outra pra descobrir onde ficava o prédio de ciências políticas. Estava frio, e os alunos corriam pra lá e pra cá de cabeça baixa. Ninguém prestou atenção em mim, e pude ficar rondando o prédio. Tinha certeza de que ele ia sair dali uma hora ou outra. Felizmente, nem precisei esperar muito, e o segurança do campus passou por lá sem me notar. Vinte minutos depois, as portas se abriram, e saiu um monte de garotos que pareciam ter esvaziado as prateleiras das lojas mais caras do universo. Estavam rindo e comentando alguma coisa, e o Davenport parecia tão satisfeito que me deu vontade de socar aqueles dentes perfeitos dele.

Esperei até o grupo dispersar e o Davenport ficar sozinho. Ele puxou a gola da jaqueta de náilon até cobrir as orelhas e pegou o celular. Desencostei da parede do prédio e segui o mané em silêncio até o estacionamento. Quando parou perto do carro, estendi o braço, agarrei a nuca dele e dei um empurrão, fazendo ele cair de cara no metal gelado do teto do carro. O Gabe soltou um som de surpresa, e deixou a mochila com os livros e o computador cair no chão. Tentou se soltar, mas eu estava agarrando bem, pilhado de fúria, e ele não teve a menor chance. Me inclinei pra frente, e meu cotovelo ficou machucando a base do seu pescoço. Apertei os dedos até sentir a pele dele bem esticada.

– Se quiser perturbar, dar um susto ou aterrorizar alguém, é melhor escolher uma pessoa que não tenha um namorado puto da vida esperando você na esquina, seu *playboy*. Esta é a última vez que vou te dizer pra deixar a Shaw em paz. Se não, essa sua cara de namorado da Barbie de que você gosta tanto vai acabar virando um hambúrguer – dei outro empurrão nele, batendo o rosto dele sem dó no metal do carro. O povo que estava no estacionamento começou a olhar pra gente, mas nem liguei. – Fui claro?

O Davenport resmungou alguma coisa e pôs as mãos embaixo do peito, pra conseguir se levantar. Soltei o babaca e dei um passo pra trás, com as mãos soltas ao lado do corpo, para o caso de ele querer sair no tapa ali mesmo. Ajeitou o cabelo que eu tinha bagunçado e ficou me olhando, abrindo e fechando a boca.

— Você sabe tão bem quanto eu que meu pai pode me livrar da cadeia. E o seu? Pode fazer o quê? Trocar um pneu? Te ajudar na mudança? – ele deu uma risada amarga e cuspiu sangue, quase acertando meu coturno. – Você não é páreo pra mim. Pode dizer que é namorado da Shaw, mas o que importa é que ela simplesmente não pode me largar pra ficar com alguém da sua laia. Pegaria mal pra mim.

Achei que o imbecil era só mimado e irritante. Mas, quanto mais falava, mais eu questionava a sanidade mental dele. Parecia um maluco falando.

— Cara, vai comer outra. A Shaw não gosta de você, nunca vai gostar, e ficar perseguindo ela só tá deixando todo mundo puto. Se você acha que tenho medo do que seu pai ou qualquer outra pessoa possa fazer comigo, tá muito enganado. Se conseguir se livrar de mim, tem mais um monte de gente pra me substituir e proteger a Shaw. Você não vai conseguir nada perturbando minha mulher e nunca mais vai encostar o dedo nela. Vou arrancar cada um deles e te enfiar goela abaixo.

Ele ficou debochando de mim e pôs um dedo no meu peito. Deu sorte de não levar um soco na boca.

— Você é tão burro, tão mal-educado e pobre de pensar que isso tem a ver com sexo. Posso conseguir sexo onde quiser. Você acha mesmo que deixei a Shaw ficar rebolando aquela bunda na minha frente por seis meses e não peguei ninguém por fora? Sexo é irrelevante e, se ela está dando pra você, não quero nem chegar perto dessa garota. É uma questão de negócios, e minha imagem tá em jogo. Ela não pode passar a ideia de que posso ser substituído por um punk tatuado que não tem nada a oferecer. Não posso permitir que pensem isso de mim.

Peguei o pulso do cara e o empurrei de novo contra o carro.

— Se acha que fazer sexo com a Shaw é irrelevante, então você é que é burro, otário. Se liga! Se conseguir provar que você teve alguma coisa a ver com o que rolou com o carro dela, a gente vai prestar queixa. Se continuar incomodando minha namorada, a gente vai continuar indo à Justiça e, uma hora ou outra, alguém vai perceber que seu pai tá acobertando você. Estou falando: ou para com isso ou vai acabar no hospital, e eu vou pra cadeia na boa, entendeu?

A gente ficou se encarando. Àquela altura, já tinha um grupo considerável de pessoas em volta. Só vi que o segurança estava por perto quando ele se enfiou no meio da briga. Nem deu tempo de ele começar a fazer perguntas, porque soltei o Gabe e corri pra ruazinha onde tinha parado o carro. O segurança gritou alguma coisa pra mim, e ouvi o Davenport levantar a voz, mas não parei até entrar no carro e ligar o aquecedor a toda. Apertei o volante várias vezes e respirei fundo pra tentar me acalmar. A última vez que tinha sentido essa raiva, essa sensação de impotência, essa necessidade insatisfeita de destruir alguma coisa, foi quando enterraram meu irmão. Queria estraçalhar aquele Camisa Polo músculo por músculo e ficar assistindo ele sofrer. Dar um empurrão e constranger na frente dos outros simplesmente não bastava. A escuridão, aquela imprevisibilidade que se esgueirava dentro de mim, estava querendo dar as caras de novo. Eu estava com sede de vingança, mas tinha que lutar contra esse sentimento, porque não podia fazer a Shaw enfrentar essa barra de novo tão cedo.

Demorei meia hora até sentir que estava em condições de ir pra casa encarar a Shaw. Quando entrei, o Nash tava jogando videogame e falando um monte de bobagens no fone com sei lá quem que ele estava jogando. Arrancou o aparelho da cabeça, me olhou de cima a baixo quando fechei a porta e ficou de pé.

— Não tô vendo sangue nem pedaços de carne humana — comentou.

Encolhi os ombros, joguei o casaco no sofá e falei:

— Tinha muita gente por perto. Além disso, acho que bater nele só servirá de estímulo. O tal Gabe não tem nenhum parafuso na cabeça. O lance não tem nada a ver com a Shaw. É só uma questão de imagem: pega mal pra ele ter sido trocado por mim. O ego do cara é uma coisa do outro mundo. Sinceramente, não sei o que a gente vai fazer, porque ele tem razão: o papai acoberta tudo o que o filhinho faz. Esse Davenport já provou isso.

O Nash mexeu a cabeça na direção do meu quarto.

– A Shaw não deu um pio. Nem apareceu depois do banho, então não sei o que ela tá fazendo, mas tenho que ir ou vou me atrasar e ainda tenho que dar um tapa no desenho do meu cliente.

– Na boa, eu cuido dela. Vai ver estava tão estressada que dormiu esse tempo todo.

– Tomara, irmão.

Eu bufei, fiz sinal pra ele cair fora e fui para o meu quarto. A porta estava fechada e, quando abri, vi que estava tudo escuro. A Shaw tava toda encolhida no meio da cama e não precisava ser nenhum gênio pra descobrir que tava bem acordada e tinha chorado pra caramba. Minha namorada estava com as mãos enfiadas embaixo da bochecha, olhando sem expressão pra TV desligada.

– O que você fez com ele? – perguntou.

Aquela voz era séria e estava ainda mais rouca, porque tinha chorado. Sentei na beirada da cama e passei a mão na coxa dela.

– Falei pra ele cair fora e que não era muito inteligente encher o saco da minha namorada. Não sei qual é a dele, Shaw: acho que o Gabe é louco de pedra. Parece que não pensa direito, não entende nada.

– Achei que você ia bater nele.

– Bom, eu ia, mas era dia, e a faculdade inteira estava por perto. Dei uns empurrões nele, e a gente falou um monte de merda, mas o que eu mais queria era que o cara soubesse que você não tá sozinha, que se te machucar vai ter um monte de gente só esperando pra machucar ele também.

Lágrimas silenciosas rolaram pelo rosto da Shaw, e tive que me inclinar pra poder enxugar aquele choro com meus dedos.

– Só quero que ele desapareça da minha vida. Nunca fiz nada pra merecer isso. Sempre faço o que todo mundo quer. Por que estou sendo punida por ter feito, uma única vez, o que eu quero?

– Não sei, Gasparzinho. Não sei.

Não sabia mesmo o que fazer pra Shaw se sentir melhor. Eu só deitei atrás dela e a segurei nos meus braços. Não me considero alguém compreensivo, não sou de sentir muita compaixão pelos outros. Normalmente, minha cabeça é tão enrolada que fica difícil prestar atenção nos sentimentos das pessoas, ainda mais com o redemoinho de bobagens emocionais que sempre me ronda. Mas abraçar a Shaw enquanto ela chorava mudou alguma coisa fundamental em mim. Senti que faria ou daria qualquer coisa pra ela melhorar. Me senti um fracasso por não ter impedido aquilo de acontecer, e me liguei que, dali pra frente, ficar de olho nela e evitar que encontrasse o Davenport não ia ser suficiente.

De repente, tive absoluta clareza de que queria proteger minha mulher de qualquer coisa que a pudesse magoar. E isso era uma merda, porque suspeito que, em algum momento do passado, tinha feito a Shaw sofrer do mesmo jeito que o Camisa Polo faz hoje. Só de pensar nisso, fico com vontade de quebrar tudo de novo.

CAPÍTULO 14

Shaw

— Tem certeza de que quer fazer isso?

A Ayden estava nervosa e nem um pouco feliz de ter sido arrastada até o Homens Marcados tão cedo. A gente estava sentada numa salinha do estúdio que eu nunca tinha visto, apesar de passar cada vez mais tempo por lá, esperando o Rule sair ou levando comida quando ele tinha que trabalhar até mais tarde. Era óbvio que a sala tinha sido decorada por uma mulher. O estilo descolado da Cora estava por todos os lados e tinha um pouco menos de cheiro de antisséptico que o resto do lugar. Eu estava sentada numa cadeira muito parecida com aquelas de ginecologista, mexendo, nervosa, em tudo o que via pela frente.

– Tenho.

– Simplesmente não entendo por que você quer passar por essa dor.

– Só vai doer um minutinho, e eu confio na Cora.

Confiava mesmo. Sempre que ia ao estúdio, a gente acabava conversando por horas e horas, e a gente até ficou amiga. Quando o Rule ou o Rome não podiam "cuidar da Shaw", a Cora não ligava de ficar comigo até um dos meus muitos cães de guarda estar livre. Gosto mesmo dela, e o único jeito de conseguir fazer aquilo era com alguém de confiança. A Cora até tinha topado me atender quando o estúdio estivesse fechado, enquanto o Rule e o Nash estivessem na academia, para eu poder fazer surpresa.

— Só quero ter certeza de que está fazendo isso por você mesma e não pelo Rule. E se vocês terminarem e o próximo garoto com quem você ficar for todo moralista e certinho? Seu próximo namorado pode não gostar de *piercings* nos mamilos.

Fiz uma cara de tédio pra ela e tentei me acalmar. A verdade é que aquilo não tinha nada a ver com o Rule. Eu estava começando a sentir que não tinha controle da minha vida de novo. O que aconteceu com o meu carro, o jeito como Gabe ainda influenciava meu dia a dia, a pressão dos meus pais, do meu cabelo ao meu namorado, o jeito como o Rule se fechava em si mesmo quando a gente começava a ter mais intimidade... Tudo isso estava me sufocando, e eu precisava fazer alguma coisa que fosse só minha. Queria fazer aquilo que tinha decidido, uma alteração no meu corpo, algo em que ninguém pudesse se intrometer. Minhas enxaquecas estavam aparecendo com mais frequência – foram três nas últimas duas semanas – e, se eu não tomasse uma atitude, sentia que ia partir em mil pedaços.

— Se a gente terminar, você realmente acha que vou conseguir ficar com alguém todo certinho?

— Por que não? Você namorou o Gabe seis meses, e ele é o oposto do Rule. Aposto que o sujeito ia ter uma parada cardíaca se visse seus *piercings* nos peitos.

— Nunca mais vou namorar alguém por obrigação. E, de qualquer modo, não pretendo namorar ninguém além do Rule tão logo. Então não vamos pôr a carroça na frente dos bois.

Mas, para falar a verdade, na última semana as coisas entre mim e o Rule estavam meio tensas. Não sei bem por que, mas ele estava me tratando como se eu fosse feita de açúcar e pudesse quebrar a qualquer momento. Quando ele não estava prestando atenção, via que me olhava com uma cara confusa, como se tentasse entender o que eu ainda estava fazendo ali ou por que estava comigo. Ele andava obcecado com minha segurança e não me deixava ficar sozinha de jeito nenhum. A gente ainda dormia junto todas as noites, alternando entre as duas casas e, na cama, aquela paixão descontrolada tinha se transformado em ternura e carinho. Era gostoso, mas não parecia mais ele, e eu estava começando a ficar preocupada. Não sabia como puxar esse assunto, porque não podia dizer que alguma coisa estava errada. Ele ainda estava emocionalmente envolvido, era atencioso e disposto a tentar fazer o que eu tinha pedido. Mas alguma coisa estava estranha. Só que não conseguia entender o que era.

– Se seu pai descobrir, aí sim vai suspender aquele cheque pra pagar a faculdade no ano que vem – disse a Ayden.

Meu pai finalmente tinha se cansado de eu ignorar as ligações dele e me emboscado em casa na semana passada. Tentei explicar o que tinha acontecido com o carro, tentei fazer com que entendesse o que estava rolando com o Gabe e as ameaças que ele me fazia, mas não adiantou. Meu pai só se preocupa com a imagem dele e da minha mãe. Ele fez a mesma ameaça de sempre, disse que ia parar de pagar minha faculdade, mas isso não me atingiu. Falei que, se ele parasse de pagar, não via problema nenhum em arrumar um emprego de *stripper*, e ele não gostou nem um pouco.

Não vi nem sinal do Gabe, mas não acho que o susto que o Rule deu nele funcionou. A Ayden contou que ouviu umas colegas falando de mim. Pelo visto, a nova missão do meu ex-namorado era acabar com minha reputação no campus, contando uma série de mentiras deslavadas e histórias sem pé nem cabeça. Por sorte, cresci num lar onde sempre fui julgada e odiada, e ouvir coisas horríveis ao meu respeito não tinha nenhum efeito sobre mim. Se não, ia estar ainda mais surtada e pensando em mudar de faculdade só para me livrar disso tudo.

– É, ia mesmo. Ainda bem que é num lugar que ele nunca vai ver.

A Cora abriu a porta, segurando uma bandejinha de metal que parecia esterilizada e cheirava a antisséptico.

– Preparada?

Mexi as pernas e fiquei deitada de costas na cadeira, tentando acalmar o ritmo da minha respiração.

– Nasci preparada.

– Sou rápida, vai terminar logo. Mas não esqueça que precisa higienizar direitinho. Então, por umas três ou quatro semanas, não fica mexendo neles nem deixa o Rule ficar. Ele deve saber bem as regras.

Dei risada e ela pediu pra eu tirar a blusa justa de decote V e o sutiã. Fiquei tremendo sem querer por estar tão exposta, mas a Cora me transmitia segurança. Sabia que a Ayden estava incomodada com aquilo, mas, mesmo assim, segurou minha mão e ficou observando com toda a atenção.

– Primeiro, preciso marcar o lugar, pra ter certeza que vai ficar bem retinho e simétrico.

Era esquisito ter alguém, mesmo que fosse uma amiga, mexendo no meu corpo daquele jeito. A ponta da caneta estava gelada e me fez tremer, mas foi pior quando a Cora pôs o prendedor de metal no primeiro biquinho cor-de-rosa. Fixou aqueles olhos de duas cores nos meus, e enfiei as unhas na mão da Ayden.

– Tá bom, meu bem. Agora respira bem fundo e, quando eu avisar, solte a respiração bem devagar e com ritmo. Vai sentir bastante pressão quando a agulha atravessar e quando eu colocar a joia no lugar. É só olhar bem nos meus olhos e respirar.

Fiz o que ela pediu e, depois da dor inicial que – admito – fez meus olhos lacrimejar, foi mais um incômodo do que uma dor. A Cora repetiu o processo do outro lado, e pronto: eu já tinha meus *piercings*. Ela perguntou se eu queria um espelho, que peguei para admirar o resultado das habilidades da minha amiga.

Meus peitos já eram bem bonitos. Não são enormes nem muito chamativos, mas são bem empinados e durinhos, com mamilos cor-de-rosa. As argolas prateadas que escolhi são parecidas com as que o Rule tem na sobrancelha e no lábio, mas a bolinha no meio das minhas é de água-marinha, num tom de azul-piscina. Ficou sensual e bem feminino, amei o resultado. Peguei um papelzinho com os cuidados que devia tomar e me vesti. Aquela coisa que andava se debatendo dentro de mim nas últimas semanas se acalmou. Sorri pra Cora, dei um abraço nela e disse:

– Adorei.

– É bom mesmo. Ficou extremamente sexy.

A Ayden balançou a cabeça enquanto colocava o casaco e comentou:

– Achei que não ia combinar com você, mas estava enganada. Ficou bem feminino e sensual. Agora entendi por que queria fazer isso.

A Cora levantou aquelas sobrancelhas superloiras quando pus o dinheiro na mão dela.

– Sei que você me disse que ia fazer de graça, mas quero pagar.

Ela sacudiu a cabeça e tentou me devolver o pagamento, mas me recusei a aceitar.

– Você é minha amiga e não costumo tirar vantagem dos amigos. Por favor, aceite.

Aí ela me fez uma careta e se virou pra guardar o equipamento.

– Se quisesse fazer uma tatuagem, e o Rule ou o Nash topassem fazer de graça, você aceitaria?

– Se fosse o Rule, sim. O Nash não.

Ela deu um suspiro de derrota e respondeu:

– Bom, então tá. Depois me conta o que seu amor achou, apesar de eu achar que ele não vai conseguir esconder o sorriso apaixonado. Juro que o humor dele depende total do que rola entre vocês.

Tirei meu cabelo comprido do colarinho e tentei não me encolher toda, porque esse movimento fez minhas novas aquisições roçarem de um jeito incômodo no meu sutiã.

– E aí, como ele tem andado? – eu queria muito saber.

– Tá bem. Mais fofo e um pouco mais quieto do que o normal, mas bem.

– Que bom, acho.

– Tem certeza?

Encolhi os ombros, sem saber muito bem como explicar.

– O Rule nunca foi fofo.

– Não mesmo. Quem sabe você deu um motivo para ele ser. Vai ver o Rule está feliz e tem tudo o que quer, então não precisa mais ser todo inseguro e mala.

RULE

Se achasse que aquilo era verdade, ficaria satisfeita. Mas conheço o Rule muito bem, e nada do que a Cora disse fez muito sentido pra mim.

– Quem sabe?

Ela me deu mais um abraço, com cuidado pra não bater no meu peito, e nos levou até a saída do estúdio.

– Não vai ficar pirando com isso. Não tem nada de errado em um homem ser fofo.

– Obrigada, Cora.

– Às ordens. Agora vaza, pra eu poder limpar tudo antes dos clientes chegarem e dos meninos aparecerem pra se arrumar.

A Ayden me deu uma olhada inquisidora quando a gente saiu naquele frio.

– Como é que você conseguiu escapar dos cães de guarda hoje? O Rule tem um ataque sempre que você tenta andar por aí sem alguém em cima de você.

– Falei que tinha hora no cabeleireiro, que você ia comigo e não ia me perder de vista. Nenhum homem quer passar uma hora no salão de beleza. Muito menos o Rule.

Minha amiga fez cara de espanto quando chegamos ao meu carro alugado e perguntou:

– Então a gente vai mesmo ao cabeleireiro?

Como não sou mentirosa e odeio ser desonesta com meu namorado, tinha mesmo marcado uma hora pra gente fazer o cabelo.

– Vamos, só que dessa vez eu é que pago, porque antes vamos ter que parar num lugar meio fora de mão.

– Onde?

Entrei na avenida Colfax e fui em direção à estrada para Brookside.

– Onde a gente tá indo?

Sabia que a Ayden estava morrendo de curiosidade Mas, quando acordei e vi que o Rule estava todo educado e gentil, me dei conta de que precisava fazer duas coisas. A primeira eu já tinha feito, e a segunda... Bom, não sabia direito, mas acho que ia ser mais dolorosa que a primeira...

– Eu só preciso dar uma passadinha rápida na casa de um velho amigo.

– Em Brookside?

– Lá perto. Vamos fazer isso primeiro, depois explico.

Dirigi em silêncio pelas montanhas até a gente chegar no pequeno cemitério nos arredores de Evergreen, ouvindo aquelas músicas melancólicas do Dawes, que tinham tudo a ver com meu estado de espírito. Sempre achei uma ironia do destino o Remy ter sido enterrado tão longe da cidade, num lugar tão tranquilo. Ele sempre foi superanimado, cheio de vida e de energia. Estacionei o carro, pus minhas luvas e o gorro porque não sabia o quanto ia demorar e ali era muito mais frio do que em Denver, por causa das montanhas e da altitude.

– Vou deixar a chave, pra você poder ligar o aquecedor e mexer no som. Talvez eu demore.

O olhar âmbar da Ayden estava cheio de tristeza e compreensão. Ela me deu um abraço rapidinho e me mandou sair.

– Vou ficar bem. Demora o quanto precisar. Se for muito, pode me pagar uma massagem com pedras quentes.

– Combinado.

É por essas e outras que amo aquela mulher.

Minhas botas faziam barulho na neve à medida que eu ia em direção aos fundos do terreno, onde as lápides ficam, tão frias e estéreis, só mais um tom de cinza naquela árida paisagem de inverno. Vi rosas vermelhas em cima do túmulo branco imaculado, e quis sorrir. O Remy adorava vermelho, adorava coisas vibrantes, que chamassem a atenção e combinassem com a personalidade dele. Nem liguei que o chão estava congelado e coberto de neve, me ajoelhei e passei o dedo enluvado por cima do nome dele. Na hora, meus olhos se encheram de lágrimas. Depois passei a mão na ferradura gigante que o Rule e o Rome fizeram questão de gravar na lápide do irmão. Dizem que, quando uma ferradura fica virada pra cima, traz toda a sorte do mundo. O Rome gostava do significado, e o Rule gostava do fato de que era uma representação visual que os ligava por toda a eternidade.

– Oi, bonito. Desculpa ter passado tanto tempo sem te visitar, mas é que minha vida anda... intensa – ri um pouco. – Sinto que, se você estivesse aqui, ia morrer de rir de todo mundo e ficar sacudindo a cabeça, reprovando a gente. Tenho tanta saudade. Não passo um dia sem pensar que tudo seria melhor se eu pudesse te ligar, que você entenderia tudo e daria um jeito. Fazer isso sem você é um milhão de vezes mais difícil.

Àquela altura, eu estava me debulhando em lágrimas e não conseguia mais enxergar a lápide direito. Pus a palma da mão em cima do nome dele e me concentrei na minha respiração.

– Estou dormindo com seu irmão e, se antes você já me achava uma tonta apaixonada, imagina agora. Estou surtando porque ele está sendo legal demais comigo. Sei que devo ser a única menina que fica preocupada só porque o namorado está sendo legal, mas você conhece o Rule tão bem quanto eu, e tem alguma coisa errada nessa história. Só que ele não me diz o que é. Aliás, não é muito estranho eu dizer que o Rule é meu namorado? Minha cabeça dá um nó quando faço isso e, às vezes, sinto que meu mundo inteiro está ali, nos olhos dele. Mesmo assim, ele ainda se isola, me deixa de fora e se fecha em si mesmo, e fica muito difícil *simplesmente amar* o Rule. Se você estivesse aqui, ia arrancar isso dele. Ele ia te contar o que tá acontecendo, porque sempre fazia isso.

Dei um suspiro e soltei a cabeça para a frente.

– Queria que você tivesse contado para o Rule e para o Rome. Queria que tivesse confiado neles como confiou em mim. Sua mãe pirou de vez porque o Rule ainda se recusa a ser uma cópia sua e, por causa disso, sua família inteira está em frangalhos. Talvez, se você tivesse contado, se tivesse tentado falar que todo mundo merece ser amado, não importa o jeito que decide viver a própria vida, as coisas seriam bem diferentes agora. Seu pai está se dando conta disso agora, mas está se esforçando para não internar a Margot. E o Rome... Bom, o pobre do Rome é uma bola de pingue-pongue gigante, tentando proteger todo mundo e fazer tudo dar certo, mas ele não tem ninguém que o ajude. Precisa de você no papel de mediador, como antes.

Meus joelhos estavam congelados, e minhas calças tinham ficado encharcadas fazia tempo. Estava batendo os dentes e logo me dei conta que tempo superfrio e *piercings* nos mamilos não combinam muito.

— Eu tenho um ex maluco que está me perseguindo e me incomodando, fazendo da minha vida um inferno. Meus pais estão convencidos de que devo casar com ele e ir morar em Cherry Hills, onde só tem gente rica. O Rule odeia ele e, se esse meu ex continuar fazendo isso, as chances são grandes de ele matar o babaca, e piorar ainda mais a situação, que já não está fácil. Se você estivesse aqui, teria notado que, por trás de toda aquela educação e perfeição do Gabe, tinha alguma coisa estranha, e eu não teria me metido nessa encrenca. Sinto falta de você me protegendo de mim mesma. Seu irmão está todo preocupado com minha segurança, e acho que a preocupação dele é sincera, mas está tão ocupado tentando me proteger de todo mundo, dele inclusive, que não enxerga que posso ser minha pior inimiga. Fica falando que vai estragar tudo entre a gente, e não tenho coragem de dizer que nada do que ele faça, por pior que seja, vai me fazer deixar de amá-lo. Existe uma grande chance de o Rule, como todo mundo, perceber que o que tenho a oferecer não é lá grande coisa e querer mais do que eu posso dar. É tudo tão enrolado e maluco que nem acredito que a gente chegou tão longe nesse relacionamento.

Ri um pouquinho, de verdade, e um casal que estava de pé, perto de outra lápide, olhou feio pra mim.

— Fiquei bêbada no meu aniversário e me joguei em cima do Rule. Fiquei apavorada o tempo todo, achando que ele ia me dispensar, que ia dizer que tinha se aproveitado de mim só porque eu estava bêbada, mas aconteceu e me entreguei de verdade para seu irmão gêmeo. Alguma coisa me diz que você ia achar isso muito engraçado, mas não ia me deixar desanimar. Você tinha razão. Sempre esperei o Rule tomar uma iniciativa, e agora que tomou... Bom, só digo que as iniciativas dele são incríveis, e é difícil pensar no futuro sem ele.

Beijei o couro duro da luva, coloquei o dedo no nome do Remy e continuei:

– Todos os dias, Rem, todos os dias sem exceção, alguma coisa me faz lembrar de você, me faz pensar em tudo o que eu gostaria de te dizer, e quero chorar pelo que te aconteceu. Sinto saudade todos os dias, e agora preciso de você mais do que nunca. Tento tomar decisões, ir numa direção que deixaria você orgulhoso, feliz, mas tá difícil.

Fiquei mais alguns minutos, até as lágrimas se transformarem em risquinhos congelados nas minhas bochechas, e fiquei de pé. Coloquei a mão na lápide e me despedi, tentando me recompor. Quando cheguei no carro, a Ayden tinha tomado conta do som, e estava tocando o country do Lady Antebellum. Quando sentei atrás do volante e tirei as luvas, ela tirou o som e perguntou:

– Tudo bem?

Balancei a cabeça e pus minhas mãos geladas no ar quente, querendo que o aparelho fosse maior, para conseguir secar meu jeans.

– Tudo, mas é triste. Tenho muita saudade dele. A gente se falava todos os dias, às vezes por horas e horas. Me sinto perdida sem o Remy. Boa parte do tempo, penso que ele seria a única pessoa que entenderia o quanto é difícil conviver com o Rule. Os dois eram muito diferentes, mas, no fundo, no fundo, eram iguais: homens bons, seguros de si e leais.

– É óbvio que você gostava muito dele. Por que vocês dois nunca ficaram? Pra mim, parecia a combinação perfeita.

Dei um sorriso sem jeito e fui pegando o caminho para Denver.

– Por que a gente não se gostava desse jeito. Ele sabia que eu era apaixonada pelo Rule. Às vezes me encorajava, às vezes fazia de tudo para me convencer a desistir, mas sabia dos meus sentimentos e os respeitava. E o Remy estava apaixonado por outra pessoa, bem diferente de mim. Ele era a alegria de qualquer festa, tinha um milhão de amigos, todo mundo queria estar com ele. Mas era super-reservado quando o assunto era a vida amorosa dele. O Rome e o Rule ficavam com meninas num ritmo meio assustador, e o Remy era mais come-quieto. Acho que ele dava a entender que rolava alguma coisa entre a gente porque, desse jeito, evitava que os outros fizessem perguntas que não estava a fim de responder. Não queria ser comparado com os irmãos, e os pais me adoravam. Então, ficava mais fácil fingir do que lidar com o incômodo.

— Acho isso meio injusto com você. Se ele sabia o tempo todo que era apaixonada pelo Rule, por que deixou o irmão pensar que namoravam?

O Rule me fazia essa pergunta o tempo todo, mesmo sem saber que eu era apaixonada por ele há tanto tempo. Odiava não poder responder. Não tinha o direito de revelar os segredos do Remy, mesmo que isso fizesse as coisas entre a gente ficarem tensas.

— Ele tinha seus motivos. Naquela época, eu entendia. Acho que não tinha ideia do quanto isso podia me fazer mal. Afinal de contas, ele me salvou de ter uma vida miserável no colégio e de uma família que me trata como se eu fosse parte da mobília. Então, nem liguei de sofrer um pouquinho por causa dele. Você ia gostar do Remy, todo mundo gostava. O Rule é mal-humorado e meio difícil, e o Rem era exatamente o oposto. Sempre afável, sorrindo, feliz. Só queria se divertir e que todo mundo se divertisse. Quando se formou, era pra ter ido estudar na Califórnia, porque tinha ganho uma bolsa de estudos, por causa do futebol americano. Ele era bom, muito bom, mas recusou a oferta porque, se fosse obrigado a jogar só para poder estudar, ia perder a graça. O Rule tinha ido morar em Denver com o Nash, e o Remy foi com eles. Os meninos foram trabalhar no estúdio assim que conseguiram se formar, e o Remy ficou dando um tempo, tentando descobrir o que queria fazer. No fim, acabou indo trabalhar numa empresa de eventos de luxo, que organizava umas festas grã-finas e uns eventos *black-tie*. Se encontrou fazendo isso e nunca mais tocou no assunto de fazer faculdade. Ganhava bem, adorava morar em Denver e tinha um ótimo relacionamento com os pais e os irmãos. Estava saindo com alguém de quem gostava, estava todo bobo. Eu tinha acabado de me mudar pra cá quando ele morreu. Foi uma droga, muito injusto. Tudo estava dando certo para o Remy, e ele foi privado disso por causa de um acidente idiota.

— Foi uma tragédia.

Eu podia perceber a emoção na voz da Ayden.

RULE

– Foi mesmo.

Concordei porque foi tudo o que consegui fazer. Quando chegamos no salão, estávamos mesmo precisando de uma tarde de madame, e resolvi que estava na hora de fazer uma massagem com pedras quentes.

A gente foi muito bem tratada e conseguiu relaxar. Talvez até demais, porque, quando chegou a hora de fazer o cabelo, pedi para o cara pegar aquele pedaço da minha franja e tingir quase de preto, em vez daquele castanho claro sutil. Ele fez a mesma coisa na parte de baixo do meu cabelo, criando um efeito parecido com um tabuleiro de xadrez. Era dramático e descolado. Não ia ter jeito de passar despercebido, e meus olhos verdes pareciam um arco-íris perto daquele preto todo. Adorei, e todo mundo adorou. Na hora em que a gente saiu do salão, um grupo de meninas da nossa idade me parou pra perguntar onde é que eu tinha feito o cabelo.

Aí fomos almoçar e decidimos tomar um drinque num bar lá perto de casa. Dei uma olhada no celular e vi que o Rule tinha me mandado uma mensagem, perguntando se estava tudo bem comigo. Fiz uma careta e respondi que estava tudo certo. Esperei ele me perguntar onde é que eu andava o dia todo, o que estava fazendo, mas ele só respondeu "que bom" e me perguntou que horas podia passar lá em casa. Senti um embrulho no estômago e uma coisa horrível subindo pela minha garganta. O Rule só estava sendo atencioso, mas eu odiava aquilo e não estava mais aguentando. Escrevi:

> Tô sentindo uma enxaqueca se aproximando. A Ayden não vai trabalhar hoje e acho que vamos passar a noite em casa, só as meninas, vendo algum filme idiota e comendo pipoca. Pode sair com seus amigos ou fazer outra coisa.

Queria que ele me dissesse que aquilo era ridículo. Que é claro que ele vinha, mas recebi o seguinte:

Tá bom. Me avise se precisar de algum remédio pra enxaqueca. Tranque a porta. Ainda não confio naquele Davenport.

Eu queria o meu Rule de volta. Queria que ele ficasse puto comigo, que me tratasse com aquela marra de sempre, mas nada disso aconteceu. Só recebi aquela concordância fácil e quase silenciosa, que não tinha nada a ver com o Rule que conhecia. Com raiva e sem saber direito o que fazer, joguei o celular na bolsa e pedi mais uma rodada de bebidas.

– Que foi agora?

– Nada.

– Anda, Shaw. Passei o dia inteiro com você. Me fala o que tá acontecendo de verdade. Os peitos, o cabelo, a visita congelante ao túmulo... Tem alguma coisa por trás disso tudo. Você me obriga a falar quando eu não tô a fim, agora desembucha.

Soltei um suspiro desanimado, fiquei enrolando o canudinho do meu drinque e respondi:

– Falei para o Rule não ir lá em casa hoje porque estava ficando com enxaqueca.

– O que é mentira, acho.

– É. E, na verdade, não quero que ele não venha. Só quero que faça o que normalmente faz: dê um piti, fique todo temperamental e mandão, diga que vem de qualquer jeito, mesmo se eu não quiser. Só que ele disse que tá tudo bem, como se não fosse nada, e não sei o que fazer. Não que não possa ser legal e fofo de vez em quando, mas é que o Rule não é assim. É complicado e sempre começa uma discussão. Só que, ultimamente, só sorri e concorda comigo, como se eu estivesse sempre certa. Ele não é assim, e isso me deixa louca.

– Por que você não tenta ficar feliz porque seu namorado é demais?

Tentei sorrir porque sabia que ela só estava brincando, mas não tive forças.

– Mas é que isso não acontece só quando a gente conversa ou peço para ele fazer alguma coisa. O Rule está assim na cama também. Antes, rolava uma paixão desenfreada e um orgasmo enlouquecedor atrás do outro. Só que, nos últimos tempos, ele está todo "posso fazer isso?" e "tudo bem se eu fizer aquilo?". O Rule nunca foi de ficar pedindo permissão, vai pegando onde quer e acaba me fazendo sentir que eu queria muito mais do que ele. Estou quase surtando porque não sei como puxar esse assunto sem ficar parecendo uma louca.

– Bom, você tem que conversar com ele. Não dá só pra ficar esperando que o Rule aja de um jeito se tá fazendo outra coisa completamente diferente. Vocês dois vão se decepcionar.

Eu sabia que a Ayden tinha razão, mas isso não significava que eu tivesse alguma ideia do que fazer.

– Não sei o que aconteceu entre ele e o Gabe depois do meu carro ficar todo detonado, mas foi aí que tudo começou. O Rule saiu do apartamento de um jeito e voltou de outro, completamente diferente.

– Conheço algumas pessoas que estavam indo pra aula quando isso rolou. Falaram que parecia que o Rule ia acabar com o Gabe, mas aí apareceu um segurança pra apartar os dois. Não sei por que agiria tão estranho depois.

– Nem eu. Mas odeio isso, e essa é só mais uma razão pra eu odiar o Gabe e o jeito como ele conseguiu se intrometer na minha vida.

Eu estava bem pra baixo, e a gente acabou bebendo um pouco mais do que tinha planejado. A Ayden resolveu que, já que a gente estava bêbada mesmo, tinha que ir fundo naquela noite só de meninas. Pedimos umas asinhas de frango para viagem e fomos a pé pra casa, já que estávamos a quatro quadras de lá. Entramos meio cambaleando e nos jogamos no sofá. Vimos três comédias românticas bem bobas, uma atrás da outra. Mandamos ver nas asinhas e numa garrafa de vinho, nos enchemos de sorvete e pipoca e morremos de rir de coisas que não tinham a menor graça. Foi só quando fui pra cama, horas depois, que me dei conta de que não tinha ligado para o Rule nem mandado uma mensagem para contar o que andei fazendo a noite toda. Acho que meu coração partiu um pouquinho quando olhei para a tela e não vi nenhuma mensagem nem chamada perdida. O Rule nem tinha se dado ao trabalho de mandar um "boa noite" ou "estou com saudade".

    Joguei o telefone no chão, com cuidado para ele não se espatifar, e me enfiei nas cobertas. Pensei que, já que estava bem bêbada, ia pegar no sono logo logo, mas me enganei. Fiquei me virando na cama por mais de duas horas até que, finalmente, desisti e me dei conta de que não ia dormir se não tomasse uma atitude. Tinha passado o mês inteiro dormindo juntinho do Rule, e dormir numa cama vazia quando eu estava me sentindo um lixo não era a mesma coisa. Joguei as cobertas para o lado e fiquei mexendo numa das gavetas onde o Rule deixou umas coisas dele. Encontrei a camiseta da banda Defiance Ohio, a preferida dele, e vesti. Era bem velhinha e macia e me fazia lembrar dele. Quando voltei pra cama, caí num sono profundo, sabendo que precisava dar um jeito naquela situação senão ia ficar louca ou me transformar numa bêbada com insônia.

CAPÍTULO 15

— Oi. Posso falar com você um minutinho?

Eu estava desenhando um navio pirata *old school* e olhei pra cima, porque a voz do meu irmão tinha me surpreendido, vinda da porta do meu quarto. Eu estava tão concentrado que nem percebi quando o cara entrou. Minha cabeça tava a quilômetros de distância porque era a segunda noite seguida que a Shaw me vinha com uma desculpa esfarrapada pra ficar sozinha, e aquilo estava me deixando puto.

Eu estava me esforçando muito pra me comportar do jeito que, na minha cabeça, os bons namorados se comportam. Estava sendo compreensivo, atencioso, atendendo os desejos dela e não forçando nada. Ou seja: um puta de um molenga que deixava a garota decidir tudo. Não tava ganhando nada com isso, nem na cama. Não queria dar motivo pra ela ir embora, queria fazer minha namorada feliz, pra ela não ter que lidar com minhas mudanças de humor nem com meus acessos de loucura. Eu estava tentando, sem muito sucesso, ser alguém que ela quisesse namorar. Principalmente por que o maluco do Davenport ainda estava rondando. Mas, pelo jeito, aquele meu novo comportamento estava causando o efeito contrário. Passei as últimas duas noites me revirando na cama porque estava acostumado com aquele corpo macio da Shaw do meu lado. Estava irritado demais pra simplesmente ligar pra ela e dizer que tava de saco cheio daquilo e que ia lá na casa dela de qualquer jeito, porque tinha certeza de que a Shaw queria isso tanto quanto eu.

Atirei o lápis na cabeça do Rome e dei a entender que ele podia entrar se quisesse.

— E aí? — perguntei.

Ele atirou o lápis em mim e se jogou na cama. Esticou as pernas, cruzou os tornozelos, se apoiou nos cotovelos e ficou bem à vontade.

— Nada da Shaw ainda?

Abafei um rugido, porque, só de pensar naquilo, me dava vontade de bater nos outros.

— Ela disse que tem um monte de coisa da faculdade pra entregar amanhã e vai direto pra casa depois do trabalho.

— Sei.

— O que você quer dizer com isso?

— Nada. Só... sei.

— Cala a boca, Rome. Seu "sei" sempre quer dizer alguma coisa.

— Bom, é meio estranho ela não ter aparecido nos últimos dias. Por acaso vocês brigaram e você não me contou?

— Não.

— Tem certeza?

Fiz uma careta e respondi:

— Sim. Tenho certeza de que a gente não brigou. Você só entrou aqui pra encher meu saco ou quer alguma coisa?

— Está tentando mudar de assunto?

Xinguei meu irmão e me virei na cadeira, ficando de costas pra ele.

— Se você veio só me incomodar, vou terminar esse desenho que preciso fazer pra um cliente.

— Recebi alta hoje. O médico de Carson me ligou faz um tempinho. Isso significa que vou levantar acampamento no começo da semana que vem.

Virei na cadeira de novo. O Rome estava tentando parecer relaxado, mas dava pra ver, pela boca e pelos olhos dele, que estava tenso.

— E seu ombro vai aguentar?

— Foi isso que disseram.

— E você? Está a fim de voltar?

– Acho que não tenho muita escolha. Ia me sentir melhor se soubesse que tá tudo bem entre você e a Shaw, se aquele maluco não estivesse perseguindo ela e se a mamãe aceitasse se tratar. Mas acho que milagres só acontecem no cinema.

Resmunguei e passei as mãos no cabelo, que crescia a cada minuto. Eu queria deixar o moicano de novo, mas no fundo sabia que a Shaw não devia namorar alguém com esse tipo de cabelo, então estava deixando normal, como era, apesar de ela sempre me falar que sentia falta do moicano.

– Está tudo bem entre a gente. Não se preocupe. E a mamãe... bom, não posso fazer muita coisa pra ajudar com isso. Prometa que você vai se cuidar. Chega de passar por cima de bombas.

– Não fiz de propósito. Olha, vou contar pra eles. Você sabe que vão querer fazer alguma coisa, já que ninguém sabe quando vou voltar nem em que condição.

– Rome, não posso passar de novo por uma situação daquelas com a mamãe.

– Vou dizer para o papai combinar alguma coisa num restaurante. Vou dizer que é um encontro de família, e que você e a Shaw vão estar lá. Não estou pedindo, irmãozinho, estou mandando. Estou prestes a voltar para o deserto nem sei por quanto tempo, e mereço ter uma lembrança boa da minha família pra levar comigo. Todo mundo pode engolir esse sapo por uma noite. Eu mereço.

– Você viu como a coisa ficou feia da última vez, e eu nem provoquei.

Ele suspirou, ficou de pé e pediu:

– Faz isso por mim, Rule. Por favor.

Eu não queria ir. Muito menos agora, que as coisas com a Shaw estavam tensas, e depois da minha mãe ter dito tão claramente o que sentia por mim, mas faria quase qualquer coisa pelo meu irmão, ainda mais se ele pedisse. Gritei os piores palavrões que conheço e soltei minha cabeça pra trás.

– Me avisa quando e onde. Vou falar pra Shaw, mas você não pode ficar puto e voltar pra guerra enlouquecido se a mamãe fizer o que ela sempre faz e estragar tudo.

— Não entendo porque a gente não pode ser uma porcaria duma família uma vez na vida. Não acho que seja pedir demais.

— Você tem razão. Não é nada demais, e eu vou fazer minha parte. Certo?

— Valeu. Você nem é tão ruim quanto dizem.

— Cala a boca — dei risada e voltei para o meu desenho. — Só pra você saber: quando for embora, vou ficar com saudade desse seu jeito mandão.

Ele chegou mais perto e me deu uma chave de pescoço. Fiquei lutando em vão pra me soltar, porque meu irmão é simplesmente muito grande, e me segurou com facilidade.

— Vou ficar com saudade desse seu jeito bocudo e desse seu comportamento de merda também. E esse seu cabelo é ridículo, não tem nada a ver com você. Disso não vou sentir saudade nenhuma.

Tive que dar um soco nas costelas dele para ele me soltar. O Rome deu um grunhido, e fingi que tirava o cabelo da testa.

— Você tá é preocupado que, se eu tiver cabelo normal, vão começar a achar que sou mais bonito que você.

O Rome veio pra cima de mim de novo, e a gente ficou brincando de lutar mais um pouco, como fazia quando era criança. Só que agora o Rome era gigante, tinha uns 25 quilos a mais do que eu, e não foi lá uma grande luta. Ele saiu do meu quarto prometendo pedir alguma coisa pra gente jantar, e fiquei satisfeito quando vi que estava esfregando as costelas.

Peguei o celular e fiquei olhando pra tela. Odiava não saber direito o que dizer pra Shaw, ter que me preocupar com as palavras que ia usar. Estou tão acostumado a dizer e fazer o que me dá na telha que já estava cansando dessa versão controlada e travada de mim mesmo. Escrevi uma mensagem rápida:

O Rome acabou de receber alta. Vai voltar para o deserto na segunda-feira.

Sabia que a Shaw estava trabalhando e achei que não ia me responder na hora. Nos últimos dias, a gente não tinha tido nenhum grande papo profundo ou filosófico.

Ah, não! Vc tá bem?

Eu já perdi um irmão. Fico mal só de pensar que o único que me resta tem um trabalho que o coloca em risco o tempo todo, mas não posso fazer nada. O senso de dever do Rome fazia parte da identidade dele. Respeitava isso demais pra deixar meus sentimentos atrapalharem o pouco tempo que a gente ainda tinha pra ficar junto.

Já estive melhor, mas ele parece bem. O que mais posso fazer?

Quer que eu vá pra sua casa depois do trabalho?

Achei que você tinha que estudar.

Tenho, mas se precisa de mim posso deixar pra depois.

Preciso dela, sim. Quero abraçar e comer a Shaw a noite inteira, não por que ela tá com pena de mim, mas porque também quer estar comigo. Fiquei olhando para o telefone e pensando em como as coisas tinham se complicado da noite para o dia.

Não. Estou bem, mas ele quer fazer um jantar em família com TODO MUNDO antes de ir embora.

E como é que vai ser, com vc e a Margot?

Não sou só eu. Você também tem que ir.

Não tô preocupada comigo.

O Rome acha que, já que vai embora, ela vai se comportar se ele pedir, e se for num lugar público, mas duvido.

Fico triste que vocês precisem se preocupar com isso.

Não sou o único com problemas de família, Gasparzinho.

Não é mesmo.

Boa noite.

Houve uma longa pausa, e achei que ela não fosse responder. Mas, depois de uns cinco minutos, meu celular fez barulho de nova mensagem.

Estou com saudade, Rule.

Não sabia o que dizer, porque ela é que tinha se afastado de mim, não o contrário. Bloqueei a tela e voltei para o meu desenho.

Na noite seguinte, fui eu que disse que não ia poder encontrar a Shaw, porque achei que era uma boa ideia sair com o Rome e, pelo menos, tentar fazer o cara comer alguém antes de voltar para o deserto. Mas acabei enchendo a cara de cerveja, então tenho quase certeza de que fui o pior cupido da história. O Rome e o Nash me jogaram na cama, depois de terem praticamente me carregado até em casa. Foi só bem depois das onze da manhã, quando eu estava tentando tomar banho e me fingir de ser humano pra aparecer no trabalho, que percebi que tinha três chamadas não atendidas e cinco mensagens da Shaw. Todas eram variações do mesmo tema: *Cadê você? Tá fazendo o quê? Por que não atende? Passo aí? Você vem pra cá?* Me encolhi todo e soltei um monte de palavrão. Me senti culpado pra caramba, porque, se as coisas não estivessem tão tensas entre a gente, teria ligado pra ela antes de sair ou convidado a Shaw pra ir com a gente. Só que, em vez disso, fiquei só curtindo, sendo eu mesmo, em vez de me esforçar pra ser o namorado perfeito.

Já ia ligar pra ela e explicar tudo quando o Rome saiu do banheiro enrolando uma toalha na cabeça e me perguntou:

– Está vivo?

– Mal e mal. Preciso ligar pra Shaw. Estava muito zoado ontem à noite pra avisar o que tava rolando.

Ele me deu uma olhada bem séria.

– Já liguei. Ela me mandou um torpedo ontem à noite perguntando onde você estava, e contei que tava bêbado e descontrolado. A Shaw parecia triste. E o que é pior: por sua causa.

Xinguei um pouco, apoiei o cotovelo no balcão da cozinha e falei:

– Estou ligado, mas não sei o que fiz de errado. Quase matei o ex dela a porrada num estacionamento, mas me dei conta de que, se agisse como um homem das cavernas, ia perder a Shaw e não ia estar por perto pra protegê-la. Tenho tentado me comportar e, vou falar, tem sido difícil pra caralho. Mas, desde que comecei a fazer isso, a Shaw me trata como se eu tivesse traído ela ou feito alguma outra coisa horrível.

– Rule, a Shaw já gostava de você quando seu comportamento era o pior possível. Pare de tentar ser outra pessoa e deixe ela te amar, só isso. Não é tão difícil assim. Papai ligou, e nosso jantar vai ser hoje, lá no Ruth's Chris, no centro, às seis. Já avisei a Shaw. Então, a menos que você queira se humilhar e pedir desculpas, nem precisa ligar pra ela.

– Eles vêm pra cá?

– Papai achou que ia ser bom pra mamãe. Pensou que tirar ela um pouco lá de Brookside pode fazer com que se desligue do passado.

– Vamos ver se dá certo.

– Rule...

Me virei pra olhar pra ele e me surpreendi com a sinceridade do olhar do meu irmão.

– Obrigado por fazer isso por mim. Sei que não é nada fácil pra você.

— Estou aprendendo que as coisas fáceis não valem muito a pena. As coisas que dão trabalho é que realmente importam.

— Você ainda é um pirralho que nem sabe beber, mas, em algum momento, se transformou num homem que tenho orgulho de chamar de irmão.

A gente ficou se olhando um bom tempo e – mato alguém antes de admitir – fiquei com os olhos cheios de lágrimas. Limpei a garganta e desencostei do balcão.

— Obrigado, Rome. Agora preciso ver se ainda tenho namorada ou se minha bebedeira de ontem me transformou em solteiro.

Fiquei pensando nas palavras do meu irmão enquanto ligava para a Shaw, mas caiu direto na caixa postal. Eu simplesmente tinha que deixar essa mulher me amar. Não sabia direito como fazer isso, mas estava ligado que aquilo que estava fazendo no momento não tava funcionando. Depois de ouvir a mensagem dela, deixei um recado meio mal-humorado:

— Oi, sou eu. Sou um bosta, me desculpe. Eu devia ter te ligado. Tenho certeza de que você ficou preocupada e, se tivesse feito uma merda dessas comigo, eu ia estar subindo pelas paredes. Sério, minha única desculpa é que as coisas têm andado meio tensas entre a gente, e tô tentando entender o que tá rolando. Me liga se quiser. Te vejo hoje à noite. Me desculpa mesmo. Prometo parar de fazer as coisas de outro jeito, já que o velho estava dando certo.

Não sabia qual ia ser a reação dela, só sabia que eu tinha cagado tudo e tinha esperança de ainda poder consertar. Terminei de me aprontar pra ir trabalhar e nada. Atendi meus dois primeiros clientes sem ter notícias da Shaw e estava começando a ficar preocupado. Sabia que ela tinha aula, mas isso nunca impediu de me dar um "alô" nos intervalos. Estava a fim de ligar de novo, mas fiquei com medo de surtar se caísse mais uma vez na caixa postal. Eu já tava por um fio. Recebi um torpedo dela quando estava arrumando minha mesa, depois do último cliente:

Te vejo no jantar.

Mais nada. Nem um "tudo bem" ou "você é um bosta, mas vamos nos beijar e fazer as pazes". Nada de "todo mundo erra" ou "estou tão feliz que as coisas voltaram ao normal entre a gente". Só "te vejo no jantar". O que eu podia fazer com aquilo? Esse negócio de ter namorada estava começando a me dar dor de cabeça. Fiquei com saudade dos tempos em que a gente era inimigo cordial, que só passava algumas horas da semana junto. Isso nem era verdade, mas me fazia sentir um pouco melhor. Corri pra casa e vesti uma roupa que não faria minha mãe dar piti.

Pus uma calça cinza e uma camisa xadrez com botões de pressão perolados. Troquei meu cinto de tachinhas por um preto liso. Fiquei com os coturnos e pus gel suficiente no meu cabelo pra parecer uma bagunça semiarrumada. Ainda parecia eu mesmo, mas pelo menos meu pai não ia me criticar, e minha mãe não ia me xingar. Tenho que admitir que queria que a Shaw visse que eu era capaz de ficar mais arrumadinho quando a ocasião pedia, mas minha cabeça tava tão enrolada que tentei não ficar muito tempo pensando na reação dela quando a gente finalmente se encontrasse.

Eu e o Rome entramos na minha picape e fomos para o restaurante. Dava pra ver que ele estava nervoso pelo silêncio ao longo do caminho e, sinceramente, não podia culpar meu irmão, porque nosso último programa em família tinha sido um desastre. Minha mãe não acreditava que tinha qualquer responsabilidade pela distância entre a gente. Eu não achava que um encontro num lugar público, com toda essa tensão entre mim e a Shaw, ia ser lá grande coisa, mas tava decidido a dar ao Rome a despedida que ele merecia. Não queria que ele se decepcionasse comigo nem fosse embora cheio de razões pra se preocupar com as pessoas que ama.

A gente parou o carro no estacionamento e deu uma gorjeta. Quando chegou na porta, viu que o restaurante estava lotado e deu de cara com meu pai e minha mãe, esperando com a Shaw. Minha respiração acelerou e senti um aperto no peito quando a vi. Só fazia alguns dias, mas parecia que a gente tinha passado anos longe um do outro. Ela tinha mudado o cabelo nesse meio-tempo: estava de duas cores, bem radical. Com aquela pele branquinha e aqueles olhos claros, ela ficou bem descolada. Ainda estava com as bochechas vermelhas por causa do frio e, quando a gente se aproximou, a expressão naqueles olhos verdes era distante. O Rome se inclinou e beijou as duas na bochecha. Apertou a mão do meu pai e abriu a porta. Resolvi só inclinar a cabeça, levantar a sobrancelha pra Shaw e falar:

– Oi.

Ela me deu um sorrisinho amarelo, e minha mãe simplesmente me ignorou.

– Oi. Vamos entrar. Estou congelando – disse a Shaw.

Ela deixou minha mãe a puxar pra dentro e uma pontinha de raiva começou a me cutucar por dentro. Mas aquela noite especial não era pra mim, e tentei segurar a onda. Meu pai me deu um tapinha na nuca e me sacudiu. Era um gesto que me fazia sentir com dez anos de idade, o que não deixava de ser engraçado, por que devo ser uns quinze centímetros mais alto do que ele.

– Isso vai ser bom pra todos nós, filho. É só ter um pouco de paciência que a gente vai ficar bem mais próximo de novo.

– É só um jantar, pai. Não põe a carroça na frente dos bois.

– Bom, antes de correr a gente precisa aprender a andar. E todo mundo nessa família ainda está engatinhando. A gente só pode seguir em frente.

Não sabia o que responder, então fiquei de boca calada, observando aquele corpinho perfeito da Shaw, enquanto a *hostess* nos levou até uma mesa no fundo do restaurante. Minha mãe estava falando sem parar com minha namorada, e ela de vez em quando balançava a cabeça e fazia uns sons de que concordava, mas nem olhava pra mim. Minha raiva tava crescendo a cada segundo. Se alguma coisa não rolasse logo, ia acabar tomando uma atitude só pra morrer de arrependimento depois.

Acabei sentando entre a Shaw e o Rome. Ele me olhava com carinho, e ela, com um ar de tristeza e condenação. Duas coisas que não consigo entender. Estava a fim de dizer "que se foda" pra ver se alguém me explicava alguma coisa. Mas nem tive chance, porque, bem na hora que me virei pra Shaw, a garçonete apareceu, e a gente pediu as bebidas. E logo minha mãe monopolizou a atenção dela de novo.

Só pra sentir o clima, coloquei a mão na perna da Shaw por baixo da mesa e me liguei que ela ficou tensa. Achei que fosse se mexer ou tirar minha mão, mas ela nem parou de conversar com minha mãe. Era óbvio que as duas estavam com saudade uma da outra. Senti uma pontada de culpa pois, por sua lealdade e pelo que sentia por mim, minha namorada tinha se afastado de uma pessoa de quem gosta muito. Depois que a gente pediu os pratos, fiquei falando dos Broncos com meu pai e meu irmão e de olho na Shaw. Ela não tirou minha mão, mas também não olhou pra mim nem uma vez. Não sabia o que fazer. Mas dei graças a Deus porque, enquanto minha mãe estava concentrada nela, nem piscou pra mim, e o jantar foi o mais tranquilo possível, dadas as circunstâncias. Meu pai pediu uma garrafa de champanhe pra acompanhar a sobremesa, e minha mãe foi ao banheiro, dando finalmente uma chance pra Shaw se virar e olhar pra mim. Ela estava com a boca retorcida e com aquelas sobrancelhas superclarinhas levantadas.

— A gente precisa conversar.

Minhas próprias sobrancelhas se levantaram tanto que senti um puxão nos *piercings*.

— Fica difícil quando você não atende o telefone ou dá desculpas esfarrapadas pra não ficar comigo.

Ela se encolheu toda e se inclinou pra nossa cabeça ficar mais perto. E sussurrou tão baixo que só eu consegui ouvir:

— Bom, me desculpe por não saber o que dizer, considerando que, da última vez que a gente ficou sem se ver por uns dias você enfiou a língua goela abaixo da primeira mulher que apareceu. Não sei o que está acontecendo com você, mas está se transformando em um estranho, e estou odiando isso.

Fiz uma careta e apertei os dedos na perna dela.

— Será que você não confia nem um pouquinho em mim? Caramba, Shaw! Eu só estava tentando ser um namorado melhor. Um que não pira por qualquer merda o tempo todo e que não vai parar na cadeia enquanto o psicopata do seu ex ainda tá à solta por aí. Estava tentando fazer a coisa certa, só pra variar. Estava tentando ser o tipo de homem que você merece.

Ela respirou fundo, e aqueles olhos verde-esmeralda ficaram com uma expressão de raiva que, pra minha surpresa, parecia tão grande quanto a minha.

– Você devia ter me perguntando antes de tirar conclusões precipitadas sobre o que eu mereço, Rule. Eu gostava daquela sua versão que surtava por qualquer merda. Sinto falta de como era apaixonado por mim e se preocupava tanto com minha segurança que arriscaria ir parar na cadeia por causa do meu ex psicopata. E tenho absoluta certeza de que nunca te pedi pra ser um namorado melhor. Pra falar a verdade, o namorado que foi na última semana só me deixou confusa e triste.

Acho que a gente nem se ligou que tinha levantado a voz e agora tinha plateia. Só percebeu quando minha mãe fez um *hã-hã* que parecia o de um bicho ferido e ficou se balançando pra chamar nossa atenção. Ela arregalou os olhos pra mim e pra Shaw e apertou bem a mão contra o peito. Meu pai não parecia lá muito surpreso, mas, como sempre, fiquei preocupado com a reação da minha mãe.

– Você chamou ele do quê? – perguntou ela.

A Shaw olhou pra minha mãe, depois pra mim. Soltou um suspiro e respondeu baixinho, como se a notícia fosse estraçalhar aquela mulher que estava na frente dela.

– Eu e o Rule estamos juntos há pouco mais de um mês. Eu disse pra ele parar de agir como se precisasse ser outra pessoa pra ser um bom namorado.

A Shaw se virou, olhou pra mim e me liguei que ela estava num momento de guerra interior. Finalmente, respirou fundo, se virou pra minha mãe e disse:

– Sou apaixonada por ele desde que tenho catorze anos, Margot.

Fiquei mudo com a confissão e senti tudo dentro de mim virar geleia. Ela me ama. Essa mulher perfeita, maravilhosa e gentil me ama –

há muito tempo. Não sabia o que fazer com aquilo, porque minha mãe começou a piscar pra segurar as lágrimas e, pela primeira vez naquela noite, dirigiu a atenção a mim.

– Não basta ter roubado a vida do Remy? Tinha que roubar a menina que ele amava também?

Um silêncio atônito caiu em cima da mesa como uma tonelada de tijolos. Minha vontade era de levantar e sair correndo do restaurante, mas não pude fazer isso, porque a Shaw segurou minha mão na coxa dela com força. Meu pai e o Rome ficaram de pé, loucos da vida, e gritaram:

– Margot!

– Mãe!

Todo mundo levantou a voz, e os outros clientes do restaurante estavam começando a reparar na cena que a gente estava fazendo, mas eu fiquei muito passado pra me importar com isso. Ouvi a Shaw dizer meu nome, senti a mão do meu irmão no meu ombro, mas eu simplesmente não estava lá. Pelo menos não até a Shaw ficar de pé, pôr os dedos na boca e dar um assovio que fez todo mundo olhar pra ela, em estado de choque. Depois pôs as mãos em cima da mesa e se inclinou pra olhar bem na cara da minha mãe, e disse:

– Cala a boca, todo mundo! – ela apontou pra minha mãe e encolheu os olhos. – Escuta aqui, Margot, você precisa ouvir o que eu digo pelo menos esta vez. Eu amava o Remy, ainda amo, mas a gente nunca foi apaixonado um pelo outro. Ele sabia o que eu sentia pelo Rule. Às vezes me incentivava, às vezes não. Mas, no fim das contas, concordava que a gente nem sempre pode escolher por quem se apaixona.

Aí ela respirou fundo de novo, e fiquei observando seu peito subir e descer. Ela estava lutando contra alguma coisa, uma coisa séria, se é que dava pra concluir isso pelo rosto vermelho e pelos punhos cerrados dela.

– O Remy tinha seus segredos. Eu sei que vocês, os irmãos, se davam bem, que se amavam e se respeitavam, mas o Remy era diferente de vocês dois e simplesmente não sabia como contar isso. Ele achou que talvez fosse melhor pra todo mundo dar a entender que a gente namorava, porque o Dale e a Margot eram muito duros com o Rule, e olha que ele só se tatuava e usava um cabelo estranho.

A Shaw se virou pra ficar de frente pra mim, e vi que ela estava com lágrimas nos olhos e com o lábio inferior tremendo. Queria abraçar minha namorada e fazer ela se sentir melhor. Mas, mesmo naquele estado de choque que eu estava, tinha noção de que ela ia falar alguma coisa que ia mudar minha vida pra sempre.

— Eu prometi para o Remy que ia guardar segredo, e devo muito a ele. Jurei pela minha própria vida que nunca ia contar para ninguém — ela passou os olhos na mesa, parando em cada um. — Mas ele ia preferir que a família se mantivesse unida a guardar esse segredo — ela respirou fundo e disse: — O Remy era gay. Ele era meu melhor amigo, minha segunda família, e era homossexual. Tinha um relacionamento sério com um rapaz chamado Orlando Frederick, que conheceu no último ano que jogou bola. Esse foi o verdadeiro motivo pra ele vir morar aqui em Denver. O Lando também fazia UD.

Um sentimento de descrença, estranho e frio, me arrepiou a espinha. O Rome soltou um monte de palavrões, e minha mãe começou a berrar que nem louca. A Shaw me olhou com uma cara triste, e olhei pra ela como se fosse uma estranha.

— Nem pensar. Ele teria me dito — falei.

Ela sacudiu a cabeça, balançando aquelas faixas pretas e brancas nos ombros.

— Ele queria, mas tinha medo que você não entendesse o desejo dele de manter segredo. O Remy tinha medo de que você o obrigasse a sair do armário. Ele nunca se preocupou com sua reação, mas sabia que a Margot ia morrer.

— Caralho, a gente era irmão gêmeo. Ele teria me contado.

— Rule...

Saí da mesa, olhei bem pra ela, e soltei:

— Isso é mentira.

O Rome também se levantou, me liguei que ele estava olhando feio para a Shaw.

RULE

— Você não precisa inventar mentiras sobre nosso irmão morto pra tentar consertar a situação com o Rule. Foi uma atitude desesperada e desnecessária — ele disse.

Lágrimas rolaram pelo rosto da Shaw, e ela ficou olhando pra mim e para o Rome. Abriu a boca pra dizer alguma coisa, mas meu pai cortou, batendo com a colher na taça de champanhe.

— Tá bom, pessoal. Todo mundo senta e cala a boca.

Deu uma olhada feia para minha mãe e apontou pra cadeira que ela tinha deixado vazia minutos antes. A Margot estava com cara de quem ia desmaiar, e parecia tão feliz de sentar do lado da Shaw quanto ficou em me ver algumas semanas atrás. Sentei meio a contragosto, mas, para surpresa de todos, o Rome ficou de pé. Ficou parado atrás da cadeira até que meu pai deu uma olhada pra ele, apontou e disse:

— Senta essa bunda, soldado.

A Shaw estava chorando do meu lado e, em vez de ter vontade de confortar minha mulher, eu só queria ficar o mais longe possível dela. Meu pai limpou a garganta, cruzou os braços em cima da mesa e começou a falar:

— Esta família está em frangalhos há muito tempo. Já houve falta de sinceridade e subterfúgios demais pra proteger todo mundo. E cansei de jogar tudo pra baixo do tapete só pra minha mulher ficar feliz, porque ela não está feliz. Ninguém aqui está.

Ele passou a mão no queixo e, de repente, parecia cem anos mais velho do que era.

— Margot, não finja que não sabe que o jeito como você trata o Rule é cruel e desnecessário. Também perdi meu filho, e estou farto de vê-la tentar transformar o irmão gêmeo dele em um estranho ou em alguém que nos odeia. Ele é um bom menino, trabalha duro, ama a família e tem muitas qualidades, tanto que nossa menina aqui gosta dele. Cansei de menosprezar o Rule. Você sabe tão bem quanto eu que a Shaw é apaixonada por ele desde pequena. A gente via o jeito como olhava pra ele, como o defendia, e não pense, nem por um segundo, que não notei que era por isso que você vivia empurrando a menina pra cima do Remy.

Meu pai soltou um suspiro que parecia ter segurado desde minha adolescência, então olhou pra mim e para o Rome e continuou:

— A Shaw não está mentindo, meninos. Seu irmão era gay. O Remy até podia não querer que eu e sua mãe ficássemos sabendo, mas adolescentes mentem mal, e ele não era tão discreto quanto pensava.

Meu pai olhou pra minha mãe de lado, e eu e meu irmão trocamos olhares, bem chocados.

— A Margot achava que era uma fase, esse era o principal motivo para ela receber tão bem a Shaw na nossa casa e na nossa família. No começo, estava convencida de que essa menina ia conseguir mudar o Remy, fazer ele gostar de mulher. Mas, como eu disse, era muito óbvio que você só se interessava pelo Rule, Shaw. Depois de um tempo, já adorávamos você, notamos como precisava de amor, e como você tinha muito a oferecer, não a soltamos mais. Mesmo eu não aprovando o jeito como Remy fazia todo mundo acreditar que havia algo mais entre vocês dois além da simples amizade.

Soltei um rugido e disse:

— Ele teria me contado.

Bati a mão na mesa, e meu pai ficou me olhando.

— Não, filho. Não teria. O Remy não aceitava isso. Ficava dividido entre o que deveria ser e aquilo que todo mundo achava que ele era. Você nunca precisou passar por isso. Sempre soube quem era, azar de quem não gostasse.

Olhei pra Shaw, depois para a mesa. Tentei mudar por causa dela e foi um fracasso épico. Fiquei em pé de novo e pousei meu olhar sobre minha mãe.

— Então não entendo por que você nunca me amou como sou quando é obvio que amou o Remy apesar de ele ter decidido não contar a verdade pra ninguém. Mentiu pra todo mundo todos esses anos. Isso simplesmente não faz sentido. Preciso sair daqui.

— Estou com você – disse meu irmão.

O Rome estava com a cara irada, e era assim que eu me sentia por dentro. Olhei pra baixo quando senti uma mão macia pegando meu antebraço. Me encolhi todo e acho que consegui enxergar a mágoa nos olhos da Shaw.

– Rule – a voz dela era um sussurro triste. – Desculpe.

Ela me largou e quase não consegui falar, de tão grande que era a bola que tinha na garganta.

– Agora entendo aquilo que você disse, de as pessoas mais próximas serem as que mais nos machucam. A gente se fala.

Mas, enquanto saía correndo do restaurante com o Rome, fiquei na dúvida se estava dizendo a verdade e me recusei a pensar no quanto largar a Shaw desse jeito me machucava.

CAPÍTULO 16

Já fazia três semanas, mais ou menos, que o Rule não falava comigo. Nada de torpedos, telefonemas, e-mails nem pombos-correio... Só um silêncio enorme e, do meu lado, um coração completamente partido. O Rome nem retornou minhas chamadas e mensagens, que mandei pra dizer "tchau" e que ia sentir saudade dele. Ele foi para o deserto louco da vida comigo. Isso me deixava bem chateada, mas a luta que eu travava todos os dias comigo mesma, pensando se devia ligar para o Rule e implorar que ele me perdoasse, estava acabando comigo. Eu queria explicar que aquele segredo não era meu, e que não podia ter contado, apesar de a gente estar namorando. A Ayden ficava dizendo que, uma hora, ele ia esfriar a cabeça e voltar pra mim, mas a Margot e o Dale achavam que ele nunca mais ia falar com nenhum de nós. Eles estavam no mesmo barco que eu: nenhum dos irmãos estava falando com eles, e a Margot quase teve uma crise quando o Rome não deixou os pais o levarem até Fort Carson para se despedir. Ele e o Rule foram juntos, nos deixando de fora.

Eu estava sofrendo, mas também de saco cheio de meu amor e meus sentimentos não serem suficientes pra ninguém. Eu tinha amado Rule mais e por muito mais tempo do que qualquer outra pessoa na minha vida, e isso ainda não era o suficiente pra fazer ele olhar através da própria mágoa e daquele sentimento de ter sido traído e resolver as coisas comigo. Ainda estava puta por ele ter passado a semana antes de a bomba estourar se esforçando para agir e se comportar de um jeito que eu nunca pedi nem quis. Mas, quando ficava sozinha na cama, à noite, chorando, tinha que admitir que tinha sido uma atitude fofa, apesar de equivocada. Me lembro de ter pedido para ele não esquecer que as coisas podiam ficar muito feias se a gente tentasse ficar junto e não desse certo. Por algum motivo, até dar de cara com ele na cama um monte de vezes com todas as garotas da cidade nem se comparava à dor daquele gelo que ele estava me dando.

    Me esforcei muito para não ficar me preocupando com o que ele andava fazendo ou com quem andava fazendo. Mas, a cada dia que passava, ficava mais pessimista. O que ele sentia por mim não tinha sido suficiente para superar a própria mágoa, e era óbvio que não chegava nem perto daquele sentimento arrasador que eu tinha por ele. Por mais que me doesse desistir do Rule, eu tinha que esquecer. Tinha que retomar minha vida, porque, mesmo que ele viesse falar comigo, as chances de ter voltado aos velhos hábitos era grande. E eu não ia sobreviver, de jeito nenhum, se alguém de que gosto tanto me traísse. Eu me forçava a sorrir todos os dias, voltei a trabalhar nos turnos que tinha largado por causa dele, me joguei nos estudos e passava todo o meu tempo livre com a Ayden e a Cora. Quando eu estava com a Cora, tinha todo o cuidado para não dar na vista, e ela tomava o mesmo cuidado pra nunca, mas nunca mesmo, tocar no nome do Rule ou em nenhum assunto que tivesse a ver com ele na minha frente.

    Dizer que meus pais ficaram felizes por que o Rule não estava mais comigo é pouco. Infelizmente, deixei isso escapar durante uma conversa nada amigável com minha mãe. Meu pai ficou tão feliz que pegou meu carro, que tinha acabado de vir do mecânico, e trocou por uma Cayenne caríssima, só porque comentei que queria um carro mais seguro de dirigir na neve. Tentei recusar. Não precisava mais ser chantageada, já que o Rule tinha me largado mesmo, mas o documento já estava no meu nome, e meu outro carro tinha sido vendido, então acabei aceitando, mesmo sem querer. Minha mãe estava ainda pior e me ligava todos os dias. Aquela mulher, que nunca teve tempo para mim, de repente ficou superinteressada em tudo o que eu fazia e em todo mundo que eu conhecia. Acho que, sutilmente, estava tentando me dizer que, enquanto eu me mantivesse longe dos tipos desagradáveis, ela ia me aceitar.

O engraçado é que, agora que o Rule não estava mais comigo, eu não queria mais que ela me aceitasse. Preferia ser deserdada e rejeitada um milhão de vezes se isso fosse fazer ele falar comigo, sentir só metade do que sempre senti por ele. Acho que meu desinteresse deixava meu pai e minha mãe nervosos. Eles estavam tão acostumados a sacudir a aceitação e a aprovação deles na minha frente como se fosse uma cenoura na frente de um cavalo, que não sabiam o que fazer agora que isso não me interessava mais. Ter esse poder devia ser uma coisa sensacional, mas a verdade é que eu só sentia um grande vazio. Devia ter me rebelado antes. Devia ter me sentido assim no mesmo instante em que eu e o Rule começamos sei lá o que foi que rolou entre a gente. Tinha perdido tanto tempo, e isso só me trazia ainda mais tristeza e arrependimento.

– Obrigada, Lou.

Dei mais um daqueles sorrisos tensos – já estava ficando craque nisso – e deixei o Lou me dar um abraço de urso enquanto me acompanhava até o carro. Fazia semanas que não tinha notícias do Gabe, mas me sentia melhor sabendo que alguém gostava de mim e se preocupava com minha segurança, por isso nunca recusava quando o Lou se oferecia para me acompanhar. Não devia trabalhar naquele dia, mas tinha ido porque uma das meninas tinha ficado doente. A Ayden não estava lá, e eu fui sozinha. Para falar a verdade, ela parecia ter deixado aquela deprê de lado e estava saindo com um menino bem bonitinho da física, que, por acaso, não é nem um pouco do rock. Ela já tinha visto ele duas vezes aquela semana e quase voltado a ser a velha Ayden de sempre. Eu estava feliz pela minha amiga, mesmo que isso significasse que ia passar mais uma noite sozinha, mergulhada na minha desgraça. Ninguém disse que o caminho da recuperação é bonito, afinal de contas.

O Lou me soltou e me deu um beijinho na testa.

– Sinto falta daquele seu namorado, Shaw. Ele era todo metido a esperto, mas era um cara legal.

RULE

Soltei um suspiro, porque o Lou sempre toca nesse assunto, e respondi:

– Eu sei. Também sinto falta dele.

– Se cuida, menina.

– Sempre tento.

Meu carro novo era incrível, não podia mentir. Roncava como todo bom carro esportivo devia roncar, mas encarava bem as ruas congeladas do centro quando atravessava a cidade para chegar em casa. Fiquei ouvindo as músicas deprê do Avent Brothers, falando de corações partidos, o caminho inteiro. Era bem depois da meia-noite, num dia de semana, e não tinha quase ninguém na rua. Um cachorro latiu em algum lugar, estava frio e escuro, e tremi sem querer. Odiava essa parte do trajeto: simplesmente me caía a ficha de que estava mesmo sozinha, de verdade. Dei sorte e encontrei uma vaga bem na frente do prédio. Voei até o portão, porque meu uniforme não tinha sido feito para ser usado na rua, no frio do inverno de Denver. Ouvi o "clique" conhecido da fechadura quando digitei a senha e corri pra dentro.

Soprei um ar quente nos meus dedos e fiquei procurando as chaves na bolsa, porque ainda não tinha posto a do carro novo no chaveiro. Sempre saía com elas na mão, pronta para abrir a porta. Mas andava tão distraída com meus pensamentos e o peso no meu peito que cuidar da minha segurança pessoal tinha ido para o fim da minha lista de prioridades. Já tinha colocado a chave na porta e ia abrir a fechadura quando ouvi uma voz profunda dizer meu nome, vinda de trás de mim. Por um milésimo de segundo, fiquei toda animada. Uma sensação absurda de alívio tomou conta de mim, porque o único homem que podia estar me esperando no meu apartamento era o Rule. Antes que eu pudesse me virar e abraçá-lo, senti alguém me pegar pela nuca com força e me jogar de cara na porta. Fiquei sem ar com o choque, e uma parte do meu cérebro me disse que eu devia gritar por socorro, mas a porta escancarou com um movimento rápido de um pulso com um relógio caro que eu conhecia muito bem, e fui cambaleando pra frente, porque ele me empurrava pra dentro.

Minha bolsa saiu voando e fiquei passada quando vi o Gabe parado na minha frente. Ele estava todo arrumadinho, como sempre, mas tinha um olhar de loucura e um sorriso de demente que me deixaram apavorada. Nem consegui me mexer.

– Como é que você conseguiu entrar aqui?

Eu sabia que aquela situação não era nada boa. Que não estava segura com ele por perto. Não queria ficar sozinha com ele de jeito nenhum, mas meu apartamento era pequeno, e eu não tinha pra onde correr. Meu *spray* de pimenta estava dentro da minha bolsa no chão, e o Taser que o Rule me deu estava esquecido no meu carro novo. Eu estava realmente arrependida de não ter permitido que o Rule deixasse sua arma aqui, todas às vezes em que havia oferecido.

O Gabe passou as mãos claramente agitadas no cabelo e ficou me olhando como um predador olha para a presa.

– Falei pra sua mãe que a gente estava tentando se reconciliar e eu queria fazer uma surpresa. Ela me deu a senha do portão. Segui você do trabalho até aqui, já que aquela aberração obviamente caiu fora e não tenho mais visto o macaco militar. Pensei que agora era um bom momento pra gente se acertar.

Ele falava de um jeito tão frio e objetivo que acho que nem se deu conta de que tinha entrado à força na minha casa e de que eu estava tremendo de medo. Cruzei os braços sobre o peito para tentar acalmar um pouco do terror que estava sentindo, mas ele continuou me olhando como se me dominasse com o poder da mente.

– A gente não tem como se acertar, Gabe. Agora vá embora, porque em dois segundos vou começar a gritar o mais alto que eu puder.

O Gabe sacudiu a cabeça e fez *tsc-tsc*.

– Bom... Sabe, Shaw, as coisas andam uma merda pra mim. Desde o dia que aquele brutamontes do seu namorado me fez passar por frouxo, e meu pai cortou meus cartões de crédito por causa daquela ordem de restrição que você inventou, tá tudo indo ladeira abaixo. Estou indo mal na aula de teoria política, minha fraternidade quer me expulsar porque, aparentemente, não é legal permitir que alguém com QI de ratazana faça você de otário bem no meio do campus, meus pais estão furiosos comigo por causa da tal ordem, e o estágio que eu queria fazer na campanha da sua mãe já era, porque ela simplesmente não teve tempo de organizar isso. Então, Shaw, você pode entender que, desde que resolveu ser uma puta egoísta e dar as costas pra todas as coisas maravilhosas que a gente podia conquistar, estou tendo que dar duro pra conseguir o que mereço.

O Gabe estava louco, completamente fora da casinha. Tentei me afastar dele porque sabia que, se ficasse ao alcance das suas mãos, a situação ia passar de aterrorizante para inimaginavelmente horrível.

– Lamento as coisas estarem difíceis pra você, Gabe, mas você não devia ter acabado com meu carro. Deixou o Rule louco. Eu te disse pra me deixar em paz, ou não ia gostar nem um pouco do que ele ia fazer.

Soltei um gritinho, porque, pelo jeito, tocar no nome do Rule não foi uma boa tática. O Gabe se mexeu muito mais rápido do que eu podia imaginar. Me perseguiu quando fui andando para trás, tentando manter o máximo de distância entre nós dois. Infelizmente, ele conseguiu me segurar na sala. Tentei lutar, mas ele era maior e mais forte do que eu. Me segurou pela garganta e a gente se debateu até o chão. Chutei a mesa, que fez um barulhão, e ele me deu um tapa no rosto com as costas da mão, partindo meu lábio. Aí sentou bem no meio do meu corpo, segurando meus braços nos lados e apertou minha garganta. Meus olhos estavam cheios de lágrimas, de tanto medo, e eu tinha dificuldade de respirar. Afundei as unhas nas mãos dele e sacudi as pernas, mas o Gabe só se inclinou e continuou apertando meu pescoço.

– Você pensa que eu ligo para o que aquele fracassado acha? Você acha que dou a menor importância para o que aquela porra daquele degenerado quer fazer comigo? Ele é um nada. Falei que aquele cara não ia ficar com você por muito tempo. E olha só: você tá sozinha e, finalmente, fazendo o que eu quero. Falei que eu ia conseguir o que eu quero. Sempre consigo.

Eu precisava me livrar do Gabe. Ele ia me matar. Sério, ia mesmo. Minha visão estava começando a ficar borrada, e meus pulmões queimavam.

O Gabe ficou me apertando, sentado em cima de mim, falando que a gente ia voltar e que eu ia ligar pra minha mãe e pedir pra ela agilizar a questão do estágio, agora que a gente estava namorando. Fiquei sacudindo a cabeça, tentando respirar, e consegui enfiar as mãos e enterrei as unhas na parte de baixo do bíceps dele. O Gabe franziu a testa e se desequilibrou o suficiente para eu conseguir me afastar um pouco. Cortei a mão em um pedaço de abajur quebrado e tentei ficar de pé, mas ele me arrastou de novo para o chão, puxando meu cabelo de um jeito cruel. Urrei de dor quando ele sentou com tudo em cima das minhas costas. Tinha batido a cabeça na perna da mesa, e o sangue que jorrava, começou a entrar nos meus olhos, me fazendo piscar.

– A Ayden vai chegar a qualquer momento.

Minha voz estava fina e fraca por causa da pressão que ele fazia no meu pescoço, mas o Gabe nem ligou. Só me pôs de pé e me empurrou. Fiquei dobrada ao meio no sofá. Tentei desesperadamente não pensar que meu uniforme não era um grande obstáculo ao seu objetivo. Ele se abaixou e colocou o rosto perto do meu, sem se importar com o sangue que escorria para todo lado.

– E daí? Você é minha namorada, Shaw. Você é minha. Se sua amiga chegar, você vai dizer pra ela que as coisas esquentaram um pouco enquanto a gente se acertava.

Então colocou tanto peso nas minhas costas, que a mão que ele torcia para trás não aguentou e, com um estalo horrível que deu um susto em nós dois, meu ombro saiu do lugar. Gritei de dor, e aquele lado ficou paralisado. O medo e o pânico foram subindo rapidamente pela minha garganta enquanto eu me debatia. Sabia que precisava chegar até a minha bolsa para pegar o *spray* de pimenta ou tentar chegar na cozinha e conseguir pegar alguma outra coisa para usar como arma. O Gabe soltou minhas mãos, já que uma tinha ficado inútil, e segurou minha nuca pra me manter dobrada sobre o sofá. Começou a puxar e arrancar a parte de baixo do meu uniforme, murmurando um monte de frases sem sentido, dizendo que ia me fazer entender de uma vez por todas que a gente estava namorando. Ficou delirando, falando que a gente ia se casar, e nossas famílias iam virar uma só. Comecei a chorar sem parar, porque não sabia o que fazer para impedir que me violentasse daquele jeito. Por sorte, uma parte do abajur quebrado tinha ido parar perto do sofá, e um pedaço ficou enfiado numa das almofadas. Enquanto o Gabe tentava arrancar minha roupa, peguei o pedaço com minha mão boa. Dava pra sentir o short de babadinhos do uniforme começando a rasgar, e isso foi o bastante para me fazer tomar uma atitude. Naquela posição, só consegui acertar a parte mais carnuda da coxa dele, e não sabia se tinha forças para causar algum estrago de verdade. Mas enfiei o caco de vidro com toda a força que consegui e ouvi ele me xingar enquanto ia um pouco pra trás. Fiquei de quatro e gritei "assassino maldito!" quando caí com todo o meu peso em cima do meu braço machucado. Engatinhei enquanto o Gabe tentava tirar o vidro da perna e consegui pegar o *spray* na minha bolsa. Estava tentando ficar de pé, e ele vinha correndo atrás de mim, mas consegui acertar um jato de pimenta bem na cara dele, que ficou uivando como um bicho machucado. Joguei o *spray* no chão e voei pela porta. Tenho certeza de que estava parecendo alguém que tinha fugido do hospício. Chorava, histérica, tinha sangue pelo rosto inteiro e quase não conseguia falar porque o Gabe tinha machucado meu pescoço. Corri até o portão e dei um encontrão na Ayden, que estava chegando em casa. Ela me abraçou e desmaiei, meio que balbuciando.

 A Ayden gritava o meu nome, queria saber o que tinha me acontecido enquanto ligava pra polícia. Mas, entre a dor e o choque, paralisei. Fiquei piscando para ela, com a cara toda ensanguentada, e mal percebi que um grupo de pessoas tinha saído de casa e estava à nossa volta. Aquilo tinha sido demais para mim, e tudo ficou escuro. Tenho certeza de que a Ayden me encontrou antes de eu cair no chão, mas depois disso só me lembro de ser colocada na ambulância, toda amarrada numa maca. As luzes e as sirenes faziam minha cabeça doer, e um paramédico bem novinho estava fazendo um milhão e meio de perguntas para a Ayden, que tinha entrado na ambulância comigo. Na mesma hora, ela apertou minha mão. Notei que estava chorando quase tanto quanto eu.

 – Gabe?

Minha garganta estava pegando fogo e, quando eu falava, parecia que minhas cordas vocais atravessavam uma floresta de lâminas de barbear.

A Ayden secou as lágrimas com as mãos trêmulas, e eu me encolhi quando o paramédico se virou na minha direção.

– Os policiais pegaram o Gabe. O pai dele apareceu quando a polícia o estava colocando na viatura. Ele ainda estava sob o efeito do *spray* de pimenta, então não teve como negar que tinha saído do nosso apartamento. Como é que conseguiu entrar?

Eu me encolhi mais ainda, porque o paramédico mexeu no meu ombro e disse:

– Vamos colocar isso no lugar. Está deslocado. O corte na sua testa é profundo, e vai precisar levar pontos. Sinto muito.

Queria responder que estava tudo bem, porque tinha sobrevivido e, pelo menos, o Gabe não tinha se safado de mais esse crime absurdo, mas falar doía demais. Quando ele me perguntou se eu precisava fazer um exame de corpo de delito para estupro, sacudi a cabeça pra dizer que "não", apertei a mão da Ayden e comecei a chorar de novo.

– Minha mãe – as palavras saíam entrecortadas, não só porque minha garganta estava doendo. – Ela deu a senha para o Gabe porque ele disse que a gente ia fazer as pazes.

A Ayden perdeu a cabeça e falou tanto palavrão que o Rule ia ficar orgulhoso dela. A gente passou o resto do curto caminho até o hospital só de mãos dadas. As próximas duas horas foram um borrão de médicos e policiais. Depois de quinze minutos, ficou claro que eu não ia conseguir conversar com eles, porque minhas cordas vocais estavam em frangalhos. Tive que escrever tudo. O Gabe ia passar pelo menos aquela noite na cadeia, e o pai dele não podia fazer nada pra tirar o filhinho dali. Não que isso tivesse alguma importância: eu ia ter que passar pelo menos uma noite no hospital para os médicos avaliarem a extensão dos danos na minha garganta, e precisava tomar remédios fortes pra aliviar a enxaqueca e aguentar a dor de colocarem meu ombro no lugar.

RULE

Minha mãe apareceu com o Jack perto do amanhecer, e meu pai também veio me ver. Disse para a Ayden que não queria ver nenhum dos três, e isso foi um drama. Quando minha mãe começou a gritar que devia ter sido um dos brutamontes que conheci quando estava com o Rule, a Ayden perdeu o controle completamente e informou a todos que, se minha mãe não tivesse dado a senha do portão para o Gabe, nada daquilo teria acontecido. Isso fez todos calarem a boca. Meu pai entrou à força, usando os contatos dele no hospital, e eu passei uma hora ignorando e olhando para ele, enquanto ele me pedia desculpas. Quando tentou beijar minha bochecha, virei a cara e fiz questão de que visse minha expressão de profundo nojo. Parte da obsessão do Gabe tinha a ver com o que essas pessoas representavam, e eu simplesmente não podia ficar perto disso naquele momento. Todo mundo foi embora depois que uma enfermeira ameaçou chamar a segurança se não parassem de me incomodar.

A Ayden puxou uma cadeira e encostou os pés na beirada da cama, e nós duas caímos num sono profundo enquanto a manhã passava. Eu dormia e acordava, porque precisava de mais remédios para a dor no ombro, que incomodava, e eu começava a sentir várias partes do meu corpo que tinham sido machucadas. A Ayden sumiu lá pelo meio-dia, mas tudo bem, porque mais uma tropa de médicos e policiais apareceu.

O pai do Gabe conseguiu soltá-lo sob fiança, mas não tinha o que discutir sobre os ferimentos graves que ele me causou, e a polícia queria indiciá-lo por tentativa de assassinato. Eles me fizeram contar tudo várias vezes, e eu nunca me esquivei daquela realidade brutal. O cara estava doente e precisava se tratar, mas, mais do que isso, precisava ficar num lugar onde não pudesse mais causar mal às pessoas. Se sentir no direito de ser dono de alguém sem levar em consideração os sentimentos dessa pessoa ia muito além de ser emocionalmente instável.

A Ayden voltou, trazendo iogurte e granola, com uma cara envergonhada, e disse:

– Liguei pra Cora pra contar o que aconteceu. Nem pensei que ela ia surtar no meio do estúdio.

Fiquei bem quieta e arregalei os olhos.

— Pelo jeito, o Rule pirou quando ficou sabendo. E, não preciso nem dizer, ele vai aparecer aqui em, tipo, cinco minutos. Desculpe, mas pensei que tinha que contar. Acho que posso pedir para o pessoal do hospital não deixar o Rule entrar, se você quiser, apesar de desconfiar que barrar a entrada dele quando ele está assim, todo enlouquecido, vai dar um trabalhão. Aí você vai ter que mandar mais um ex passar a noite na cadeia.

Não sabia direito o que achar daquela visita. Por um lado, passei o último mês querendo ver o Rule mais do que tudo, querendo que ele viesse falar comigo. Por outro, ele não devia ter esperado acontecer uma coisa horrorosa dessas pra fazer isso. Soltei um suspiro e fiquei balançando a cabeça. Mas ela tinha razão: barrar a entrada dele, nesse momento em que estava decidido a entrar ali de qualquer jeito, era um incômodo de que eu não precisava.

— Tudo bem. Consigo lidar com ele.

Minha voz ainda estava fraca e rouca, mas pelo menos doía um pouco menos para falar.

— Você não parece ter forças pra lidar com coisa nenhuma.

E ela tinha toda razão: meu braço estava numa tipoia, eu tinha um corte de quase oito centímetros na testa, com um curativo branco, combinando com o da minha mão. Minha boca estava cortada, com uma casca de sangue, e eu tinha um círculo horroroso de marcas azuladas na pele clara do meu pescoço. Pra completar, ainda estava com os dois olhos roxos, por ter sido jogada de cara na porta e no chão.

— Não tem problema. Ele pode entrar e ver que eu tô bem e voltar pra vida dele. Tenho certeza de que é só isso que quer.

A Ayden me lançou um olhar cético e deu umas batidinhas nos meus pés, que estavam enrolados por baixo daquele cobertor do hospital que pinicava.

— Então tudo bem. Se você jura que vai ficar bem, vou tentar encontrar algum lugar onde o café não tenha gosto de piche e já volto.

RULE

Eu nunca ia ficar bem de verdade de novo. Acho que ninguém que passou pelo que passei nos últimos meses ficaria, mas não tinha medo do Rule. Ser quase estuprada por um doido me fez ver minha vida com outros olhos, perceber o que estava faltando e o que ia fazer dali pra frente. Queria mexer no meu cabelo, mas ele estava todo emplastado de sangue seco e sabe-se lá o que mais. E, além disso, não tinha muito como melhorar minha cara. O Rule ia ter que encarar.

Estava mexendo no celular, respondendo as mensagens da Cora e de quase todos os amigos do Rule, dizendo que estava tudo bem, quando a porta abriu, e ele entrou. Olhei para cima e fiquei observando, vi a raiva estampada naquele rosto lindo se transformar em horror quando me viu toda machucada. O peito dele subia e descia, dava para ouvir a respiração do Rule, que foi para a ponta da cama. A gente ficou se encarando em silêncio, e notei que o cabelo dele ainda estava normal, só meio bagunçado, com a cor natural. Odiava aquilo, porque ele parecia um estranho com aquele cabelo. Estava com um olhar transtornado, aqueles olhos pareciam muito grandes para o rosto dele. Parecia que uma tempestade de neve se aproximava, vinda das profundezas geladas da alma do Rule. Ficou passando a língua no *piercing* da boca, coisa que sempre fazia quando ficava nervoso, e me dei conta de que, se eu não dissesse nada, era bem provável que a gente passasse a tarde inteira só se olhando meio de canto.

– Você não precisava ter vindo. Estou bem, só um pouco quebrada.

Aquelas mãos grandes dele ficaram tensas no pé da cama, e vi a cabeça da cobra dobrar e esticar com sua irritação.

– Eu queria ver com meus próprios olhos se estava bem. Você podia ter me avisado que estava no hospital.

Me recusei a tirar os olhos dele, que parecia ficar mais furioso a cada parte machucada do meu corpo que via.

– Bom, considerando que faz semanas que você não fala comigo, não me pareceu muito lógico contar o que aconteceu.

A boca dele se retorceu.

– Você tem razão. Eu devia estar lá. Você não devia ter ficado sozinha.

Soltei um suspiro e agarrei o cobertor.

– Você tem razão. Você devia estar lá, mas não porque o Gabe é um doido nem porque eu precisava de proteção. Você devia estar lá porque gosta de mim o mesmo tanto que gosto de você, mas não é o caso. Ninguém tem culpa, só o Gabe. Ele é doente e perturbado. É bem provável que, mesmo que eu estivesse namorando alguém, ele ainda ia ficar naquela loucura de me perseguir, simples assim. Não culpo ninguém além dele. Além disso, meu corpo já está se recuperando. Meu coração é que parece que foi passado em um processador de alimentos.

– Shaw...

O Rule tentou falar alguma coisa, mas levantei minha mão boa, olhei bem nos olhos dele e continuei:

– Estou cansada do meu amor não ser o bastante. Pensei que, quando a gente começou a sair, eu ia ficar bem com o que você tinha pra me oferecer. Pensei que meu amor ia ser suficiente para nós dois, já que ficou sufocado por tanto tempo. Mas agora percebi que mereço mais do que isso.

Pisquei para disfarçar as lágrimas e fui em frente:

– Mereço todo o amor do mundo, porque estou disposta a dar todo o amor do mundo. Eu teria segurado sua mão para atravessar essa escuridão, Rule. Mas não vou ficar parada olhando você se afastar de mim toda vez que ficar magoado com alguma coisa. Desculpe nunca ter te contado do Remy, mas falei um milhão de vezes que a gente não namorava. Você teve uma prova irrefutável disso no meu aniversário. Devia ficar puto da vida com ele, por guardar esse segredo, não comigo. Você tinha razão desde o início: a gente não confia um no outro o bastante para essa história dar certo. Acho que eu queria muito que desse. Você, nem tanto.

Quanto terminei de falar, fiquei surpresa de ver que ele estava com os olhos cheios de lágrimas. A única vez que vi o Rule chorar foi no enterro do Remy. Ele esticou a mão, como se fosse tocar na minha perna, mas puxou de volta antes de encostar.

– Shaw, e se eu te dissesse que te amo? – a voz dele era quase um sussurro. – Ver você desse jeito me dá vontade de matar aquele Davenport com minhas próprias mãos, mas também faz alguma coisa bem lá no fundo de mim doer. Senti sua falta nessas últimas semanas, mas também estava furioso com você. Não consegui equilibrar essas duas coisas.

Sacudi a cabeça de leve, com tristeza, e deixei as lágrimas rolarem pelo meu rosto.

— Isso não me basta. Passei a vida inteira tentando corresponder a expectativas inalcançáveis. Você era a única coisa que eu queria de verdade e, quando consegui, achou que tinha que virar outra pessoa pra ficar comigo. Me recuso a colocar o mesmo tipo de expectativa que sempre pesou sobre mim em outra pessoa, mesmo sem ter pedido isso. Tem partes da gente que se dão superbem, Rule, mas tem outras que simplesmente não dão certo. Isso tudo – passei minha mão boa pelo meu corpo deitado – vai se consertar sozinho. Vai ficar tudo bem, e a gente vai voltar ao que era antes.

Fiz questão que ele entendesse que eu estava falando de tudo mesmo, do corte na cabeça ao meu coração partido. Eu ia esquecer aquele cara. Não tinha outra opção.

— Você sempre esteve na minha vida, Shaw. A gente devia poder fazer as coisas darem certo.

Tive vontade de encolher os ombros, mas só um se movia, então não rolou. Em vez disso, enxuguei as lágrimas com as costas da mão e dei um sorriso meio trêmulo.

— Tem um monte de coisas que deviam ter acontecido de outro jeito. Sei que a maioria das pessoas achava que nosso namoro não tinha nada a ver. A gente só tem a agradecer pelo pouco que rolou.

— Sinto que estou decepcionando você, decepcionando todo mundo. E, pela primeira vez na vida, isso me incomoda pra caramba. Simplesmente não sei como lidar com o que rola aqui dentro – ele bateu o dedo na têmpora.

Àquela altura, eu estava me debulhando em lágrimas, quase dizendo que ele podia me amar, só isso, e aprender a ser amado como merecia, porque eu queria desesperadamente amá-lo, e aí tudo ia dar certo, mas não era o caso. A gente precisava acreditar em si mesmo, precisava ter segurança de que se bastava sozinho, sem tentar ser outra pessoa. E isso não ia acontecer. Então fechei os olhos e, pela primeira vez, fui *eu* que deixei ele no vácuo.

– Às vezes não é pra ser. Estou ficando cansada. Você pode chamar uma enfermeira quando sair? Acho que está passando o efeito dos remédios para dor.

– Shaw, eu lamento muito, muito mesmo.

– Eu também, Rule. De verdade. Lamento muito.

Passei a vida inteira apaixonada por ele e, apesar de querer ser forte e deixar tudo aquilo pra trás, esquecer o que sentia por ele ia ser a coisa mais difícil que fiz até hoje. A gente ficou se olhando nos olhos por um minuto longo e triste, depois ele se virou e foi embora. Quando a Ayden voltou, eu não conseguia parar de chorar, e ela teve que subir na cama para me abraçar. Chorei como nunca tinha chorado antes. Até secar a última lágrima. Deixei minha melhor amiga me abraçar enquanto eu me despedaçava. A enfermeira veio me aplicar um remédio para dor, mas, quando viu meu estado, deu meia-volta e apareceu com um calmante.

Fiquei mais um dia no hospital e, quando tive alta, me dei conta de que não queria voltar para minha casa de jeito nenhum enquanto o Gabe estivesse à solta, com ou sem ordem de restrição. Por sorte, a Cora tinha dois quartos livres na casa dela, na região do parque Washington, porque as duas pessoas com quem dividia o aluguel tinham noivado e ido morar juntas. A Ayden me deixou lá e voltou algumas horas depois com uma mala, o básico para eu passar alguns dias. E contou que a administradora do condomínio estava dando um jeito no nosso apartamento, mas que ela estava morrendo de medo de ficar lá sozinha. Só demorou uma semana para a Ayden perguntar para a Cora se podia ficar no outro quarto vago. A imobiliária até deixou a gente romper o contrato sem pagar multa, por causa do que tinha acontecido.

Ficar com as meninas fez maravilhas pela minha saúde física e mental. Elas nunca me decepcionavam, e sempre tinha alguém do meu lado, para lembrar que o que eu estava sentindo era passageiro. E se recusaram a me deixar surtar por causa do processo contra o Gabe.

Estava tudo passando muito rápido, e às vezes parecia que o pai do Gabe ia mexer todos os pauzinhos possíveis pra livrar a cara do filho. O Alex Carsten interveio, e agora o Gabe estava usando uma tornozeleira eletrônica e tinha sido indiciado não apenas por lesão corporal, mas também por violação de domicílio. Nem passou pela minha cabeça que minha mãe poderia ter pedido esse favor para o Carsten. Mas, já que eu o Rule não estávamos mais nos falando, nunca liguei para perguntar se tinha sido ele, nem para agradecer. É claro que os Davenport contrataram o melhor advogado de defesa da cidade, mas todas as evidências apontavam que eu ia ganhar, então tentei manter o pensamento positivo.

Eu estava me recusando a falar com meu pai e minha mãe. Para ser sincera, nem contei que mudei de endereço e troquei o número do celular logo depois que saí do hospital. A verdade é que não tenho mais nada a dizer para eles: tudo o que disse para o Rule vale para os dois também. Mereço mais e, se eles não estão dispostos a retribuir o amor que sinto por eles, sem restrições ou exigências, não quero mais nenhum dos dois na minha vida. Sei que minha mãe deve estar se martirizando com o fato de poder ser responsabilizada por ter passado a senha do portão para o Gabe. Mas, como disse para o Rule, a única pessoa que culpo é o próprio Gabe. Para mim, é mais importante ela reconhecer que jamais devia ter empurrado ele para cima de mim quando eu disse que era apaixonada por outra pessoa. Se meus pais não conseguirem descobrir um jeito de me amar pelo que sou, vou me virar sem eles.

Eu e a Ayden estamos nos acostumando à nossa nova rotina, e ela adora a Cora tanto quanto eu. É gostoso morar em casa, em vez de apartamento, e a cada dia que passa fica um pouco mais fácil respirar com aquele buraco no meu peito. Fazia pouco mais de um mês que eu tinha me separado do Rule, mas parecia uma eternidade. Fingir ficou muito mais difícil, talvez porque sabia que tinha terminado de verdade. Eu não conseguia mais sorrir, nem fazer cara de que estava levando a vida numa boa. Estava sofrendo, e sofrendo muito. Tinha saudade do Rule, e ainda o amava. Não podia ficar com ele, e isso me matava de um jeito completamente diferente de quando eu o amava, sem ele saber de nada. A Cora evitava falar do trabalho e dos meninos, mas, de vez em quando, deixa escapar alguma coisa sobre o Rule. Sempre que isso acontecia, eu ficava com a impressão de ter um caco de vidro cravado em uma ferida aberta. Devia me sentir um pouco melhor de saber que ele também não estava lá grandes coisas, mas não me sentia. Nós dois merecemos ser felizes. E é uma droga a gente não poder fazer isso juntos.

    Fui ao Saint Patrick's, uns dias antes do aniversário do Rule, que ia cair no fim de semana. Como é um dia em que todo mundo sai para beber, as meninas decidiram que, em vez de ficar, na maior deprê, a gente ia sair e se divertir. Eu não estava a fim, nem um pouco. E não era só porque meu rosto ainda estava meio feio, mas porque achava que não dava conta de ficar no meio de um monte de gente. Eu tinha quase certeza de que ia ser horrível, mas, como amo aquelas duas, acabei concordando. Para minha surpresa, depois de tomar uns martínis num bar meio fora de mão que a Cora conhece, relaxei e comecei a me divertir. Apesar de tudo, foi legal *pra caramba*. Eu estava mesmo precisando daquilo.

    Acordar na manhã seguinte foi péssimo, e fiquei tentada a não ir para a faculdade, mas já tinha faltado a tanta aula por causa do ataque do Gabe que não podia mais fazer isso. Estava na frente do espelho, arrumando o cabelo e tentando disfarçar as manchas amareladas do meu olho machucado, quando tive uma revelação que me deixou passada: nunca foi fácil amar o Rule. Sempre foi difícil e doloroso. Demorou anos para compensar o investimento, mas nunca cheguei à conclusão de que não tinha valido a pena. Amar o Rule nunca foi uma escolha, sempre acreditei que era uma coisa inevitável. E sempre achei que ele nunca ia me amar. Ontem à noite, tive tanta certeza de que não ia me divertir de jeito nenhum, que sair era uma péssima ideia, que eu ia ficar triste. Mas acabei me divertindo tanto, valeu muito a pena arriscar. Fiz com o Rule uma coisa que jurei que não ia fazer: me afastei só porque não tinha nenhuma garantia de que nossa história teria um final feliz.

RULE

    Coloquei meu *babyliss* em cima da pia e encarei meu reflexo no espelho. Toda a minha tristeza e toda a minha solidão estavam estampadas na minha cara. A única coisa que eu sempre tinha desejado na vida era aquele homem, e, quando ficou difícil lidar com ele, simplesmente desisti, sem lutar. Não estava certo. Eu merecia ser amada, mas também merecia o Rule e qualquer forma de amor que ele pudesse me dar. Ele não era um garoto normal, nunca seria daqueles que desenham coraçõezinhos, mandam flores ou escrevem poemas que fazem as mulheres corarem. O que ia existir entre a gente era aquele toma-lá-dá-cá, cheio de altos e baixos, e uma paixão ardente que queimava até o fundo da alma. Quando ele me perguntou, lá no hospital, "e se eu dissesse que te amo?", eu deveria ter respondido "acho que ama mesmo".
    Consegui ver isso claramente, tão claro como meu reflexo no espelho: o Rule me amava, só não sabia que era isso. Nem eu nem ele tínhamos muitos exemplos de relacionamentos saudáveis e afetuosos. Mas, me disse que estava disposto a tentar, eu deveria ter percebido que ele estava se apaixonando por mim, porque o Rule nunca tinha tentado ter um relacionamento com ninguém.
    A Ayden bateu na porta, enfiou a cabeça dentro do banheiro e disse:
– A gente precisa sair daqui a pouco. Falta muito?
    Eu só tinha feito os cachos na metade do cabelo, então a resposta era óbvia. Virei para ela de olhos arregalados e falei:
– A gente precisa passar no shopping depois da aula. Vou comprar um vestido novo.
    Ela encostou o quadril no batente da porta, fez uma cara séria e perguntou:
– Algum motivo em especial?
– Este fim de semana é aniversário do Rule.
– Acho que a Cora comentou.
– Ele deve fazer uma festinha.
– Acho que ela comentou alguma coisa sobre isso também.
– Bom, a gente tem que ir.

– Por quê? Pensei que você tinha desistido dessa confusão. Ou será que os martínis de ontem à noite ainda estão fazendo efeito?

Sacudi a cabeça, peguei o *babyliss* e declarei:

– Preciso dar um presente pra ele.

– É mesmo? E se ele estiver com alguém?

Olhei feio pra ela. Essa possibilidade nem tinha me ocorrido.

– Você acha que vai estar? – perguntei.

A Ayden resmungou alguma coisa baixinho e tirou aquela franja longa do rosto.

– Não. A Cora disse que o Rule quase virou ermitão desde que vocês terminaram, e que anda no maior mau humor. Quem não está a fim de ser esfolado vivo está ficando bem longe dele. Só para eu saber, o que está pensando em dar para ele?

– A única coisa que acho que ele quer.

Ela abafou o riso e perguntou, com um tom de deboche:

– Mais *piercings* na cara?

Dei uma risadinha e respondi:

– Não... euzinha. Acho que a única coisa que ele realmente quer sou eu. Só que somos os dois muito zoados para perceber isso.

Minha amiga esfregou as mãos e comentou:

– Bom, isso vai ser interessante.

"Interessante" era pouco. Mas, nessa minha nova fase, só vou me importar com gratificações imediatas, e o Rule ia ser a maior delas. Só esperava que não tivesse se afundado demais naquele túnel escuro, e eu ainda consiga ser a luz no fim dele.

CAPÍTULO 17

— E AÍ, IRMÃO? FELIZ ANIVERSÁRIO.
Passei o dedo por cima da ferradura que eu tinha insistido em gravar na lápide e limpei a garganta pra controlar a emoção que estava deixando minha voz embargada. Não venho muito neste lugar. Mas, todos os anos, no nosso aniversário, faço questão de vir ao cemitério conversar com o Remy. É difícil pensar que ele não vai fazer 23 anos junto comigo, que estou ficando mais velho e ele está preso nos vinte anos, que morreu tão cedo.

– Estou muito puto com você nesse momento. Minha vida tá toda de cabeça pra baixo, perdi o chão. Todas aquelas merdas que sempre faço pra me proteger da dor e das tretas não estão mais funcionando. Não entendo por que você simplesmente não conversou comigo, por que usou a Shaw daquele jeito, nem por que me deixou agir como um completo otário com essa menina por tantos anos sabendo que ela gostava de mim. Bom, tenho uma notícia exclusiva pra você, irmão: eu também gosto dela. E agora a situação ficou tão zoada que nem consigo pensar num jeito de consertar. Todo mundo sempre encheu meu saco porque sou difícil, temperamental e complicado. Mas acontece que você tinha muitas complicações escondidas, que eu e o Rome nem conseguíamos imaginar. E, mesmo assim, era o filho preferido. Não é uma merda?

Pela segunda vez em poucas semanas, senti meus olhos se encherem de lágrimas.

— A Shaw guardou seu segredo muito bem. Esse tempo todo, mesmo quando as coisas entre a gente ficaram mais intensas. Ela te ama, mas me ama também. Só que eu simplesmente não sabia o que fazer, e me afastei dela. Aí a Shaw ficou tão magoada que não quer voltar pra mim, e tudo o que mais quero é ter ela de volta. É uma bosta. Amar é uma bosta. Sinto que, se você estivesse aqui, nada disso teria acontecido. Então, você é um bosta também.

É claro que não ouvi nenhuma resposta, só o som da minha respiração curta e do vento passando entre as árvores. Fazia muito tempo que não me sentia assim, sozinho de verdade, e ter perdido meu irmão gêmeo estava deixando meu coração muito apertado. Esse último mês e meio foi bem difícil. Tudo o que rolou com a Shaw me deixou passado e vulnerável. Minha reação normal a esse tipo de onda esmagadora de emoção era acabar com meu fígado de tanto beber e comer qualquer uma que olhasse pra mim. Mas a bebida não fazia minha consciência parar de gritar que eu devia ter me esforçado mais, que devia ter lidado melhor com meu choque e minha raiva. E, só de pensar em levar alguém que não seja a Shaw pra cama, meu corpo congela da cintura pra baixo.

Eu estava trampando pra caramba e tentando acompanhar os passos do Gabe, trocando uma ideia com o Mark e o Alex. Estou decidido a manter esse *playboy* longe da Shaw, mesmo que ela nem desconfie que tô fazendo isso. Tenho passado um tempão com meus amigos, lambendo minhas feridas. Apesar da Shaw ter ficado chateada comigo por eu ter tentado mudar para ser um namorado melhor pra ela, acho que fiz grandes mudanças por mim mesmo, no jeito que sou, e isso não é tão ruim assim. Estava me permitindo sentir tudo o que estava rolando e, por mais que doa sentir o fracasso do meu relacionamento, pelo menos tava ligado nos meus sentimentos, em vez de afogar tudo nos meus maus hábitos.

Já ia dar "tchau" para o Remy quando ouvi passos atrás de mim, amassando a fina camada de neve do chão. Levantei a cabeça. Senti que meus olhos se apertaram involuntariamente, e meus lábios franziram quando me liguei quem era a figura que se aproximava. Meus instintos me diziam para sair correndo antes que ela pudesse estragar meu dia, mas fiquei parado, porque a mulher estava olhando direto pra mim e, pela primeira vez, aquele olhar não era de desprezo nem de ódio.

– Mãe?

– Feliz aniversário, Rule.

Limpei a garganta, porque não fazia a menor ideia do que dizer. Bati com os nós dos dedos naquela lápide dura e dei um adeus silencioso para o meu irmão.

– Vou nessa pra você poder ficar sozinha com ele. Tenho certeza de que hoje é um dia difícil para você.

Quase caí quando ela esticou o braço e encostou em mim. Minha mãe não me tocava de propósito fazia anos, e isso bastou pra me deixar sem palavras.

– É difícil para todos nós, mas não é por isso que estou aqui. Para falar a verdade, liguei para seu trabalho, porque queria saber se podia almoçar comigo. Pensei que você não fosse atender se ligasse no celular, então perguntei para aquele menino que mora com você se sabia onde você estava, e ele me disse que devia estar aqui.

Dei um passo pra trás porque tinha absoluta certeza de que minha mãe tinha sido abduzida por alienígenas e aquela criatura que estava na minha frente não era real. As palavras que saíam daquela boca eram surreais demais pra eu engolir.

– Cadê o papai?

– Em casa. Ele está tentando falar com seu irmão e, depois de tudo o que aconteceu, eu precisava conversar com você. Podemos almoçar ou tomar um café?

Eu não queria ir. Não acreditava nela, não sabia que motivos tinha pra querer falar comigo, mas era meu aniversário, e a gente estava ali, no túmulo do meu irmão. Recusar aquele convite não era uma opção viável, e achei que eu ia me arrepender depois.

– Um café seria legal.

Ela sorriu com tristeza. Quer dizer, muita, muita tristeza, e me liguei, pela primeira vez, que minha mãe também tinha um túnel de escuridão dentro dela. Talvez eu tivesse puxado isso dela. A gente foi caminhando em silêncio até o estacionamento, e fui seguindo minha mãe até Brookside, apesar de estar a fim de voltar direto pra Denver. A gente parou naquele café onde eu sempre ia com a Shaw. Deixei minha mãe pagando e fui sentar num canto meio escondido, onde espichei as pernas. Dava pra ver que minha mãe estava nervosa, então tentei relaxar e não ficar tão na defensiva.

— Estou fazendo terapia. Seu pai encontrou alguém aqui na cidade especializado em luto e questões de família. Acho que tem me ajudado bastante.

Pisquei e disse:

— Isso já é uma grande mudança.

Ela me deu um sorriso triste, e consegui ver uma faísca daquela mulher que me criou, que existia antes da nossa relação ter sido destruída pela tragédia.

— Depois do que aconteceu no jantar, seu pai me deu um ultimato. Ou eu me tratava ou meu marido, com quem sou casada há 36 anos, ia embora. O Dale sempre foi a única certeza na minha vida. Não conseguiria viver sem ele e tive que me dar conta do quanto ficaria sozinha se seu pai fosse embora, então enxerguei o que tinha feito com minha família.

Só consegui ficar olhando pra minha mãe, em estado de choque. Não sabia o que dizer, então fiquei tomando meu café e olhando pra ela.

— Você me perguntou como eu era capaz de amar o Remy sabendo que ele era diferente, se sempre foi difícil lidar com você. Quero tentar me explicar. Não é uma desculpa. Nosso relacionamento nunca foi fácil. Nunca tive com você a mesma proximidade que tinha com seu irmão, e isso começou quando vocês nasceram, prematuros. É comum acontecer isso com gêmeos, só que você nasceu forte, chorando a plenos pulmões. O Remy não teve a mesma sorte. Estava com o cordão umbilical enrolado no pescoço, sentado. O parto foi muito difícil, e ele quase não sobreviveu. Bom… desde o começo, acho que cuidei mais dele do que de você, o que faz de mim uma péssima mãe, mas isso não significa que não amava vocês dois. O Remy foi amamentado, você queria mamadeira. E, quando já estavam na idade de aprender a andar, ele segurava meus dedos e cambaleava pela casa, mas você levantava sozinho, se segurando no Rome, e saía andando sem minha ajuda. Seu irmão sempre precisou de mim, sempre me quis. E você... Bom, você era igualzinho ao que é hoje: independente, corajoso e determinado a abrir seu próprio caminho no mundo à força, e eu simplesmente deixei você ser assim. Eu e seu pai não prestamos a mesma atenção em você.

Eu mal conseguia respirar, mas estava tão concentrado no que minha mãe estava dizendo que isso passou batido.

— Quando o Remy levou a Shaw lá em casa, fiquei tão animada. Ele nunca tinha demonstrado interesse por outras meninas, e seu pai flagrava pelo menos uma garota por semana espiando na sua janela. A gente estava começando a juntar as peças do quebra-cabeça, mas eu estava convencida de que o Remy estava apenas esperando a menina certa, e a Shaw era perfeita: amável, educada, de boa família. Nunca me ocorreu que ela era frágil demais e tinha sido muito machucada pela própria família para ficar com alguém tão gentil e delicado quanto o Remy. Ela precisava de alguém forte, que não tivesse medo de todas aquelas coisas que a atormentavam dia e noite. É claro que escolheu você. Ela sempre te amou. Eu percebia, seu pai percebia, e, apesar de saber que o Remy fazia todo mundo pensar que eles namoravam, era mais fácil acreditar do que lidar com a verdade.

Ela parou de mexer no copo e olhou bem dentro dos meus olhos atônitos. Estava com os olhos cheios de lágrimas, o que não era nenhuma novidade pra mim. Mas era a primeira vez que suas lágrimas pareciam de arrependimento verdadeiro, sem aquela raiva autoritária que me culpava por tudo.

— O Remy me ligou na noite do acidente. Eu sabia que ia buscar você e disse para ele não ir, porque você já era adulto e podia se virar sozinho. Seu irmão ficou muito bravo comigo, disse que eu precisava superar o que me impedia de aceitar você, de te amar abertamente e sem restrições, como eu o amava. Fiquei furiosa, disse que ele não tinha o direito de me dar sermão sobre meu relacionamento com você porque vivia uma mentira. A gente teve uma briga enorme. Foi bem feia mesmo, e eu o ameacei. Disse que ia contar para vocês quem ele era de verdade, e o Remy ficou louco da vida. Desligou o telefone e foi buscar você, e essas foram as últimas palavras que eu disse para o meu filhinho.

Minha mãe estava chorando de verdade, e só consegui ficar lá sentado, absorvendo tudo o que ela falava.

— Eu disse que você é que deveria ter morrido no lugar dele, pus toda a minha dor e culpa sobre seus ombros porque fui fraca demais para me responsabilizar pela minha participação na morte do Remy. De todos nós, você é o mais forte, e o que melhor lidou com a situação. Era muito mais fácil te culpar do que olhar para você e assumir o que eu tinha feito. Você nunca me amou como o Remy me amava e, quanto mais eu afastava você, menos culpa sentia. Desculpe por ter feito isso, você nunca mereceu. Eu achava que você já tinha me deixado para trás, e perder você me parecia menos doloroso do que perder o Rome. Mas agora me dou conta de que você nunca me deixou para trás: fui eu que empurrei você para longe de mim com toda a força que pude, e isso não é saudável nem aceitável.

A gente ficou sentado em silêncio, tentando entender o que tinha rolado. Eu simplesmente não conseguia aceitar as desculpas dela. Tinha passado muito tempo, e a gente tinha se magoado muito. Mas consegui reconhecer que todos somos seres humanos, que podem cometer erros terríveis com as pessoas que amam, e que podíamos tentar resolver aquilo dali pra frente.

— É muita coisa pra assimilar, mãe, e não sei direito o que esperar depois de tudo isso que você disse.

Ela secou as lágrimas com as costas das mãos e meu deu mais um sorriso triste e culpado.

— Não espero nada. Quero apenas que você saiba que eu e seu pai queremos unir a família novamente, e isso inclui a Shaw. Sei que está louco da vida porque ela não contou nada sobre o Remy, mas também percebi o jeito como vocês dois se olham. Vi como você trata a Shaw, Rule, e sei que nunca tratou ninguém desse jeito. Ela sempre achou que você valia a pena, que precisava ser amado, mesmo quando você se esforçava ao máximo para convencer todo mundo de que não precisava de amor. Só acho que devia ter pensado nisso antes de ter resolvido terminar com ela.

Será que minha mãe, a mulher que, nos últimos três anos, só se empenhou em me transformar na forma mais baixa de vida da face da Terra, estava tentando me dar conselhos sentimentais? Sério, ela estava me dizendo pra tentar voltar com a Shaw?

– Foi ela que terminou comigo. Disse que só tentar não bastava, que precisava ter certeza de que era amada, e eu simplesmente não consigo fazer isso. Não sei mesmo se a gente faz bem um para o outro.

Minha mãe esticou o braço até o outro lado da mesa e pegou minha mão, que estava parada perto do copo de café. Quase pulei de susto.

– A Shaw precisa da sua força, e você precisa ensinar a ela sua forma de amar. Essa menina saiu de uma família realmente terrível, Rule. Precisa de alguém que fique ao lado dela enquanto tenta lidar com essa situação, e você precisa de alguém que não tenha medo de você, alguém que possa amar todas as suas facetas e não pedir para mudar nenhuma delas. Ela faz isso há anos, fazia quando você nem desconfiava. A Shaw era leal ao seu irmão, guardou o segredo dele mesmo quando isso começou a causar problemas entre vocês dois, e vai ser leal a você também.

Ficamos sentados em silêncio enquanto aquelas palavras entravam na minha mente. Eu não sabia o que dizer, mas tinha certeza de que minha vida sem a Shaw não era a mesma. As últimas semanas foram vazias. Senti muita falta dela, e não só na cama. Senti saudade dela de manhã, na hora de tomar café. Senti saudade de receber notícias dela à tarde e mandar torpedinhos safados, que eu sabia que iam deixar minha namorada corada. Senti saudade de ela passar no estúdio pra jantar e ficar estudando. Eu simplesmente tinha saudade da Shaw, e nada era muito bom quando ela não estava por perto.

– Preciso te dizer que este é o aniversário mais surpreendente que já tive.

— Você merece ter um pouco de paz, e eu preciso me responsabilizar pelo papel que desempenhei, tornando difícil pra você reconhecer um amor verdadeiro e sincero, que estava bem no seu nariz.

— Está na minha hora.

Levantei da mesa e olhei pra minha mãe. Fiquei feliz que ela não levantou pra me dar um abraço, porque eu não ia dar conta. Mas me deu um sorrisinho que não me recusei a retribuir.

— Obrigado, mãe.

— Você merece coisas maravilhosas, Rule. Incluindo uma família feliz e saudável.

— Uma coisa de cada vez, mãe.

Eu estava saindo do café quando quase tropecei numa morena baixinha que ficou dando em cima de mim da última vez que passei por lá. Segurei os braços dela pra ela conseguir se equilibrar e soltei, para poder passar. O que eu precisava fazer, o que tinha que fazer, ficou de repente tão claro na minha cabeça que parecia aquela luz no fim do túnel. E eu tinha certeza, certeza absoluta, de que, se eu desse um jeito naquilo, a escuridão não ia mais me dominar.

— Desculpe.

Eu ia contornar a morena, mas ela se enfiou na minha frente e ficou bem no meu caminho. Fiz uma careta, e ela ficou batendo aqueles cílios longos pra mim e falou:

— Está sem namorada hoje? Que desperdício!

Me encolhi todo, porque esse era tipo meu destino: mulheres que se jogam em cima de mim, que iriam pra casa comigo mesmo sabendo que não era solteiro. Isso pra mim já era, mereço coisa melhor.

— Na verdade, estou indo buscá-la.

A morena tentou fazer um beicinho bonito, mas nem liguei.

— Nunca pensei que você e a Shaw iam acabar juntos. Ela é frígida desde o colégio, e achei que era apaixonada pelo seu irmão. Você não surta só de pensar que está substituindo ele?

Normalmente, eu teria um ataque de raiva depois de ouvir uma dessas, perderia total a cabeça. Mas agora eu tinha entendido: essa garota não era nada. Não estava nem aí pra opinião dela, que, aliás, estava muito mal informada. Não ia mais permitir que ninguém, muito menos uma desconhecida sem noção, usasse o Remy contra mim.

– Está na minha hora. Da próxima vez que vir você, vou dar um jeito de ir para o outro lado.

A morena ficou sem ar, de tanto ódio, mas nem liguei. Estava muito ocupado tentando desviar dela e mandar um torpedo pra Cora, pra saber se a Shaw ainda estava morando na casa dela.

Nada me garantia que a Cora ia me responder, porque as meninas tinham virado unha e carne. E ela era super a favor de eu ficar bem longe da Shaw. Mas, talvez porque fosse meu aniversário, ela só disse que a Ayden e a Shaw tinham trabalhado de dia e deviam estar em casa. Queria trocar uma ideia com a Shaw sem plateia, ainda mais que, naquele momento, a Ayden não era uma das minhas maiores fãs. Mas estava disposto a tirar ela da minha frente se me impedisse de falar com minha namorada.

Já era quase fim da tarde quando cheguei em Denver. Fiquei feliz de ter tirado o dia de folga, levando em consideração todas aquelas revelações bombásticas e inesperadas. Tinha marcado de jantar com os rapazes, e depois a gente ia fazer uma festinha no Cerberus. A banda do Jet ia tocar, e todos os meus amigos e clientes fiéis iam passar lá pra tomar uma. Pena que o Rome já tinha ido embora. Me aproximei muito do meu irmão no tempo em que ficou por aqui. Falei um monte de vezes que ia beber a parte dele, para ele estar presente na festa pelo menos em espírito. Mas a única coisa que eu sabia era que não ia ter comemoração nenhuma enquanto não encontrasse a Shaw e falasse tudo o que tinha para dizer.

Quando cheguei na casa da Cora, meus nervos começaram a me atacar. Era minha última oportunidade de fazer as coisas darem certo e, se a Shaw me mandasse embora, não sei se eu ia aguentar. As chances de ela partir meu coração eram grandes, e isso me dava muito medo, porque eu nem sabia que tinha coração antes de ficar com ela. Passei por um carrão novinho em folha e fiquei aliviado de não dar de cara com o jipe da Ayden.

Dava pra ouvir música vindo de dentro da casa. Ela estava ouvindo Heartless Bastards, e aquele climão sentimental da banda me deu vontade de rir quando toquei a campainha. Tive que esperar uns bons cinco minutos até a Shaw baixar o volume e espiar pela cortina que tem perto da porta. Achei bom ela não abrir a porta sem ver quem era, mas meus nervos ficaram ainda mais abalados com a demora.

    Quando a Shaw finalmente abriu a porta, parei de respirar e esqueci tudo o que queria dizer. Era óbvio que ela estava se arrumando pra sair, de vestido preto superjusto e supercurto que realçava aqueles olhos verdes e fazia aquele cabelo claro em volta do rosto dela parecer uma auréola. Claro que interrompi o processo, porque ela estava descalça, sem maquiagem e com o cabelo todo enrolado num penteado complicado. Era uma visão tão perfeita que meus olhos doíam. Só de pensar que ela estava se arrumando pra sair com outro cara, meus dentes travaram e quase voltei atrás na decisão que tinha sido tão difícil de tomar.

    – Oi – eu disse.

    Não foi nada muito eloquente ou romântico, mas estava difícil não escolher cada palavra com todo o cuidado, e acho que a Shaw não ligou. Ela estava tremendo de frio naquela roupa quase inexistente. Deu um passo pra trás e disse:

    – Entra. Está frio aí fora.

    Fiz o que a Shaw mandou e fiquei aliviado quando ela foi até a cozinha e me trouxe uma cerveja. Pelo menos tinha o que fazer com as mãos e tinha ganhado um minuto pra pôr a cabeça no lugar.

    – Não é lá grandes coisas. Mas é o melhor presente que deu pra arranjar assim, de uma hora pra outra. Feliz aniversário.

    – Valeu. Você tá... hã... de saída?

    Deixei meu olhar de desejo flutuar do topo daquela cabeça brilhante até a pontinha dos dedos dela. As unhas estavam pintadas de vermelho. A Shaw já tinha quase sarado dos ferimentos e parecia tudo o que eu sempre quis, só com alguns machucadinhos e marcas pra me lembrar de como eu quase tinha perdido minha namorada pra sempre.

— Você tá muito bonita.

Ela deu um sorriso envergonhado e ficou enrolando os cabelos nos dedos.

— Eu estava me arrumando pra sair.

— Ah, tá. Então não vou tomar muito seu tempo. Só queria falar com você rapidinho.

Ela se encostou no balcão da cozinha, e eu sentei na mesa.

— A Ayden se esqueceu de um trabalho de química inorgânica que precisa entregar e vai demorar umas duas horas pra voltar. A Cora só sai do trabalho às sete. A gente vai jantar fora.

Fiquei tão feliz de saber que ela não ia sair com outro homem que soltei um suspiro alto que fez a Shaw levantar aquela sobrancelha loira pra mim.

— O que você tem pra falar comigo, Rule? É bom ver você e tudo mais, mas devo confessar que tô meio surpresa.

Queria dizer que precisava dela, que não era o mesmo sem ela, que ela era tudo pra mim, mas o que saiu da minha boca foi:

— Fui tomar café com minha mãe hoje.

Ela arregalou os olhos e falou:

— Uau! Isso é um grande acontecimento!

— A gente se encontrou no túmulo do Remy. Eu estava meio que xingando, meio que dizendo que tenho muita saudade dele. Vou lá todos os anos, no nosso aniversário. Você sabia que meu pai ameaçou se separar se minha mãe não se tratasse?

A Shaw mordeu o lábio e tive que usar cada partícula do meu autocontrole pra não me jogar em cima dela e morder eu mesmo aqueles lábios.

— Não sabia o que ele tinha dito, mas sabia que tinha sido grave. Os dois estavam acostumados com você dando problema, mas, quando o Rome cortou relações e se recusou a deixar os dois o levarem até a base, o estrago foi grande. Fico feliz que esteja dando certo. Vocês são uma família, precisam uns dos outros.

— Aí é que tá, Shaw: nunca pensei que precisava até ficar com você. Nunca pensei que precisasse de nada nem de ninguém até você entrar na minha cabeça e começar a derrubar todos os muros que construí pra me proteger dos meus sentimentos.

A gente ficou se encarando em silêncio, num clima tenso. Até ela suspirar baixinho e dizer:

— Não posso dizer que sinto muito. Não é ruim ter sentimentos. Não é uma coisa horrorosa gostar dos outros.

Fiquei olhando pra ela com toda a atenção. Não dava pra saber o que ela estava sentido, e me declarar todo podia ser assustador.

— Não é ruim, não. Mas eu tenho medo. Nunca tive nada a perder, e perder você quase acabou comigo.

Ela segurou a respiração e, pelos olhos e pela expressão do rosto dela, dava pra ver que estava sentindo um milhão de emoções diferentes.

— Acabou comigo também — disse a Shaw.

Enfiei as mãos nos cabelos e olhei nos olhos dela, tentando deixar transparecer tudo o que eu tava sentindo. Não sou muito bom de expressar esse tipo de emoção, e isso é frustrante pra caramba.

— Quero que você saiba que não fiquei com mais ninguém, Shaw. Você me deixou andando em círculos e tão zoado que nunca mais vou conseguir ficar com ninguém que não seja você. Tenho muita saudade. Sei que você quer declarações de amor eterno. Sei que só tentar fazer dar certo não basta, e que preciso me jogar de cabeça, mas quero você. Preciso de você e, principalmente, sinto que também precisa de mim. Não uma versão sintética e desbotada de mim que torna as coisas mais fáceis entre a gente, mas a versão completa e complicada, com quem você sempre pode contar, porque sou forte, Shaw. Não vou deixar ninguém, principalmente sua família, desmerecer tudo de maravilhoso que você tem a oferecer.

Levantei e cheguei perto dela. A Shaw estava com os olhos muito arregalados e dava pra ver que o peito dela subia e descia, com a respiração acelerada. Como ela não disse nada, puxei uma caneta do bolso de trás da calça, estendi a mão e falei:

– Não sou o Jet, então não vou poder te escrever uma música pra você entender o quanto é importante pra mim. Não sou o Nash, então não vou poder encontrar um prédio e pintar um mural pra mostrar que tudo começa e termina com você.

Ela colocou a mão em cima da minha e não virou para o outro lado quando comecei a desenhar naquela pele superclarinha.

– Sou tatuador. Acho que vou ser tatuador pra sempre e não sei como isso se encaixa no seu futuro imediato ou no que planejou pra quando terminar a faculdade. E, pra ser bem sincero, nem ligo. É isso que tenho pra te oferecer, Shaw. Fui seu primeiro e quero que você seja a primeira para mim.

Cobri toda a palma da mão dela com um desenho do Sagrado Coração, bem detalhado. Igual ao que eu tenho tatuado no meio do peito, com chamas por trás, uma coroa de espinhos em cima, e rosas na parte de baixo. Só que, no meio, desenhei uma faixa e escrevi meu nome.

– Toma meu coração, Shaw. Está nas suas mãos, e prometo que você vai ser a primeira e a última pessoa a encostar nele. Você precisa cuidar bem dele, porque é muito mais frágil do que eu imaginava e, se tentar devolver, não vou aceitar. Não sei lá grandes coisas sobre o amor pra ter certeza de que é isso que tá rolando entre a gente, mas sei que pra mim só existe você. Só posso prometer ser cuidadoso e não me afastar de novo. Até consigo viver sem você. Mas, se puder escolher, quero você do meu lado, e já vou avisando que não vou sair correndo só porque vai dar um trabalhão. Não tenho mais medo da nossa história, Shaw.

Quando terminei de falar, estava sem ar, mas senti que tinham tirado um peso enorme das minhas costas. A Shaw podia até me rejeitar, mas pelo menos ia saber o que eu sentia. Soltei a mão, e ela dobrou os dedos em volta do desenho que fiz. Quando meu olhar cruzou com o dela, fiquei surpreso, porque vi lágrimas brilhando naquelas profundezas verde-esmeralda. Ela pôs a mão que eu não tinha desenhado do lado do meu rosto, passou o dedão no meu lábio inferior e parou na argola. Franziu a boca de um lado e, naquela hora, me liguei que tudo ia ficar bem entre a gente.

— Eu ia aparecer na sua festa hoje.

A gente estava bem perto, mas ainda tinha uns trinta centímetros nos separando. Não conseguia parar de olhar pra Shaw, e ela abriu a outra mão e colocou no meio do meu peito, bem na minha tatuagem.

— Era pra isso que eu estava me arrumando.

— Eu ia ficar muito feliz de ver você.

Ela deu um sorriso mais animado e disse:

— Resolvi um dia desses que tenho que parar de decidir meu futuro e deixar as coisas rolarem. Você se afastou, sim, Rule, mas só porque permiti que isso acontecesse. Eu estava tão preocupada com o que você andava fazendo, com o que ia acontecer, que simplesmente deixei você fechar a porta e, quando você quis abrir de novo, estava com tanto medo de sofrer que não quis correr o risco de ficar sem você de novo. Foi uma decisão injusta com nós dois. Também não tenho mais medo do trabalhão que vai dar ter um relacionamento com você. Prometo que não vou mais deixar você me mandar embora. Preciso de você, sim, Rule, é a única coisa que sempre quis de verdade. Deveria ter me esforçado mais, porque você tem razão: preciso cuidar muito bem disso aqui.

Aí ela bateu o coração que tinha desenhado na palma da mão naquele outro, que bate dentro de mim, e falou:

— Isso é muito precioso, o melhor presente que alguém poderia me dar.

Abracei minha namorada bem apertado e a levantei do chão. Queria beijar e fazer com ela tudo aquilo que passei semanas na vontade. Queria fazer a Shaw esquecer as mãos cruéis daquele Davenport e imprimir nela cada um dos meus sentimentos. Mas, bem quando ia encostar minha boca na dela, a Shaw se afastou, sacudiu a cabeça e avisou:

— Se a gente começar, não vai ir a jantar ou festa nenhuma.

Ela tinha razão, mas eu não estava nem aí. A Shaw era minha, e era o único presente que eu queria. Isso devia ter ficado estampado na minha cara, porque ela me deu um beijinho sem graça, de boca fechada, e se soltou do meu abraço.

RULE

— Eu te amo, Rule, de verdade. Quero te dar um presente de aniversário, mas você vai ter que esperar até a gente ficar sozinho. A Ayden e a Cora vão chegar a qualquer momento. Então, vai se divertir com os meninos. Vejo você mais tarde no bar, e depois a gente pode fazer nossa festinha particular.

Fiz beicinho. Isso mesmo, fiz beicinho como uma criança de quem tiraram o brinquedo preferido, o que não deixava de ser verdade. A gente tinha ficado sem se ver um tempão. Eu precisava pegar nela, passar as mãos naquele corpinho, mas a Shaw não tava cooperando nem um pouco.

— Vai, Shaw. Só um beijinho. Hoje é meu aniversário, e tô com tanta saudade.

Parecia um molenga choramingando daquele jeito, mas ela estava quase cedendo, porque chegou um pouquinho mais perto de mim. Mas o clima acabou quando a gente ouviu a chave girando na porta, e a Ayden entrou, com aquela beleza de pernas compridas e cabelo preto. Deu uma olhada e abriu um sorrisão.

— Aleluia! Já era hora dos dois idiotas se ligarem que foram feitos um para o outro.

A Shaw deu risada e sacudiu a cabeça. Aí me deu mais um beijinho rápido, se afastou e disse:

— Mais tarde. Prometo que vai valer a pena esperar.

Concordei, sob protesto. Eu ainda queria dar uns amassos, mas ficou óbvio que a Shaw não ia arredar o pé. Tenho que admitir que minha curiosidade estava a mil, tentando adivinhar que presente era aquele, que ela queria me dar em particular. Fui pra casa, tomei um banho gelado e me arrumei pra sair. Não queria beber muito, porque não ia deixar o álcool atrapalhar meu reencontro com minha namorada de jeito nenhum. Nunca acreditei que fazer sexo com alguém de quem se gosta era muito melhor, mas era a mais pura verdade.

Os rapazes me levaram pra um restaurante que serve carne de caça, chamado Buckhorn Exchange. A gente devorou uns pedaços gigantes de cervo, estilo homem das cavernas, e ficou zoando pra caramba. Agora que as coisas com a Shaw tinham voltado para os trilhos, eu estava mais leve e feliz, como há meses não me sentia, e meus amigos perceberam. Ficaram me enchendo o saco por causa do meu mau humor crônico, falando que era um vacilão grau mil, mas deu pra perceber que estavam aliviados e felizes por eu ter voltado a ser quem devia ser. O jantar foi bem divertido, mas eu queria continuar a noite logo, levar a Shaw pra casa e fazer um sexo gostoso de reconciliação, pra garantir que esse ia ser o melhor aniversário de todos os tempos.

    Um monte de gente foi lá no bar me dar feliz aniversário. Até o tio Phil saiu da toca. Fui levando os tapinhas nas costas e os abraços do povo, procurando por uma loira em especial no meio daquela multidão. Precisei me segurar para não aceitar as bebidas que as pessoas me ofereciam, mas consegui. Vi um brilhinho branco e preto perto do palco. A Shaw estava parada lá na frente, com a Ayden e a Cora, e fiquei irritado de ver que o Jet já estava na mesa, dando em cima daquela morena linda. Ignorei todo mundo que ficou me chamando, querendo minha atenção, e levantei minha namorada. Ela tava com um saltos enormes e, pela primeira vez, ficou quase da minha altura, mas levantei a Shaw mesmo assim e dei um beijão nela. Nem liguei quando reclamou. Eu queria um beijo e era meu aniversário, então roubei um, da menina que é tudo para mim, caralho.

    A Shaw se sacudiu um pouquinho, até conseguir pôr as mãos nos meus cabelos, e mandei ver no beijo, cruzando minha língua com a dela. Soltou um gemidinho, e eu pus a mão na bunda dela, apertando o máximo que pude, até que me liguei que o povo em volta estava gritando e aplaudindo loucamente. Quando levantei a cabeça, minha mulher estava sem ar e arfando, e eu também. O pessoal que tava sentando no balcão aplaudiu de pé. A gente se olhou, chocado, e caiu na risada ao mesmo tempo. Eu me curvei pra agradecer as palmas, e ela fez uma reverência, e o pessoal caiu na risada com a gente. A Shaw se encostou em mim e me deu mais um beijo que transformou meu cérebro em geleia. A combinação de cerveja, aquela boca macia e aquele vestido ridiculamente curto foi o que bastou pra eu ir embora mais cedo da minha própria festa. A gente só esperou o Jet cantar "parabéns pra você" lá no palco e falou para o Nash não fazer muito barulho quando chegasse em casa. Catei os presentes que me deram e empurrei a Shaw pela porta bem antes da meia-noite.

A gente ficou de mãos dadas dentro do carro, jogando conversa fora, contando o que tinha rolado no tempo em que ficou separado. Fiquei feliz de saber que ela tinha feito praticamente as mesmas coisas que eu e estava lidando com a situação do Gabe com ajuda de gente profissional e de um jeito bem objetivo. A Shaw era demais, e eu tinha muita sorte de ela ser minha.

Quando a gente entrou no apartamento, minha vontade era de arrastar a Shaw para o quarto e meter logo, mas ela tirou aqueles saltos sensuais e foi descalça até a cozinha pra pegar alguma coisa pra gente beber. Eu estava ansioso e excitado, mas não queria forçar nada, então sentei no sofá e peguei a cerveja que ela me ofereceu. A Shaw sentou de frente pra mim e passou a mão no meu cabelo. Era gostoso, mas eu queria que ela pusesse as mãos em vários outros lugares e perguntei:

– Por que você tá sempre mexendo no meu cabelo?

– Por que você muda ele tanto que sempre parece diferente. É a primeira vez que tá natural e nem acredito em como é macio.

– Achei que você gostasse do moicano.

– E gosto. Gosto do seu cabelo de qualquer jeito. Mas, quando ele tá assim, normal, parece mais fácil lidar com você.

A Shaw estava com uma cara nervosa, e achei estranho. Nunca tinha levantado essa questão antes, e não soube o que dizer pra ela ficar mais tranquila. Bati minha garrafa de cerveja na dela, dei um sorriso meio sem graça e falei:

– Feliz aniversário pra mim.

A Shaw retribuiu meu sorriso e, quando se mexeu, o cabelo dela escorregou pra frente.

– Então, preciso dizer uma coisa antes de mostrar seu presente – disse.

O tom era bem sério, e na mesma hora fiquei pensando em tudo de pior que podia ter rolado: ela ficou com outro garoto enquanto a gente estava brigado, o Gabe tinha machucado ela além do que todo mundo sabia, e a Shaw ainda não podia transar, não estava a fim de namorar, tinha resolvido ir morar no Peru. Precisei usar todo o meu autocontrole pra não surtar e estragar o pequeno progresso que a gente tinha feito.

— Tá. Manda.

— É meio constrangedor.

— Shaw, assim você me mata. Fala comigo logo.

A Shaw colocou a cerveja em cima da mesa e chegou mais perto de mim. A bainha do vestido subiu, revelando mais um pouco daquelas coxas branquinhas. Se aquela mulher não desembuchasse logo, eu ia levar ela pra cama de qualquer jeito, e a gente poderia discutir a relação amanhã de manhã. A Shaw pôs uma mão de cada lado do meu rosto e puxou pra baixo, pra gente ficar olho no olho.

— Todo esse negócio de você ser legal e tentar ser alguém diferente pra ficar mais fácil a gente ficar junto também se aplica na cama, certo?

Fiquei com a maior cara de susto. Puxei a Shaw pela cintura até ela sentar no meu colo.

— Aonde você quer chegar, Gasparzinho? Fala logo!

Ela fez uma careta e ficou corada, toda linda.

— O Rule legal, o Rule que usa esse cabelo, é chato na cama. Não gosto dele. Só quero o Rule normal de volta, com todas as qualidades e todos os defeitos. Faz tempo que a gente não transa, e só queria me certificar de que você pensa a mesma coisa que eu.

Caí na gargalhada e dei um apertão nela, enquanto passava as mãos por baixo do vestido pra encher minha mão com aquela bunda que dava vontade de morder.

— Não consigo me decidir: devo me sentir feliz ou insultado?

A Shaw se inclinou pra frente, e nossas bocas quase se tocaram:

— Só quero você.

Respondi com um grunhido e resolvi que estava na hora de acabar com o papo. A Shaw deu um gemidinho de surpresa quando fiquei de pé, com ela nos braços. Aí enrolou as pernas na minha cintura e enroscou os braços no meu pescoço, mas sem apertar.

– Posso concluir que a entrega do presente poder ser feita no quarto? – perguntei.

Ela não respondeu, só começou a me beijar por todo o pescoço. Meu sangue subiu, e duvidei que ia conseguir chegar na cama quando ela começou a morder minha orelha com aqueles dentinhos afiados e a sussurrar tudo quanto era safadeza que eu sempre quis ouvir. Dei um chute na porta com o coturno e beijei a Shaw e a coloquei em cima do edredom preto. Ela abriu as pernas e fiquei aninhado ali, no único lugar que sempre quis estar. Enfiei um dedo naquelas calcinhas minúsculas e dei um puxão. Se eu soubesse que era só isso que ela tinha por baixo do vestido, não teria aguentado nem até metade da festa. Quando nossa pele encostou pela primeira vez, a gente gemeu, e ela arrancou minha camiseta. Mas ainda tava de roupa o suficiente pra conseguir ficar se beijando e se esfregando, fazendo uma fricção deliciosa nela. Eu e ela ficamos superexcitados, arfando e se roçando um contra o outro do jeito mais gostoso que há. Fiquei feliz de ela não querer transar de um jeito tranquilo e com carinho, feliz por curtir qualquer coisa que fizesse com ela na cama, porque fazia muito tempo que a gente não trepava, e eu sentia que minha cabeça ia explodir de tanto tesão. Reclamei, com um rugido, quando ela se soltou, me empurrou e me fez cair de costas. Só de saber que estava sem nada por baixo daquele vestido me deixou louco pra pôr as mãos em tudo o que estava molhadinho e excitado, mas a Shaw tinha outra coisa em mente.

Ficou mexendo na fivela do meu cinto e falando pra eu tirar os coturnos. Mas, pelo jeito, fui lento demais, porque a Shaw se encarregou disso, e fiquei esticado embaixo dela do jeito que vim ao mundo num piscar de olhos. Aí ela virou de costas pra mim e pediu pra eu abrir o zíper do vestido, que começava nos ombros e ia até o fim das costas. Obedeci na hora, e todo aquele tecido preto que cobria a pele sedosa formou um montinho perto das canelas dela. Passei os dedos naquela espinha dorsal proeminente e curti, porque vi que ela ficou toda arrepiada.

Olhou para trás e senti um aperto no coração quando vi a expressão de safadeza no olhar dela.

— Bom, já faz um tempinho que comprei seu presente, foi bem antes dos problemas começarem. No fim, até foi bom, porque já cicatrizou, e você pode pôr a mão.

Aí ela segurou aquele cabelo comprido com uma mão e se virou de frente pra mim, quase me matando de curiosidade, porque deixou o outro braço cruzado sobre o peito nu. Subiu de novo na cama, sentou de pernas abertas em cima de mim, o que era meio engraçado e fez meu pau, que já estava duro, virar tipo um cano de metal entre nós dois. A Shaw soltou o braço, e arregalei os olhos. Tenho quase certeza de que babei. Eu já achava minha namorada a mulher mais linda do mundo. Mas agora, com *piercings* nos mamilos, pelada em cima de mim, era de entrar em parafuso. Todo sangue que eu ainda tinha no corpo foi direto para o meio das minhas pernas, e eu falei:

— Gata, isso é sexy pra caralho.

Ela deu uma risadinha, que se transformou num gemido quando passei o dedo em volta daquele metal frio.

— É a pedra do meu signo.

No meio de cada argola, tinha uma água-marinha brilhante, de um tom lindo de azul-esverdeado, bonito e delicado como a Shaw.

Ela soltou um suspiro quando eu dei um puxãozinho na joia, e meio que fechou os olhos, de puro e simples desejo. Sei melhor do que ninguém que ter *piercing* nas partes íntimas pode melhorar as experiências sexuais. Agora meu objetivo na vida ia ser ensinar pra Shaw tudo o que aprendi. Ela se abaixou pra me beijar e disse:

— Feliz aniversário, Rule. Estou te dando minha alma e, se você quiser devolver, não vou aceitar.

Virei a gente pra eu ficar em cima dela e a beijei como se o mundo fosse acabar, como se a gente nunca mais fosse se beijar de novo, beijei como... sei lá, como se eu a amasse e nunca mais fosse me separar dela. As línguas deslizando e a pressão da minha argola no lábio demostraram o quanto eu estava com saudade. Nossas mordidas deixaram marcas pra mostrar para o mundo que a gente estava junto, e a gente se arranhou até ficar quase sem ar.

Quando pus as mãos no meio das pernas dela e a boca naquela joia bonita que enfeitava aqueles mamilos ainda mais bonitos, a gente se enroscou de um jeito selvagem, louco de desejo, e ficou se pegando sem nenhuma delicadeza. As unhas dela arranharam a curva em cima da minha bunda, enquanto eu deixava a Shaw louca com minhas mãos e minha boca, mas não estava nem perto de terminar. A gente tinha ficado muito tempo longe um do outro, e as semanas anteriores, quando estava me esforçando tanto pra ser alguém que eu não era, tinham estragado um lance sensacional que a gente tinha. Eu queria passar uma borracha em cima daquilo tudo, mas a Shaw tinha outra coisa em mente.

– Rule...

Ela puxou meu cabelo com uma mão e, com a outra, tentou pegar meu pau, que pulsava, insistente, entre nossas barrigas.

– Gosto muito das preliminares, e fico muito feliz de saber que aquele Rule bonzinho já era. Mas, se você não me comer nos próximos dois segundos, vou começar a gritar. Faz muito tempo que a gente não transa.

Os olhos dela brilhavam e ficaram ainda mas claros. Eu queria fazer minha mulher gozar pelo menos uma vez antes de derrubar toda a minha frustração sexual das últimas semanas em cima dela, mas a Shaw não me deu essa opção. Soltei um urro porque ela enrolou os dedos no meu pau e deslizou a mão na minha pele, que estava toda esticada por causa dos *piercings* e da minha ereção violenta. Aquilo era jogo sujo, então dei um impulso na vertical, me posicionei na frente da entrada ardente dela e deixei a Shaw me mostrar o caminho. Na primeira metida, a gente congelou. Aquela perfeição absoluta dos nossos corpos juntos era muita coisa pra assimilar, e precisamos de um minutinho pra entrar no clima. Ela segurou os grandes lábios pra cima, e enfiei até o fundo, até cada um soltar um palavrão diferente.

A coisa não foi devagar e delicada, estava mais pra frenética e selvagem, mas era maravilhoso e tão gostoso que achei que a gente ia pegar fogo, porra! Urrei toda vez que o metal naqueles mamilos durinhos roçou no meu peito. Dava pra sentir cada vez que a bolinha de cima do *piercing* na cabeça do meu pau batia no clitóris dela, porque a Shaw arqueava o corpo e ficava com a respiração cada vez mais rápida. Era o tipo de sexo que eu só podia fazer com essa mulher e, quando vi que ela estava quase gozando comigo dentro me dei conta de que eu até podia não saber direito o que era o amor, mas sabia reconhecer esse sentimento brilhando na Shaw quando ela me olhava daquele jeito. E acho que ela enxergava a mesma coisa dentro de mim quando eu olhava pra ela. Diminuí o ritmo, a Shaw ficou passando as mãos nas minhas costas e agarrou minha bunda, depois se soltou e virou uma coisa toda molhada que era linda de se ver.

Ela virou a cabeça, me deu um beijo e disse:

– Te amo.

Encostei a cabeça naquela curva entre o pescoço e o ombro dela, dei um chupão e respondi:

– Eu vou te amar, Shaw.

Aí ela apertou os cantinhos dos olhos e falou:

– Você já me ama.

Nem precisei dizer nada, porque me liguei que tinha toda a razão. Eu e ela perdemos muito tempo tentando ser coisas diferentes para muitas pessoas, por motivos muito errados. Agora quem tinha que decidir era a gente: ser o que cada um era de verdade e se amar pelos motivos certos. A Shaw se enrolou em mim, jogou as pernas na minha cintura, e tive certeza de que era assim que tudo sempre deveria ter sido. Talvez fosse um presente que eu podia compartilhar com o Remy, porque eu estava feliz, a Shaw estava feliz e, no fim das contas, era só isso que ele desejava pra nós dois.

EPÍLOGO

Mais ou menos oito meses depois

—Se você não ficar quieta, vou parar por aqui.
— Mas tá doendo.

– Você sempre diz isso. A gente já fez isso um monte de vezes, e você sabia muito bem onde estava se metendo. Estou quase acabando. Para de reclamar.

– Você podia ser mais bonzinho.

– Você não gosta quando sou bonzinho. Sério, Gasparzinho, você é a pior cliente que já tive. E é uma pena, porque essa sua pele branquinha é o sonho de qualquer tatuador – virei para o Rowdy, que estava espiando lá da mesa dele, e mandei um olhar matador. – Se não parar de ficar olhando pra bunda da minha namorada, vai precisar encontrar outra profissão, porque vou quebrar todos os seus dedos.

A Shaw, que estava deitada sobre a mesa na minha frente, deu uma risadinha e voltou a apoiar a cabeça em cima dos braços cruzados. O desenho que eu estava fazendo nela cobria o lado direito inteiro, da base da axila até aquela curvinha onde sua bunda linda encontrava a coxa e tudo mais. Era enorme, ousado e acompanhava a curva delicada das costelas dela. Ainda faltavam mais umas três horas de sombreado e cores, mas, já que a tela praticamente morava no meu apartamento, eu não estava preocupado que demorasse pra terminar. Só que ela estava quase pelada, coberta pelo meu moletom e por uns shortinhos minúsculos. E eu estava ligado que os rapazes do estúdio estavam apreciando a paisagem. Eles sempre faziam isso quando eu tatuava a Shaw. Mas tava difícil de me concentrar e controlar os vacilões ao mesmo tempo.

    O Rowdy me mandou tomar no cu com um gesto, mas deu um sorriso bem-humorado. Meus amigos adoravam a Shaw, amavam o fato de ela fazer minha loucura baixar um pouco e ter me transformado num homem mais fácil de conviver. Fazia quase um ano que a gente estava junto e, apesar de eu ainda não ser das pessoas mais fáceis, estava fazendo bastante progresso pra, pelo menos, ser uma pessoa mais tolerável.

    – Acho que esse é seu melhor trabalho. Vai pôr no seu portfólio quando terminar? – ele perguntou.

    Era um desenho muito intricado e colorido de uma morte ao estilo mexicano. O rosto da mulher era bonito e trágico, e ela segurava uma cópia perfeita do coração que eu tinha desenhado na palma da mão da Shaw, meses atrás. Minha namorada fez questão de duas coisas na tatuagem: daquele coração e de que o desenho lembrasse a morte que tenho tatuada do lado do corpo. Nunca pensei que ela fosse se interessar por essas coisas tanto quanto eu. Mas, um mês depois que a gente tinha voltado, ela me pediu pra fazer um monte de floquinhos de neve em tons de azul, cinza e branco. Quando perguntei a razão, respondeu que meus olhos faziam ela se lembrar do inverno, e que queria ter uma tatuagem para se lembrar de mim. E agora tem uma tempestade de neve que começa atrás da orelha esquerda, passa pela nuca e termina no ombro direito. É uma das partes dela que eu mais gosto de lamber. Amo essa *tattoo*, não só porque o desenho faz a Shaw se lembrar de mim, mas porque fui eu que desenhei isso pra sempre no corpo dela. Uns dois meses depois, ela me pediu pra fazer uma ferradura com o nome do Remy. Me sinto bem toda vez que vejo essa homenagem para o meu irmão na parte de dentro do braço dela, quando a Shaw me abraça ou a gente fica de mão dada.

    O desenho novo é cem vezes maior e mais detalhado do que esses. Era uma *tattoo* e tanto, e precisava admitir que tinha amado o resultado. Amei o desenho, o fato de a Shaw ter confiado em mim pra fazer algo permanente nela e também porque eu ia ver aquilo todos os dias, quando ela deitasse na cama comigo.

Passei a toalha de papel que estava usando pra limpar o excesso de tinta e de sangue no quadril da Shaw e limpei o resto do corpo dela. Dei um tapinha de leve naquela bunda e tirei as luvas, então, finalmente, respondi a pergunta do Rowdy:

– Isso depende da Shaw. Se ela quiser lá, eu ponho. Se não, tudo bem.

Estalei os dedos, e ela se virou na mesa pra eu poder passar pomada e filme plástico pra não ficar sangrando e espalhando tinta por todos os lados até a gente poder ir para casa. Dobrei a mão que tem o nome da Shaw tatuado nos nós dos dedos, passei na bochecha dela e dei um beijinho. Como tatuador profissional, sei que dizem que dá azar tatuar o nome da pessoa amada em qualquer parte do corpo, mas nem ligo. Gosto de olhar pra baixo e ver o nome dela ali, gosto que nossos nomes fiquem juntos, marcados pra sempre na minha pele, quando coloco as mãos uma do lado da outra. Também pedi para o Nash fazer um desenho perfeito do Gasparzinho, o fantasminha camarada, atrás da minha orelha esquerda. Só pra ter uma coisinha que me faz lembrar dela no mesmo lugar onde ela fez aquela tatuagem para se lembrar de mim. Sei que é meio cafona, mas a Shaw achou fofo. E demonstrou o quanto gostou de um jeito que me fez passar dias e mais dias sorrindo, então que se foda.

– Ficou lindo. Obrigada, amor.

– Você é que é linda.

Beijei minha namorada de novo quando se levantou da mesa, com cuidado pra cobrir todas as partes deliciosas daquele corpo, e ela foi para o banheiro se vestir. Mas, antes, passou o dedo no lado raspado da minha cabeça. O moicano volta de tempos em tempos, e ela não estava mentindo: não liga mesmo pra como deixo meu cabelo. Desde que dê para passar a mão nele, não se importa com o penteado ou a cor que resolvo usar naquele mês.

O Rowdy sacudiu a cabeça, me deu uma olhada de inveja e falou:

– Você é um sortudo da porra, Archer.

Dei risada, comecei a limpar minha mesa e retruquei:

– Estou ligado.

Nem tudo era perfeito. A gente ainda era muito diferente um do outro, levava vidas muito diversas, mas sempre conseguia um tempinho pra se ver. O julgamento do Davenport foi difícil, e odiei ter que ver a Shaw reviver aquilo tudo. O *playboy* tinha costas quentes e não recebeu a pena severa que merecia, mas ela foi forte o tempo todo. Quando seus pais pediram para retirar a queixa e deixar o pai do cara dar um jeito no filho, ela foi adiante e tomou a decisão certa. O Gabe ia ser punido, só não tão severamente quanto a gente queria que ele fosse. Os pais da Shaw não eram nem um pouco a favor do nosso namoro, mas quando ficou claro que ou eles encaravam ou não iam mais poder chegar perto dela, sossegaram um pouco. Continuaram pagando a faculdade e me aceitaram, meio a contragosto. Acho que se sentem culpados pelo ataque que a Shaw sofreu e pelo jeito escroto como criaram a filha. Nem ligo, porque tô aqui pra proteger minha mulher deles. Se os dois se comportarem direito, seja qual for o motivo, tá tudo certo, ou pelo menos quase.

A situação com meus pais também melhorou. Não atingiu a perfeição, mas melhorou. Eu e minha mãe chegamos a um entendimento. Nunca ia rolar um relacionamento tão próximo quanto o que ela tinha com o Remy, mas pelo menos a gente conseguia conversar. Até fui a umas duas sessões de terapia com ela e passei a entender melhor como sua cabeça funcionava. Pra minha surpresa, a gente é muito mais parecido do que eu imaginava. Eu e a Shaw resolvemos ir para Brookside todos os domingos, para o *brunch*. Só que agora participava de verdade da coisa, e esse era um dos meus dias preferidos da semana. Infelizmente, agora era o Rome que estava dando uma de rebelde. Ele ainda se recusava a falar com meu pai e minha mãe, e só parou de dar um gelo na Shaw quando eu disse que, se não parasse com isso, ia encher o cara de porrada quando viesse pra casa, daqui a uns dois meses. As coisas com ele andam bem zoadas. O Rome se sente traído, acha que mentiram pra ele, mas ponho uma fé no meu irmão. Se eu tinha conseguido enxergar a luz no fim do túnel, ele, que já era muito melhor do que eu, uma hora ou outra também ia enxergar.

A Shaw saiu do banheiro fazendo um rabo de cavalo todo desengonçado. A Cora se virou, lá do balcão, pra debochar dela:

– Nem acredito que você vai me trocar por esse bunda-mole. Vou sentir tanta saudade...

– Oooooooh. Também vou sentir saudade, gata, mas nunca estou em casa e não aguento mais ter minhas coisas divididas em dois lugares.

A Shaw vai morar comigo e com o Nash, vai fazer a mudança este fim de semana. A gente tinha adiado essa decisão, apesar de ela dormir lá cinco ou seis noites por semana, porque não queria incomodar o Nash. Foi meu melhor amigo que acabou dizendo pra Shaw um dia, enquanto a gente tomava café da manhã, que, se ela topasse cozinhar a maioria das refeições, ele ia ficar feliz se viesse morar com a gente. Fiquei tão feliz quanto a Shaw, porque gostava do apê, era super na mão, por causa do trabalho, e não estava muito a fim de mudar ou de pedir para o Nash ir embora. A gente se dava superbem, e ele passava várias noites fora, então não dava tempo de um dar nos nervos do outro. As meninas ficaram chateadas porque a Shaw resolveu se mudar. Sei que ela vai sentir muita falta da Ayden e da Cora, mas elas saem bastante juntas e decretaram que quinta-feira é a noite das meninas. Então, nem fiquei preocupado de ela se arrepender de ter resolvido morar comigo.

A Cora fez a maior careta, e ficou parecendo uma Tinker Bell raivosa.

– Não gosto nem de pensar que um estranho vai vir morar comigo. Você e a Ayden eram tipo perfeitas e, depois do que aconteceu com você, não me sinto segura de pôr um homem qualquer pra dentro de casa.

A Shaw sentou na cadeira que eu tinha vagado pra limpar minha mesa e escondeu um sorriso, passando os dedos, bem safada, na parte de dentro da minha coxa. O Nash desviou o olhar da coruja que ele estava tatuando, ficou olhando pra mim e para o Rowdy e perguntou:

– O Jet não tá pra voltar da turnê da banda?

– Tá. E daí?

A Artifice tinha bombado, ia tocar no festival Metalfest e contratou a Enmity, a banda do Jet, para abrir o show. Fazia mais de seis meses que ele estava na estrada e, enquanto isso, a menina que morava com ele tinha se arranjado com um ex-presidiário e posto o Jet na rua. A gente pensou que ele podia ficar na casa do Rowdy ou de um dos rapazes da banda.

– Você pode alugar o quarto pra ele – disse o Nash, como se fosse a coisa mais lógica do mundo. – Ele curte a Ayden e, de qualquer modo, tá sempre na estrada com a banda. Aposto que ia ser uma boa.

Eu e a Shaw trocamos um olhar preocupado. O Jet curtia a Ayden. Pra falar a verdade, os dois tinham engatado uma amizade só deles, da qual a gente não participava, e eu só ficava imaginando o que rolava de verdade entre a fã de country e o metaleiro. Eles se davam bem, mas eram tão opostos que ficava difícil entender como arranjavam assunto pra conversar. Pra ser bem sincero, eu achava que não ia prestar o Jet viver sob o mesmo teto daquela belezinha de cabelo preto. Ou então ia prestar demais, dependendo do ponto de vista. Limpei a garganta e peguei na mão da Shaw.

– Meu irmão também vai voltar pra cá daqui a uns meses. Ele vai precisar de um lugar pra ficar enquanto decide o que fazer da vida. Pode ser uma opção, Cora.

Ela balançou a cabeça e voltou a fazer sei lá o quê no computador. Virei pra Shaw e perguntei:

– Pronta pra ir pra casa?

Adoro perguntar isso pra minha namorada. Adoro que ela saiba que adoro perguntar isso pra ela. A Shaw sorriu pra mim e levantou com cuidado pra me dar um beijo. Eu sabia que a tatuagem devia estar doendo. Quatro horas de agulhada é muita coisa, mas, normalmente, a Shaw aguenta muito bem, parada como uma pedra. Vou dar um banho quente nela e fazer com que se sinta melhor.

– Hã-hã.

A gente saiu do estúdio de mãos dadas e foi andando até meu prédio.

A Shaw gostava de ficar passando o dedão nos nós dos meus dedos, onde tinha o nome dela tatuado, e isso sempre me dava vontade de sorrir.

– Você quer me colocar no seu portfólio, Rule?

Não estava esperando essa pergunta e olhei pra ela com cara de surpresa.

– Por que você quer saber?

A Shaw encolheu os ombros e respondeu:

– Sei lá. Você põe todos os seus grandes trabalhos. Não vejo motivo pra deixar este de fora.

Passei o braço em volta do pescoço da minha mulher e a puxei pra mim, pra conseguir beijar o topo da cabeça dela.

– Porque aquelas tatuagens foram simplesmente trabalhos. Faço esses desenhos nas pessoas e aí elas saem pelo mundo onde, espero, vão ser amadas e admiradas. Tudo o que faço em você, tudo o que rola entre a gente, não tem nada a ver com trabalho, e é só pra nós dois. Quando tatuo você, sei que o que fizer vai ficar com a gente pra sempre. Já disse: se você quiser, posso pôr no meu portfólio. Caso contrário, vou ficar feliz por pode admirar meu próprio trabalho no seu corpo todos os dias.

Ela ficou me olhando em silêncio por um instante e depois caiu na risada.

– Você me faz os elogios mais complicados e de trás pra frente do mundo, mas isso que disse foi lindo, e você tem toda razão. A única pessoa que quero que veja é você.

Soltei um urro e puxei o cabelo dela.

– Esse negócio cobre metade de um lado da sua bunda. É melhor mesmo eu ser o único que vai ver isso, Gasparzinho.

Aqueles olhos verdes brilharam de um jeito que só acontecia comigo.

– Eu te amo, Rule Archer. De verdade.

Cada vez que ela dizia isso, ficava mais fácil falar "eu também", e era isso mesmo. Não precisava mais ficar me questionando nem me preocupando. Não precisava me afundar no meu túnel da escuridão. Porque, independentemente do que a Shaw sentia por mim, eu simplesmente sentia a mesma coisa, e isso basta. Não precisava me esforçar, só sentir. E a cada dia sentia mais do que no anterior.

– E essa história de o Jet ou o Rome irem morar com a Cora e a Ayd?

Ela se encolheu do meu lado. A gente já estava quase chegando no Victorian.

– Isso não vai dar certo.

Bufei e respondi:

– Era o que todo mundo dizia da gente.

– E olha só no que deu.

– É verdade. E os opostos não só se atraem: pegam fogo, tipo, de incendiar a cidade inteira.

– E eu não sei?

Não sabia o que ia acontecer dali pra frente, mas de uma coisa tinha certeza. Se algum dos meus amigos tivesse a sorte de encontrar uma garota que o fizesse sentir como a Shaw me fazia sentir, eu ia fazer de tudo para garantir que ele entrasse de cabeça na história. Não dava para deixar um amor assim passar batido, mesmo se você nunca tinha se ligado que ele existia. Olha só para mim, sendo todo otimista, porra!

O Remy ia ficar orgulhoso.

Se essa história tivesse uma trilha sonora, seria

The Civil Wars: "Falling"
Social Distortion: "Like an outlaw"
Twisted Sister: "We're not gonna take it"
Garth Brooks: "I got friends in low places"
Black Rebel Motorcycle Club: "Ain't no easy way"
The Gaslight Anthem: "Film noir"
Drive-By Truckers: "Decoration day"
Straylight Run: "Hands in the sky (big shot)"
The Black Angels: "Better off alone"
Lucero: "Kiss the bottle"
The Bloody Hollies: "Raised by wolves"
Against Me!: "Borne on the FM wave of the heart"
Dawes: "If I wanted someone"
Lady Antebellum: "Need you now"
Defiance Ohio: "Anxious and worrying"
The Avett Brothers: "I would be sad"
Heartless Bastards: "Only for you"

Sobre mim

Pra começar, sou menina... É, eu sei. Não pensei que fosse necessário dizer isso, mas, depois que andei recebendo uns e-mails bem interessantes nos últimos tempos, achei que precisava fazer essa revelação. Jay é apelido de Jennifer.

Moro nos Estados Unidos, no estado do Colorado, que é lindo e tem todo tipo de gente legal pra me inspirar. Amo *tattoos* e *piercings*, e isso significa que adoro ver que, a cada dia, aparecem mais e mais histórias com heróis e heroínas que refletem o que eu vejo quando olho para o mundo lá fora. Adoro ler e gosto de qualquer história incrível e envolvente. Mas é óbvio que um *bad boy* todo gato e tatuado sempre deixa qualquer história melhor. Este ano mudou minha vida. Acordei um belo dia e resolvi que finalmente ia terminar uma das milhões de histórias que sempre estou escrevendo. Amo escrever e, por muito tempo, fiquei pensando no que devia fazer da minha vida. Então, você pode se considerar uma parte muito valiosa desse processo de descobrimento do meu novo objetivo na vida. Espero que tenha gostado da história e, se quiser entrar em contato comigo, pode ficar à vontade pra me mandar um e-mail. Adoro todo tipo de *feedback*. Mas, se você for um chato, pode ser que a gente saia no tapa.

Vou esclarecer algumas coisas. Escrevi este livro num estado frenético, quando estava tentando dar um jeito na minha vida. Só queria provar que conseguia fazer isso, que podia concluir alguma coisa que sempre me

SOBRE MIM

prometi fazer. Era um desafio pessoal, e eu não fazia A MENOR IDEIA de que ia dar tão certo. Por isso o texto não estava muito bem editado ou trabalhado, nem perfeito. O manuscrito foi editado depois, mas ainda acho que não está perfeito, porque perfeição não faz meu estilo. Queria dizer pras pessoas que leram o original e adoraram minha história, apesar dos erros de digitação, que as amo. Obrigada do fundo do meu coração. Para aqueles que se sentiram enganados, sinto muito, muito mesmo, mas só posso prometer aprender a editar, entender a velocidade com que um livro se torna viral e prometer me esforçar mais no próximo.

Até mais, JC

facebook.com/AuthorJayCrownover
@JayCrownover

Não deixe de ler os próximos volumes da série Homens Marcados

NOTAS QUENTES: JET

Com suas calças de couro justas e um look descolado que é um verdadeiro perigo, Jet Keller é o roqueiro dos sonhos de qualquer garota. Mas Ayden Cross cansou de se aventurar por aí e ficar com *bad boys*. Ela não quer ceder às chamas profundas que vê nos olhos negros e misteriosos do rapaz. Tem medo de se queimar nas faíscas da combustão espontânea dos dois, apesar de pegar fogo quando ele encosta nela.

Jet não consegue resistir a essa menina certinha do sul dos Estados Unidos, com metros e mais metros de pernas e botas que desafiam todas as suas expectativas. Mas, quanto mais se aproxima de Ayden, menos a conhece. Ele se sente tentado a conquistá-la e desvendar esse mistério de todas as maneiras possíveis. Mas sabe por experiência própria o que acontece quando duas pessoas que têm ideias muito diferentes sobre o que deve ser um relacionamento ficam juntas.

Será que essa chama vai arder e se transformar em um amor duradouro? Ou será que vai consumir os sonhos dos dois e transformá-los em cinzas.

ARMAS DA SEDUÇÃO: ROME

Cora Lewis é muito divertida, e sabe como manter seus amigos tatuados e *bad boys* na linha. Mas seu jeito esperto e descolado esconde o fato de nunca ter se recuperado da sua primeira decepção amorosa. E ela tem um plano para não deixar ninguém mais partir seu coração: só vai se apaixonar quando encontrar um cara perfeito.

Rome Archer está muito, mas muito longe de ser perfeito. Ele é cabeça-dura e rigoroso, é mandão e acabou de voltar da sua última missão no Exército americano completamente perturbado. Rome estava acostumado a desempenhar um papel: irmão mais velho, filho exemplar, super-soldado. E agora não se encaixa mais em nenhum desses papéis. É apenas um cara qualquer, tentando descobrir o que fazer da vida e manter os fantasmas da guerra e das próprias perdas sob controle. Ele sofreria sozinho, sem maiores problemas. Mas Cora entra de supetão na sua vida e se transforma na única cor que ele consegue enxergar no seu horizonte cinzento.

A perfeição não está no destino desses dois, mas a imperfeição pode ser eterna.

Sua opinião é muito importante!

Mande um e-mail para
opiniao@vreditoras.com.br
com o título deste livro no campo "Assunto".

Conheça-nos melhor em

vreditoras.com.br
facebook.com/vreditorasbr